W0338985

Über dieses Buch Mitten in Schwarz-Afrika, in der vom Bürgerkrieg erschütterten Republik Malawi, bringt der Zufall zwei Weiße zusammen: den von missionarischem Eifer besessenen Versicherungsagenten Calvin Mullet, einen Typen wie Woody Allen im Film, und den Rebellenführer Marais, der mit »einem Haufen verlotterter Schwarzer« Bomben gegen Ausbeutung und Unterdrückung bastelt.

Calvins Geschäftserfolge im Dschungel sind von Anfang an denkbar grotesk: von den insgesamt fünf Policen, die er für seine Kunden ausfertigt, zahlt er bei dreien die Beiträge lieber gleich selber ein. In dem Maße wie sein Vorhaben, die Schwarzen gegen die Wechselfälle des Lebens zu versichern, scheitert, blättert die Zivilisationstünche von ihm ab. Und Calvin hält sich an die Tröstungen, die keinen außerordentlichen Ehrgeiz voraussetzen: Er treibt sich in Spelunken herum und landet schließlich mit Mira, seiner schwarzen Geliebten und späteren Frau, in »Tante Zeebas Speisehaus«, einem Bordell, in dem er sich zu Hause fühlt.

Während Calvin seine Liebesgeschichte verfolgt und an einem Roman über seine Erfahrungen im Dschungel mit dem Titel ›Die Unversicherten‹ schreibt, bildet Marais die Schwarzen zu Guerilleros aus und plant den großen Coup.

In einer verblüffenden Mischung aus Farce und Trauerspiel erzählt Paul Theroux mit subtilem Witz von menschlicher Unzulänglichkeit und gescheiterten Hoffnungen. Ein Roman mit überraschenden Wendungen, der voller Situationskomik steckt.

Der Autor Paul Theroux, 1941 in Massachusetts geboren, hat lange Zeit in Afrika und Asien gelebt und auch später immer wieder ausgedehnte Reisen unternommen, zuletzt in die UdSSR und nach China. Seit mehreren Jahren lebt er, zusammen mit seiner Familie, in London. In England und Amerika wurde er zuerst durch seine ungewöhnlichen Reisebücher bekannt. Seine Romane – in mehr als zehn Sprachen übersetzt – erreichten eine Gesamtauflage von über fünf Millionen Exemplaren.

Als Fischer Taschenbuch lieferbar: ›Dr. Slaughter‹ (Bd. 8372), ›London Embassy‹ (Bd. 5406), ›Orlando oder die Liebe zur Fotografie‹ (Bd. 8371), ›Saint Jack‹ (Bd. 8345), ›Moskito-Küste‹ (Bd. 8344) und ›O-Zone‹ (Bd. 8346).

Paul Theroux

Dschungelliebe

Roman

Aus dem Englischen von
Eva Schönfeld

Fischer Taschenbuch Verlag

Ungekürzte Ausgabe
Veröffentlicht im Fischer Taschenbuch Verlag GmbH,
Frankfurt am Main, Januar 1990

Lizenzausgabe mit freundlicher Genehmigung der
Claassen Verlag GmbH, Düsseldorf
Die Originalausgabe erschien 1971 unter dem Titel
›Jungle Lovers‹ im Verlag Hamish Hamilton Ltd., London
Copyright © 1971 by Paul Theroux
Copyright für die deutsche Ausgabe:
© 1988 by Claassen Verlag GmbH, Düsseldorf
Umschlaggestaltung: Manfred Walch unter Verwendung einer
Illustration von Dirk Görtler, Glottertal
Gesamtherstellung: Clausen & Bosse, Leck
Printed in Germany
ISBN 3-596-28361-2

Der Schlüssel dieser wilden Schau ist mein

Arthur Rimbaud, *Les Illuminations*

Nun, Afrika durchjagend, träumte er
Von neuem Selbst, vom Sohn, der's klug vermöchte,
Den Lügnern seine Wahrheit beizubringen.

W. H. Auden, *Rimbaud*

Erster Teil

1

Es begab sich in den späten sechziger Jahren, just am Tage vor Weihnachten, daß ein junger Mann im Hochland von Malawi, das zu Zentralafrika gehört, ganz allein einer kleinen, verstaubten Ansiedlung zustrebte. Der Ort hieß Rumpi, und der jungen Mann hieß Calvin Mullet. Er war aus Hudson im Staate Massachusetts, USA. Der altmodische Rohrkoffer, den er mitschleppte, erinnerte an einen Picknickkorb, aber Calvin war zu keinem Picknick unterwegs.

Er war vom Fahrer eines Bananentransports an der letzten Wegbiegung abgesetzt worden. Die Staubwolke des Lastautos hing noch sekundenlang in der Luft, bis sie vom säuselnden Wirbelwind erfaßt und in kleinen Spiralen von der Straße in den dürren Busch verweht wurde. Sie hinterließ einen starken Patschuliduft. Die seltene Patschulipflanze wuchs in dieser Gegend wild. Calvin sah der zerfasernden Staubfahne nach.

Seit seiner vor kurzem ausgesprochenen Scheidung bekam Calvin zu spüren, was regelmäßige Unterhaltszahlungen bedeuteten. Er war Versicherungsvertreter (*Homemaker's Mutual*, Boston und New York, mit 56 Filialen in aller Welt), aber all sein sogenanntes Hab und Gut sowie die Hälfte seines Gehalts waren seiner Frau zugesprochen worden. Er wohnte jetzt als Mieter in einem Bordell in der Hauptstadt Blantyre und fuhr am liebsten per Anhalter zu seiner weitverstreuten Kundschaft; daher der Bananenlaster. Seinen Wagen hatte er verkauft. Die Ehe war ein kurzes, unfreundliches und etwas schmuddliges Intermezzo gewesen, wie die bräunliche Staubwolke, die sich eben erst verzogen hatte. Die Scheidung war eine Erleichterung, die nur wenig Reue übrigließ.

Calvin blieb stehen, wischte sich mit einem zerknüllten Taschentuch das Gesicht und las ein ungelenk bemaltes Spruchband: DRINK LION – YOU WILL INJOY. Darunter stand eine ungewöhnlich geräumige Hütte, deren überhängendes Strohdach von sechs oder sieben Afrikanern, die sich schattensuchend an die Wand gelehnt hatten, gestützt zu werden schien; ihre Köpfe verschwanden fast unter den starrenden Borsten. Vor der Hütte stand noch ein kleineres, aber professioneller ausgeführtes Schild: GUINNESS GIBT KRAFT – BAR ZUR GROSSEN TROMMEL, mit einer gemalten schwarzen Faust, von der zackige Blitze ausgingen. Ein kleiner Aufkleber verkündete außerdem: *Betteln und Hausieren verboten!*

Der Eingang war mit langen, bunten Perlenschnüren verhängt. Calvin schob sich hindurch, stellte seinen knarrenden Koffer ab, bestellte ein Bier und fächelte sich mit seinem Hut, einem ehemals schicken Panama, jetzt einem Wrack mit eingedelltem Kopf und ausgefranster Krempe (diese war vorn und hinten verwegen aufgeschlagen wie in einem Agenten-Thriller, aber sehr schmutzig). Die Bar war dunkel. Als Calvins Augen sich an den tiefen Dämmer gewöhnt hatten, sah er auch hier eine Reihe zerlumpter Afrikaner, die auf dem Lehmboden hockten, mit dem Kopf wackelten und ihn anstarrten. Jeder hatte eine Machete über den Knien, auf deren flacher Klinge er ein Lion-Bier balancierte. Sie beantworteten Calvins Lächeln mit Kopfnicken und einem gedämpften Hallo.

Seltsamerweise hing kein Bild von Dr. Osbong in der Bar. Osbong war der neue Präsident von Malawi. Es war gesetzwidrig, seinem Bildnis nicht in jedem Haus des Landes einen Vorzugsplatz einzuräumen. Sogar Calvin hatte eins in seinem Büro. Übrigens hatte auch in der Bar bis vor kurzem eines gehangen; man merkte es an dem Nagel und dem spinnwebumrahmten leeren Rechteck hinter der Theke. Calvin erkundigte sich nicht weiter danach, es ging ihn nichts an.

Der Lehmboden strömte einen kräftigen Stallgeruch aus und war kreuz und quer von langen Pilgerzügen schwarzer Ameisen überzogen. Einige entdeckten fast sofort Calvins Rohrkoffer, worauf sie in Schwärmen herbeiwimmelten und in das Geflecht eindrangen. Calvin setzte den Hut ab, stützte auf dem mit klebrigen Ringen bedeckten Tresen eine Wange in die Hand und beobachtete die Ameisen mit der matten Neugier eines Menschen, dem das heiße Klima noch fremd ist. Er rang nach Luft, dünne Schweißrinnsale liefen ihm die Schläfen herunter, vereinigten sich am Kinn und tropften auf sein schon fleckiges Hemd. Ein einzelner Tropfen schlängelte sich wie ein Insekt an seinem Brustbein entlang bis zum Nabel, wo er sich einnistete.

Die Temperatur mußte über vierzig Grad sein, obwohl die rasch aufsteigende Sonne bereits in formlosem grauem Dunst verschwunden war. Der bleierne Himmel ließ alles vor Hitze brodeln wie in einer Suppenküche; die Luft war beklemmend. Es gab keinen Ventilator in der Bar. Es gab überhaupt keine Elektrizität im ganzen Dorf.

Eine staubige Bierflasche wurde gebracht und geöffnet. Sie war so warm, daß das Bier wie Seifenlauge schäumte. Der Barmann, der ein Papphütchen mit einem schweißgetränkten Lion-Werbespruch trug, steckte einen Trinkhalm in die Flasche.

»Ein Glas, bitte«, sagte Calvin.

»Nicht wollen Stroh?«

Die Einheimischen mochten Strohhalme, besonders beim Biertrinken. Osbong behauptete, daß Malawi der Ruhm dieser Erfindung gebühre. Seit ältesten Zeiten habe man das Schilfrohr aus den Seeniederungen zum Trinken benutzt, und noch heute tauche man im dörflichen Männerkeis vier Fuß lange Schilfrohre in den gemeinsamen Bierkessel. »Er kann durch einen Strohhalm spucken« war eine gängige Redensart. Die Reihe der hockenden, an ihren Strohhalmen nuckelnden Schwarzen mit den Macheten hatte die Blicke gespannt auf Calvin gerichtet.

»Kein Bedarf«, sagte Calvin. Strohhalme brachten ihn immer zum Rülpsen.

Der Barmann nahm den Halm aus der Flasche, blies sorgfältig das Bier heraus und legte ihn in die Schachtel zurück. Während er Calvin ein Glas vollgoß, sagte er:

»Frohe Weihnachten, Bwana!«

»Irgendwie«, sagte Calvin, »kommt's mir nicht sehr weihnachtlich vor. Womit ich nichts gesagt haben will.« Auf der Theke stand eine brandneue Reklame der Lion-Brauereien; sie stellte einen Ulk-Löwen mit roter Zipfelmütze und weißem Nikolausbart dar und war mit Plastikstechpalmen bekränzt. Ein kleiner Lamettachristbaum baumelte in der Mitte des Raumes von einem gelben Fliegenfänger. An dem halbblinden Spiegel klebten gleichmäßig verteilte weiße Wattebäuschchen: Schneeflocken. Calvin suchte vergebens

die Schweißbäche auf seinem Gesicht zu stoppen. Schneeflocken –!
Er hob sein Glas und trank. Er trank mit Genuß; er mochte das bittere Prickeln des Biers auf der Zunge, das blubbernde Naß, das den Rachen putzte, den Beigeschmack von Salznüssen, den nachquellenden Schaum und so weiter, bis zur Sättigung: Zwei Liter ersetzten schon eine handfeste Mahlzeit. Calvin war kein Alkoholiker, seiner Ansicht nach wurden Biertrinker das nie. Aber ein Säufer war er ganz bestimmt, und zwar aus freiem Willen. Von Fluch oder Heimsuchung konnte bei ihm keine Rede sein; das Trinken machte ihm einfach Spaß.

»Wie weit ist es nach Lilongwe?« fragte er und schnalzte mit der Zunge.

Der dösende Barmann kam zu sich. »Lilongwe? Mit Rad drei, vier Tage.«

»Wieviel Meilen genau?«

»Zweihundert oder so.«

Der Afrikaner zuckte die Achseln.

»Darauf wollen?«

»Ja, heute noch. Ich will mit dem Nachtbus nach Blantyre zurück.« Calvin schlürfte sein Bier. »Bin zum erstenmal so weit im Norden.«

»Hier gefallen?«

»Sehr«, sagte Calvin. »Ihr wohnt hier hübsch.«

»Nicht wie im Süden«, sagte der Afrikaner. »Hier kein Osbong.«

»Kein Geld, meint ihr?« Die Ein-Shilling-Münzen wurden jetzt im Volk »Osbongs« genannt, nach dem Kopf, der darauf geprägt war.

»Nein, ich meinen kein *Doktor* Osbong«, sagte der Afrikaner. »Der Bastard!« Er sprach das Schimpfwort wie den Vogelnamen aus: Bussard.

Calvin verstummte. Er sprach grundsätzlich nicht über Politik, nicht hier.

Der Afrikaner starrte auf Calvins Brille. »Gute Gucker«, sagte er. »Hier kaufen?«

»Nein, ich hab sie aus den Staaten mitgebracht.«

»Amerika?«

»Hm ja.«

»Wir Amerikaner hassen«, erklärte der Afrikaner seelenruhig. »Sie töten schwarze Neger. Machen immer Stunk. Spionieren. Sie uns zuviel hassen. Alles große Gangster. Cowboys. Voll von Bosheit. Doktor Osbong sagen, wir sollen Amerikaner trauen. Ich nicht trauen, nie. Osbong ist ein –«, er stockte und zwinkerte angestrengt, »wie ihr sagen *fisi* auf englisch?«

»Hyäne«, sagte Calvin. Er legte einen Zehn-Osbong-Schein auf die Theke. »Trinken Sie eins mit.«

»He!« Der Afrikaner keckerte dankbar. »Frohes Fest, Bwana. Sie auch von den Soldaten?«

»Was für Soldaten?«

»Im Busch.«

»Ich bin Zivilist«, sagte Calvin. »Ich verkaufe nur Versicherungen – oder, wie ihr Hinterwäldler sagt, *Sicherheit.*«

»Gott machen alle gleich«, sagte der Afrikaner. »Ich nehmen Guinness.« Er holte sich eine braune Flasche, steckte einen Strohhalm hinein und schlürfte mit schaufelförmig vorgestülpter Unterlippe, so daß man das hellrosa Innere sah. »Guinness gibt Kraft, haha!«

»Ist ein gutes Gebräu«, bemerkte Calvin und sah zu, wie der Afrikaner seine Flasche leerte.

»Gute Gucker«, sagte der Afrikaner wieder. »Schön.«

»Danke.«

Calvin besaß sechs Brillen; die anderen fünf in seinem Koffer wurden wohl gerade von den Ameisen besichtigt. Er hatte von jeher eine Riesenangst davor, eine zu verlieren oder zu zerbrechen und dann keine Ersatzbrille bei sich zu haben. Die Versetzung nach Afrika hatte seine Furcht dermaßen gesteigert, daß er gleich nach der Ankunft in Malawi, vor einem Jahr, noch drei Brillen bei seinem Optiker in Hudson bestellt hatte (dieser schrieb zu der Lieferung, es mache ihm einen Heidenspaß, seine Gläser so weit in die Welt zu schicken). Aber außer den Brillen hatte er seither nichts mehr gekauft. Dem »pflegeleichten« hellbraunen Anzug, den er einst im Ausverkauf erworben hatte, waren Staub, Sonne und schimmlige Feuchte eines ganzen Jahres nicht gut bekommen. Er war zerknittert und verbeult, hier und da war ein Stück Naht aufgegangen, am rechten Ellbogen klaffte ein Riß, der Stoff beutelte über den Knien, und der Hosenboden war dunkel abgewetzt, hauptsächlich vom Rein- und Rausrutschen aus den Autos, die er unterwegs mit hochgehaltenem Daumen anhielt. Er trug Wildlederschuhe, weil sie nicht mit Creme geputzt zu werden brauchten, aber dafür saugten sie Flecken auf wie Löschpapier. Calvin hatte in betrunkenem Zustand die Schwäche, schlecht zu zielen und sich auf die Schuhe zu pissen. Er hatte den Anzug für seinen Trip nach Norden gewählt, um Eindruck zu schinden und öfter mitgenommen zu werden, aber die wenigen Autos, die kamen, fuhren dennoch vorbei, und der Bananentransport von der Grenze bis Rumpi war geradezu ein Glückstreffer. Der Anzug hatte ihm sicher nicht dazu verholfen; er sah darin und mit dem schadhaften Panama weniger respektabel aus, als er dachte, etwa wie ein gescheiterter Wanderprediger. Letzteres *war* er sogar, auf seine Art: Er glaubte fest an seinen Beruf und an die Segnungen einer Lebensversicherung. Im übrigen war er bleich, lang und hager wie eine Bohnenstange.

»Frohe Weihnachten!« erklang es hinter ihm.

Calvin drehte sich um. Ein Afrikaner am anderen Ende der Bar grüßte ihn mit einem blendendweißen Lächeln und nickte freundlich. An seiner Seite war der kleine Kopf einer jungen Frau zu erkennen, die ebenfalls lächelte. Die Kleidung der beiden verursachte Calvin ein leichtes Gefühl der Beschämung. Der Mann war wie aus dem Ei gepellt, mit blütenweißem Hemd, gestärktem Kragen und scharfen Bügelfalten. Er trug eine Brille, aber wie Calvin sofort erkannte, war es eine aus Fensterglas, wie sie in Malawi an jeder Marktbude für fünf Osbongs verkauft wurden. Die junge Frau hatte ein rosa Wickelkleid mit Bändern und Spitzenbesatz an. Mann und Frau hockten auf hohen Barstühlen, die Ellbogen auf der Theke, die Gesichter in gleicher Höhe über den Trinkhalmen, die aus ihren Flaschen ragten – eine Haltung, die geringe Vertrautheit mit Alkohol ausdrückte.

Calvin erwiderte das Lächeln, trank sein Glas aus und fing an, die Ameisen von seinem Koffer zu wedeln, um das Lokal zu verlassen. Doch in diesem Moment erschien der Barmann mit einem neuen Lion-Bier.

»Bwana? Der Bwana drüben und seine Dona wünschen frohes Fest.«

Der Afrikaner am Ende der Bar spielte schüchtern mit seinem Strohhalm und sagte: »Prost!«

Calvin ging zu dem Paar hinüber und sagte: »Frohes Fest auch Ihnen, aber ich muß leider weiter. Per Anhalter nach Lilongwe. Der Nachtbus fährt da schon um –«

»Afrikanische Sitte.« Der Mann winkte Calvin eifrig auf seinen Barhocker. »Trinken. Glücklich sein. Keine Sorgen.«

Calvin hörte plötzlich auf zu lächeln und richtete seinen Blick starr auf die Spielzeugbrille des Mannes. »Freund«, sagte er leise, »fragen Sie sich nie, wo Sie in zehn Jahren sein werden?«

»Nein«, antwortete der Mann schlicht.

»Aber ich wette, daß Sie oft mitten in der Nacht aufwachen und sich sagen: Was zum Teufel soll ich tun, um mir ein paar Kröten zu verdienen, wenn ich zu alt zum Arbeiten bin?«

»Nichts Arbeit«, sagte der Mann. »In zehn Jahren ich sitzen immer noch hier. Trinken, fröhlich sein. Warum nicht?« Er lächelte die junge Frau an. Sie nickte.

»Sagen wir's andersrum«, fuhr Calvin fort. Versicherungsvertreter durften nie um eine Neuformulierung verlegen sein. »Wie wär's, wenn Sie einen Haufen Geld kriegten – vielleicht fünfhundert Pfund? Würde Ihnen das gefallen?«

»Gefallen schon«, sagte der Mann.

»Na also«, sagte Calvin. »Gut. Nun sehen Sie mal diese Bierflasche an. Kostet zwei Osbongs. Für *vier* Osbongs die Woche, nur zwei Bier –«, Calvin schnippte zweimal mit den Fingern an die Flasche, »können Sie eine Versicherungspolice kaufen, die Ihnen nach zehn Jahren Hunderte von Pfund bringt. Garantiert. Nach zwanzig Jahren sind's sogar fünfhundert Pfund, bar auf den Tisch. Wenn Ihnen inzwischen nichts zustößt. Na, was sagen Sie dazu?«

»Fünfhundert«, sinnierte der Mann. »Und was müssen ich arbeiten?«

»Überhaupt nichts.«

Wieder entblößte ein zögerndes Lächeln die blanken, makellos weißen Zähne des Mannes.

»Sie haben nichts weiter zu tun«, erläuterte Calvin, »als vier Osbongs pro Woche zu zahlen. Nehmen wir mal an, Sie hätten zwei Osbongs hier auf die Theke gelegt, statt mir ein Bier zu spendieren. Los, versuchen Sie's.«

Der Mann knallte mit Nachdruck zwei Münzen direkt neben die Flasche. Jede zeigte das Profil des Präsidenten mit einem Lorbeerzweig anstelle des Kragens.

»Schön, und nun bin ich dran. Ich gebe einen Osbong dazu. Kapiert?« Calvin schichtete die drei Münzen säuberlich aufeinander. »So läuft das bei uns. Auf je zwei Osbongs von *Ihnen* legen *wir* einen drauf. Sie können nichts verlieren. Wir helfen unseren Kunden, vernünftig zu sparen, und der Endertrag der Police ist hoch. Rechtsschutz und Sicherheit eingeschlossen. Sind Sie nun interessiert?«

»An was?«

Calvin packte den Mann am Arm und wiederholte: »Sind Sie interessiert, nach zehn Jahren ein paar hundert Pfund zu kassieren, ja oder nein?«

»Ja«, sagte der Mann lebhaft.

»Okay«, sagte Calvin, »das ist ein Wort. Bitte nur noch Ihren John Henry hier unten... Ich meine Ihre Unterschrift.« Er zog eines der leicht zerdrückten Formulare aus der Innentasche seines Jacketts, kreuzte eine gepunktete Zeile mit dem Kugelschreiber an und schob dem Mann beides hinüber.

Der Afrikaner rückte seine Brille zurecht, eine gut einstudierte, wenn auch sinnlose Geste. Er betrachtete das Papier und unterzeichnete schwungvoll, mit einem langen Schlenker am Ende sowie mehreren Schleifen, Strichen und Pünktchen oben und unten. Es war ein kühner, malerischer Namenszug.

»Nun Ihre Adresse. Da, gleich darunter.«

Der Afrikaner machte ein betretenes Gesicht. Er gab Calvin den Kugelschreiber zurück. »Kann nicht.«

»Warum nicht? Sie haben doch wohl 'ne Adresse?«

»Adresse, klar.« Er nannte Calvin seine Schließfachnummer im örtlichen Postamt.

»P. O. Rumpi«, wiederholte Calvin. »Genügt schon. Schreiben Sie's hin.«

»Kann nicht schreiben.«

»Nanu!« Calvin tippte auf die Unterschrift. »Und was ist das hier?«

»Mein Name«, sagte der Mann.

Jetzt mischte sich die Frau ein. Sie war sehr hübsch, sehr jung, und ihr kleiner runder Kopf war mit kurzem schwarzem Wollhaar bedeckt wie mit einer enganliegenden Kappe.

Sie krauste lächelnd die Nase und versuchte zu erklären: »Das nicht Name. Das –« Ihre langen, schlanken Finger deuteten flatternd die Bewegung des Schreibens an. »Sieht aus wie Name. Aber«, sie lächelte abermals und senkte die Augen, »ist nicht Name. Ist bloß *Signatur*«, endete sie stolz.

»Schon recht, ich verstehe«, sagte Calvin. Er füllte die Adressenzeile selbst aus und schrieb den Namen des Mannes in Blockbuchstaben darunter: OGILVIE NIRENDA. Dann grinste er seinen neuen Klienten Ogilvie gewinnend an. »Alles Weitere überlassen Sie mir. Ich schicke Ihnen Beitragsformulare, Umschläge und die fertige Police. Aber denken Sie daran, um Gottes willen«, predigte er, »statt zwei Bier oder 'nem Päckchen Zigaretten oder 'nem neuen Schlips oder sonstwas – immer schön die vier Osbongs für die Versicherung beiseite legen. Dann werden Sie mit der Zeit ein reicher Mann.« Calvin ergriff die Hand des Afrikaners und schüttelte sie. »Willkommen bei Homemakers'!« sagte er mit einer Genugtuung, die nicht nur dem so reibungslos abgeschlossenen Geschäft galt.

»Darauf ein Bier!« sagte Ogilvie.

Es wäre unhöflich gewesen, die Einladung nochmals abzulehnen. Und es wäre unklug und gefährlich gewesen, sich anschließend nicht zu revanchieren; Leute waren in Afrika schon wegen viel geringerer Versäumnisse umgebracht worden. Ogilvie bestand darauf, daß Calvins Glas wieder gefüllt wurde: Calvin Mullet, erklärte er, sei ein Gast, nicht nur in der Bar, sondern Gast des ganzen Landes. Doktor Osbong sei doch Sozialist, und Sozialismus bedeutete, auch sein Bier miteinander zu teilen. »Also«, lächelte Ogilvie sanft, »nicht gleich weggehen. Bestell mir ein Bier.«

2

Zwei Meilen südlich von Rumpi beobachtete ein kaltblütiger Soldat namens Marais die Landstraße durch seinen Feldstecher. Er hockte hinter hohem Steppengras und staubigem Gebüsch verborgen auf einem schroffen, rötlichen Felsvorsprung. Hinter ihm lagen ein Dutzend schwarze Männer in

Khaki halb eingegraben auf dem Bauch wie ein Schwarm gestrandeter Fische. Weit unter ihnen fuhr ein Kleinbus die Straße entlang. Die Staubwolken, die seine Hinterräder aufwirbelten, drohten ihn völlig einzuhüllen.

»Dem verpasse ich mal 'n Loch«, sagte Bruder Chimanga, der Marais am nächsten lag, und spähte durch das Zielfernrohr seines Karabiners.

»Laß das«, befahl Marais. »Das ist nicht der Richtige. Es ist nur der Inder. Wohin der will, wissen wir sowieso.«

»Nur ein ganz kleines Loch – zum Andenken«, beharrte Chimanga, indem er eine Patrone in den Lauf schob und das Gewehr in Anschlag brachte.

Marais ließ seinen Feldstecher fallen, packte das Zielfernrohr und benutzte es als Hebel, um dem Afrikaner die Waffe zu entwinden. Mit der freien Hand versetzte er ihm dabei einen derben Stoß in den Nacken und zwang das schwarze Gesicht in den roten Staub. Als sein afrikanischer Kamerad sich nicht rühren und nichts mehr sehen konnte, nahm Marais ihm auch das Messer weg.

»Sei nicht so blöd«, sagte er, hustete den Staub aus, den das kurze Handgemenge aufgewühlt hatte, und ließ Bruder Chimanga los. »Was soll das!«

Sie saßen einander schweratmend gegenüber. Der Afrikaner, solchermaßen vor aller Augen gedemütigt, ballte die Fäuste und spuckte ebenfalls Dreck. Staub hing an seinen langen Wimpern und bepuderte ihm die Wangen. Während der Schwarze und der Weiße einander in verbissenem Ingrimm anstarrten, verschwand der Minibus hinter einem Hügel, und sie sahen ihn nicht mehr, obwohl das tuckernde Motorengeräusch noch eine Weile gedämpft zwischen den Bäumen heraufdrang. Es war gerade sechs Uhr dreißig, die Sonne bot ihr für Malawi alltägliches Schauspiel: Sie ging nicht als roter kompakter Ball am Horizont unter, sondern lief wie ein zerschlagenes Ei auseinander – ein flammenumzüngeltes blutiges Omelett, das Stück für Stück unter der scharfgezogenen Erdkante versank.

Marais ließ die Patrone aus Bruder Chimangas Gewehr fallen, warf es ihm zu und sagte: »Mach so was nie wieder.«

Chimanga wischte stumm den Staub von seinem Karabiner und verzog keine Miene.

»Bruder George«, wandte Marais sich an einen andere, »du bleibst hier als Wache zurück. Wenn du ihn siehst, pfeifst du.« Marais suchte und fand seine Mütze, staubte sie ab, drückte sie sich auf den Kopf und zog den Schirm tiefer. Nach einem letzten flüchtigen Blick auf die Straße zündete er sich eine Zigarre an. »Gehen wir«, sagte er endlich. »Alle Mann vorwärts marsch!«

Sie pirschten zwischen den windschiefen verkrüppelten Bäumen hindurch einen sandigen Pfad entlang. Marais, an der Spitze, säuberte mit einem roten Taschentuch die verstaubten Linsen seines Feldstechers. Zwei Mann blieben ihm zur Seite, die anderen folgten im Gänsemarsch. Es war ein bunt zusammengewürfelter Haufen, darunter ein paar kleine Männer, die sich anstrengen mußten, mit den langen Schritten der anderen mitzukommen. Ihre übergroßen Hosen waren mit Stricken festgezurrt wie Säcke, und die kniehohen, schweren Stiefel paßten nur, weil sie mit zerknülltem Zeitungspapier ausgestopft waren. Dagegen waren die beiden Soldaten neben Marais besonders stattlich und hochgewachsen, ihre Uniformen paßten genau, und ihre Gewehrläufe starrten drohend nach vorn. Alle Männer hatten ein rotes Maßliebchen im Knopfloch der Hemdbrusttasche. Bruder Chimangas Blume hing welk herunter.

An der struppigen Dornenhecke, die ihr Zeltlager einzäunte, trafen sie auf den jungen Wachposten. Er riß zackig die Hacken zusammen, stieß den Gewehrkolben senkrecht auf den Boden und salutierte mit exakt abgewinkeltem Arm, so daß die Fingerspitzen die Mündung berührten.

Marais blieb abrupt stehen. »Mach das noch mal.«

Der Posten salutierte wieder, diesmal allerdings sehr unsicher und langsam, wobei er zweifelnd an der Unterlippe sog und Marais mit großen Augen ansah.

»Wer hat dir das beigebracht?« Marais trat dicht an den jungen Schwarzen heran, der zitternd den Arm sinken ließ, und wandte sich zornig zu den anderen: »Wer hat ihm das gezeigt?«

»Was denn?« fragte einer der Hochgewachsenen.

»Er hat salutiert, verdammt noch mal!« Marais rieb sich mit dem Handrücken den schmalen Schnurrbart. »Dieser Mensch«, er wies verächtlich mit der Zigarre auf den Wachposten, »hat vor mir salutiert! Ich will wissen, wo er das gelernt hat.«

»Es werden Nacht«, mahnte einer, »und wir –«

»Schnauze! Mir ist es ernst. Irgendwer bringt hier den Jungen das Salutieren bei, und ich dulde das nicht.« Marais rückte dem verwirrten jungen Mann noch näher auf den Leib. »Du sollst nicht salutieren! So nicht!« Er äffte die Geste auf lächerliche Art nach. »Verstanden! In dieser Armee wird nicht salutiert. Wir haben keine Vorgesetzten. Du bist genau dasselbe wie der und der. Wenn irgendwer dir noch mal solchen Stuß beibringen will, nennst du ihn *voetsak*! Verstanden!«

Der Wachposten nickte eingeschüchtert.

»Ich glaube nicht, daß er's kapiert hat«, sagte Marais. »Bruder Mussa, übersetze ihm, was ich gesagt habe.«

Marais ging zu seinem Unterstand inmitten der Lichtung, wobei er vor sich hin fluchte und wütend auf seiner Zigarre kaute.

Er hatte es ihnen hundertmal gesagt: Keine Rangabzeichen, keine Beförderungen, kein Salutieren – die absolute Gleichberechtigung. Keiner war mehr als der andere, jeder kämpfte für jeden, alles wurde geteilt. Sie waren eine Volksarmee, die auf Biegen und Brechen zusammenhalten mußte, um das Land zu befreien und Osbong mitsamt seinem Anhang zu vernichten. Die Männer bedurften keiner Befehle, um gemeinsam vorzugehen und korrupte Elemente zu töten. Revolte war das natürliche, unausweichliche Gebot der Stunde.

Nach diesen Grundsätzen hatte Marais vor drei Monaten in einem Camp am Songwe-Fluß, im äußersten Norden Malawis, seine Kampftruppe zusammengestellt und bewaffnet und den Marsch nach Süden angetreten. Seine Prinzipien erwiesen sich manchmal als falsch; Marais hatte da noch einiges geradezurücken. Regelwidrigkeiten ereigneten sich nach wie vor; der Salut des Wachpostens war nur ein Beispiel, Chimangas Idee, dem indischen Kaufmann ein Loch in den Reifen zu schießen, ein weiteres. Jeder einzelne Vorfall war belanglos, alles zusammen wirkte beunruhigend. Die jüngeren Soldaten beklagten sich über Schikanen der älteren. Die beiden Hochgewachsenen, die gewöhnlich an Marais' Seite marschierten, wollten irgendwelche Sonderabzeichen und beschwerten sich, weil sie mit den anderen essen sollten. Bei den Mahlzeiten trennten sie sich automatisch nach Altersgruppen.

»Im Dorf es das nicht geben«, belehrte ihn ein älterer Mann, als Marais ihnen befahl, zusammen zu essen.

»Jetzt seid ihr nicht mehr im Dorf«, gab Marais zurück. »Wenn ihr euch das nicht abgewöhnen könnt, habt ihr hier nichts zu suchen.« Und Mussa hatte es für alle gedolmetscht.

Sie konkurrierten miteinander, sie stritten, und ein paar versuchten, die andern zu beherrschen. Manche wiesen, vermutlich aus Trotz, jede Verantwortung weit von sich und begannen ihrerseits, nachts die Bevölkerung zu terrorisieren. Es kam zu Prügeleien und Diebstählen. Marais hatte erst vor kurzem ein paar Schuldige einsperren lassen. Vor öffentlichem Auspeitschen scheute er nur deshalb zurück, weil er damit eine Autorität bewiesen hätte, die er eben *nicht* auszuspielen wünschte. In Marais' Programm war kein Platz für einen Führer.

Terror hingegen gehörte dazu. Er verstand darunter rasche, durchdachte, lehrreiche Aktionen, ausschließlich gegen Politiker und Parteibonzen gerichtet, niemals aber gegen kleine Leute, ganz gleich, ob sie zu Osbong hielten oder nicht. Sie sollten durch Argumente überzeugt werden. Überall wurden die Dörfler aufgefordert, sich Marais und seiner Truppe anzuschließen, und im Camp willkommen geheißen. Aber die *Politik* der Gewalt als einer extremen Maßnahme war allen Neulingen schwer begreiflich zu machen. Sie verstanden unter Gewalt die umfassende Lösung eines Problems und faßten sie als eine Art Gottesurteil auf: Niederlage und Tod waren Beweise der Schuld und somit nichts als die gerechte Strafe.

Im ersten Monat seiner Tätigkeit mißdeutete Marais ihre unbekümmerte Brutalität als Mut. Sie schienen ihm tapfer; ungeachtet aller Gefahr, überfielen sie Polizeiposten, erbeuteten Waffen und Sprengstoff, plünderten und verbrannten die Zollstation von Fort Hill an der Nordgrenze. Ein Lastwagen wurde »erobert«, desgleichen der neue französische Wagen eines Parteivorstands. Aber das alles war, wie Marais bald merkte, kein Mut, sondern schlicht Gedankenlosigkeit, die Verwirrung des scheuen Egoisten, dem Nachdenken völlig fernliegt. Außerdem handelten die Männer nach Lust und Laune; manchmal palaverten sie endlos über einen Schritt und sahen dann doch von der Ausführung ab. Sie weigerten sich, einzeln zu kämpfen; nur in der Gruppe fühlten sie sich stark. Bewußt gingen sie kein Risiko ein. Was sie unternahmen, geschah unbedacht und sprach jeder Strategie und Disziplin hohn. Ihre Angriffe, soweit sie nicht auf Widerstand trafen, bestärkten sie in ihrer fanatischen Selbstüberschätzung – weiter nichts.

Daß sie mittlerweile die ganze nördliche Provinz bis Rumpi überrannt hatten, verleitete manche zu verfrühtem Größenwahn. Sie wurden unberechenbar; sie erlagen den Verlockungen der Macht. Einige hatten schon Frauen mit dem blanken Messer bedroht und vergewaltigt. Andere hatten Läden geplündert und die Waren beiseite geschafft. Sie entschieden über Leben und Tod, schlugen Leute unbarmherzig tot oder zu Krüppeln. Alle diese Missetäter wurden aufgespürt und von Marais verhört, aber bisher nicht besonders streng bestraft. Es genügte ihm, wenn sie ihr Unrecht zugaben; er hoffte immer noch darauf, ihr schlummerndes Gewissen wachzurütteln. Schließlich hatte er einen langen Leidensweg auf sich genommen, um diese Leute zu befreien. Er fand es unerträglich, daß die ganze Verantwortung an ihm hängenblieb.

Er zündete seine Blendlaterne an und ging damit durch das Camp zu einer niedrigen Hütte. Ein Soldat, der im Schneidersitz vor der verschlossenen Tür saß, stand auf, als Marais ihn ansprach.

»Aufmachen«, sagte Marais.

Drinnen brannte ein Docht in einem Petroleumgefäß und beleuchtete die Gesichter der drei Diebe, die am Boden kauerten. Marais winkte sie heraus.

Die Männer waren barfuß; ihre Uniformen waren zerknautscht und stanken nach Petroleum. Man hatte ihnen die Gürtel abgenommen, so daß sie die Hosen mit den Händen festhalten mußten. Marais hob die Laterne. Sie blinzelten ins Licht und sahen mißtrauisch zwischen dem Wächter und Marais hin und her. Die vierzehn Tage Arrest hatten sie nicht sonderlich verändert. Einer gähnte in seine Schultergrube wie ein Kater, wobei er lässig seine Hose höherzog. Alle drei wirkten nicht im entferntesten wie reuige Sünder, sondern satt, zufrieden und, obwohl von der schlechten Luft etwas benommen, wohlausgeruht.

»Gib ihnen die Gewehre zurück«, sagte Marais und entfernte sich rasch. Die Blendlaterne ließ er stehen, und um die Kochfeuer der übrigen Mannschaft machte er einen weiten Bogen, damit niemand ihm seine Wut ansähe.

3

Ein Bier, und noch eins, und immer noch eins. Der Afrikaner hatte mit dem Einladen angefangen, und nun durfte nur er damit aufhören. Calvin war hier der Gast. Je weiter der Abend im rauchig-trüben Lampenlicht fortschritt, desto unbehaglicher wurde ihm zumute, und das machte ihn zusammen mit seiner Ungeduld und seiner wachsenden Angst fast grob. Ogilvie redete ununterbrochen, bla-bla-bla, aber Calvin hörte längst nicht mehr hin und gönnte dem Burschen mitsamt seiner Frau keinen Blick. Er trank verzweifelt gegen die Zeit an, abwechselnd ins Glas, auf seine Uhr und in den falschen Schnee auf dem Barspiegel blickend, aus dem sein müdes, betrunkenes Gesicht zurückschaute wie ein seekrankes Gespenst, das hinter dem Schnee schwitzte. Er hatte einmal versäumt, das Bier zu bezahlen, und Ogilvie tat es unverdrossen zweimal hintereinander; Calvin drehte ihm in plötzlicher Panik den Rücken, ging zur Tür, schob die Perlenschnüre beiseite und sah hinaus.

Er fühlte sich hundeelend.

Draußen war schwarze Nacht, die dicke, wollige Schwärze des afrikanischen Busches, die zweihundert Meilen weit durch nichts erhellt wurde. Erst in Lilongwe würden ein paar Straßenlaternen das Dunkel durchbrechen, und in der Gegenrichtung erst bei Blantyre, und auch sonst gab es vor Moçambique oder Swasiland kein Licht mehr. Die Nacht hatte sich angeschlichen, während sie Stunde um Stunde tranken, und hatte ihr Netz über ihre willfährigen Opfer geworfen. Irgendwo in der Nähe wurde sie mit dumpfem Trommel-Tamtam gefeiert, aber niemand machte sich die Mühe, sie mit einer gewöhnlichen Glühbirne zu vertreiben. Es gab ja keinen Strom.

Und so etwas wie ein Hotel gab es im Dorf auch nicht. Dies war schon Calvins zweite Nacht unterwegs. Die erste hatte er an der Grenze in einem ausgebrannten Schuppen verbracht; weit und breit keine Menschenseele in Sicht. Er hatte sich in eine angesengte, sackleinenbespannte Landkarte gewickelt und unter einem ebenfalls angekohlten Tisch geschlafen, das heißt dem Tagesanbruch entgegengefröstelt. Jetzt stand er mit dem Rücken zu seinem Gastgeber und spähte ins Dunkel. Jenseits der Straße waren Hütten, das wußte er. Hütten gab es überall, und er kannte sie. Sie waren fensterlos, voller plärrender Kinder, erfüllt mit dem Gestank von Holzrauch, abgestandenem Essen und feuchten Lumpen, voller Wurmhügelchen und Hundehaare auf dem gestampften Lehmboden zwischen den eng aneinandergedrängten Lagerstätten. In einem Land, das tagsüber glühte und abends kalt wurde, krochen die Leute zu jeder Zeit gern in ihre Hütten und in die schmuddeligen Bars; dort war es kühl, aber das war nicht der Grund: Es war Resignation, sie ergaben sich in ihr Schicksal, sie waren unversichert.

Calvin wurde bei dem Gedanken ruhiger; der düstere Vogel, der sich auf seiner Schulter niedergelassen hatte, regte die Schwingen und suchte das Weite. Ganz unvermittelt fühlte Calvin sich leicht, besänftigt, sorglos. Seine Nerven waren von der warmen Bierlauge gründlich aufgeweicht worden. Er war völlig betrunken, er schwankte im Türrahmen, Hände und Füße folgten keiner Vernunft mehr und fühlten sich an wie Steckrüben. Calvin fand sich plötzlich mitten auf der Dorfstraße unter den blinkenden Sternen und pinkelte sich wie immer auf die Schuhe. Er hatte nicht die blasseste Ahnung, was nun weiter geschehen sollte, und es war ihm auch ganz egal. Er ging wieder in die Bar, verharrte aber nach kurzem Bedenken auf der Schwelle und teilte die Perlenschnüre abermals, um hinauszukotzen. Er war glücklich. Welch gepriesener Ort, wo man nach Belieben vor die Tür pinkeln und kotzen durfte!

Dann stieß er mit kindischer Kraftmeierei sein Glas gegen Ogilvies Flasche, brüllte unnötig laut: »Frohe Weihnachten! Frohe Weihnachten!« und brach das Glas dabei in Stücke. Er stand im trüben Dunst an der Bar, schwitzte Bier aus allen Poren und sah erstaunt auf die untere Glashälfte, die einem wüst gezackten Gebiß ähnelte und die er noch umklammert hielt, während das Bier ihm in den Ärmel lief und sich als schmatzender Tümpel am Ellbogen sammelte.

»O mein Gott, ich bitte um Verzeihung«, stammelte Calvin so betrunken und so höflich, daß es klang, als ob er der englischen Sprache nicht mächtig wäre. Dabei war er derart mit dem Formulieren seiner zungenlahmen Entschuldigung beschäftigt, daß er vor lauter Zerknirschtheit auf Ogilvies Zehen trat und das Glas der Dame in den Schoß fegte.

»Allmächtiger, was hab' ich jetzt mit Ihrer F-frau Gemahlin angestellt!«

Ogilvie beteuerte, das mache gar nichts, und gab dem Barmann ein Zeichen, neue Flaschen zu bringen.

Calvin steckte tief betrübt den Daumen in den Mund und biß zu, wobei er sich immerfort aufs demütigste durch die übrigen gespreizten Finger entschuldigte, als spiele er auf einer Panflüte. Das beruhigte ihn endlich so weit, daß er abschließend sagte: »Tut mir leid, Ogilvie, ich bin stinkbesoffen. Ich hätte schon vor Stunden abhauen müssen.« Er bückte sich nach seinem Koffer und begann, ihn zur Tür zu schleifen. »Mach dir keine Sorgen. Ich schicke dir alle Unterlagen, sobald ich wieder in meinem Büro bin. Entschuldige mich bei deiner Frau. Ich wage ihr nicht mehr ins Gesicht zu sehen, nachdem ich –«

»Bitte«, unterbrach Ogilvie. »Warten. Bleiben.« Er war aufgestanden und hatte sich an Calvins Ärmel geklammert.

Calvin wehrte ihn schwach mit der freien Hand ab, aber das nützte nicht viel. Auch als er schon auf der Straße war, hing Ogilvie noch an ihm, ließ sich mitschleppen und stieß bei jedem Schritt gegen den Rohrkoffer. Calvin versuchte sein Tempo zu beschleunigen: Es war wie der Versuch, unter Wasser zu rennen.

»Lassen Sie mich los, Sir«, sagte er mit einem vorsichtigen Schlag auf Ogilvies Schulter. »Sie sind nun versichert, das ist die Hauptsache. Ich muß gehen. Leben Sie wohl und alles Gute!«

»Du nicht können«, erwiderte Ogilvie ernsthaft, »du müssen bleiben. Lilongwe viel zu weit weg, und, hör zu –«, er erwischte Calvins Hand, »die Dame ist nicht meine Frau. Nur meine Schwester. Selber Vater, selbe Mutter. Und –«

»Ach?« Calvin blieb stehen. Er sah jetzt, daß sie noch keine zehn Meter von der Bar weggekommen waren und Ogilvie ihm unerschütterlich auf den Fersen blieb.

»Sie dich *mögen*, Sir.«

»Tut sie das?« Calvin setzte seinen Koffer ab und kehrte der Buschfinsternis den Rücken.

»O ja, sehr, sehr! Sie wollen, du gehen mit ihr nach Hause. Spaß machen und so weiter. Du mögen auch, Sir?«

Calvin sah zur Bar hinüber. Sie stand im Eingang und hielt die Perlenschnüre zu beiden Seiten gerafft. Das trübe Licht der Lampe hinter ihr ließ den dünnen Stoff ihres Kleides durchsichtig scheinen. Er mußte sehr transparent sein, denn Calvin erkannte deutlich die unverhüllten Formen ihres Körpers mit nur ein wenig schimmernd-verklärender Folie drumherum. Eine Hand hatte sie in die Hüfte gestemmt und das schlanke Spielbein leicht vorgestellt. Es war eine Pose herausfordernder Ungeduld.

4

Calvin trat auf ein kissenweiches Etwas. Es stieß einen kurzen Protestquietscher aus und wälzte sich beiseite. Das Mädchen sagte, es sei ihr Bruder, und davon gebe es noch mehr im Zimmer. Wie viele, sagte sie nicht. Aber Calvin entdeckte im Dunkeln noch mindestens drei kleine Jungen, die auf dem Fußboden schliefen; einer fragte, warum die große Schwester solchen Lärm mache und ob alles in Ordnung sei. Und als das Mädchen hierauf verstummte und sogar den Atem anhielt, riß der Junge ein Zündholz an, hielt es hoch und starrte mit aufgerissenen Augen in Calvins weißes Gesicht, bis seine Schwester ihn anschrie, er solle es ausblasen.

Als Calvin am Morgen erwachte, waren die kleinen Jungen nicht mehr da; an ihrer Stelle lagen dort drei schmutzige Mehlsäcke. Das Mädchen schnarchte neben ihm auf der schmalen, feldbettähnlichen Pritsche, die Arme über der Brust gekreuzt und die Beine in Radfahrerstellung hochgezogen. Das Zimmer nahm eine Hälfte der Hütte ein und glich einem niedrigen, muffigen Backofen, es war mit zerbrochenen Kisten, schäbigen Decken und anderem Kram vollgestopft. Ein winziges Fenster, das an eine Gefängniszelle erinnerte, war hoch oben in die Lehmwand geschnitten und mit einem Fetzen verhängt. Als Calvin sich aufsetzte, hörte das Mädchen auf zu schnarchen und seufzte leise, ohne jedoch zu erwachen. An der gegenüberliegenden Wand hing ein Kalender vom vorigen Jahr, mit dem knallbunten Bild eines kleinen blonden Mädchens, das im Festtagskleidchen vor der Gartenkulisse des Photoateliers mit einem Kuschelkätzchen spielte. Laut Aufdruck war der Kalender ein Reklamegeschenk von *»Jaganathy's Madras Bazar«*, der auf seine Sonderangebote hinwies.

Dieser Kalenderkitsch an der Hüttenwand ärgerte Calvin fast noch mehr als das andere Bild im Raum: Dr. Osbong mit einem Nagel an die Tür gehängt – das offizielle Porträt des Präsidenten, das von den örtlichen Parteibüros verkauft wurde und in der Bar Zur Großen Trommel fehlte. Es zeigte Osbong mit einem Pelzhut voller Bisamschwänze, einem perlenbestickten Kragen, Sonnenbrille und seiner alten Schulkrawatte (Fort Hare, 1921). Links unten war das Ende eines Fliegenwedels zu sehen. Osbongs Mund war einseitig verzerrt, als knurre er jemanden an, aber die Kamera hatte nur zufällig seinen Muskeltick festgehalten. Die geschürzte Oberlippe legte einen spitzen Eckzahn frei. Das berühmte Bild war anläßlich des Festaktes in der Brandeis-Universität, USA, bei der Verleihung des Dr. phil. h. c. aufgenommen worden. Vorher hatte man Osbong in Malawi *Ngwazi*, den Eroberer, genannt, aber nun bestand er auf seinem Ehrendoktor. Er war der erste und bisher einzige Präsident des Landes. Man sah ihn selten, es sei denn durch die kugelsicheren Scheiben seines Rolls-Royce. Unter seinem Bildnis stand zu lesen: *Sie nennen mich Diktator! Wenn ich denn einer bin, so bin ich ein Diktator aus dem Volk, durch das Volk und für das Volk. Hon. Dr. Hastings K. Osbong.*

Calvin hatte ihn in den letzten zwei Jahren zweimal gesehen, einmal im scharfen Tempo am Homemakers'-Büro vorbei, jeweils eine Polizeieskorte mit Blaulicht und Sirene vor und hinter dem Präsidentenwagen, und einmal auf einer politischen Versammlung. Im Radio hörte er ihn oft genug, meist sprach er über Auslandshilfe (»Ich würde mich mit dem Teufel selbst einlassen, um euch zu helfen«), über Malawi (»Was haben wir Afrikaner verbrochen, um so wenig Lebensraum zu verdienen?«), über die Weißen (»Ein Weißer kann, wie ihr wohl wißt, zehn Afrikanern die Arbeit wegnehmen und mein Volk verdrängen«), über einen Minister, der zwei Monate nach der Unabhängigkeitserklärung einen Putschversuch angezettelt hatte (»Bringt ihn mir lebend zurück, oder tot, wenn's sein muß!«). Jeder Erfolg, sei es eine gute Erdnußernte oder eine gewährte Anleihe, freute ihn so über alle Maßen, daß er im Radio alle fünf Strophen der neuen Nationalhymne sang. Bei Mißerfolgen machte ihm sein Gesichtstick schwer zu schaffen; Witzbolde nannten ihn daher hinter vorgehaltener Hand den »Tick-Doktor«. Er war im Ältestenrat der Church of Scotland und bei allen anderen afrikanischen Präsidenten verhaßt; er kannte Debretts Adelsalmanach auswendig und sicherte sich in der Gruppenaufnahme der alljährlichen Commonwealth-Konferenz stets einen Platz in nächster Nähe der Königin.

Das offizielle Bild, das überall hing, zeigte ein gefräßiges Gesicht, das, schwarz und zerklüftet, ganz gut in den kleinen Lehmhüttenraum paßte. Um so kränkender fand Calvin das süße blonde Ding auf Jaganathys Reklamekalender. Es erregte sein Mitleid mit den afrikanischen Kindern, besonders mit den kleinen schwarzen Jungen, die von ihren Mehlsacklagern täglich zu der kleinen Weißen mit ihrem Schoßtier aufblicken mußten und sie vermutlich beneideten. Er bemitleidete alle miteinander, ob sie nun in ihren primitiven Hütten schnarchten oder mühselig, in feuchten Lumpen, auf den Schutthalden der Slums herumwühlten. Nur der Gedanke an seinen Beruf bewahrte ihn vor der Verzweiflung – eine Versicherung würde auch *sie* bewahren.

Er schwang seine langen Beine von der Bettkante und sah sich nach Hose und Schuhen um. Obwohl seine Uhr erst kurz nach acht zeigte, war er schon wieder in Schweiß gebadet. Sein Genick schmerzte, und seine Knöchel waren von Moskitos zerstochen. Als er vollends aufstand und sich reckte, erwachte das Mädchen, sah ihn verschlafen an und fragte unerwartet heftig:

»Du gehen? Wohin?«

»Raus«, sagte Calvin knapp und lüftete sein am Körper klebendes Unterhemd. »Was dagegen?«

Das Mädchen schrie etwas in Richtung Tür. Es klopfte, die Tür öffnete sich knarrend, und einer der kleinen Jungen rutschte auf den Knien herein. Das Mädchen, das inzwischen das Laken über ihre Nacktheit gezogen hatte, redete in einer unverständlichen Sprache auf den Jungen ein, die Calvin wie Gebell vorkam. Er konnte zwar ein bißchen Chinyanja, die Sprache Südmalawis, aber auch davon im wesentlichen nur Grußformeln und die Vokabeln Geld, ja, nein, gut und Bier. Jetzt sagte das Mädchen in seinem mühsamen Englisch zu ihm:

»Du gehen mit Boy.«

Calvin fand seine zerknüllte Hose auf dem Boden, da, wo er sie nachts in größter Eile ausgezogen hatte, und darunter die Wildlederschuhe. Eine Socke war unauffindbar. Er fühlte sich zu verschwitzt, um sich jetzt lange mit Suchen aufzuhalten, und schlüpfte eben ohne Socken in die Schuhe, nicht ohne sie vorher auszuschütteln: Einmal hatte er morgens ein Mäusenest in seinem Schuh gefunden. Außerdem sollte es hier Skorpione geben.

Der kleine Bruder winkte ihn hinaus und führte ihn zu einem engen Bambusgestell, das nur von ein paar Strippen zusammengehalten wurde: die Latrine. Während Calvin sich darin aufhielt, stand der kleine Junge draußen Wache. Der Fäkaliengestank war so überwältigend, daß Calvin sich unter der grellen Morgensonne einer Ohnmacht nahe fühlte. Er schlug nach den dicken Schmeißfliegen, die beim Streifen des Steinbodens und der Bambuswand so laut surrten wie Elektrorasierer. Calvin räumte das Feld, ohne seine Blase entleert zu haben, und hechtete hinter ein Büschel hohen Steppengrases. Wieder schob der Kleine Wache, diskret den Rücken gekehrt. Seine Nähe beeinträchtigte Calvin trotzdem bei seiner Verrichtung, aber er nahm seine ganze Energie zusammen, und die Gräser knickten fast unter dem jäh hervorschießenden Strahl. Als er fertig war, fragte er:

»Kannst du Englisch?«

»Ja, Bwana.«

»Nenne mich nicht Bwana.«

»Ja, Master.«

»Wie geht es dir?« fragte Calvin langsam und deutlich weiter.

»...und mir sehr gut, Sir, und hoffe, Ihnen auch«, antwortete der Junge mit belegter, nervöser Stimme.

»Ich glaube nicht, daß du wirklich Englisch kannst«, sagte Calvin.

»Ich verstehe und spreche Englisch.«

»Schön, und wie heißt du?«

»Mein Name«, sagte der kleine Junge förmlich, »ist Richard.«

»Und der Name deiner Schwester?«

»Meine Schwester heißt Mira.«

Calvin wiederholte den Namen und dankte dem Jungen. Nun wußte er endlich, wie das Mädchen hieß, mit dem er heute nacht geschlafen hatte.

Später wurde ihm ein Emaillenapf und ein Stück gelbe Seife gebracht. Er probierte bei dieser Gelegenheit zum erstenmal den Namen aus; er blieb unwidersprochen. Mira goß lauwarmes Wasser aus einem Krug in den Napf, und Calvin benetzte Gesicht und Hände. Es war eine eher symbolische Handlung; das Wasser war naturbraun, und der Dreck wurde dadurch nur verschmiert. Calvin fühlte sich hinterher erst richtig schmutzig. Während er sich mit einem Hemdzipfel abtrocknete, fragte er unumwunden:

»Warum mußte dein kleiner Bruder mitgehen?«

»Böse Leute hier«, antwortete Mira.

»Wieso?«

»Mein Englisch nicht... äh...« Sie lächelte und rief Ogilvie.

»Wo gibt es hier böse Leute?« fragte Calvin.

»Im Busch«, sagte Ogilvie bestimmt. »Überall. Nicht gut, hier allein rumlaufen. Machen Unsinn. Machen ganz schlimme Sachen.«

»Soldaten?«

»Soldaten auch. Mit *bunduki*, Pistoli, was weiß ich. Sie uns befreien«, sagte Ogilvie.

Calvin hatte in Blantyre schon öfters solche Gerüchte gehört und war zur Vorsicht ermahnt worden, aber als er sich beim Informationsministerium erkundigte, wurde alles dementiert. Das *Time*-Magazin kam immer verspätet; ohne die Kommentare darin erfuhr man nichts Aufschlußreiches. Ein Mann hatte ihm erzählt, im Norden herrsche das absolute Chaos.

»Wovon wollen sie euch denn befreien?« fragte Calvin.

Ogilvie wußte keine Antwort.

»Schießen sie auf Zivilisten?«

»Manchmal«, sagte Ogilvie.

»Wer ist ihr Anführer?« fragte Calvin. »Ein Afrikaner?«

Ogilvie lächelte schlau und zwinkerte durch seine Intelligenzbrille. Er trug heute einen gestreiften Sarong, den er beim Sprechen zurechtrückte, ein Unterhemd und Plastiksandalen. »Nein, ein Weißer. Wie du. Mächtig zäh. Essen Früchte und kleine Tiere aus dem Busch und schlafen irgendwo unter Bäumen. Aber er kommen auch ganz ohne Essen und Schlaf aus. Bei ihm tun Kugeln... so! Peng!« Ogilvie schlug sich mit federnden Bewegungen an die Brust, um anschaulich zu machen, wie die Kugeln abprallten. »Er werden Osbong töten. Sagen die Leute. Er töten alle, die ihm querkommen. Dich auch.«

»Na, bei mir hat er Pech«, sagte Calvin. »Ich gehe.«

»Ich lebe auch«, sagte Ogilvie. »Lebe gern. Hier schöner Ort zum Leben.«

»Nicht *leben*«, berichtigte Calvin, »*gehen*. Ich gehe jetzt.«

»Nicht gehen!« sagte Ogilvie befehlend. »Du hier bleiben.«

»Ich muß nach Lilongwe –«

»Kein Bus. Weihnachten. Du bleiben.«

»Er uns nicht mögen«, schmollte Mira.

Calvin sah sie kopfschüttelnd an. »Nein, das bestimmt nicht. Ich mag euch gern – beide –, aber ich muß weiter. Ich habe noch viel zu tun.«

»Ist Weihnachten«, beharrte Ogilvie.

»Ich *weiß*, daß Weihnachten ist«, sagte Calvin gereizt, obwohl Ogilvie ihn erst in diesem Moment daran erinnert hatte. »Also nochmals: frohes Fest!« fügte er knurrig hinzu.

»Wo dein Weihnachtsgeschenk?« fragte Ogilvie.

Alle starrten Calvin an: Außer den drei kleinen Jungen war noch ein halbwüchsiger Lulatsch aufgetaucht, der eine Schüssel ausleckte, und ein altes Weib, das augenscheinlich zwei oder drei lange Kleider übereinander trug. Alle hatten glattrasierte Köpfe. Sie starrten Calvin ebenso erwartungsvoll an wie Ogilvie und Mira.

Calvin zog seine Brieftasche. Das war ein Fehler, aber nun war es zu spät, sie zu verbergen. Sie sahen, wie er einen kleinen Käfer wegschnippte und daß in der Tasche ein ganzes Bündel gefalteter Banknoten steckte. Calvin versuchte, einen einzelnen Schein von den anderen zu lösen, zupfte aber, um es rasch hinter sich zu bringen, so ungeduldig, daß alle zugleich herausrutschten und den Afrikanern vor die Füße flatterten wie große, welke Blüten. Der Topfauslecker ließ seinen Topf fallen. Der Knabe, der Richard hieß, hockte sich eilfertig hin, sammelte die Scheine ein, knüllte sie zu einem Ball zusammen und überreichte diesen, noch kniend, seinem Besitzer.

Sie einigten sich auf einen Schein pro Nase, obgleich Ogilvie und Mira fanden, sie hätten mehr verdient. Calvin bemühte sich, hart zu bleiben, doch Ogilvie blieb nicht minder hart, bis ihm für den Nachmittag eine weitere Gabe versprochen wurde. Die ganze Geschichte kostete schon jetzt vier Pfund oder zehn Osbongs oder (Calvin rechnete schnell) dreizehn Dollar. Soviel hatte er zu keinem der beiden Weihnachtsfeste, die er mit seiner Frau verlebt hatte, für sie ausgegeben. Der Gedanke amüsierte ihn; wenigstens wurde er heute auf originelle Art mit *ihr* quitt.

Auch die Afrikaner hatten ein Geschenk für Calvin: eine Fellmütze, die derjenigen von Dr. Osbong sehr ähnlich war, aber mit weniger Rattenschwänzen geschmückt, die Anzahl kennzeichnete irgendwelche Rangabstufungen. Calvin trug die Mütze beim Weihnachtsumtrunk aus einem gelben Shell-Kanister, der bis zum Rand mit selbstgebrautem Bier gefüllt war und von Mund zu Mund wanderte. Das Bier war dick wie Suppe und sehr bitter, ein alkoholischer Brei, den man mit der Gabel hätte essen können. Calvin wurde genötigt, den Kanister zu leeren, nachdem jeder einen Zug genommen hatte. Seine Füße wurden bleiern davon. Aber schon kam Nachschub.

Sie tranken alle. Das Bier ersetzte Frühstück und Mittagessen zusammen. Sie tranken, wie sie sagten, zur Feier von Calvins Ankunft und weil er ihnen Geld gegeben hatte und weil Weihnachten war. Calvin, der unter der Pelzmütze schwitzte, behauptete noch, es sei eine trockene Hitze. Darauf tranken sie wieder. Sie tranken, um sich müde zu machen, und schliefen ein. Dann kamen sie wieder halbwegs zu sich und tranken, um sich zu ermuntern. Sie tranken und sangen. Andere Dörfler kamen dazu und tranken ihrerseits nicht wenig, wohl aus Mitgefühl für den armen Weißen, der so betrunken und so schmutzig und so gutmütig war. Sie tranken alle aus einem gemeinsamen Bierkessel, natürlich durch ihre geräuschvoll gurgelnden Schilfrohre.

Nachmittags ging das hausgemachte Gebräu zur Neige, und man wechselte zu ebenfalls hausgemachten »Gin« über, ungefiltertem *kachasu*, der giftig fahl aussah, zähflüssig war und wie Hexenbesen schmeckte. Das Gesöff ging durch Calvins Kehle wie zerkleinerte Rasierklingen, und sein übervoller Magen geriet allmählich ins Brodeln. Die andern tranken reihum aus einem Wasserglas und priesen das Getränk, Amerika und Dr. Osbong (»Hoch soll er leben!« rief auch Calvin unbedacht). Darauf folgte eine Streiterei um Osbong, die in Handgreiflichkeiten ausartete. Zwei Männer wälzten sich tretend und schlagend auf dem Boden, aber bald rollten sie aus der Runde, und das Besäufnis ging weiter. Am späten Nachmittag war auch der Gin alle. Ogilvie erschien breit grinsend neben Calvin und entkorkte eine Flasche mit grellrotem, codeinhaltigen Hustensaft.

»Was ich jetzt brauche«, lallte Calvin, »sind 'n paar ordentliche Lion...«, worauf Mira und die Alte unverzüglich in die Große Trommel geschickt wurden, um die nötigen Flaschen zu besorgen. Calvin sagte noch mit wichtig erhobenem Zeigefinger, sie sollten alles von seinem Weihnachtsgeld bezahlen, und sie eilten mit zwei Körben davon.

Während der Wartezeit betrachtete Calvin seinen neuen Freund Ogilvie genauer und erschrak: Abgesehen vom Saufen hatte er nichts mit ihm gemein. Ihm war, als hätte man ihm alle Knochen aus dem Leib gerissen und nur schlaffes Fleisch zurückgelassen. Bald würde es dunkel werden; schon wieder ging ein Tag zu Ende. Das Mitleid, das ihn heute früh in der engen Hütte überkommen hatte, war längst von Fluchtgedanken verdrängt worden. Er fühlte sich gefangen und beobachtet: offensichtlich wollten sie ihn nicht weglassen. Das konnte noch tagelang dauern. Seine Brieftasche war fast leer, und andere Wertgegenstände hatte er kaum. Natürlich hielten sie ihn für reich, aber er besaß wenig mehr als seine sechs kostbaren Brillen.

»Ich hab' noch 'n Geschenk für dich, Ogilvie«, nuschelte er.

Sie gingen zusammen zur Hütte. Der Rohrkoffer wurde unter der Pritsche hervorgezogen. Calvin kramte darin und holte seine dunkelste Sonnenbrille heraus, deren Gläser nach ärztlicher Vorschrift eigens für seine astigmatischen Augen geschliffen worden waren. Ogilvie, der vielleicht einen Trick argwöhnte, stand breit in der offenen Tür und grunzte nur, als Calvin sich ihm zuwandte und freundlich sagte: »Nochmals frohe Weihnachten! Hier eine Brille, direkt aus den USA.« Er ließ das Etui aus imitiertem Krokodilleder auf- und zuschnappen. »Probier sie mal an, du Glückspilz.«

Ogilvie fingerte und klopfte an dem Etui herum, ohne es aufzubringen. Calvin ließ ihm nicht viel Zeit. Er nahm es ihm wieder ab, kämpfte einen Moment selbst mit der Druckvorrichtung und öffnete es mehrmals.

»Schön, was?« gurrte er verführerisch.

Es war eine teure Brille mit französischem Gestell, auf tropische Lichtverhältnisse abgestimmten Gläsern und wegen Calvins Sehschwäche stark gewölbt. Die Gläser allein hatten dreißig Dollar gekostet, die elegante Fassung noch mal fünfundzwanzig.

»Schöne Gucker«, lobte Ogilvie, streichelte die Brille, setzte sie – und stolperte.

»Hast du 'nen Spiegel? Guck dich mal an«, sagte Calvin. Und kaum hatte Ogilvie die Hütte durch die rechte Tür betreten, griff Calvin sich Panama, Jackett und Koffer und rannte durch die andere Tür ins Freie.

Draußen stieß er auf Ogilvie. Calvin hatte nicht damit gerechnet, daß Ogilvie einen Handspiegel besaß. Aber so war es, und Ogilvie hielt ihn sich angestrengt vors Gesicht.

»Kann nichts sehen«, murrte er.

»Näher ran«, rief Calvin und schlich auf Zehenspitzen bis zum Rand der Lichtung. Dort legte er in der Hoffnung, Ogilvie über den gewonnenen Abstand zu täuschen, beide Hände als Schalltrichter um den Mund und rief: »Noch näher!«

Ogilvie stieß schon mit der Nasenspitze an den Spiegel.

Calvin rannte wie um sein Leben. Der Koffer schlug ihm rhythmisch an die Beine; er drang blindlings in den dichten Busch ein, prallte gegen Baumstämme und verlor seinen Panama. Er schlug einen Haken, überquerte eine gerodete Stelle mit nur zwei Hütten und einer dösenden Familie. Ihr Hund raste ihm kläffend nach, und die aufgeschreckten Leute sahen im Dämmerlicht einen langen, hageren *mzungu* mit Brille, Koffer und schmutzigem Europäeranzug vorüberhasten.

Das Gestrüpp lichtete sich. Calvin glaubte die rettende Landstraße nahe, und mit ihr einen Bus, einen Lieferwagen oder einen Bananentransport. Er konnte auch zu Fuß weitergehen. Nur weiter, nur weg von hier! In wenigen Minuten (in seinem benebelten Hirn schwirrte es) würde er es geschafft haben. Schon entdeckte er einen kleinen Fußpfad, auf dem das Rennen leichter wurde. Er fiel in gemächlichen Trab, aber dann mußte er haltmachen, weil seine Brille beschlagen war.

Er nahm sie ab und wischte mit dem Ärmel und den Fingern daran herum. Als er sie wieder aufsetzte, sah er durch die Schmierstreifen zwei Gestalten vor sich auf dem Pfad stehen. Eine war Mira. Sie hatte eine Halbliterflasche Lion in der erhobenen Hand. Calvin konnte seine trägen, vom Alkohol schweren Arme kaum zur Abwehr hochheben. Er stieß nur ein lautes »Nein!!!« hervor.

Mira war nicht groß genug, um ihm die Flasche gezielt über den Schädel zu hauen. Dafür traf sie ihn genau hinter einem Ohr, und er setzte sich ziemlich unsanft auf den Pfad. Die Flasche war heil geblieben, hatte aber seine Brille heruntergeschlagen.

»Wir brauchen dich«, flüsterte Mira, und er gab den Kampf auf.

5

»Heute«, verkündete Ogilvie, der seinen Kopf durch den Türspalt schob und über den Rand seiner neuen Sonnenbrille spähte, »ist *Boxing Day*.«

»Was? Wer boxt gegen wen?« fragte Calvin benommen.

Kaum erwacht, spürte er schon das schmerzhafte Pochen in der Beule hinter seinem Ohr. Er wälzte sich auf die Seite, wobei er das wacklige Feldbett fast zum Einsturz brachte und seine Mitschläferin – dieselbe, die ihn tätlich angegriffen hatte – an die Lehmwand drückte.

»Nicht Boxen«, belehrte ihn Ogilvie. »Boxing Day ist... wie sagt man... Bescherung. Weihnachtsgeschenke!«

Calvin sah ihn nur stumm an. Ogilvies Handfläche zeigte nach oben, und die Finger grabschten habgierig in der Luft herum.

»Geschenk!« kam ein gemurmeltes Echo von der Wand her.

»Ich haue ab«, sagte Calvin herzlos. »Muß endlich den Bus kriegen.« Er gähnte und rieb sich die Augen.

»Boxing Day. Kein Bus an Boxing Day«, sagte Ogilvie. »Bescherung, Bwana. Gib mir was.«

»Du hast doch schon ein Geschenk von mir – sogar zwei!«

»Das war Weihnachten. Aber heute«, Ogilvie lächelte, »heute Boxing Day. Gib.« Seine Krallenfinger winkten ihm.

Calvin griff in sein Hemd, kramte ein Pfund aus seiner Brieftasche und reichte es Ogilvie, ohne deswegen extra aufzustehen. Ogilvie dankte, indem er zwei Finger salutierend an den Rand seiner Sonnenbrille legte. Dann tätschelte er Miras nackte Fessel und sagte: »Hübsch, eh? Sie dich mögen so sehr. Zu sehr. Und ich, ich mögen Engländer auch.«

»Ich bin kein Engländer.«

»Nein? Schade.« Doch Ogilvies gute Laune war nur einen Moment gedämpft; er sah auf das Geld und wurde fürsorglich. »Du müssen Wasser lassen? Ich gehen mit zu Latrine. Jetzt gleich? Du wollen?«

»Raus«, sagte Calvin. »Und mach die Tür von außen zu.«

Ogilvie lächelte, salutierte noch einmal und verzog sich.

»Geschenk«, murmelte Mira. »Du mir geben.«

Mit plötzlicher Hast, obwohl sein Kopf noch dröhnte, drehte Calvin sie auf den Rücken, drängte ihre Schenkel auseinander, umfaßte mit beiden Händen ihr kühles Gesäß und drang mit einem einzigen Stoß in ihren geschmeidigen Körper ein. Mira bäumte sich auf; ihre schlanken Arme hoben sich mit einer gebetsähnlichen Geste zu seinem Kopf, als brächte sie ihren Hausgeistern ein Opfer dar. Calvin packte sie an den

Handgelenken und ritt sie ein paar Sekunden, bis er kam und erschöpft an ihre Seite sank. Sie hatte das kurze Intermezzo kaum bemerkt. Calvin gab ihr zwanzig Osbongs und bat sie leise zu gehen. Sie gehorchte schlaftrunken, wickelte sich in ein langes Tuch und schloß die Tür hinter sich.

Es sprach sich rasch herum, daß Calvin wieder Geld verteilte. Die andern kamen und holten sich ihres. Die drei kleinen Jungen, der halbwüchsige Lulatsch, die Alte: alle rutschten auf den Knien herein und hielten mit gesenktem Kopf beide Hände auf. Calvin befahl ihnen aufzustehen, aber das taten sie nicht; jeder schob sich, nachdem er das Seine empfangen hatte, ungeschickt und immer noch kniend zur Tür hinaus. Calvin verriegelte sie, als endlich auch die alte Dame draußen war.

Doch damit hörte das Klopfen nicht auf. Besucher, Nachbarn, vielleicht Verwandte kamen und heischten Geschenke. Calvin hatte die Familie reichlich abgefunden; er fühlte sich nicht verpflichtet, das ganze Dorf zu bezahlen. Sein einziger Wunsch war, hier herauszukommen, aber vorläufig war das unmöglich. Ganz zuerst hatte er es nur für unhöflich gehalten, ihre Gastfreundschaft zurückzuweisen und sie ungewollt zu kränken; seit gestern wußte er, daß es unter Umständen lebensgefährlich war. Nicht sie würden verletzt werden, sondern er. Sie würden ihn barbarisch zurichten, wenn sie ihn noch einmal bei einem Fluchtversuch ertappten.

Schließlich konnte er auch bleiben. Allein auf der Pritsche hatte er die Vision, wie es wäre, wenn er freiwillig ein paar Tage länger bliebe. Er würde mit ihnen trinken, ein bißchen von ihrer Sprache lernen, sich in ihren Alltag einfügen. Falls er wochenlang hängenbliebe, würden ihm die Kleider vom Leibe fallen, und er würde sie gegen einen Sarong und die Wildlederschuhe gegen Plastiksandalen eintauschen. Mira würde auf den Feldern arbeiten. Wenn die Ernte schlecht ausfiele, würde es seine Sache sein, Mehl aufzutreiben. Er würde ein paar Kinder zeugen, weder so schwarz wie Mira noch so weiß wie er, sondern wahrscheinlich goldbraune, wie der farbige Bluessänger Bones einer war. Er würde sie alle versichern und eine Homemakers'-Agentur in Rumpi aufbauen. Natürlich würde ihm die ganze Familie ununterbrochen das Geld aus der Tasche ziehen, aber er würde eine wichtige Persönlichkeit werden und in allen dörflichen Angelegenheiten um Rat gefragt werden. Er würde hier sterben, am Suff oder am Fieber, und sie würden eine flache Grube unter einem Baum scharren, ihn hineinrollen, mit Sand und Steinen zuschütten und ein kleines Kreuz auf dem Hügel errichten. Und später würden sie viele Legenden um ihn spinnen. Er hörte sie schon den Anfang der Geschichte raunen: Es war einmal ein weißer Mann, der hier des Weges kam und blieb. Und er gab uns all sein Geld und verliebte sich in die schöne Mira, die ihm drei starke...

Oder würden sie ihn kurzerhand zu ihrem Sklaven machen?

Calvin war sich durchaus nicht sicher. *Er* war jedenfalls kein Ausbeuter, und sie schienen dringend einen Häuptling zu brauchen. Klar, er zahlte, und sie würden immer wieder Gründe finden, ihn zu halten: Wenn es keine Feiertage mehr gab, würden es die vermeintlichen Strolche im Busch sein. Ein Häuptling war den Seinen auf Gnade und Ungnade ausgeliefert, sobald er ihre Sorgen übernahm.

Calvin zog sich an, ging hinaus und wurde sofort von Ogilvie und dem kleinen Richard zu den hohen Grasbüschen begleitet. Dann tranken sie, er mit seinem Pelzhut auf dem Ehrenplatz, dem einzigen Sessel (einem arg mitgenommenen Polstermöbel), während die andern zu seinen Füßen auf den Fersen hockten. Sie stahlen für ihn: ein Glas aus der Bar Zur Großen Trommel, einen Schirm aus der Nachbarschaft (mittags regnete es), ein Huhn, weil er endlich etwas essen wollte und sie nichts anderes hatten. Jemand hatte seinen Panama gefunden und brachte ihn zurück. Mira wusch und bügelte sein Hemd und half ihm hinein wie eine treusorgende Ehefrau. Calvin fand es grausam, sie noch lange falschen Hoffnungen zu überlassen; er mußte so bald wie möglich verschwinden. Es genügte, daß er einen von ihnen versichert hatte, das war eine gute Tat; sein längeres Verweilen konnte alles zunichte machen. Daß er noch da war, führte sie in die Irre. Er hatte nicht die Absicht, ihr Häuptling zu werden.

Je länger das Trinken sich hinzog, desto öfter schwankte die Stimmung zwischen Höflichkeit, Peinlichkeiten und offener Drohung, denn sie machten keinerlei Umstände mehr, Calvin immer wieder um Geld anzuschnorren. Dauernd streckten sie die Hände aus und rollten angriffslustig mit den Augäpfeln; einige fingen an, ihn *nduna*, Häuptling, zu nennen. Zweimal im Laufe des Nachmittags versuchte Ogilvie sogar, seinen Gast körperlich anzugreifen, das eine Mal mit einem rostigen Dolch, den er blind in der Luft schwenkte, weil er durch Calvins Sonnenbrille kaum etwas erkennen konnte. Immerhin war Calvin so erschrocken, daß er sich schleunigst hinter einen Baum rettete. Sein umnebeltes Hirn suchte verzweifelt nach Fluchtmöglichkeiten. Ihm war jetzt ganz gleich, ob er sich damit als undankbarer Gast erwies; ihren Zorn mußte er eben in Kauf nehmen. Weglaufen war gefährlich, aber Bleiben war sein sicherer Tod. Calvin beschloß, sich bei anbrechender Nacht davonzustehlen, und heckte auch gleich einen Plan aus.

»Warte doch!« rief er hinter dem Baumstamm hervor. Er war darauf gefaßt, hinaufklettern zu müssen, falls Ogilvie nach ihm warf, und zwang sich zu einem hohlen Lachen. »Ich habe eine Idee. Wir feiern alle zusammen – steck doch dein Messer weg, Ogilvie –, wir gehen jetzt alle in die Große Trommel. Ich halte euch frei, es gibt Bier und Strohhalme –«

Ogilvie ließ den Dolch fallen.

»In die Große Trommel?«

»Warum nicht?« fragte Calvin. Er hielt den Atem an; seine Augen flehten um Zustimmung.

»Warum nicht, warum nicht«, plapperte Ogilvie fröhlich nach. Er schleuderte die Sandalen von den Füßen und lief in seinen Teil der Hütte, um sich umzuziehen. Mira tat das gleiche. Irgendwo in der Hütte gab es eine Ecke, wo weder Mäuse noch Schimmel hinkamen, dort bewahrten sie ihren Sonntagsstaat auf. Ogilvies Hemd war blütenrein wie neu, sein Kragen gestärkt, sein Schlips elegant gebunden. Mira trug wieder das spitzenbesetzte rosa Wickelkleid, das bei Sonnenlicht ihre reizvollen Körperformen ahnen ließ. Dazu hatte sie sich einen bunten Turban um den Kopf gewunden, in dem genug Rosa war, um zu dem Kleid zu passen. Ihre Ohrringe waren große Zigeunerreifen, die verheißungsvoll klingelten. Calvin bemerkte, daß sie schräggeschnittene, beinahe chinesische Augen hatte. Sie hielt ihren schlanken Hals vollkommen aufrecht; ihre prachtvolle Haltung zeigte, daß sie von Kind an schwere Lasten auf dem Kopf getragen hatte, im

Gegensatz zu ihrem Bruder Ogilvie. Der hatte nie etwas tragen müssen und hielt sich schlecht.

Calvins Anzug war in einem fortgeschrittenen Stadium der Auflösung. Seine sockenlosen Füße steckten in Wildlederschuhen, die allmählich Schimmel ansetzten; die Krempe des Panama wurde immer löchriger; seine Brille war vollkommen verschmiert. Außerdem hatte er sich seit drei Tagen nicht rasiert. Seine Hände waren relativ sauber, weil er damit das feuchte Hühnerfrikassee gegessen hatte. In die eine Hosentasche steckte er Geld für drei Bier, nicht mehr, in die andere seine Reservebrille, die Zahnbürste und fünf Malaria-Tabletten. Sein Hemd stopfte er mit Versicherungsformularen, Broschüren und den Unterlagen eines anderen neuen Kunden aus, dessen Vierteljahresprämie wegen der Feiertage noch ausstand. Er wußte, daß er nicht noch einmal mit Gepäck fliehen konnte. Darum ließ er seinen Rohrkoffer im Stich, Inhalt: eine Tube Zahnpasta, ein mit Stoppeln gefüllter Rasierapparat, einen Socken, etwas schmutzige Wäsche und ein sehr schmutziger Michelin-Reiseführer für Mittel- und Südafrika.

Als sie in der Großen Trommel ankamen, gab es gleich Ärger. Ein baumlanger Afrikaner, der draußen unter dem Dachvorsprung gestanden hatte, folgte Calvin auf dem Fuß und verlangte nicht nur ein Boxing-Day-Geschenk, sondern hielt ihm ein leeres Glas unter die Nase und sagte: »Füllen!«

»Du nichts geben«, riet Mira.

Calvin wollte sich nicht mit dem Kerl anlegen und schickte sich an, das Glas vollzugießen, aber Mira stieß die Flasche weg, so daß das Bier sich über Calvins Jackett ergoß. Dann fuhr sie den Mann in scharfem Ton an, er solle sich wegscheren.

»Du Blödmann!« sagte Ogilvie zu dem Schwarzen.

Der Mann beugte sich vor und spuckte in Miras Bierglas.

Calvin tauschte rasch sein Glas mit Miras aus. »Er hat's nicht böse gemeint«, suchte er zu beschwichtigen.

Der Mann murrte etwas Unverständliches.

»Hau zu!« sagte Mira zu Calvin. »Er spucken! Hau ihn nieder!«

»Ich bring' so was nicht fertig«, sagte Calvin. Er versuchte den Mann anzulächeln, aber sein Lächeln geriet zur verzerrten Grimasse eines Menschen, der etwas Hartes hinunterschluckt, es wurde als Drohung ausgelegt. Calvin streckte freundschaftlich die Hand aus. Der Mann griff sich hastig an den Magen, wo er wohl einen Boxhieb erwartete, und verdrückte sich.

»Feiger Hund«, höhnte Ogilvie.

Calvin nickte und äußerte dann den Satz, den er seit Verlassen der Hütte innerlich immer wieder geprobt hatte: »Ich muß mal Wasser lassen.«

Die Sonne ging gerade unter. Jeden Abend gab es gleich nach Sonnenuntergang ein kürzeres oder längeres Intervall undurchdringlicher Schwärze, je nachdem, ob und wann der Mond aufging und die Sterne aufblinkten, und solange das dauerte, konnte man kaum den Boden unter den Füßen sehen. Calvin gedachte diese Zeitspanne zu nutzen, um sich in die Büsche zu schlagen. Vielleicht erwischte er doch noch den Bus oder einen anderen Wagen. Solange er noch eine Reservebrille zu bieten hatte, brauchte er kein Fahrgeld.

»Okay«, sagte Ogilvie. »Ich komme mit.«

Calvin konnte Ogilvie nicht mehr in die Augen sehen. Die Ausrede war zu billig, und Ogilvie hatte ein Gespür für faule Tricks. Calvin richtete seinen Blick auf Mira – ein so schönes Mädchen an einem Ort, wo die Liebe so einfach war. Was hatte sie ihm getan, daß er so schäbig an ihr handelte? *Wir brauchen dich*, hatte sie gesagt. Wie sollte er ihr erklären, daß er fair sein wollte, aber noch etwas anderes zu tun hatte?

»Hör mal, ich muß Wasser lassen«, wiederholte Calvin. Es war ihm peinlich, die Schwarzen nur seinetwegen in jämmerlichem Englisch reden zu hören.

»Fremde Leute im Busch«, sagte Ogilvie zu Mira. »Sie ihn töten!«

»Ich bin ein zäher Bursche«, erklärte Calvin und zog sein Jackett aus. »Und ich muß doch bloß mal für 'ne Minute raus, versteht ihr nicht? Wasser lassen.« Er zeigte durch die Perlenschnüre auf eine dunkle Baumgruppe, in deren Spitzen noch der letzte Schein der Abendröte hing. »Als Pfand lass' ich euch meine Jacke hier.« Er schüttelte das Jackett demonstrativ und legte es über die Theke. »Und meine Brille leg' ich gleich dazu.« Er tat es. »Ich kann nicht gut ohne Brille weglaufen, was? Haha!«

»Die Uhr auch«, sagte Ogilvie.

»Die nicht«, wehrte Calvin rasch ab. »Aber wie wär's mit 'ner Zahnbürste?« Er legte sie neben die Brille auf das Jackett, übrigens ganz froh, sie los zu sein – es war eine schlechte portugiesische, die er in Blantyre gekauft hatte, mit Schweinsborsten und gelbem Beingriff.

Ogilvie grunzte unbestimmt.

»Na, und mein Koffer ist ja auch noch da. Das ist es, was wir im Versicherungsgeschäft ›auf Gegenseitigkeit‹ nennen: Ihr behaltet all mein Zeug zum Zeichen, daß ich bestimmt wiederkomme. Ich brauch's doch noch, oder?« Calvin bewegte sich langsam in Richtung Tür. »Ihr müßt mir nachher alles zurückgeben – denkt ja nicht, ihr dürftet es behalten. Barmann, noch drei Bier für uns! Bin gleich wieder da!«

Beim Hinausgehen hörte er noch, wie die Flaschen geöffnet wurden. Er ging bis zur Ecke und öffnete seine Hose. Als er sah, daß ihm niemand folgte, zog er den Reißverschluß wieder hoch und rannte los.

6

Einst, als Junggeselle und Versicherungsvertreter auf Tour zwischen Hudson und der Homemakers'-Niederlassung in Worcester, hatte Calvin kein Mädchen ansehen können, ohne gleich an Heirat zu denken; aber dieser Gedanke zog unweigerlich den an Scheidung nach sich, was ihn im Umgang mit Frauen etwas schüchtern machte. Für einen Versicherungsmann, der ständig mit Risiken zu tun hatte, schien ihm das nur natürlich; ein Fehlinvestment war schlimmer als gar keins. Und Heiraten war entschieden ein Risiko. Es gab grauenvolle Ehepaare. Sie erinnerten ihn an monströse Kraken mit zwei Köpfen, acht Saugarmen und unstillbarem Appetit – und kurzer Lebensdauer.

In dem »Hochzeitsglocken« betitelten Kunstlederalbum, in dem er früher oft ungläubig geblättert hatte und das jetzt seine Exfrau in Verwahrung hielt, befand sich ein Bild, das ein Berufsphotograph von ihr aufgenommen hatte, als sie noch nicht verheiratet gewesen waren. Sie schaute aus dem mattgekörnten Bild groß und versonnen ins Weite, die zarten Hände leicht unter dem Kinn zusammengelegt und in einer Haltung, als lehne sie sich aus einem offenen Fenster. Alles an ihr war tipptopp, die kleinen Perlenohrringe, die winzigen Knöpfe an der duftigen Bluse – nur so schlanke Finger wie die ihren konnten es fertiggebracht haben, alle Knöpfe akkurat zu schließen. Die Körbchen ihres Büstenhalters schimmerten da, wo die Bluse anlag, etwas durch. Die reifen, vollen, feuchten Lippen schmollten ein wenig. Seidige Löckchen, wie sie nur auf guten Photographien zur Geltung kommen, tanzten um ihre Wangen und verstärkten den Eindruck, die Abgebildete sei eine reizende, lebhafte und heitere Person.

Alles Schwindel! Dieses Album (es hatte ein Vermögen gekostet) war eine Ansammlung von Lügen, mit Ausnahme eines Schnappschusses, der am Hochzeitstag auf den Stufen der Baptistenkirche von Hudson gemacht worden war, bevor sich das überraschte Paar in Position stellte – und ebendeshalb war die ganze Wahrheit darin eingefangen: Die Braut beschimpfte gerade mit weit offenem Mund das Blumenmädchen, und er, der Bräutigam, guckte krampfhaft weg, zum Assabet River hinüber, die Hände vor dem Unterleib gekreuzt.

Calvin sah sich lieber seine eigenen Schnappschüsse von der Frau an. Er hatte sie mit grimmiger Genugtuung betrachtet, schon damals in der freudlosen Einsamkeit, die ihm diese Ehe aufgebürdet hatte, und erst recht nach der Scheidung, in einer Zeit tiefster Depression und Reue. Leider konnte kein Gericht seiner Frau diese Vorstellungsbilder mit ironischen Bemerkungen vorhalten, denn sie zeigten, was ein unerfahrener jungen Mann sexy fand: eine attraktive Nackte mit aufreizenden Gebärden. Aber zu ihm redeten sie sogar: böse, einfallsreich und kränkend. In Calvins Lieblingsszene, einer Erinnerung, die alles rechtfertigte, was er je getan hatte, und ihn in seiner Umdüsterung tröstete, stand seine Frau splitternackt vor ihm, eine Brust leicht in die eine Hand gebettet, während sie mit den Fingerspitzen der anderen die rosige Warze liebkoste, ihre Farbe prüfte und in wahnwitzigem Ton säuselte: »Wer sich nicht für mich und meine Probleme interessiert, ist ein gottverdammter Egoist.«

Vom Moment der Trauung an hatte sie sich in eine furchtlose, rechthaberische kleine Frau verwandelt. Sie hatten sich bei einem Mittsommerausflug kennengelernt, den der Küster ihrer Kirche organisierte. Sie hatte gesagt, sie fände seinen Versicherungsjob »faszinierend« und sie habe einen College-Abschluß gemacht (»Oh, nur an einem ganz kleinen College oben in Vermont, Sie werden nie davon gehört haben«, hatte sie lachend hinzugefügt, mit der anmutigen Bescheidenheit, die das Drittklassige so beeindruckend verschleiert). Kaum waren sie verheiratet, hatte sie das Ziel ihrer Wünsche erreicht, und dank ihrer Besitzgier verlor sie Calvin für immer. Aber das ließ sie kalt. Die Ehe war für sie sowieso nur ein notwendiges Übel. Es berührte sie nicht, daß Calvin, der von Glück geträumt hatte, sich aber auch mit so etwas wie Frieden begnügt hätte, das Ganze allmählich als unerträglichen Schwindel empfand. Mit der Heirat hatte sie ihn festgenagelt, ihn aller Gemeinschaft mit anderen beraubt; er hatte sich nie so beengt und vereinsamt gefühlt wie als Ehemann.

Zuerst hatte er sich nur scheu und behutsam an sie herangewagt, aber sie spottete über seinen Pyjama und schleuderte ihr Nachthemd von sich. In der Erregung veränderte sich ihr Wesen, alle Masken fielen, ihr Gesicht verzerrte sich vor Begierde; sie suchte ihn, wie das klassische gespaltene Doppelwesen seine verlorene Hälfte gesucht haben mochte, und Sekunden später bildete sie mit ihm einen zappelnden Oktopus. Hinterher war sie kalt, streckte die eigenen vier Glieder von sich und erging sich in der verwirrenden Gewohnheit, von Calvins Penis in der dritten Person zu reden. Sie machte das so natürlich, daß Calvin, als er es zum erstenmal hörte, hastig seine Blöße bedeckte und sich umsah, als rede sie mit einem unbefugten Eindringling. »Er kriegt was für sein Geld!« sagte sie beispielsweise...

Sie wußte alles über Sex, sie kaufte sich einschlägige Literatur und Handbücher mit klinisch-sachlichen Beschreibungen, so daß Calvin zeitweilig zur Impotenz gefror. Der von seiner Frau gern gebrauchte Ausdruck »schrauben« erinnerte ihn an Folterkammern, »Unzucht und Hurerei« an die Bibel, und »ficken« schien ihm auch nicht ganz das rechte Wort für ein Tun, das zwei Menschen gegenseitig Freude bereiten sollte. Es war die Kurzformel seiner Frau, womit ihre Bedürfnisse erschöpfend umrissen schienen, und es erlaubte jede beliebige Gedankenverbindung zwischen leichtem Appetit, regelmäßiger Befriedigung, erdrückender Gier und Lustgestöhn – allem, außer Liebe. Wenn es vorbei war, sprang sie aus dem Bett, stürzte zur Toilette und behandelte sich mit einer birnenförmigen Gummispritze, um Calvins Samen mit irgendeiner Desinfektionslösung wegzuspülen. War dies gewissenhaft erledigt, so kehrte sie ins Bett zurück und sagte, Kinder seien die Hölle und sie gedächte, nie welche zu kriegen. Calvin war anfangs wirklich beeindruckt von ihren praktischen Kenntnissen gewesen, zumal sie gern davon sprach und die erträglichen Fachausdrücke aus ihren Lehrbüchern manchmal zur »Einstimmung« benutzte: Vorspiel, Streicheln, Petting, Eindringen – aber auch weniger ermunternde Vokabeln wie: Schwellkörper, erogene Zonen und orale Techniken. Sie redete sogar beim Frühstück darüber, mit halbvollem Mund, Toast mampfend und ihr Ei löffelnd, und dachte sich nichts dabei. Sie fand im Grunde sogar, daß sie ganz gut zusammenpaßten, während Calvin jenen Gemeindeausflug und die Passivität, die er mit achtundzwanzig empfunden hatte, aus tiefster Seele bereute. Und da die Ehe nach dem Willen seiner Frau kinderlos bleiben sollte, kam sie ihm wie ein Komplott zweier Außenseiter vor, fast als hätten sich zwei Schwule zusammengetan.

Und sie war engherzig, kleinlich, borniert. Calvin hätte sich mit allem abgefunden, wenn sie das nicht gewesen wäre. Sie kommandierte und forderte, sie entwickelte sich zu einer Kerkermeisterin; aber Calvin erfuhr bald, daß er mit Millionen anderer Männer im gleichen Boot saß. Seine Heirat hatte die Kollegen in der Worcester-Filiale zu Kantinengesprächen angeregt. Sie verglichen ihre Leiden; einer behauptete stets, seine Frau sei schlimmer als die Frauen all der anderen Ehekrüppel. Calvin, sagten sie, hätte es noch gut; sie zwinkerten anzüglich und stießen ihn in die Rippen. Er würde schon sehen, wie hart das Joch mit den Jahren würde. Dabei hatte Calvin ihnen gar nicht alles erzählt.

Einmal hatte er es versucht. »Die Sache ist die«, begann er, »daß meine Frau alle Minderheiten *haßt*. Ich weiß, daß Frauen im allgemeinen konservativer sein sollen als Männer, aber meine Frau ist unter anderem Antisemitin. Sie haßt Juden. Sie haßt Neger. Sie haßt –«

Er stockte. Das Schweigen der anderen war beredter als jeder Widerspruch. Sie hatten die Gläser hingestellt und glotzten Calvin nur an. Endlich, nach einer langen Pause, verzog einer das Gesicht zu einer total verständnislosen Miene und fragte:

»Na und? Was dabei, wenn Ihre Frau die Jidden haßt? Meine *liebt* sie und lädt dauernd welche zu uns ein. Das ist eins *meiner* Probleme!«

Calvin erwähnte seine Frau nie wieder. Daß sie dumm war, hatte er von vornherein gewußt, auch daß ihr »kleines, namenloses College« pure Erfindung war; aber er hätte sie nie für gemein gehalten. Dumme Leute waren oft besonders nett, bescheiden und zugänglich, konnten gut zuhören und waren leicht zu erfreuen. Die Dummheit seiner Frau aber war ihr Freibrief für Überheblichkeit und Schulmeisterei. *Sie* war unfehlbar. Im vollen Bewußtsein ihrer Privilegien schimpfte sie über die Kunden, die ihr Mann versicherte; was sie entbehrte, war angeblich von Minderheiten gestohlen oder veruntreut; für jede dieser Gruppen hatte sie einen bösartigen Spitznamen. Calvins Verteidigungsreden wurden ebenfalls immer einfältiger; ihr sturer Dünkel wirkte verdummend auf ihn zurück. Wenn sie die »Jidden« gerissen nannte, nannte er sie intelligent; sie sagte, die »Itaker« seien dreckig, und er sagte, sie seien offenherzig und fröhlich; sie bezeichnete alle »Nigger« als Halbwilde, und er konterte mit Jazz- und Baseballgrößen. Daß das alles nicht so einfach war, wußte er selbst. In verlotterten Wohnzimmern, baufälligen Abbruchvierteln und verfärbten Kunststoffküchen hatte Calvin diese Leute oft genug das Kleingedruckte auf der Rückseite der Policen studieren sehen. Er wußte mehr über sie als ihre engsten Angehörigen, er kannte ihre Röntgenbilder, die Atteste und Krankenberichte aller Amtsärzte und Unterzeichner. *Schwindelanfälle, Blut im Stuhl, Augenbeschwerden, Gelenkrheuma, Knieschmerzen bei Kälte, Druck in der Brust, Zahnfleischbluten, wunder Gaumen von schlechtsitzender Prothese, dreimal LSD (im Krieg, aus jugendlichem Unverstand), Blutarmut, Schlafstörungen ...* Auf langen, nichts auslassenden und scheinbar neutralen Fragebögen gaben sie arglos alle Details ihres kümmerlichen Lebens preis. Sie waren ehrlich, sie nahmen es ernst, sie waren völlig verschüchtert. Die meisten waren schwarz. Keine Gesellschaft der Erde wollte sie noch versichern. Calvins Herz zog sich angesichts all dieses Elends zusammen. Sie vertrauten ihm.

Seine Frau aber haßte sie. Calvin haßte nicht einmal die dubiosen Kunden, die Homemakers' Mutual mit den verschiedensten Mitteln zu betrügen versuchten: die Hausratsversicherten, die ihre Möbel mit Benzin übergossen und die ganze Wohnung in Brand setzten; diejenigen, die nicht davor zurückschreckten, ihre eigene hochversicherte Mutter (mitsamt allen anderen Flugzeuginsassen) per Bombe aus dem Himmel in den Himmel zu befördern; oder die Unfallversicherten, die nach einem Bagatellunfall ein nicht diagnostizierbares, aber chronisches Rückenleiden bekamen (und einen Deal mit dem Besitzer der Autowerkstatt abschlossen), und diejenigen, die falsche Angaben auf den Formularen machten oder sich bei der Hauptgeschäftsführung beschwerten und Entschädigung für schlechten Service verlangten. Sie kamen auf die wahnsinnigsten, zuweilen mörderischen Ideen – aber wegen solcher Verzweiflungsakte konnte Calvin niemanden hassen. Er fragte sich oft, ob seine Frau, die jedermann haßte, ihn je lieben würde. Er hatte nur eine schwache Hoffnung: Solange er es mit dieser beschränkten Person konnte, konnte er es mit jeder. Vorerst versuchte er es noch mit ihr. Sie mißverstand jedes Wort.

»Ich möchte dich lieben«, sagte er. »Ich möchte, daß es mit unserer Ehe klappt. Wirklich. Wir haben noch das ganze Leben vor uns, aber manchmal denke ich, es ist schon vorbei. Zur Zeit mag ich dich kaum noch. Aber trotzdem.«

»Was willst du eigentlich?«

»Ein Kind, eine Scheidung«, sagte Calvin, »nur nicht dies.«

Sie versetzte in dem Ton, den sie normalerweise den verhaßten Minderheiten gegenüber anschlug. »Wem es nicht paßt, mit mir verheiratet zu sein, soll sich zum Teufel scheren.«

Calvin bekam von Homemakers' Mutual einen neuen Wirkungskreis zugeteilt. Das war, in gewissem Sinn, ein Ersatz für das von ihm gewünschte Baby, und eine Zeitlang sah es so aus, als könne es seine noch nicht einjährige Ehe retten.

Er wurde nach Boston ins Zentralbüro zitiert und von einem Direktor empfangen, dessen Name auf dem Briefkopf der Firma prangte. Er begrüßte Calvin mit den Worten: »Ich habe aus Worcester allerlei Gutes über Sie gehört.« Calvin bedankte sich, und der Direktor fuhr fort: »Nun, man hört immer gern Gutes von den Zweigstellen.«

Sein Name war Wilbur Parsons. Er schrieb Gedichte, die er manchmal sogar in die Firmennachrichten einflocht. Er unterstützte literarische Monatsschriften, die seine Sachen druckten, und veranstaltete Dichterlesungen. Er schrieb bäuerliche Idyllen. Er schrieb einen Kranz von Sonetten um das Cape Cod, drehte einen Film über die dortige Landschaft und engagierte einen berühmten Schauspieler, der seine Sonette auf die zugehörige Tonspur sprach. Er zeigte den Film fortan bei allen seinen Lesungen und schickte Kopien an alle Filialen, damit sie sämtlichen Angestellten vorgeführt werden könnten. Das Worcester-Team machte sich insgeheim über den Alten lustig. Nur Calvin hatte stillgeschwiegen; ihm gefielen Parsons' Gedichte, und noch mehr imponierte ihm der Künstlerdrang, der Parsons dazu trieb, diese gebändigte Kühnheit, ähnlich der eines nach Ruhm strebenden Violinspielers. Mochte sein Ehrgeiz auch nicht an den des verstorbenen Vizepräsidenten der Hartforder Unfall- und Schadens-Gesellschaft heranreichen, so waren seine Gedichte für Calvin doch ein Beweis, daß nichts im Versicherungsgeschäft irgendwen hinderte, seine Gedanken in Versform auszudrücken. Calvin dachte nicht abfällig über Parsons' Eitelkeit; im Gegenteil, er war oft versucht, seinem Beispiel zu folgen und in seinen Mußestunden selbst zu schreiben, allerdings Prosa. Er wußte von Berufs wegen, was den Leuten Kummer machte; ein Versicherungsvertreter war mit menschlichem Elend ebenso vertraut wie ein Arzt oder ein Leichenbestatter. Und es war sehr ermutigend, für Parsons zu arbeiten, der ein richtiger veröffentlichter Autor war; dadurch rückte die Möglichkeit einer eigenen Veröffentlichung näher. Ihm schwebte zunächst nur eine aufrüttelnde Novelle vor. Ort der Handlung: eine Bruchbude, wie er sie aus eigener Anschauung kannte; Erzähler: ein mit Armut geschlagener, halbgelähmter Mann, dem nur die Versicherung noch helfen konnte. Das lag Calvin mehr, als Verse über solche armen Teufel zu schreiben.

»Ich habe immer wieder denselben Traum«, sagte Parsons, »eine Art Vision, nennen Sie es, wie Sie wollen.« Er winkte Calvin ans Fenster. Fünfzehn Stockwerke tiefer lag die geschäftig wimmelnde Boyleston Street.

»Sehen Sie sich das an, Mullet. Sehen Sie die Leute. *Menschen*. Tausende und aber Tausende von Menschen. Alle in Eile. Keiner hält inne, um auch nur nach der Uhr zu sehen. Sie gehen, sie laufen, sie rennen. Aber wissen sie, wohin? Wissen sie, wo sie gerade *gewesen* sind? Manchmal stehe ich hier, wie eben jetzt, und blicke auf all diese Menschen hinab. Und ich sage zu mir: ›Großer Gott!‹« Parsons seufzte tief und sah Calvin an. »Sie wissen, warum ich das sage?«

»Ich glaube, ja, Sir.«

»Also?«

»Vielleicht, weil Sie so viele Leute da unten sehen, die nicht versichert sind.«

»Sie haben den Finger auf die Wunde gelegt, Mullet. Menschen – das A und O jeder Versicherung. Menschen mit ihren Hoffnungen und Träumen. Und ich will Ihnen noch etwas sagen: Viele dieser Leute haben keinen Cent auf der hohen Kante.« Er legte Calvin den Arm um die Schultern, nicht ohne Mühe, denn Calvin war größer als er. »Ich schicke Sie zu ihnen hinaus.«

Calvin nickte feierlich. »Ich bin schon dort draußen, Sir.«

Parsons lächelte. »Aber nicht da, wo ich Sie jetzt hinschicke. Wie steht's mit Ihren Geographie-Kenntnissen?«

Natürlich begehrte seine Frau sofort auf. »Wenn schon jemand diesen Niggern Versicherungen andrehen will, warum geht er nicht nach Roxbury?« Roxbury, ein schwarzes Getto in Massachusetts, war *ihr* Afrika.

Calvin kannte sie gut genug, um vorläufig nichts über Markterweiterung und Aufstiegsmöglichkeiten zu sagen. Er erzählte ihr nur von der Härtezulage, zwanzig Prozent mehr Gehalt als in Worcester plus zwei Rundflugtickets, und brachte ihr Reiseprospekte von Moçambique, den Viktoriafällen und Malawi mit, das als »die afrikanische Schweiz« angepriesen wurde. Sonderbarerweise waren keine schwarzen Menschen auf den bunten Hochglanzbildern zu entdecken.

Hierauf stimmte sie der Versetzung zu. Calvin freute sich

ohnehin darauf. Seine Ehe würde gerettet werden – das war wichtig, aber nicht das Wichtigste. Er sah in der neuen Aufgabe keine Flucht, sondern einen positiven Schritt, eine Mission, und obwohl er sagte, daß ihm die zynischen Kollegen in Hudson und Worcester schon lange zum Hals heraushingen, war sein Weggang weder ein flapsig bemänteltes Versagen noch das Eingeständnis, gewissermaßen abgeschoben zu werden. Er ging aus Idealismus, sozusagen als Entwicklungshelfer.

Am Abend vor der Abreise sagte seine Frau: »Die Tropen ... Gehen da nicht die meisten Ehen in die Brüche?« Sie schien von dem Gedanken beinahe beschwipst.

Bei der Zwischenlandung in London durften die Transitreisenden nicht aussteigen. Calvin sah aus dem Flugzeugfenster, wie kleine gelbe Fahrzeuge und kleine blaue Männchen geschäftig im Nebel herumwieselten. In Rom mußten sie das Flugzeug wechseln und benutzten den kurzen Aufenthalt zu einem Cappuccino. Es war ein Uhr morgens nach europäischer Zeit. Sie fragten einen Mann in verblichener brauner Uniform, wo Ausgang fünf sei; der Mann fragte zurück: »*Cosa*?« und lächelte sie an. Soviel von Italien.

Calvin erblickte Afrika zum erstenmal in Bengasi, wo die Maschine mit einer Stunde Verspätung weiterflog. Es war dunkel; seine Frau kauerte schlafend in ihrem Sitz. In der Wartehalle des Flughafens trank Calvin ein Glas sehr süßen Tees, der ihm von einem weißumhüllten Araber serviert wurde, und ging dann hinaus. Ein kalter Wind zerrte an seiner Jacke, der Mond leuchtete hell auf karge, ausgedörrte Erde, Kakteen und scharfe Steinbrocken. Aber Calvin war freudig erregt. Er war in Afrika und wußte schon jetzt, sowenig einladend dieser Platz am Rande der Wüste auch sein mochte, daß er lange Zeit bleiben würde.

Am Spätnachmittag landeten sie endlich in Malawi, gerade noch rechtzeitig zum Tee in ihrem Hotel. Während sie auf der Gästeveranda ihre Brötchen strichen, bemerkten sie einen Bettler, der aus einer Hecke hervorkroch und sich wie ein Racheengel in ihrer Nähe aufpflanzte. Er trug Pantinen, die aus alten Autoreifen geschnitten waren, flatternde Lumpen anstelle der Flügel und eine schmutzige, enganliegende Kappe.

»Sag ihm, er soll verschwinden!« forderte Calvins Frau.

Der Bettler starrte sie an, ohne sich zu rühren. Sein Blick drank bis in Calvins Innerstes hinein. Der Mann wirkte stolz, sogar stark, er hatte Muskeln, die ihn sicher befähigten, einen Feind mit bloßen Händen umzubringen. Calvin spürte seinen Haß und hatte den dringenden Wunsch, ihm zu helfen oder ihm wenigstens begreiflich zu machen, daß er zum Helfen hergekommen war. Er hob verlegen grüßend die Hand. Aber ein Kellner mißverstand die Geste als Unmutsbekundung und scheuchte den Bettler weg.

In ihrem Hotelzimmer hatten sie dann einen kurzen Wortwechsel wegen Dr. Osbongs offizieller Photographie, die über dem Bett hing. »Und wenn es im Klo hinge«, sagte Calvins Frau, »ich würde es runternehmen!«

»Wie redest du denn von dem Präsidenten!« sagte Calvin lächelnd.

»Scheißpräsident«, versetzte seine Frau und kicherte albern.

»Respektlose Person«, sagte Calvin, nahm Dr. Osbongs Porträt ab und knallte es in eine Schublade.

Seine Frau riegelte sich im Bad ein und plätscherte geräuschvoll. Calvin trat ans Fenster und zog die Vorhänge zurück. Es war noch hell, aber schon kühl. Er sah in eine Seitenstraße hinein, die grün belaubt war wie daheim in Hudson, mit ausladenden Baumkronen, hohen Hecken und sogar ein paar Zypressenspitzen hier und da. Ein Mann mit breitrandigem Filzhut schob sein Fahrrad außer Sicht; sonst war niemand zu sehen. Aber Calvin ahnte den Bettler in der Hecke, und er roch die neuen Düfte von frischem Gras, blühenden Blumen und süßlicher Verwesung; das Schrillen der Heuschrecken hörte sich wie ein Pfeifkessel an, und das unwahrscheinliche Blau des Himmels trieb ihm die Tränen in die Augen.

7

Solange seine Ehe dauerte, konnte Calvin auch andere weibliche Wesen ansehen, ohne daß er gleich ans Heiraten dachte. Er hörte auf, Frauen bei jeder Gelegenheit unter die Röcke oder auf die Bluse zu starren; er bemerkte zwar gewisse Rundungen unter den modisch engen Etuikleidern, fühlte sich jedoch keiner Versuchung ausgesetzt; der Reiz des Geheimnisvollen und Verbotenen war verflogen. Diese überlegene Gelassenheit kam einem jungen Mann, der eigentlich zu lang und zu knochig wirkte und Versicherungen verkaufen wollte, sehr zustatten. Tagtäglich traf er fremde Frauen allein in ihren Wohnungen an. So viele alleingelassene Ehefrauen trödelten halb angezogen herum und träumten davon, den ersten besten Hausierer, der an der Tür klingelte, aufs Kreuz zu legen. Vor seiner Heirat war Calvin jedesmal in Verlegenheit geraten, wenn eine Frau mit wogendem Hängebusen unter dem Flanellschlafrock ihn überdeutlich zum Nähertreten und zu einem Täßchen Kaffee einlud... Solche Frauen setzten sich dicht neben ihn aufs Sofa, beugten sich über die Papiere, die er auf seinen Knien balancierte, und erzählten ihm, ihre Ehemänner seien heute auswärts, Gott sei Dank, denn zu Hause benähmen sie sich wie die Schweine. Seit seiner Heirat jedoch war Calvin immun gegen alles, was die klaffenden Morgenröcke herzeigten. Wenn er früher aus Unerfahrenheit gezögert hatte, so brauchte er jetzt nur an seine Frau zu denken, und jede begehrliche Anwandlung schwand; er kannte nun das Risiko. Aus kühler Vorsicht war er ein treuer Ehemann und ein vorbildlicher Vertreter geworden, der stets auf geschäftlicher Basis blieb und nicht mehr wie einst gegen Möbel stieß und seine Broschüren durcheinanderbrachte, nur weil eine Dame in seiner Gegenwart lässig den Strumpf hochzog und am Halter befestigte.

Daher erlebte Calvin fast so etwas wie einen kleinen Schock, als er eines Tages, nachdem sie sich in Blantyre in einem Bungalow auf der sogenannten »Sonnenseite« eingerichtet hatten, Streichhölzer aus der Küche holen wollte und dort das neue afrikanische Dienstmädchen im grünen Kittel über den Abwasch gebeugt sah. Der Anblick rührte längst Vergessenes in ihm auf, aber diesmal dachte er weder an Heirat noch an Scheidung. Seine Hände zuckten nach dem Kittel... Es mußte daran liegen, daß hier, fern von Hudson, wo jeder jeden beargwöhnte, alles so einfach, möglich und sicher schien. Die Hausfrauen in Worcester hätten es begrüßt, aber dort hatte er sich spröde gezeigt. Die Begegnung mit Afrika schien ihn aufzulockern; vielleicht würden die Frauen hier seine Gunst noch dankbarer begrüßen. Aber Calvin nahm sich eisern an die Kandare.

Er richtete sein Büro in der Stadt ein, im zweiten Stock eines gelben, keilförmigen Gebäudes – dem einzigen dieser Größe –, das einem Mann aus Goa namens F. X. Agnello gehörte. Sein Bürofenster ging auf den Uhrturm und den Bahnhof hinaus. Unter ihm befand sich die Bibliothek des British Council, und im Parterre war das »Highlife«, eine Bar. Gegenüber, in der Fotheringham Road, kaufte Calvin die notwendigste Büroausstattung, also eine Rechen- und eine Schreibmaschine, Regale, Schnellhefter und Aktenordner sowie ein Ries Kanzleipapier. Er ließ die neue Filiale ins Handelsregister eintragen und erhielt bald die üblichen Vordrucke und Geschäftsbögen mit dem Homemakers'-Mutual-Briefkopf.

Einen Monat lang kuvertierte und verschickte er Werbebroschüren mit Informationen über die einfachen Zahlungsbedingungen (vierteljährliche Prämien). Auf den beigefügten Antwortkarten stand zu lesen: »Ich / Wir bitte / n um nähere Auskunft über Ihre Familien- / Hausrat- / Lebens-Versicherung, Vertreterbesuch nicht / erwünscht. (Nichtzutreffendes bitte streichen.) Ich / Wir gehe / n mit dieser Anfrage keinerlei Verpflichtung ein. Adresse: ...« Calvin suchte sich die Namen potentieller Kunden aus dem dünnen Telefonbuch von Malawi und aus der Wählerliste zusammen. Diese Briefkampagne, einige mehrsprachige Inserate in den *Malawi News* und ein kurzer Tonband-Spot mit Musik bei Radio Malawi brachten ihm ganze elf Antworten ein. Drei davon fragten nach näheren Einzelheiten, waren aber ohne Absender. Der Hausherr Agnello, der stets einen Rosenkranz um den Hals trug, sagte Calvin, es sei ein Fehler, Briefmarken auf die Antwortkarten zu kleben; natürlich lösten die Leute sie ab und verwendeten sie anderweitig. Calvin meinte hierauf, jedes Geschäft brauche eben eine gewisse Anlaufzeit. Vorläufig versuche er ja nur, den Leuten eine neue *Idee* nahezubringen.

Den zweiten Monat verbrachte er damit, sich mit Land und Leuten im Norden, in der Nähe von Lilongwe und an den Seen, vertraut zu machen, immer noch ohne direkte Verkaufsabsichten. Er verschenkte Druckbleistifte und Kugelschreiber, Tischkalender und Papierbeschwerer, Brieföffner und Schlüsselanhänger, alles mit dem Goldaufdruck *Homemakers' Mutual* und einem Kärtchen: Mit besten Empfehlungen, Ihr Kundenberater Cal Mullet (er fand die Abkürzung seines Vornamens familiärer). Und all diese dezenten Werbegaben wurden freudig von Leuten entgegengenommen, die weder schreiben konnten noch Schlüssel besaßen und deren Zeit noch nach Monden gemessen wurde.

Calvin fuhr mit seinem Austin manche gottverlassene Lehmpiste entlang, hielt an, sobald er ein paar Häuser oder Hütten beisammen sah, und begann unverzüglich, seine Geschenke an die neugierig herbeirennenden Kinder zu verteilen. Die Männer des Dorfes pflegten gemächlicher zu folgen, um ihn zu begrüßen, und wenn ein Laden in der Nähe war, spendierte Calvin als erstes eine Runde warmes Bier. Und er plauderte mit ihnen.

»Du hast da ein schönes Haus«, fing er etwa an. »Sehr ordentlich, die Grasbüschel auf dem Dach. Alles selbst gebaut?«

»Die Frau«, erwiderte der Mann und nahm einen Schluck aus der Flasche.

»Wär' doch ein Jammer, wenn es abbrennen würde, nicht?«

»Die Hütte? Werden einfallen in...«, der Mann hielt inne, um an den Fingern abzuzählen, »fünf, sechs Monden. Noch zwei Regen – alles kaputt. Wir dann ziehen kleines Stück weiter.«

»Warum erhaltet ihr es nicht? Ich meine: fester machen. Noch etwas Lehm an die Wände, versichern und dann –«

»O ja, machen wir schon. Aber nur alle Jubeljahre.« Calvin fiel auf, daß manche Modewörter aus vergangenen Kolonialzeiten jetzt erst hier angekommen waren: Jubeljahre – das Blaue vom Himmel lügen – Hot Jazz – zäher Bursche. Sie wußten, daß ihre Hütten irgendwann einstürzen würden, und taten nichts dagegen. Eine neue war schnell wieder aufgebaut. Und sonst besaßen sie nichts, was der Versicherung wert gewesen wäre, ausgenommen ein paar Fahrräder und Kofferradios, und deren Vorhandensein leugneten sie aus Sorge, Calvin könnte ihre Lizenz zu sehen verlangen, um die sie sich natürlich nie gekümmert hatten. An seinen Versicherungsangeboten hatten sie keinerlei Interesse. »Ich sterben doch trotzdem, oder?« hatte einer gesagt.

Eines Tages am Ende des zweiten Monats verirrte sich Calvin in einem Wegelabyrinth nahe am See. Er fuhr und fuhr und versuchte auf einigermaßen gerodeten Pisten zu bleiben, aber jede verengte sich nach einer Weile zu einem Trampelpfad, der viel zu schmal für seinen Wagen war. Er wendete und blieb stundenlang im Sand stecken. Erst bei Einbruch der Nacht gelang es ihm, mit Hilfe von Reisigbündeln, die er vor und unter die Räder schob, den Austin wieder flottzumachen. Auf einem nahen Hügel sah er durch die Bäume das Ziegeldach und den gedrungenen Turm einer Kirche; er ließ den Wagen stehen und klomm zu Fuß hinauf.

Es war eine Leprakolonie, die von holländischen Priestern geführt wurde. Sie begrüßten Calvin herzlich und boten ihm sofort ein Nachtquartier an. Am nächsten Morgen zeigten sie ihm die ganze Anlage und luden ihn ein, der Messe beizuwohnen. Die Hauptgebäude und die Kirche bestanden aus rotem, verwittertem Sandstein und waren zum Teil mit Säulen und Bogenfenstern geziert, die künstlerischen Ehrgeiz verrieten. Der Altar war mit bunten, einzementierten Glasscherben dekoriert, die Kreuze, Fische und lateinische Sprüche ergaben. Ferner zeigten ihm die Priester stolz ihren Generator, der von einem Schaufelrad angetrieben wurde, und ihre Apotheke. Überall im Schatten der Bäume und der runden Einzelhütten und sogar auf den hinteren Kirchenbänken lagen die Aussätzigen herum, mit bandagierten Händen, Füßen und Köpfen, und dösten oder schliefen friedlich.

Die Priester überredeten Calvin, drei Tage zu bleiben. Er aß mit ihnen, obwohl er das Essen fast ungenießbar fand, er spielte Whist; einige der Kranken trommelten dazu. Um neun Uhr abends wurde der Generator abgestellt, und Calvin las bei Kerzenlicht in zerfledderten Zeitschriften. Der älteste Priester, Vater Euthymius, half Calvin, seinen Wagen zu holen, und zeichnete ihm die befahrbaren Wege auf. Calvin erbot sich, ihn zu versichern, worauf Vater Euthymius nur lächelte und das Kruzifix auf seiner fleckigen Kutte berührte. »Brauche ich außer IHM noch eine Versicherung?«

»Ich glaube, nein«, gab Calvin zu und machte sich wieder auf den Weg.

All diese Mißerfolge hätten ihn entmutigen müssen, aber das war nicht der Fall. Schließlich hatte er die erste und einzige Homemakers-Agentur in Zentralafrika; es würde seine Zeit brauchen, bis er sich damit durchsetzte (Parsons hatte es ihm gleich gesagt). Seine Ängste bezogen sich auf etwas ganz anderes, nämlich auf Grace, das schwarze Dienstmädchen. Er traute sich selbst nicht mehr über den Weg. Er hatte schon erwogen, ihr einige Monatslöhne auszuzahlen, ihr zu kündigen und statt ihrer einen Mann anzuheuern. Aber davon wollte seine Frau nichts wissen. Sie fühlte sich verhältnismäßig geborgen in Sunnyside, wo keine schwarzen Familien wohnten, und weigerte sich, einen schwarzen Mann auch nur in die Küche zu lassen. Übrigens hatte sie sich angewöhnt, die Schwarzen verächtlich »Kaffern« zu nennen.

Das Mädchen einfach zu übersehen war Calvin auch nicht vergönnt, denn seine Frau kritisierte Grace von früh bis spät, nörgelte an ihr herum, behauptete, sie verstünde alles falsch. Während Calvin sich nach fast drei Monaten immer noch abmühte, in Blantyre und Umgebung Fuß zu fassen, war seine Frau eine richtige Memsahib geworden, eine Dona, eine Missis, die mit einem Dutzend Befehlen gleichzeitig um sich warf, und zwar in einem verhunzten Elementar-Englisch, das in Malawi »Küchen-Kaffir« genannt wurde.

Grace kannte von ihrer vorigen Stelle her die englische Küche: Kohl, faden gebackenen Fisch, zerkochtes Kompott, wabbligen Yorkshire-Pudding und Curryreis mit Hackfleisch. »Schlangenfraß!« sagte Calvins Frau. Grace benutzte die englischen statt der amerikanischen Wörter für Gegenstände des täglichen Gebrauchs, ihre Aussprache war nicht ganz deutlich, und Calvins stockamerikanische Frau hielt diese Vokabeln für eine Art Pidgin, das sie höhnisch kommentierte: »Na, wo hapert's denn nun wieder? Kannst du kein Englisch?«

Calvin blickte bei solchen Gelegenheiten manchmal aus seinem Sessel auf und sah die beiden in der Küchentür stehen. Sie waren nicht einfach schwarz und weiß, nett und abscheulich – das wäre viel zu abgegriffen gewesen, um den Kontrast zu kennzeichnen. Jedenfalls war Grace unschuldig und hübsch dazu, und wenn Calvin in ihrer Nähe an Heirat dachte, so war es im Sinne der Versicherung, der Vorsorge, auf daß sie künftig besser geschützt sei; solche Überlegungen hatten mehr mit seiner Teilnahme für das arme Ding zu tun als mit Liebe. Das machte es ihm doppelt schwer, seinem Drang zu widerstehen; es schien so unmenschlich, ihr nicht alles zu geben, was er hatte. Seine Frau haßte er deswegen noch lange nicht. Selbst wenn er die beiden zusammen sah und Grace wieder einmal grundlos angeschrien wurde (»Steh nicht so dämlich rum wie ein Holzklotz – sag was!«), trieb es Calvin nicht dazu, die eine zu verabscheuen und die andere zu lieben. Er hätte sich auch unter ganz anderen Bedingungen berufen gefühlt, Ungerechtigkeit und Gemeinheit auszugleichen, selbst auf die Gefahr hin, mißverstanden zu werden. Weder Lüsternheit noch Diplomatie um des lieben Friedens willen waren seine Motive, und seine Sympathie war ebendeshalb so ehrlich und verletzlich, weil sie nicht der Liebe, sondern reiner Menschenfreundlichkeit entsprang. Er wollte nur die Gehässigkeiten seiner Frau gutmachen. Wenn sie Grace anfuhr, war Calvin besonders gütig, wenn sie hysterisch kreischte, murmelte er etwas Beschwichtigendes, wenn sie das Mädchen vor anderen blamierte, war er mit einem tröstlichen Lobeswort zur Stelle. Er tat, was er konnte, er war in jeder Hinsicht behutsam; und hätte seine Frau das Mädchen wenigstens in Ruhe gelassen und nicht immerzu geknufft und geschlagen, so hätte Calvin noch monatelang als Unparteiischer in dem Bungalow vor sich hin gelebt, ohne Grace je auf zweideutige Art näherzutreten.

Eines Abends, als er nach Hause kam, war der Tisch nicht gedeckt, das heißt, die Saucenflaschen und der Ständer mit Essig, Öl und Salz, die Calvins Frau darauf zu stellen pflegte, waren noch nicht da. Es war ihr einziger Beitrag zum Haushalt. Sie kochte nie, sie tat überhaupt nie etwas; alle Arbeit bürdete sie Grace auf und verbrachte ihre Tage im Liegestuhl auf dem sonnigen Rasen, wo sie in südafrikanischen Frauenmagazinen blätterte.

»Ein Gürkchen gefällig?« Sie fischte mit den Fingern eine Pfeffergurke aus dem Glas, das sie in der Hand hielt. In der

Küche brannte Licht, aber Grace war nicht zu sehen. Calvin betrachtete das Etikett auf dem Einmachglas; die Sprache war Afrikaans. Er lehnte die Gurke ab. Er mied grundsätzlich alle südafrikanischen Waren, und dieser private Boykott nötigte ihn öfters zu Entbehrungen, denn Corn-flakes, Erdnußbutter und Ketchup wurden aus Südafrika eingeführt. Seine Frau, die keine derartigen Hemmungen kannte, erklärte die südafrikanischen Produkte für fast ebenso gut wie die amerikanischen und verbrauchte allein eine Flasche Ketchup pro Woche.

»Wo bleibt das Essen?« fragte Calvin.

»Da fragst du mich zuviel.« Sie kaute ungerührt ihre Gurke.

»Wo ist Grace?«

»Keine Ahnung.«

Calvin begab sich auf die Suche und fand Grace, ganz verheult und die Hand an der geohrfeigten Wange, auf der Schwelle ihrer Hütte. Er setzte sich neben sie und redete ihr gut zu. »Ich weiß, was du denkst. Du denkst, alle Weißen sind wie meine Frau. Ich nehme es dir nicht übel; sie benimmt sich scheußlich. Aber, bitte, halte uns deswegen nicht alle für Ausbeuter. Viele von uns arbeiten ebenso hart wie du. Nimm mal mich zum Beispiel – ich schinde mich hier für die Versicherung ab. Zu Hause in Amerika könnte ich mein Geld viel leichter machen, aber ich dachte, ich werde hier gebraucht... Das verstehst du nicht, wie?«

Er rückte näher und legte einen Arm um Grace, die andere Hand bebte auf ihrem Knie. »Wir sind nicht alle so«, wiederholte er, »wirklich nicht. Manche von uns lieben euch.« Er gab ihr einen kindlichen, ungeschickten Kuß; die Köpfe stießen dabei heftiger zusammen als die Lippen. Grace versuchte sich hastig loszumachen und aufzustehen.

»Nicht doch«, bat Calvin und hielt sie mit einem Ruck fest, so daß sie das Gleichgewicht verlor und ins Innere der offenen Hütte kippte; die Kerze darin flackerte heftig. »Hör mir zu!« beschwor er Grace, doch sie strampelte mit den Füßen, daß die losen Holzdielen unter ihr dröhnten. Ihr Kittel verschob sich; Calvin sah um ihre nackte Taille einen entzückenden, mit Amulettmustern bestickten Perlengürtel. Als er ihn einen Moment berührte, wand Grace sich wimmernd aus seinem lockeren Griff, fuhr in die Höhe, wich an die Wand zurück, hielt sich mit beiden Händen den Mund zu und starrte Calvin mit einem Ausdruck tödlichen Entsetzens an.

Er verließ ohne ein weiteres Wort die Hütte und ging über den Rasen zum Bungalow zurück. Auf der Veranda, von Motten und Köcherfliegen umschwirrt, stand seine Frau. Sie sagte nichts, bis er zum Reden ansetzte. Dann fuhr sie ihm über den Mund. »Du dreckiger Schweinehund!« wiederholte sie mehrmals mit größter Deutlichkeit, da diese Beschimpfung nicht in ihr sonst recht reichhaltiges Repertoire gehörte.

Noch am selben Abend verschwand Grace. Calvin stand vor verschlossener Schlafzimmertür und nächtigte auf dem Boden seines Büros.

Am nächsten Morgen um neun wurde er durch ein Klopfen geweckt. Polizei? dachte er. Es war ein großer Mann mit Aktentasche, der an einer kalten Pfeife sog.

»Haben Sie ein paar Minuten Zeit für mich?« fragte der Mann. »Mein Name ist Saunders. Ich bin Rechtsanwalt.«

Calvin stand barfuß in der Tür, in Unterhemd und zerknitterten Hosen. »Hab' gerade ein bißchen geschlafen«, entschuldigte er sich und wies auf eine zerwühlte Wolldecke auf dem Boden.

»Ihr gutes Recht«, sagte Saunders. »Kommen wir ohne Umschweife zur Sache. Ihre Frau will auf Scheidung klagen.«

»Ach nein«, sagte Calvin.

»Als Grund gibt sie Ehebruch an, mit einer Miss... Miss... verflixt, ich kann diese Namen nie behalten.«

»Ehebruch? Möglich, daß es ihr so vorgekommen ist, aber ich habe nie –«

»Hier gilt englisches Recht, und das kennt leider nur zwei hinreichende Scheidungsgründe: Ehebruch oder Nichtvollzug der Ehe. Reichlich überholt.«

»Dann schon lieber Ehebruch«, sagte Calvin.

»Einverstanden? Um so besser. Das einzige, womit ich mich einstweilen als Rechtsbeistand Ihrer Frau zu befassen habe, ist, ob Sie Widerspruch einlegen. Das würde die Sache fürchterlich komplizieren, aber Sie haben selbstverständlich das Recht dazu. Nun«, schloß Saunders in herzlichem Ton, »sind Sie sozusagen im Bilde?«

»Sie meint es vermutlich ernst?« fragte Calvin.

»Der Hölle Rache... et cetera, et cetera«, trällerte Saunders.

»Ich werde keinen Widerspruch einlegen.«

Die Verhandlung, einen Monat später, war kurz. Saunders hatte Graces Unterschrift bekommen (ein X und einen Daumenabdruck vor Zeugen), und Calvin erhielt eine Vorladung, brauchte aber nicht persönlich zu erscheinen. Seine Frau war da und natürlich fast die gesamte weiße Gemeinde von Blantyre. Am nächsten Tag wurde in den *Malawi News* detailliert geschildert, wo, wann und wie oft Mr. Mullet Ehebruch begangen hatte. Er hatte sich diesen Verleumdungen nicht widersetzt, um den Prozeß nicht unnötig in die Länge zu ziehen, aber als er sie jetzt in der Zeitung las, empfand er so große Zuneigung für Grace, daß er den falschen Verdacht gern nachträglich wahrgemacht und sie geheiratet hätte. Sie war unauffindbar. Fast der gesamte irdische Besitz Calvins – und die Hälfte seines Gehalts – wurden seiner Frau zugesprochen. Tags darauf bestieg sie ein Flugzeug nach Boston, und Calvin zog in Tante Zeebas »Speisehaus«, ein Bordell am Stadtrand, nahe am Busbahnhof. Er verkaufte seinen Wagen, um die Kosten für die Rückreise seiner Frau zu bestreiten, und fuhr fortan möglichst per Anhalter zu seinen verschiedenen Zielorten.

8

Calvin rannte keuchend ungefähr eine Meile weit, beide Arme wie Antennen in die Nacht vorgestreckt, bis er einen Moment stehenbleiben mußte. Normales Gehen war jetzt sicherer und gesünder. Seine Lungen hielten das Tempo nicht mehr durch, und seine vom Bier und den vielen Zigaretten wunde Kehle brannte bei jedem Luftholen. Er mußte sich beruhigen, um wieder etwas anderes als den eigenen Atem und sein Herzklopfen zu hören, zum Beispiel seine Verfolger. Calvin war fest davon überzeugt, daß Ogilvie ihm folgte; und um rechtzeitig in Deckung gehen zu können, durfte er ihn nicht überhören. Bis jetzt vernahm er nur Heuschrecken und

Eulen und irgendwelche Urwaldschreie, die er nicht identifizieren konnte (vielleicht Hyänen?), aber nicht die Geräusche eines Verfolgers, und das war besonders entnervend. Wieder und wieder drehte Calvin den Kopf, um angestrengt in das Dunkel zu starren, dem er entfloh, und jedesmal bildete er sich ein, daß Ogilvie auf leisen Sohlen hinter ihm herschlich und ihn gleich aus der tiefen Dunkelheit anspringen würde.

Das dauernde Umdrehen beim Gehen machte Calvin so schwindelig, daß er in eine Bodensenke stolperte und laut aufschrie, weil er glaubte, in eine Pavianfalle geraten zu sein. Sein Schrei brachte alle anderen Nachtgeräusche im Busch jäh zum Schweigen. Er arbeitete sich mühselig aus der Mulde heraus. Es waren anstrengende und zermürbende Minuten, denn er dachte die ganze Zeit, wenn sie ihn fingen, würde er widerstandslos zu ihnen zurückkehren. Das war er ihnen schuldig, nachdem er ihnen einen so schlechten Streich gespielt hatte (»Ich lass' die Jacke hier – bin gleich wieder da!«). Die Ärmsten *brauchten* ihn, sie hatten keinen Häuptling, sie wußten es nicht besser. Sie waren Afrikaner; jahrzehntelang hatte man sie an der Nase herumgeführt.

Es wurde kalt. Calvin fröstelte ohne seine Jacke. Er schniefte und war nahe daran, in Tränen auszubrechen. So ähnlich mußte den Unversicherten zumute sein, dachte er und hatte das trostlose Gefühl, ins Bodenlose zu fallen und zu frieren und immer trauriger zu werden. Aber er weinte nicht; seine Gänsehaut und der Schüttelfrost täuschten ein unterdrücktes Schluchzen vor. Die Trauer aber blieb und war echt. Ihm war schon so viel unter den Fingern zerronnen, niemand hatte ihn und seine Absichten je richtig verstanden, seine freundlich ausgestreckte Hand wurde als Drohung empfunden, schon seine Körpergröße war den Leuten unheimlich. Jeder erwartete nur das Schlechteste von ihm, niemand sah seine Gutherzigkeit. Wenn die Leute in Rumpi ihn nur nach abgeschlossener Versicherung ruhig seines Weges hätten ziehen lassen, wenn sie sich mit der flüchtigen Begegnung begnügt hätten, statt gleich seine ganze Person zu fordern, so hätte er keiner Menschenseele weh getan. Aber sie hatten ihn ja dazu gezwungen...

Plötzlich stieß ihm etwas Kaltes in die Kniekehlen. Calvin erstarrte. Es fühlte sich an wie eine glatte, taubenetzte Stoßstange. Er drehte sich um. Der Mond stieg eben über dem Busch auf, die Hälfte von einer Orange von der Farbe des geschwundenen Abendrots. Und richtig, in seinem schwachen Schein sah Calvin die Umrisse eines Autos, dessen Kühler ihm zugekehrt war. Ein Citroën, Calvin erkannte ihn an der Form. Er riß ein Streichholz an, konnte aber außer dem kurzlebigen Flämmchen nichts sehen. Der Wagen schien herrenlos hier herumzustehen; wenigstens war niemand in der Nähe. Falls ihn einer stehlen wollte, brauchte er den Starter nur kurzzuschließen; Autodiebe machten das mit einem Stückchen Stanniolpapier aus der Zigarettenschachtel. Die Hintertür war nicht verschlossen, wie er mit einem kurzen Rütteln am Griff feststellte. Er zog sie langsam auf, wobei drinnen das Deckenlicht anging. Der Wagen war leer.

»Keine Bewegung!«

Etwas Hartes, Stumpfes bohrte sich zwischen Calvins Schulterblätter – unverkennbar die Mündung einer Waffe. Ein Suchscheinwerfer wurde eingeschaltet und schien direkt in Calvins Augen. Er hörte Stiefel auf Steinen knirschen, sah und hörte aber sonst nichts. Immer mehr Stablampen wurden auf ihn gerichtet; ihre grellen Strahlenbündel glitten über sein Hemd, die ausgebeulten Hosen, die Schuhe.

»Taschen ausleeren!«

Calvin zog drei Brillen hervor, legte sie auf den Boden und hörte hinter einem Scheinwerfer das vertraute Wort:

»Gucker!«

Eine schwarze Hand streckte sich begehrlich danach aus, aber ein Stiefel kam ihr zuvor, zertrat die Gläser und stampfte sie in die Erde. Das schwankende Licht ließ sekundenlang einen Militärhandschuh und ein weißes Handgelenk erkennen.

»Schuhe ausziehen!«

»Darf ich sie nicht behalten?« fragte Calvin und genierte sich, weil es so flehend klang. »Ich habe keine anderen. Und meine Socken hab' ich auch verloren.«

»Binden Sie die Schnürsenkel zusammen, und hängen Sie sich die Schuhe um den Hals.« Die befehlende Stimme gehörte eindeutig einem Amerikaner. »Augen zubinden!«

9

Die Stoffbinde über Calvins Augen stank, und der Pfad – wenn es einer war – war voller Steine. Man hatte noch eine weitere Vorsichtsmaßnahme getroffen und Calvin einen Strick ums Bein gebunden, den einer der Fremden hielt und von Zeit zu Zeit so ruckhaft anzog, daß Calvin strauchelte. Als man ihm die Augenbinde abnahm, fragte er sich, wozu die überhaupt nötig gewesen sein sollte. Die Nacht war immer noch dunkel, und er erkannte nicht viel mehr als zuvor, auch nachdem sie ihm seine letzte Brille zurückgegeben hatten. Nach kurzer Zeit stand er wieder im Stockfinstern, denn man hatte ihn in eine Hütte oder Baracke gezerrt. Dort wurde eine Karbidlampe angezündet und Calvin mit dem Besitzer der Kommandostimme allein gelassen.

»Setzen«, befahl der Mann.

Calvin setzte sich. Er hatte sich nie mit steifen Holzstühlen anfreunden können, weil seine langen Arme und Beine ihm dabei im Wege waren. Es sah immer so aus, als würde ein Zollstock zusammengeklappt.

Der Mann nahm ein Seil und zerstörte Calvins mühseliges Arrangement, indem er seine Hände hinter der Stuhllehne und die Knöchel an die Stuhlbeine fesselte. Dabei hörte er Papiergeraschel unter Calvins verschwitztem Hemd, riß es auf und zog das Bündel Prospekte und Formulare aus Calvins konkaver Magengrube. Doch prüfte er die festgezurrten Knoten erst noch einmal, bevor er sich aufrichtete und den Text der Drucksachen überflog. »Wir haben schon auf Sie gewartet«, sagte er beiläufig.

Er war nicht groß, aber bemerkenswert kräftig gebaut, mit breiten Schultern und einem massiven Schädel auf dem kurzen, sonnenverbrannten Hals. Er war wie ein Soldat im Manöver gekleidet und trug eine militärische Sonnenbrille (grüne Gläser in Goldfassung), die er beim Lesen abnahm, so daß Calvin seine hellen, flinken Augen sah. Sein Khakihemd hatte zwei Knitterfalten vom Koffer oder vom Tornister; der Rand seiner Castro-Mütze war dunkel von Schweiß. Das schmale Schnurrbärtchen senkte sich in etwas theatralischer Fasson zu den Mundwinkeln hinab und lief in zwei sorgfältig gewachste Spitzen aus, wodurch das gebräunte Gesicht gut zur Geltung kam – ein junges, fanatisches Gesicht mit arbeitenden Kiefermuskeln. Seine mit großen Klappentaschen versehenen Hosen bauschten sich unter den Knien, wo sie in hohe Schaftstiefel gestopft waren. Von seinem breiten Ledergürtel hing eine stahlblaue Pistole in lackschwarzem Halfter, auf der anderen Seite eine Machete in derber Zeltstoffhülse. Er trug kein Rangabzeichen; dafür steckte im Knopfloch seiner Brusttasche eine kleine hellrote Margerite von der in Afrika wildwachsenden Art. Calvin faßte angesichts dieses Blümchens ein wenig Hoffnung.

Der Mann ging, immer noch lesend, an den Tisch neben Calvins Stuhl und öffnete den Deckel einer Zigarrenkiste, die als Dekor eine täuschend echte grün-weiße Dollarnote trug, jedoch mit dem Überdruck *Republica de Cuba*. Der eigentliche Markenname war *Romeo y Julieta*. Der Mann nahm ein stumpfes Aluminiumröhrchen aus der Kiste, entfernte die Kappe und schüttelte eine Zigarre und einen dünnen Holzspan heraus. Calvin hätte von einem so martialisch auftretenden Pistolenmann erwartet, daß er die Zigarrenspitze abbiß und seinem Gefangenen ins Gesicht spuckte, aber statt dessen nahm er ein kleines silberfarbenes Instrument, das der Länge nach aufschnappte, schnitt bedachtsam die Spitze ab, steckte die Zigarre zwischen die Lippen, entzündete sie mit einem Gasfeuerzeug und paffte ein paar Rauchringe in die Luft.

»Gut gegen die Moskitos«, bemerkte er und vertiefte sich wieder in Calvins Papiere. »Wollen Sie auch eine?«

Calvin schluckte und zog eine höflich-verbindliche Grimasse.

»Danke, nein, ich kriege davon immer einen kratzigen Hals. Sie hätten wohl nicht zufällig ein Bier?«

»Nein. Whisky?«

»Feuerwasser«, sagte Calvin, »rühre ich nie an.«

Der Mann knurrte kurz, paffte und sagte: »Alles, was ich hier sehe, sind Versicherungsbroschüren.«

»Homemakers' Mutual«, sagte Calvin, und da der Mann ihn verständnislos anstarrte, versuchte er eine erklärende Geste zu machen, riß sich aber das Handgelenk empfindlich an einem der Knoten. »Sechsundfünfzig Zweigstellen in aller Welt«, fuhr er fort, »Malawi eingeschlossen.« Er nickte zu den Papieren hinüber. »Das ist mein Job. Ich bin noch im Aufbau.«

»Wie gesagt, wir haben schon auf Sie gewartet. Wo haben Sie so lange gesteckt?«

»Wußten Sie denn von meinem Kommen?«

»Hier passiert nicht viel, ohne daß wir davon wissen. Sie waren ein relativ einfacher Fall. Einer von uns hat Sie im LKW mitgenommen, erinnern Sie sich? Er hat Sie bei Rumpi abgesetzt. Wir lassen Fremde nicht gern aus den Augen.«

»Meinen Sie den Bananentransport?« staunte Calvin und schüttelte den Kopf. »Ist doch allerhand!«

»Das kann man wohl sagen. Bananen obendrauf. Dynamit drunter. Wenn's irgendwo einen Bums gegeben hätte, wären Sie beide bis zum Himmel geflogen.«

»Dynamit? Wozu denn das?«

»Wir führen Krieg«, erklärte der Mann, paffte und drehte seine Zigarre zwischen den Lippen. »Wir haben diesen Landstrich befreit.«

»Oh, *Sie* sind das... Erzählen Sie das mal den Leuten weiter oben. Sie werden sich freuen, davon zu hören.«

»Sie wissen es. Wir sind bereits seit einem Monat in der Gegend.«

»... und nehmen die Osbong-Bilder runter«, vervollständigte Calvin. »Wen hängen Sie an seine Stelle?«

Der Mann antwortete nicht. Er blickte auf seine Zigarre und löste die schmale braune Bauchbinde ab. »Komisches Land«, sagte er dann. »Die Leute hier haben oft noch reaktionäre Tendenzen!«

»Scheiße!« brach Calvin aus. »Wer zum Teufel gibt euch das Recht, euch hier einzumischen und die harmlosen Einwohner zu erschrecken? Ja, sie wissen, daß ihr hier seid; jetzt geht mir ein Licht auf. ›Kerle im Busch‹, sagten sie dauernd. Als ob ihr Arschlöcher ihnen was Gutes tätet! Warum laßt ihr sie nicht in Frieden, he? Haben sie mit ihren Alltagssorgen nicht genug zu tun?«

»Wir lassen sie ja«, sagte der Mann. »Es ist Osbong, der sie ausnimmt.«

»Osbong!« Calvin lachte beim Gedanken an das offizielle Photo des rattenschwanzgekrönten, grinsenden Regierungschefs.

Der Mann bückte sich zu Calvin herunter, bis der Schirm seiner Mütze fast an dessen Brille stieß. »Was für ein Spiel treiben Sie eigentlich?«

»Von wegen Spiel... Ich bin nur ein einfacher Versicherungsvertreter. Sehen Sie doch. Denken Sie, ich trage das Zeug da unterm Hemd mit mir herum, um mich warm zu halten?«

»Bitte nicht diesen Ton«, sagte der Mann langsam.

»Herrgott, wofür halten Sie mich denn – für einen Spion?«

»Sie könnten einer sein.«

»Bin aber keiner. Nebenbei bemerkt: Für wen sollte ich wohl spionieren?«

»Wir haben Feinde.«

»Das bezweifle ich nicht«, sagte Calvin und sah sich in dem kleinen Raum um. Auf dem Tisch war eine Straßenkarte ausgebreitet. Nahe bei der Zigarrenkiste stand eine Stahlkassette mit Patronen.

»Sie haben zwei volle Tage in dem Dorf da verbracht. Was hat ein Mensch wie Sie da so lange zu tun?«

»Versicherungen verkaufen. Sehen Sie –«

»Sie reisen mit auffallend leichtem Gepäck. Wo ist Ihr Koffer geblieben?«

»Ach, das ist eine lange Geschichte«, sagte Calvin abwehrend, aber da der Mann schweigend wartete, fuhr er fort: »Bin nur auf ein Bier in eine sogenannte Bar eingekehrt. Traf ein paar Leute und schloß mit einem eine Versicherung ab. Sie luden mich über Weihnachten in ihr Haus ein. Bin ein bißchen überstürzt abgehauen. Ohne meinen Koffer. Ist also doch keine besonders lange Geschichte.« Er fühlte plötzlich eine lastende Müdigkeit, ein Jucken auf der verdreckten Haut, die Nachwirkungen des dreitägigen Saufgelages.

»Klingt, als hätten Sie die Leute ausgenutzt!«

»Das ist ein guter Witz«, sagte Calvin. »Umgekehrt wird ein Schuh draus. Sie haben mich bis aufs Hemd ausgeplündert.«

»Das werden wir noch prüfen«, sagte der Mann. »Die Dörfler um Rumpi sind angewiesen, jeden Fremden sofort zu melden. Sie sind nicht gemeldet worden.«

»Und Sie finden es ganz in der Ordnung, die Einheimischen zu kontrollieren, wie? Zu mir waren sie nett. Einem habe ich eine Lebensversicherung verkauft. Ich wüßte nicht, was Sie das angeht. Was haben Sie mit den Leuten vor?«

Der Mann blies Rauchkringel in die Luft und sah ihnen nach. »Wir erwarten loyale Mitarbeit von diesen Leuten«, sagte er endlich. »Wir schaffen ihnen Osbong vom Hals.«

»Na schön. Aber sie sind Afrikaner, und –«

»Was haben Sie gegen Afrikaner?« unterbrach der andere mit zusammengebissenen Zähnen; zum erstenmal ließ er sich Zorn anmerken.

»Nichts!« protestierte Calvin. »Das ist es ja eben. Bisher hat ihnen nur niemand einen Stups gegeben – verstehen Sie, was ich meine? Sie sind ein bißchen durcheinander.«

»Nicht halb so durcheinander wie Sie.«

»Das könnte stimmen«, gab Calvin bereitwillig zu.

»Sie ethnozentrischer Hundesohn!« Der Mann kaute übellaunig auf seiner dicken Zigarre, ging an die gegenüberliegende Wand, setzte sich auf eine Holzkiste und stieß dichte Rauchwolken aus.

Calvin schwieg volle fünf Minuten lang. Auf das ausgefallene Schimpfwort »ethnozentrischer Hundesohn« ließ sich so rasch keine passende Antwort finden. Er sah auf die Zigarrenkiste. Auf dem Deckel war eine romantische Balkonszene abgebildet: Romeo, in blauen Strumpfhosen auf einer Strickleiter stehend, blickte inbrünstig in Julias Ausschnitt, der einen üppigen weißen Busen enthüllte. Was sonst noch auf dem Bild war, konnte Calvin in der schummrigen Beleuchtung nicht erkennen, aber die zärtliche kleine Szene tröstete ihn, wie schon die rote Wildblume im Knopfloch des Soldaten ihn getröstet hatte.

»Komisch«, sagte er unvermittelt, »daß die Kubaner immer noch so altmodische Zigarrenkistchen machen, nicht? Irgendwie traut man's ihnen gar nicht mehr zu.«

»Nur für den Export«, sagte der Mann.

»Aha. Ja, das leuchtet mir ein.«

Der Mann knurrte. Er vermied es, die lange Asche von seiner Zigarre abzustreifen, und ging jetzt sehr vorsichtig damit um.

»Darf ich Sie mal was fragen?«

Der Mann nickte kaum merklich.

»Wenn Sie mir die Bemerkung erlauben«, sagte Calvin,

»haben Sie sich eine ziemlich riskante Beschäftigung ausgesucht: Sprengstoffe transportieren, im Freien kampieren und so weiter. Na, das ist Ihre Sache – ich denke nicht daran, Sie zu kritisieren oder Ihnen Vorhaltungen zu machen. Ich verstehe nichts von Politik und tue auch gar nicht so. Aber sagen Sie mir das eine: Haben Sie je darüber nachgedacht, was aus Ihren Lieben werden würde, wenn Sie bei Ihrem riskanten Job draufgingen? Angenommen, Ihre Kanone geht im falschen Moment los... Was dann?«

»Von wem reden Sie da, zum Donnerwetter?«

»Von den Menschen, die Ihnen nahestehen und von ihnen abhängen, Frau, Kinder, Freundin – vielleicht auch noch Ihre Mutter. Um es kurz zu machen – übrigens könnte ich leichter reden, wenn Sie mich losbinden würden –: Haben Sie sich schon mal überlegt, was in zehn oder fünfzehn Jahren sein wird?«

Der Mann lächelte nur.

»Und was ist mit Ihren... Kameraden?« beharrte Calvin. »Wissen Sie, daß Sie für ein paar Dollar wöchentlich eine alles umfassende Homemakers'-Police erwerben könnten? Lassen Sie sich von unserem Namen nicht abschrecken; Sie brauchen kein Heim zu gründen und kein Haus zu bauen, um bei uns versichert zu werden. Für das Fälligkeitsdatum der Police wird Ihnen eine bedeutende Summe garantiert, sagen wir fünfzehn- oder zwanzigtausend, wenn Sie fünfundfünfzig Jahre alt werden. Sollten Sie dieses Alter bedauerlicherweise nicht erreichen, so erhält der von Ihnen namentlich bestimmte Nutznießer die volle Versicherungssumme, ohne Abzug. Sie wissen ja wohl, wie es funktioniert. Überlegen Sie's mal ernstlich. Zwanzigtausend sind umgerechnet ein ganz schöner Haufen Dynamit – und denken Sie ja nicht, das käme für Sie nicht in Betracht. Oder sehen Sie die Sache mal von *der* Seite: Sie wollen doch wohl nicht ewig hier im Busch bleiben, und –«

Calvin war völlig übermüdet, redete aber mühelos weiter; die altvertrauten Werbesätze kamen ihm so automatisch über die Lippen wie Musik von einer Drehorgelwalze, bis er plötzlich erschreckt zusammenzuckte und, wie aus einem Traum erwachend, begriff, wo er war, seit Tagen vielleicht schon. Zwischen Erschöpfung und Panik, mit einer von Müdigkeit und Kerosin benebelten Stimme flehte er: »Um Gottes willen, lassen Sie mich los! Lassen Sie mich gehen! Ich bin kein Spion; für mich gibt keiner einen roten Heller. Spione fahren nicht per Anhalter auf Bananentransportern! Haben Sie ein Herz! Die Leute da haben mich dauernd angeschnorrt und mir all mein Geld abgeknöpft, sie wollten mich überhaupt nicht mehr weglassen. Sie haben ja keine Ahnung, wie die mit mir umgesprungen sind! Haben Sie denn gar kein Mitgefühl?« Und damit schlief er im Sitzen ein, in seinem offenen Hemd, das Kinn auf die knochige, schmale Brust gesunken.

Calvins Fesseln wurden gelockert. Es war noch dunkel, die Lampe war weit heruntergebrannt, der Raum von dichtem Zigarrenrauch erfüllt. Eben knüpfte der Mann den letzten Knoten auf. Das rote Blümchen in seinem Knopfloch war verwelkt.

Calvin stand auf und beugte sich sofort wieder etwas vornüber – der instinktive »Buckel« großer Leute, die mit kleineren sprechen. Er war noch recht wacklig auf den Füßen und rieb seine wunden Handgelenke. »Sie müssen mich für einen ziemlichen Schlappschwanz halten«, sagte er beschämt, »ich hab' Ihnen wohl ziemlich was vorgeheult. Aber was zuviel ist, ist zuviel. Wie ich höre, sind Sie auch Amerikaner; woher stammen Sie denn? Ich bin aus Hudson, Massachusetts. Die Welt ist klein, was? Wer hätte je gedacht«, fuhr er fort und trat auf der Stelle, um den Blutkreislauf in seinen eingeschlafenen Beinen wieder in Schwung zu bringen, »daß man hier im tiefsten Busch –«

»Können Sie eigentlich nie die Schnauze halten?«

»Das sind die Nerven. Normalerweise bin ich sehr ruhig. Aber wenn ich nervös bin, rede und rede ich. Jetzt *bin* ich nervös. Sie sollten das verstehen.«

»Kommen Sie mit«, sagte der Mann. Er ergriff das Seil, das noch um Calvins Knöchel gebunden war, zog es straff und führte seinen Gefangenen daran hinaus. Der Mond schien hell, der tiefblaue Himmel war mit großen Sternenhaufen übersät. Es war hell genug, um ohne Laterne zu gehen. »Sehen Sie die Zelte dort?« fragte der Mann. »Fünfzig Soldaten. Fünfzig schlafende Killer. Und Munition: Gewehre, Granaten, Sprengstoff, Handwaffen aller Art.«

»Warum erzählen Sie mir das?«

Calvin erhielt keine Antwort. Sie kamen an ein paar niedrigen Holzbaracken vorbei. »Unsere Küche«, sagte der Mann knapp. »Instruktionsraum, Wasserversorgung, Werkstatt.«

Calvin bat um einen Schluck Wasser und bekam einen Blechbecher voll. Es war kalt und belebend. Er goß sich einen zweiten Becher über den Kopf.

»Bei uns gibt es nichts, was es nicht gibt«, sagte der Mann. »Sehen Sie diesen großen Baum? Unser Radiosender. Transmitter unten am Stamm, Antenne oben.«

»Sehr beeindruckend«, sagte Calvin.

»Erzählen Sie es in Blantyre«, sagte der Mann. »Erzählen Sie, was Sie gesehen haben. Sagen Sie, daß Sie Marais persönlich kennengelernt haben.«

»Kein Vorname?« fragte Calvin.

»Marais genügt«, sagte der Mann.

»Wie Mantovani«, sagte Calvin. Da Marais nicht antwortete, fügte er hinzu: »Der berühmte Dirigent, wissen Sie. Ein Name genügt. Wie Liberace. Wie –« Er gab es auf. »Mein Name ist Mullet, Calvin Mullet. Jetzt darf ich wohl gehen?«

»Ja, Sie sind unverdächtig«, sagte Marais. »Dämlich, aber harmlos.«

»Danke«, sagte Calvin. »Wenn Sie mir den Weg zur Landstraße zeigen, werde ich Ihnen nicht länger die Zeit stehlen. Ich verdufte so schnell und so weit wie möglich.«

»Legen Sie die Augenbinde noch mal an«, befahl Marais. »Ich fahre Sie nach Blantyre.«

Marais fuhr den Citroën wie ein Wahnsinniger. Calvin zwang sich zum Schlafen, erwachte aber immer wieder, wenn er in engen Kurven fast aus dem Sitz geschleudert wurde. Draußen flogen verwitterte rote Felswände vorbei. Offenbar machte Marais große Umwege, denn Calvin sah weder Lilongwe noch irgendeine andere größere Ortschaft. Nach einer Weile kam er wieder auf die Homemakers'-Versicherung zu sprechen.

»*Das* ist meine Versicherung«, schnitt Marais ihm das Wort ab und hielt ihm, eine Hand am Steuer, seinen Revolver unter die Nase.

Gegen Morgen erreichten sie die Kreuzung von Blantyre, wo die Asphaltierung begann. »Wissen Sie, wie diese Straße heißt?« fragte Marais.

»Ja«, erwiderte Calvin. Es war kalt und fing an zu nieseln. Er verschränkte die Arme über der Brust und gähnte. »Queen Elizabeth Drive oder so ähnlich, wenn ich mich recht erinnere.«

»Nein, jetzt heißt sie Osbong Drive«, sagte Marais. »Die ganze Strecke bis in die Stadt hinein. Aber eines Tages wird die Straße nach Bruder Jaja benannt werden. Sag ihnen das. Und nun hau ab.«

10

Tante Zeebas »Speisehaus« (»*Mehr als eine Bar…*«) war in Wirklichkeit ein weitläufiges Bordell mit Wellblechdach, langer überdachter Veranda und Liegestühlen, in denen sich während geschäftsschwacher Stunden die Mädchen räkelten und den Passanten mehr oder minder gutmütige Scherze zuriefen.

Es regnete. Ein älterer Brite und zwei der Mädchen lehnten am Geländer und blickten stumm auf die leere, vom Regen überspülte Straße. Das ging schon den ganzen Tag so: Leichter Sprühregen am Morgen, mit auffrischendem Wind am Nachmittag, und nun rauschte es senkrecht und gleichmäßig aus den tiefhängenden Wolken hernieder. Die Trockenzeit war in diesem Jahr ungewöhnlich feucht gewesen, und die Regenzeit war ebenfalls unzuverlässig – tagelang schien die Sonne, und dann wurde man unversehens wieder daran erinnert, daß es Dezember war. An anderen Orten war der lebensspendende Regen willkommen, aber hier schwollen alle Wasserläufe gleich unmäßig an. Brücken wurden unterspült, Staub verwandelte sich in Schlamm und der Rasen in eine Rutschbahn – in Blantyre war die Regenzeit lästig und manchmal tödlich.

Der ältere Herr, ein Major a. D. Beaglehole, wärmte einen Whisky Soda zwischen den Händen. Die Mädchen standen wie an einer Schiffsreling, von der aus sie in die aufgewühlten

Wogen eines Ozeans starrten. Der Major, eine etwas dickliche, aber distinguierte Erscheinung, hatte einen spärlichen, kurzgehaltenen Schnurrbart und eine Glatze, die seine übergroßen Ohren noch auffälliger machte. In einem dieser Ohren, dem rechten, steckte der cremefarbene Stöpsel einer Hörhilfe, deren Schnur sich über das gestärkte Buschhemd zu einer kleinen Metalldose hinabschlängelte, die er an einer Kette um den Hals trug. Als es an diesem Tag zum erstenmal blitzte und donnerte, stellte Major Beaglehole seinen Hörapparat leise und schaute mit weit aufgerissenen Augen in den Regen. Der nächste Blitz war schon ganz nah; er spaltete den Himmel mit einem grellblauen Zackenriß. Der Major riß sich den Stöpsel aus dem Ohr, denn er war überzeugt, daß die Drähte den Blitz anzögen. Manchmal, behauptete er, höre er über den Apparat sogar Morsesignale, wahrscheinlich verschlüsselte Militärnachrichten oder irgendeinen Geheimdienst ... Das liebte er und horchte auf jedes zufällige Piepsen; aber vor Gewitter und fremdartigen Maschinen hatte er eine urtümliche Angst, die er mit sehr vielen Menschen in Malawi teilte.

Unter der Veranda schäumte der offene Straßengraben von fauligem Wasser und Unrat über. Eine tote Katze, alle viere steif von sich gestreckt, trieb voran.

»Schlechtes Vorzeichen«, murmelte Major Beaglehole, »wenn einem eine schwarze Katze in die Quere kommt.«

Hierauf sagten die Mädchen nichts; dieser europäische Aberglaube war ihnen fremd. *Sie* nahmen eine Schlange auf ihrem Weg als Unglücksboten. Sie sahen weiter zu, wie der Regen auf dem nassen Pflaster Blasen schlug.

»Aber eine *tote* Katze gilt nicht«, beruhigte der Major sich selbst. »Außerdem war sie nicht wirklich schwarz, nur naß. Ein nasses Fell sieht immer dunkler aus, als es ist.« Er lächelte zaghaft, als erwarte er eine Antwort von den Göttern.

Statt dessen zerriß ein neuer Blitz wie ein gewaltiger Dreizack den Himmel. Diesmal mußte es irgendwo eingeschlagen haben, denn alle Lichter gingen aus. Stromausfall! Major Beaglehole verzog sich mit seinem Whisky zu einem der Liegestühle im Hintergrund. Sein Fluch wurde vom Donner übertönt.

Drucklampen wurden aufgepumpt und die Dochte angezündet. Im hellen Licht einer Laterne erschien eine alte Frau im Eingang zur Bar. Sie hängte die mitgebrachte Funzel in Major Beagleholes Nähe an einen Haken.

»So, das hätten wir«, sagte sie kauend; sie hatte fast immer etwas im Mund. »Möcht' mal wissen, wofür wir die lausigen Stromrechnungen bezahlen. Alle naselang fällt das Licht aus. Ich hab's bis hierhin.« Sie ging ans Geländer. »Ist es nicht widerlich?«

Major Beaglehole hatte seine Hörhilfe wieder eingestöpselt und die letzten Worte mitbekommen. »Zum Kotzen, Bailey«, bekräftigte er.

»Geschähe denen verdammt recht, wenn wir alle miteinander ins United Kingdom zurückgingen. Ich weiß nicht, warum wir überhaupt noch mitspielen.« Sie drehte sich ins Licht, sah, daß von ihrer Banane nur die Schale übrig war, und warf sie ins Dunkel. »Was gäbe ich jetzt für 'nen Schluck Guinness!« Draußen prasselte der Regen, und sie fügte verbittert hinzu: »Dreckige Brühe.«

Tante Zeeba, die Puffmutter, die von näheren Bekannten einfach mit ihrem Nachnamen Bailey angeredet wurde, erschien mehrmals täglich auf der Veranda, um ihr Stückchen Malawi zu überblicken und mit baldiger Heimreise zu drohen. Sie war als Fünfzehnjährige ins Land gekommen, und zwar in Begleitung ihrer Eltern, eines Missionarsehepaares. Nun lagen sie schon lange in der Affenbucht begraben. »'ne ganz passende Ruhestätte für so fromme Leute«, pflegte sie zu sagen.

»Zum Kotzen«, wiederholte der Major.

Wie aufs Stichwort bekam Bailey einen fürchterlichen Hustenanfall. Es verschlug ihr den Atem. Sie hustete schleimig, würgte und spuckte zerkauten Bananenbrei in die Gegend und verdarb jedem, der sich gerade in Hörweite befand, auf Stunden den Appetit.

Major Beaglehole ekelte sich eigentlich vor ihrem Äußeren, aber er war daran gewöhnt und mochte ihre rauhen Sitten ganz gern. Im Grunde war sie eine brave, ehrliche alte Haut. Verwirrend an ihr war, daß sie nicht schlecht roch, sondern nur so aussah. Ihre Lieblingsnahrung, *fish and chips*, die sie gierig mit den Fingern aus einer alten Nummer der *Malawi News* zu essen pflegte, hatte ihr pockennarbiges Gesicht zu völliger Ausdruckslosigkeit aufgedunsen. Ihren fahlen Teint schob sie stets aufs Wetter. Sie trug ausgeblichene Herrensokken und Filzpantoffeln und um die Schultern einen alten Schal, an dem sie ständig herumzupfte, was sichtbare Fettflecken hinterlassen hatte. Sie hatte einen Herzfehler, und es sah gefährlich aus, wenn sie plötzlich erbleichte und in einem Sessel zusammensackte. Sie selbst erklärte ihre Anfälle mit Verdauungsstörungen, die sie mit Leberpillen behandelte. An dem einzigen Kleid, das sie besaß (obwohl sie nicht arm war), fehlten vorn mehrere Knöpfe. Das also war Zeeba. In den meisten anderen Ländern hätte man sie damals noch wegen Kuppelei eingesperrt.

Der Major unterdrückte ein Aufstoßen. »Windig wird's auch noch«, bemerkte er. »Ich muß nächstens meine englischen Wollsachen rausholen. Hätte nicht gedacht, daß ich sie vor Mai brauchen würde.«

»Ja, dieses Wetter ist das Letzte«, sagte Bailey, als sie wieder zu Atem gekommen war. »Erst die greuliche sogenannte Trockenzeit – mein Rheumatismus hat sich wieder eingestellt – und nun diese verrückten Gewitter. Kommt alles von der Atombombe.« Sie raffte ihren Schal zusammen und wandte sich zur Tür. »Nur gut, daß ich dies warme Stück noch habe.«

Major Beaglehole erhob plötzlich die Stimme, als rede er vor zahlreichem Publikum, und hielt Bailey damit auf halbem Weg fest. »Dieser Regen erinnert mich an ein furchtbares Gewitter in Alexandria, Kriegsjahr 43. Es goß wie aus Kübeln. Mein Bursche machte sich vor Angst in die Hosen. Unfähig bis dorthinaus. Einmal sagte ich ihm, er solle mir meine Pistole reichen, und der verdammte Idiot«, der Major machte eine Kunstpause und erhob die Augen zu Bailey, »der verdammte Idiot schoß mir ins Bein.«

»Sie haben ja Sachen erlebt, Major!«

»Kann man wohl sagen. Bei jedem Wolkenbruch fällt's mir wieder ein.« Der Major trank einen Schluck. »Ein Jammer, daß ich mein ganzes Arabisch vergessen habe. Konnte es sprechen wie die Eingeborenen.«

Bailey kramte eine Zigarettenkippe aus der Kleidertasche und zündete sie an. Viel mehr als ein paar Züge waren nicht herauszuholen. Sie klemmte den Stummel ungeschickt zwischen die Finger, zog zweimal daran und verbrannte sich.

»Schweinerei!« Sie trat die Kippe mit dem Pantoffel aus. »Ich geh' jetzt lieber rein und leg' die Beine hoch. Heute abend wird's still wie im Grab bleiben, bei dem Wetter und ohne Licht.«

»Mein Bursche war ein Gyppo«, sagte der Major.

»Ein Schwarzer?« fragte Bailey.

»Nein, ein Ägypter«, erklärte der Major.

»Ach was, ein Nigger ist wie der andere«, sagte Bailey. »Taugen alle nichts. Arschgesichter.«

»Aber jetzt lachen sie uns aus«, sagte Major Beaglehole. »Nähen sich den Union Jack auf den Hosenboden. Wir sind erledigt, und sie haben gut lachen. Aber nicht mehr lange, Bailey, das verspreche ich Ihnen. Wenn wir wiederkommen, gnade ihnen Gott! Der Union Jack wird bald wieder über dem Regierungssitz wehen!«

»Von mir aus können sie dieses beschissene Land behalten. Ist mir doch egal, was unter der neuen Regierung passiert. Ich kümmere mich um mein Haus, das langt.«

Aber Major Beaglehole hatte sein Hörgerät schon wieder ausgeschaltet und fuhr fort: »Wir holen uns alles wieder, vom Kap bis nach Kairo! Vielleicht waren früher mal ein paar Sklavenschinder hier, aber *wir* waren bei Gott fair.« Er trank seinen Whisky Soda aus und hielt Bailey das leere Glas hin. »Noch einen, bitte. Die Nässe kriecht mir langsam in die Knochen.«

Bailey nahm das Glas und wollte wieder gehen.

»Wo ist denn der Yankee?« fragte der Major plötzlich und drehte am Lautstärkeregler.

»Schläft wohl noch«, sagte Bailey. »Hab' ihn jedenfalls nicht gesehen.«

»Sieht so aus, als müßten wir bald mit den Yanks konkurrieren«, murmelte der Major vor sich hin. »Die kommen uns hier möglicherweise noch zuvor.«

Bailey fühlte sich nicht mehr angesprochen und ging in die Bar zurück. Die Gummiflügel des Ventilators hingen schlapp an der Decke; die Drucklampen, die von den Mädchen ständig aufgepumpt werden mußten, blubberten und zischten und machten die Schatten der wenigen Männer, die an der Bar standen, riesengroß. Man hörte nur das metallische Klicken der Tauchkolben, das Zischen der Lampen und das Regengeprassel auf dem Blechdach. Das einzige andere Geräusch kam von einem Araber in fußlanger Galabiya und verschwitztem Käppchen, der einen »einarmigen Banditen« mit Osbongs fütterte. Er hatte einen angedeuteten Abraham-Lincoln-Bart und hielt ein volles Glas Orangensaft in der Linken, solange er die Maschine mit der Rechten bediente. Jedesmal, wenn er den Hebel heruntergedrückt hatte, machte er einen langen Tangoschritt nach hinten und wandte die Augen von den kreisenden bunten Symbolen ab. Die übrigen Glücksautomaten, die normalerweise von elektrischen Lämpchen funkelten und ratterten, waren verstummt.

Bailey stellte den Whisky für Major Beaglehole auf ein Tablett und beauftragte einen dickleibigen Aufwärter, beides auf die Veranda zu bringen. Sie selbst nahm ihren Stammplatz in einem Sessel nahe der Tür ein, die ins Innere des Hauses führte. Die Zimmer dort wurden, je nachdem, für ein bis zwei Stunden, aber auch für Wochen und Monate vermietet, denn Bailey nahm gern Dauergäste; ihr Haus gewann dadurch eine gewisse Respektabilität. Die Schlüssel hingen an numerierten Haken an der Wand neben Baileys Sessel.

Der Araber gab dem Spielautomaten schließlich einen ärgerlichen Tritt, ging zu einem der Mädchen hinüber und bot ihr seinen Orangensaft an. Sie lehnte ab und bat statt dessen, einem Blick Baileys gehorchend, um ein Bier.

»Nicht Bier! Bier schlecht für dich!« Der Araber nahm die Hand des Mädchens und sagte in schmelzendem Ton: »Wenn mein Penis könnte reden, er sagen: *I love you, habibi.*«

Bailey kassierte zwanzig Osbongs, reichte dem Paar einen der Schlüssel und ließ sie durch die Tür nach hinten.

Gegen neun gab es noch einmal einen besonders langen und heftigen Blitz. Er erhellte den ganzen Raum bis in die letzten Winkel, jeden Balken, jedes Spinngewebe, den Besen in der Ecke, das offizielle Bildnis von Dr. Osbong, die verdutzten Gesichter der Mädchen; ein fremder Hund, den das Gewitter hereingetrieben hatte, erstarrte; Bailey vergaß zu rülpsen, und eine in blaues Licht getauchte Ratte flüchtete zur Küchentür. Jeder Stuhl, alle Flaschen und Gläser erstrahlten in magischem Schimmer, die Tischdecken waren ohne Krümel und fleckenfrei; sekundenlang sahen alle Dinge funkelnagelneu und makellos aus; sogar die Pockennarben waren aus Baileys Gesicht verschwunden. Und in das tiefschwarze Dunkel, das folgte, krachte ein ohrenbetäubender Donnerschlag.

11

In einem Hinterzimmer von Baileys Speisehaus fuhr Calvin Mullet kerzengerade im Bett hoch und lauschte dem langsamen Ausrollen dieses letzten Donnerschlages, einem abebbenden Gerumpel, als würde ein Klavier über lockere Holzdielen geschoben. Der Regen trommelte auf dem Wellblechdach, die schlecht eingehakten Fensterläden klapperten. Calvin drückte mehrmals auf den Schalter seiner Nachttischlampe, bis er merkte, daß kein Strom da war. Er zündete eine Kerze an. In ihrem Flackerschein machte er Inventur. Er prüfte sein Gesicht im Spiegel (die Frisierkommode verstellte ein Drittel des billigen Zimmerchens, dem man ansah, daß es bisher einem anderen Zweck gedient hatte; zum Beispiel waren nur ein paar Garderobenhaken, aber kein Kleiderschrank darin). Was Calvin im Spiegel erblickte, war eine Maske mit bläulichen Bartstoppeln über hohlen Wangen; sein Gesicht kam ihm eingefallener und verkniffener vor als vorher, die Haut zu weiß, von einer gespenstischen Blässe, die kränklich, wenn nicht krank wirkte. Er hatte Schmutz in den Haaren und Staub in der Nase. Der Trip nach Norden war nicht ohne Spuren geblieben. Herangewachsene Menschen litten mehr unter solchen Strapazen als andere, und man merkte es ihnen auch mehr an.

Marais hatte ihm seine Papiere zurückgegeben. Die wichtigsten waren jedenfalls unversehrt, sogar zwei »Bitte-nicht-knicken!«-Karten mit Namen und Adressen, einige feucht gewordene Broschüren und Monatsberichtsformulare, die, sorgsam gefaltet und ineinandergesteckt, als Briefe ohne Gummierung oder Marken verwendet werden konnten, sofern sie innerhalb der Vereinigten Staaten oder ihrer Besitzungen aufgegeben wurden. Fünf seiner sechs Brillen hatte er eingebüßt, eine bei dem faulen Fluchttrick in der Bar Zur

Großen Trommel, drei unter Marais' Stiefel, und eine hatte er Ogilvie geschenkt. Die letzte lag zusammengeklappt auf der Kommode, es war die mit der imitierten Schildpattfassung. Sonst lag noch alles so auf dem Boden herum, wie er es im Morgengrauen hingeworfen hatte: seine ausgebeulten Hosen, die lehmverkrusteten Wildlederschuhe, das Hemd – gewaschen von Mira, zerrissen von Marais. Nur der Dreck war von ihm. Und da war auch sein kleiner Bücherstapel: *Chinyanja im Selbstunterricht*, mit einem Eselsohr in Kapitel II (»Die Waffen sind verrostet«, »Mein guter Bogen ist hingefallen«), ein Informationsalmanach, zehn *Time*-Nummern, *Leitfaden des Verkaufens*, ein Bändchen von Parsons' Gedichten (*Mammon und die Muse*) und zwei Jahrbücher der Hartforder Unfall- und Schadens-Gesellschaft. Und fünf Romane, drei davon in Übersetzung. Calvin hatte diese gewichtigen Werke in dem Irrglauben nach Afrika mitgenommen, er könne hier endlich genügend Zeit zum Lesen der Klassiker finden, wie sonst nur auf Seereisen, während einer langen Krankheit oder in den Sommerferien. Er hatte noch keinen der Romane angerührt, obwohl sie zerlesen aussahen, die Seiten waren in der feuchten Luft aufgequollen und wellig geworden, die Einbände stellenweise aufgerissen. Calvin hatte den Halbbildungskomplex, wie er unter amerikanischen High-School-Absolventen sehr verbreitet ist – dieses besessene Streben nach Vertiefung und Vervollkommnung seines Wissens. Er hatte sich jahrelang langweilige und schwierige Sachbücher gekauft und sich gezwungen, manche Passagen darin mit dem Filzstift zu unterstreichen. Er hatte einen Abendkurs mit dem Thema »Das benachteiligte Kind« besucht und wünschte noch heute, er hätte sich mehr mit Soziologie befaßt als mit Markt- und Wirtschaftskunde.

In der oberen Schublade der Frisierkommode war lauter Krimskrams: Büchsenöffner, Nagelfeile, Heftpflaster, Paketschnur, Büroklammern, Moskito-Abwehrsalbe, Spielkarten, Rasierwasser, Paß, Impfzeugnis und das letzte Gesundheitsattest, ein einzelner Manschettenknopf, eine Schachtel Kondome und ein nicht mehr funktionierendes Feuerzeug. In anderen Schubladen waren kleine Einkäufe aus Jaganathys indischem Bazar, der Trauschein und das Scheidungsurteil. Dies und eine Fünfzig-Dollar-Note, die an die Unterseite einer

Schublade gepinnt war (eine Art Grundversicherung oder Notgroschen), stellte Calvins gesamten Besitz dar – den irdischen Gewinn seiner dreißig Lebensjahre. Soviel hatte auch Ogilvie in seiner Hütte gehabt.

Wie er storchenbeinig in feuchten Unterhosen dastand und sich nachdenklich übers Stoppelkinn strich, hatte Calvin das Gefühl, daß es eine gewisse ausgleichende Gerechtigkeit gab und er wegen Ogilvie und Mira kein besonders schlechtes Gewissen zu haben brauchte; ein Mißverständnis war noch keine Schuld. Der Mann, dessen Versicherungsprämie er in Rumpi losgeworden war, würde es nie erfahren. Calvin würde sie stillschweigend ersetzen. Ihm ging es wahrhaftig nicht besser als seinen Kunden, vermutlich sogar schlechter. Aber bald nachdem er sich mit Baileys sogenanntem Menü den Bauch vollgeschlagen hatte (ein Riesenknäuel *Spaghetti bolognese* – pappige, mit Ketchup getränkte und mit etwas Käse bestreute Nudeln – nebst zwei großen Gläsern warmen Lion-Bier), wurde er wieder von nagender Reue heimgesucht. Die bittenden Gesichter von Ogilvie und Mira (»Wir brauchen dich!«), sein eigenes verlogenes Lächeln (»Bin gleich wieder da«), alles ängstigte und betrübte ihn. Selbst der kalte Revolverlauf im Nacken und die Schlinge um den Fuß hatten ihn nicht so nachhaltig beeindruckt. Mit vollem Magen war die Erinnerung an die Afrikaner furchtbar schmerzlich, besonders die an Mira, die ihm aus der Entfernung noch zerbrechlicher und liebreizender vorkam. Er hätte wirklich netter zu ihnen sein können; sie hatten ja nicht viel verlangt. Er aber hatte nur Ogilvie versichert und mit Mira geschlafen und sich dann aus dem Staub gemacht. Kein Wunder, daß sie die Weißen haßten. Mira flatterte durch seine Gedanken wie ein wehrloses Vögelchen.

»Stromausfall«, sagte Major Beaglehole, der sich zu Calvin gesellte und seinen leeren Teller ansah. »Gott, wie kriegen Sie das Zeug nur runter?«

»Es macht wenigstens satt«, erwiderte Calvin.

»Bestellen Sie lieber mal ein Rum-Omelett. Bailey versteht sich darauf. Aber ihr Yanks! Moosbeersauce. Marmelade auf Schinken. Hab' ich Ihnen schon mal von dem Yank in Kairo erzählt, der Marmelade auf *meinen* Schinken geschmiert hat?«

»Ja«, sagte Calvin.

»Ich hätte ihm am liebsten eine runtergehauen, kann ich

Ihnen sagen –« Der Major verstummte, zuckte zusammen und horchte aufmerksam mit schräggeneigtem Kopf ins Leere. Dann nahm er seine gewohnte Haltung an und sagte: »Dachte, ich höre einen Funkspruch. Kommt meistens um diese Zeit. Aber bei Gewitter klappt es nicht. Na, und was haben Sie über die Feiertage getrieben? Das Land unsicher gemacht?«

»So kann man's auch nennen«, sagte Calvin.

»Sie sehen reichlich mitgenommen aus. Im Negerquartier versumpft, was?«

»Ich habe mich an Ihre Tips gehalten. Kaum Verkehr auf den Straßen. Die Grenzstation war abgebrannt. Ich bin bei Rumpi hängengeblieben.«

»Ich habe Sie heute früh aufkreuzen sehen – wie das Leiden Christi. Holte gerade meine Stiefel rein. Bailey dachte, Sie wären ein Einbrecher. ›Gehen Sie ruhig wieder ins Bett‹, hab' ich zu ihr gesagt. ›Es ist bloß unser Yank‹.«

»Auffallend richtig.« Calvin wünschte inbrünstig, in Ruhe gelassen zu werden. Die flackernden Lampen erinnerten ihn wieder an Mira, und er hätte sich gern seinen Träumereien von einer Ehe mit ihr überlassen. Die Bar hatte sich geleert; Bailey schnarchte und hustete abwechselnd in ihrem Sessel, ohne jedoch aufzuwachen. Ein paar Mädchen lungerten noch herum – Ameena, Rose und eine Neue. »War da noch diese komische Kneipe in Rumpi?« erkundigte sich der Major.

»So was wie 'ne Hüttenbar, ja«, sagte Calvin.

»Aha, das *Izaak Walton*. Inhaber ist ein alter Landsmann von mir, heißt – Moment mal – Dirty Dick. Erinnere mich gut. Toller Hecht!«

»Ich habe keinen Engländer dort gesehen.«

»Na, dann wird er wohl auch eingepackt haben. Könnte Ihnen Geschichten vom Izaak Walton erzählen –«

»Jetzt heißt es Bar Zur Großen Trommel«, sagte Calvin.

»*Nein*!« Major Beaglehole starrte ihn ungläubig an. »Dirty Dick hat die Bar doch nicht etwa an einen Schwarzen verscheuert?«

»Scheint so. Der Barmann war jedenfalls Afrikaner.«

»Und was ist aus den Spieltischen und dem Billard geworden? Dick hatte das alles prima in Schuß. Sogar 'nen Paraffin-Kühlschrank. Man kriegte immer eiskalte Drinks im Izaak.«

»Scheinen sie alles abgeschafft zu haben«, sagte Calvin. »Ich habe da nichts als Ameisen gesehen.«

»Eine Schande«, sagte Major Beaglehole. »Aber so sind die Schwarzen. Katastrophal. Sonst wen von den Einheimischen getroffen?«

»Ich habe ein paar Versicherungen verkauft«, sagte Calvin.

»Rumpi war früher mal mein Stützpunkt«, murmelte der Major, in Erinnerung versunken. »Ach, ehe ich's vergesse – heute früh ist ein Brief für Sie gekommen.« Er zog einen großen weißen Umschlag aus der Tasche und überreichte ihn Calvin.

Der Poststempel war *Hudson, Mass.*, und drinnen befand sich eine gedruckte Weihnachtskarte von Calvins Exfrau, ganz nach dem Geschmack der Neuengländer: Julzeit auf der Farm, eine rote Scheune, schneebedeckte Felder, ein Lattenzaun im Vordergrund, ein Adventskranz über der Tür, ein Jäger, der mit seiner Flinte durch den Schnee stapfte und zwei Fasanen an einem Riemen trug.

Calvin zerriß die Karte in kleine Fetzen.

Der Major beugte sich vor und drehte hastig am Knopf des Lautstärkereglers. »Schlechte Nachrichten!«

»Nur eine Weihnachtskarte«, sagte Calvin. »Von meiner geschiedenen Frau.«

»Oh, von der«, sagte Major Beaglehole. Er war bei der Gerichtsverhandlung zugegen gewesen. Wie oft hatte er schon von diesem Erlebnis erzählt? Dutzende von Malen. *Sie erinnern sich doch*, sagte er jedesmal, wenn er Calvin mit Fremden bekannt machte.

»Ich glaub, ich geh' wieder zu Bett«, sagte Calvin gähnend. »Bin immer noch wie zerschlagen. Schöne Weihnachten.«

Major Beaglehole hob sein Glas, sah, daß es leer war, und stellte es zögernd wieder hin. Dann heftete er seinen starren Blick auf Calvin und sagte: »Ich habe meinen Vorgesetzten erschossen, so wahr Sie da sitzen.«

Calvin war gerade im Begriff gewesen, seinen Stuhl zurückzuschieben und aufzustehen, setzte sich aber wieder hin. »Was haben Sie eben gesagt, Major?«

»Sie haben es gehört.«

Das hatte er. Es war Major Beagleholes bekannter Dreh, zu einem Gratisdrink zu kommen: irgendein hingeworfener

Satz, der aufregende Enthüllunen versprach und jedermann nötigte, sich auch den Rest anzuhören. Nur ganz hartgesottene Gemüter waren immun gegen Beagleholes Eröffnungen. Er ließ sie gehen; von ihnen war sowieso nur selten eine Erfrischung zu erwarten. Der Preis seiner Aufrichtigkeit war ein Whisky.

Calvin kannte Beaglehole noch nicht lange genug, um zu seinen Freunden zu zählen. Für diese kürzte Beaglehole seine Geschichten ab und brachte nur die Glanzlichter und ein wenig Dialog zu Gehör. Die Story von dem Burschen, der ihm während eines Platzregens ins Bein geschossen hatte, war in der Urform mit allen schmückenden Details wesentlich länger, und die von dem Amerikaner, der Marmelade auf seinen Schinken schmierte, desgleichen.

»Ein Whisky für den Major!« rief Calvin dem dösenden Aufwärter zu.

Der Whisky kam, Calvin unterschrieb den Kassenzettel, aber der Major fing nicht gleich mit seiner Geschichte an.

»Also, wie war das nun mit Ihrem Vorgesetzten?«

»Moment bitte«, sagte Major Beaglehole und schaltete sein Hörgerät aus. Anders als die meisten Langweiler schnorrte er zwar gerne Drinks, hatte aber keinen Genuß daran, sich immer wieder selbst reden zu hören. Stocktaub zu sein konnte auch seine Vorteile haben; er hörte weder Einwände noch Kommentare. Er sprach in eine so vollkommene Stille hinein, daß seine zerstörten Trommelfelle nicht einmal auf das Dröhnen seiner eigenen Stimme reagierten.

»Das«, begann er endlich, »ist die reine Wahrheit. Ich schäme mich ihrer nicht. Er hat's verdient, der Schuft.« Der Major spielte mit seinem Whiskyglas und nahm sich Zeit. »Es war in Kairo, gleich nach Kriegsende. Ich war zu 'ner Offiziersfete ins ›Shepheard‹ eingeladen. Im Kameradenkreis war ich schon lange als Original bekannt. Besonders berühmt war meine Schlaftechnik bei wichtigen Lagebesprechungen. Wenn jemand mich direkt ansprach, wachte ich auf, machte eine Bemerkung, die den Nagel auf den Kopf traf, und schlief prompt wieder ein.«

Calvin schlürfte ungeduldig sein Bier.

»Mit den Offizieren vom Musikzug war ich nicht so gut bekannt, und daher war ich einigermaßen überrascht, als ich eines Tages einem baumlangen Oberst vorgestellt wurde, der mich mit Namen anredete und ungeheuer selbstgefällig grinste. ›Sie kennen mich, Colonel?‹ fragte ich.

›Na, und ob‹, antwortete er mit anzüglichem Lächeln, ›ich habe Ihr Konterfei ja oft genug auf dem Kamin gesehen.‹ Und damit ließ er mich stehen und gesellte sich zu den anderen höheren Chargen, immerzu lachend und mit der Reitgerte schlenkernd. Klar, ich hatte schon meinen Verdacht, auf welchen Kamin er anspielte. Aber um sicherzugehen, schrieb ich an meine Frau und fragte sie knallhart, ohne Umschweife, was da los sei. Danach schien es, als würde ich nie eine Antwort kriegen. Ein Monat verging, zwei Monate, drei. Im vierten Monat kam ihr Brief. Keineswegs zerknirscht. Gab unumwunden alles zu. Der Kamin, den der Oberst erwähnt hatte, stand bei mir zu Hause in Broadstairs. Irgendwie, irgendwann hatte der alte Schwerenöter von Colonel meine Frau kennengelernt, und während ich in der Sahara kämpfte, trieb es dieser Kerl mit meiner Frau!«

»Nehmen Sie noch ’nen Drink«, sagte Calvin.

»Cheers«, erwiderte Major Beaglehole dankend. »Hierauf«, fuhr er fort, »war natürlich kristallklar, was ich pflichtgemäß zu tun hatte. Schließlich war ich ein Offizier bei Seiner Majestät Leibfüsilieren und ein Gentleman dazu. Und zu allem Überfluß passierte das alles vor den Augen der Farbigen, in einem fremden Land. Das steigerte meine patriotische Verantwortung. Jeden Samstagmorgen hatten wir eine Parade in voller Uniform, alle Regimenter, der Musikzug mit klingendem Spiel vorneweg. Zum Teil machten wir das für die Gyppos – wir zeigten Flagge, sozusagen –, teils zur Hebung unserer eigenen Moral.

Na, ich wartete den nächsten Aufmarsch ab. Es war einer dieser unglaublich blauen, fürchterlich sonnigen ägyptischen Tage. Alle Fahnen und Wimpel wehten in der leichten Brise. Und da stolzierte mein Oberst herum, schlug sich mit der Reitgerte an die Stiefel und betrachtete alles und jeden auf diese verdammt hinterhältige Art. Der Befehl kam: Präsentiert das Gewehr! Das war mein Signal. Ich trat einfach aus dem Glied und marschierte stracks auf den Oberst zu. Er war einen Moment baff – mein Vorgehen war unerhört, gegen jede Vorschrift –, aber er salutierte.«

»Und Sie? Haben Sie ihn auf der Stelle erschossen?«

Major Beaglehole sah Calvin auf den Mund und trank erst einmal einen Schluck. »Vorerst habe ich ihn nur angeschaut – so. Natürlich habe ich nicht zurückgegrüßt. Und endlich habe ich zu ihm laut und deutlich gesagt:

›Sie sind kein Gentleman.‹

Alle Augen auf dem Paradeplatz waren auf mich gerichtet. Soldaten aus allen Ecken des Empires. Die Band hatte zu spielen aufgehört; nur der Trommelwirbel zum ›Präsentiert!‹ dröhnte noch, und der paßte genau zu meiner Stimmung.

›Wohl verrückt geworden, Mann?‹ sagte der Oberst. ›Machen Sie, daß Sie zu Ihrem Regiment zurückkommen!‹

›Du Schwein‹, sagte ich. ›Du dreckiges Schwein.‹ Und dabei ließ ich ihn nicht einen Moment aus den Augen. Er war käsebleich geworden.«

»Und dann haben Sie ihn erschossen«, nickte Calvin.

Major Beaglehole starrte mit wässerigen Augen in die Ferne; seine Ohren standen ab wie Topfhenkel. Aber seine Lippen waren fest aufeinandergepreßt. Er rührte sich nicht.

»Noch einen Whisky?«

»Nicht soviel Soda«, sagte der Major zu dem Aufwärter. Das frischgefüllte Glas in der Hand, fuhr er fort: »Verdammt noch mal, sagte ich damals zu mir, jetzt bin ich schon so weit, nun muß ich's auch zu Ende bringen, sonst kann ich mich in der Offiziersmesse nicht mehr sehen lassen. Ich zog also meine Handkanone und schoß ihn zweimal mitten ins Gesicht. Der Trommelwirbel brach ab, als er lang hinfiel. Ich warf die Armeepistole auf seine Leiche und marschierte hocherhobenen Hauptes vom Paradeplatz.«

»Wohin?«

»Ins Gefängnis, Sie Esel. Wohin sonst? Ich hatte gerade einen Vorgesetzten erschossen.« Der Major trank. »Man hat mir mildernde Umstände zugebilligt. Nach zwei Monaten Untersuchungshaft in Kairo wurde ich unter Bewachung nach Gibraltar geschickt und von da ins Militärgefängnis Seiner Majestät in Kent, nicht weit von zu Hause. Ich war ein Mustergefangener. Nach sechs Jahren wurde ich entlassen. Alle wußten, daß es ein *crime passionnel* war. Ich bekam meine volle Pension und zog mich hierher in den Ruhestand zurück. Das war Ende 51. Ich war um zehn Jahre gealtert.

Meine Bekannten wunderten sich, daß ich in die Kolonien ging. Sie dachten, ich würde erst mal meine Frau umbringen.«

Beaglehole leerte sein Glas in einem Zug. Calvin tat es ihm nach.

»Vermutlich hätte ich dabei noch einen ganz guten Schnitt machen können. Sie irgendwie umbringen und die Versicherung kassieren. Aber ein Gentleman tut so was nicht.«

»Kommt drauf an, wie die Police abgefaßt ist«, meinte Calvin.

»Sie sind ja verrückt. Natürlich täte ich so was nie.«

»Vielleicht doch, wenn Sie ausdrücklich als Nutznießer eingesetzt wären.«

»Blödsinn!«

»Oder mit einer gegengezeichneten Ermächtigung für alle Fälle.«

»Quatsch!« sagte Major Beaglehole. »Woher wissen Sie das?«

»Ich kenne solche Fälle«, sagte Calvin. »Homemakers' hat mehr als einen von der Sorte hinter sich.«

Major Beaglehole versuchte Calvin mit einem Blick abzuschmettern, aber er war zu betrunken; die Augen gingen ihm über. »Ich bin Engländer«, sagte er anklagend. »Engländer ermorden ihre Frauen nicht. Das tun höchstens Nigger, Kanaken, Yankees. Wir nicht. Wir gehorchen einem Ehrenkodex. Damit haben wir das Empire zusammengehalten. Verdammt, die Schwarzen haben uns respektiert. Sie haben uns geliebt, schon weil wir Briten waren und uns nichts bieten ließen. Fragen Sie sie doch selber, fragen Sie jeden x-beliebigen Bettler, ob es bei uns all den Unfug gegeben hat. Fragen Sie den Kellner hier. Wenn er noch ein Fünkchen Ehrlichkeit im Leibe hat, wird er Ihnen sagen, daß die Briten –«

»Warum fragen Sie ihn nicht selber?«

Major Beaglehole schlug auf den Tisch. »Er wird sagen: Die Briten waren unsere Herren, und sie haben für uns gesorgt. Er wird sagen: Die Briten haben uns nicht unterdrückt, sondern wir uns gegenseitig. Was die nackte Wahrheit ist.«

»Fragen Sie ihn doch«, schlug Calvin vor, »wer ihm lieber

wäre, wenn er die Wahl hätte: die Briten oder Doktor Osbong. Wenn er sagt, Osbong, bestellen Sie mir ein Bier. Das wäre nur fair.«

»Boy!« schrie Major Beaglehole.

Der Aufwärter kam und pflanzte sich neben dem Major auf. Er war etwa dreißig, groß und massig, mit unsteten, blutunterlaufenen Augen, einem Stiernacken und Hängeschultern. Sein Hemd war zerschlissen und die Hose ausgefranst, aber er trug die rote Schärpe um den Bauch, die Bailey all ihren männlichen Bediensteten vorschrieb. Er war barfuß. In der Körpergröße reichte er fast an Calvin heran, war aber ungewöhnlich fett für sein Alter – die Figur eines Jazz-Pianisten oder Trompeters der dreißiger Jahre, nur ohne das typische Grinsen.

»Also«, sagte Major Beaglehole zu dem Dicken, »ich möchte jetzt mal von dir wissen, wer dieses Land am besten regieren kann. Sag mir deine Meinung, frisch von der Leber weg. Ist es Osbong, oder waren's die Briten?«

Der Afrikaner sah von Major Beaglehole zu Calvin; der gehetzte Ausdruck schwand aus den blutunterlaufenen Augen, sein Kinn schob sich trotzig vor, und sein Blick wurde wild. Er richtete sich zu voller Größe auf. »Alles Ausbeuter«, sagte er, »einer wie der andere.«

»Schön, aber du solltest doch einen wählen.«

»Bruder Jaja!« röhrte der Afrikaner mit weit aufgerissenem Mund und streckte seinen Arm mit geballter Faust zu einem Salut. Dieser plötzliche Ausbruch erschreckte Calvin, aber bevor er etwas erwidern konnte, stellte der Afrikaner sein Tablett hin und zog sich in eine Ecke zurück, von wo er die beiden Weißen wie vorher halb mürrisch, halb trotzig über die breite, scheinbar knochenlose Nase hinweg anstarrte.

»Haben *Sie* verstanden, was oder wen er meint?« fragte Calvin.

»Keine Ahnung«, knurrte der Major. »Wahrscheinlich rennt er irgendwelchen Hirngespinsten nach – wie gewisse Yanks mit ihrer sogenannten Lebensversicherung.«

»Versicherung täte ihnen bitter not«, sagte Calvin.

»Da irren Sie sich. Der Schwarze braucht gar nichts. Er ist wunschlos glücklich mit dem, was er kriegt. Wenn ich ihm jetzt ein Fahrrad schenkte, würde er augenblicklich all seinen

Unsinn vergessen. Ein Fahrrad wäre das Höchste für ihn, aber er weiß ebensogut wie Sie und ich, daß er nicht unbedingt eines *braucht.*«

»Keine Vorausplanung«, sagte Calvin. »Wer versichert ist, denkt an die Zukunft und weiß, wozu er arbeitet. Das ist so wichtig.«

»Augenwischerei«, sagte der Major.

»Sie sind eben ein Kolonialist«, bemerkte Calvin achselzuckend.

»Und ob ich einer bin! Sie haben es erfaßt! Und dieses Land wird wieder Kolonie werden. Wir kommen zurück – warten Sie's nur ab!«

Calvin stand rasch auf und ging an die Hintertür, wo Bailey in ihrem Sessel schlief. Dort drehte er sich um und schrie: »Sie sind ein Mörder! Sie haben einen britischen Offizier erschossen!«

»Und Sie sind bloß ein windiger Yank, der mit seiner schwarzen Schlampe durchgebrannt ist!« kreischte Major Beaglehole quer durch den Raum, erbittert, weil er Calvins Lippenbewegung nicht gesehen und sein Hörgerät falsch eingestellt hatte. »Was *ich* getan habe, tat ich für König und Vaterland!«

Bei dem Wort »König« blitzte und donnerte es noch einmal, aber schon bedeutend milder, und gleichzeitig ging das elektrische Licht wieder an. Die Spielautomaten blinkten, der Kühlschrank surrte, die Ventilatoren drehten sich wie verrückt. Ameena, Rose und das neue Mädchen hielten sich die geblendeten Augen zu, und der schwergewichtige Kellner legte die breite Hand über die Brauen wie ein Krieger, der nach Feinden ausspäht. Major Beaglehole fluchte wieder, wie vor Stunden, als das Licht ausgegangen war. Bailey erwachte, rang nach Atem, krächzte und hustete und drehte an einem schwarzen Wandschalter, worauf die meisten Lichter wieder erloschen.

Es war Mitternacht. Geschäftsschluß.

Zweiter Teil

12

Am Morgen nach dem Gewitter war Blantyre kühl und blankgewaschen und hauchte liebliche Düfte aus. Die Sonne strahlte am wolkenlosen Himmel. Braune Milane und schwarzweiße Elstern machten sich über die angeschwemmten Abfälle her, und andere Vögel kreisten so hoch über der Stadt, daß sie reglos im flimmernden Blau zu schweben schienen. Die verstaubten Straßenbäume waren vom Regen erquickt und grün, die welken Blüten abgefallen und weggespült. Es tropfte noch von den Zweigen. Das graue Moos auf der Schattenseite der Veranda hatte über Nacht samtige Fülle gewonnen. Aber es hatte auch ein Unglück gegeben. Ein paar Kinder, die vor einem Laden mit Schaufel und Besen das verfilzte Schwemmreisig aus dem Abflußgraben holen sollten, stießen auf eine männliche Leiche – offenbar die eines Ertrunkenen.

Calvin kam auf dem Weg zur Bank, wo er sein Gehalt abheben wollte, an der Stelle vorbei. Einige der Schaulustigen, die sich bereits angesammelt hatten, stocherten mit langen Stökken an dem Toten herum. Er kauerte auf allen vieren in der schmalen Rinne, als hätte er etwas gesucht und wäre dabei hingefallen. Einer der herumstehenden Männer hob den Leichnam schließlich mit einer dicken Mangrovenstange in sitzende Stellung, in der er steif und starr verblieb; seine Zunge war etwas zwischen den entblößten Zähnen vorgestreckt. Das Gesicht war bleigrau. Es war ein Afrikaner, der einen modischen Anzug und die Regierungskrawatte mit dem Landessymbol trug: kleine schwarze Hähne, die jeweils eine aufgehende Sonne ankrähten. Am unteren Ende der Krawatte ragte der Griff eines Stiletts aus dem Körper wie ein grauenerregendes schwarzes Kreuz.

Calvin war noch nie einer Leiche so nahe gewesen. Es drehte ihm den Magen um, und er hatte ein sonderbar totes, trockenes Gefühl im Hals. Dabei setzte ihm das schreckverzerrte Gesicht des Toten eigentlich gar nicht so zu wie der

Gedanke, welch unwürdiges Ende es sein müßte, unversichert ermordet zu werden, in der Gosse zu sterben und einer gaffenden Menge als Schauobjekt zu dienen.

Er wartete die Polizei nicht ab, sondern eilte weiter. In der Bank verschwand die Übelkeit. Sein Dezembergehalt war per Kabel überwiesen worden. Calvin zog sich an eines der Pulte zurück, tauchte die kratzende Amtsfeder ins Tintenfaß, schüttelte einen überhängenden Tropfen ab und füllte den Unterhaltsscheck für seine Frau aus. Nachdem das erledigt war, kaufte er sich in »Jaganathy's Madras Bazar«, Ecke St. Andrews Street und Osbong Drive (der Drive hieß *wirklich* Osbong, wie Marais gesagt hatte, aber wann war das Queen-Elizabeth-Schild heruntergenommen worden?) – bei dem Inder also kaufte er sich ein Hemd, japanisches Fabrikat, einen Rasierapparat, eine Zahnbürste (diesmal keine mit Schweinsborsten) und noch ein paar nützliche Kleinigkeiten, vor allem eine Röhre Malaria-Tabletten.

»Neuer Hut gefällig?« fragte Jaganathy mit einem lächelnden Blick auf Calvins Panama-Ruine, die wie durch ein Wunder alle Abenteuer überstanden hatte. Jaganathy, ein schmalköpfiger Tamile mit eng beieinanderliegenden Augen, langer Nase und langem Kinn, kam Calvin immer wie ein schwarzer Spanier vor, denn schwarz war er, genau wie sein afrikanischer Ladendiener. Er zeigte Calvin einen Kunststoffhut mit aufschlagbarer Krempe.

»Heute nicht«, sagte Calvin.

»Scheene Garten?« Jaganathy lenkte Calvins Aufmerksamkeit auf einen Stapel verstaubter Weihnachskarten. »Sonderbreis – Weihnacht vorbei«, sagte er in seiner charakteristischen Aussprache. Calvin wollte schon ablehnen, als ihm eine ins Auge stach: eine »Geburt Christi« von der Stella-Maris-Mission in Kanupe. Auf dem Bild war die Heilige Nacht in der Bambushütte dargestellt, mit einem schwarzen Jesuskind, schwarzer Maria, schwarzem Joseph und schwarzen Drei Königen, alles mit tropischem Blattwerk im Hintergrund. Calvin kaufte die Karte »zum Sonderbreis« und schickte sie mitsamt dem Verrechnungsscheck an seine Exfrau.

Er machte einen Umweg über die Victoria Street (*die* hieß noch so), um die Menschenmenge an der Mordstelle zu umgehen, und kaufte im Bücherladen neben der amerikanischen

Gesandtschaft das neue *Time*-Magazin. Ins Speisehaus zurückgekehrt, wusch und rasierte er sich, zog das japanische Hemd an und las beim Kaffeetrinken auf der Veranda zuerst die kürzesten Leserbriefe und dann die bebilderte Rubrik mit der Überschrift »Leute«.

Eine Kleinigkeit war noch zu erledigen, bevor er ins Büro ging. Er rief den dicken Kellner.

»Sir?« Der Dicke wischte im Gehen noch rasch sein Tablett ab. Er machte wieder den gewohnten Buckel und ein gleichgültiges Gesicht. War das derselbe Mann, der gestern so gebrüllt und herausfordernd die Faust gereckt hatte?

»Ist jemand auf dem Lokus?« fragte Calvin leise.

»Nein«, sagte der Dicke. Er sah übermüdet aus und hatte trübere Augen denn je, als hätte er schwer an seinem eigenen Gewicht zu tragen.

»Bestimmt nicht?«

»Bestimmt.«

Calvin überflog die Rubrik »Meilensteine« und zündete sich eine Zigarette an. Er saß sehr still. Diese erste Morgenzigarette hatte eine verdauungsfördernde Funktion. Herz und Lunge reagierten zwar klapprig, aber die Eingeweide wurden meist auf erwünschte Weise angeregt. In der Leprakolonie war Calvin aus dem gewohnten Takt gekommen, weil unter dem primitiven Klosettsitz zwei Fledermäuse hingen. Calvin hatte sie nicht gleich gesehen, aber er hatte sich kaum hingesetzt, als sie losließen und in der tiefen Senkgrube unter ihm herumflatterten. Von dem Moment an war er verstopft. Ohne dieses unangenehme Erlebnis wäre er vielleicht länger geblieben.

Er zog den Rauch der Zigarette tief in die Lunge und spürte, wie sich die lästige Stauung in seinem Gedärm allmählich nach unten verlagerte. Alles hing bei ihm von dieser ersten Morgenentleerung ab. Klappte es, so ging es ihm bis zum nächsten Morgen leidlich. Klappte es nicht, so dachte er ständig an seinen Mißerfolg, was wiederum sein Allgemeinbefinden und seinen Appetit störte. Und wenn es bis neun Uhr dreißig nicht klappte, klappte es überhaupt nicht mehr.

Calvin drückte seinen Zigarettenstummel aus und riegelte sich in der Toilette auf der Rückseite der Bar ein. Dort saß er eine geschlagene Viertelstunde, das *Time*-Magazin auf den

Knien, und erleichterte sich. Um sein Vergnügen zu steigern, gab es auch noch einen kurzen Artikel über Malawi in dem Magazin, betitelt »Schwarze Eminenz?«. Calvin las ihn mit Interesse.

»In Malawi, Afrikas Erdnußzentrum (Produktion eine halbe Million Tonnen jährlich), ist eine der gebräuchlichsten Redewendungen: ›*Nuts to you!*‹, was *dummes Zeug* bedeutet. Damit tut auch der geschniegelte Präsident und als *graue Eminenz* bekannte Ehrendoktor Hastings Kanyama Osbong die häßlichen Gerüchte ab, daß sein Regierungsroß ihm von hundert in Kuba gedrillten Guerilleros unter dem Leib weggeschossen wird.

Hinterhältigkeit und Schadenfreude sind nur allzu bekannt in Schwarzafrika. Demgegenüber hat Dr. O. bisher eine beachtliche Standfestigkeit bewiesen. Das Pro-Kopf-Einkommen Malawis gibt keinen Anlaß zur Prahlerei. Mit zwanzig Dollar im Jahr ist es das niedrigste in ganz Afrika. Aber Osbong zeigt sich unerschrocken, ungeachtet der Tatsache, daß...«

Hier wandte sich der Artikel der Unruhe der Landbevölkerung zu, den »chaotischen Zuständen in einem Teil des Landes«, der »Angst der Arbeiter, die auf den Erdnußfarmen schuften«, und er schloß mit dem Satz:

»Es ist also jederzeit damit zu rechnen, daß eine bewaffnete *schwarze Eminenz* irgendwo im Busch lauert.«

Der ist nicht schwärzer als ich, dachte Calvin.

13

»Marais? Nie gehört«, sagte Major Beaglehole. Er war gegen Mittag in Calvins Büro hereingeschneit, was er noch nie getan hatte. Sein Anzug bestand nicht, wie üblich, aus Buschhemd und Shorts, Wadenstrümpfen und ochsenblutfarbenen Wanderschuhen, sondern aus Reithosen, Wickelgamaschen, einem Tweedjackett mit Fischgrätenmuster und einer ebensolchen Schirmmütze. Er schenkte Calvin das seltene Lächeln, bei dem sein altes Gesicht Hunderte von fröhlichen Falten bekam, wie ein weiches Tuch.

»Vielleicht hab' ich den Namen falsch verstanden«, sagte Calvin. »Mir war reichlich mulmig zumute. Schließlich hatte er ein Schießeisen dabei – hab' ich Ihnen das nicht erzählt?«

»Doch«, sagte der Major. »Aber nicht, was für eine *Art* Schießeisen. Haben Sie das nicht gesehen? Der Waffentyp, den jemand bevorzugt, sagt eine ganze Menge über seinen Charakter aus.«

»Tja, er hat sie mir in die Eingeweide gebohrt... Irgendein Revolver eben. Ich verstehe nichts von Waffen.«

»Typisch«, bemerkte Major Beaglehole. »Ich hab' Ihnen gleich gesagt, daß im Norden der Teufel los ist. Wenn ich Ihnen raten darf: Reden Sie hier kein Sterbenswort davon.«

»Im *Time*-Magazin war gerade ein Artikel über Malawi«, sagte Calvin. »Seltsam – wenn man etwas über ein Land liest, in dem man selber lebt, klingt es immer, als wäre ein ganz anderes gemeint. Irgendwie fremd und *ausländisch*, meine ich.«

Er merkte, daß Beaglehole nicht mehr zuhörte, und blätterte in seinen Akten. »Und welchem Umstand verdanke ich Ihren Besuch? Sie möchten sich doch wohl nicht zufällig von mir versichern lassen?«

Der Major glättete hastig seine munteren Lachfalten und suchte nach Ausflüchten. »Nein, nichts dergleichen. Wollte mich bloß entschuldigen wegen gestern abend. Natürlich lag's bloß am Wetter. Tut mir leid, alter Junge, daß ich Sie einen verdammten Yank genannt habe.«

»Macht fast gar nichts«, sagte Calvin und grinste.

»Leider doch«, sagte Major Beaglehole sehr ernst und dämpfte die Stimme. »Ist Ihnen nicht klar, daß wir uns vor den Augen dieser afrikanischen Mädchen und vor dem Kellner unflätig beschimpft haben? Das ist einfach schlechter Stil. Ermutigt sie zu Frechheiten. Sie haben ja dabei gesehen, wie unverschämt dieser fette Kerl wurde. Das kommt dabei heraus.«

»Heute früh war er ganz manierlich.«

»Oh, der hat's ganz dick hinter den Ohren. Aber Bailey will kein böses Wort über ihn hören. Sie kennen das ja: Meine Kaffern sind besser als deine Kaffern.«

»Das Wort höre ich nicht gern«, sagte Calvin.

»Übersetzt heißt es ›treulos‹«, erläuterte der Major. Er

starrte auf das Durcheinander auf dem Schreibtisch, und Calvin raffte einige Papiere zusammen. »Ich hab 'ne Menge nachzuholen. Neue Klienten, wissen Sie.« Obenauf lagen zwei Policen, die eine auf den Namen Nirenda Ogilvie und die andere auf Mambo Goodson.

»Ich verstehe. Fortschritt, Entwicklungshilfe und so weiter, was?« Major Beaglehole zog seine goldene Taschenuhr, ließ den flachen Deckel aufschnappen und sah aufs Zifferblatt. »Zeit zum Lunch«, sagte er. »Haben Sie Lust, mit mir im Klub zu essen? Oder sind Sie nachtragend?«

»Nein«, sagte Calvin. »Paßt mir ausgezeichnet. Ich wollte sowieso gerade auf ein Glas Bier ausgehen.«

»Mein Feuerstuhl ist unten«, sagte Major Beaglehole.

Er hatte sein Motorrad mitgebracht. Er fuhr, und Calvin saß auf dem Beifahrersitz; seine langen Beine schleiften fast am Boden.

Die »Motte« war ein Klub am äußersten Ende der Stadt, in der Chikwawa Road, ein weißgetünchtes Gebäude mit rotem Ziegeldach, das mitten in einem Trümmerfeld zwischen einigen Bäumen stand. Der Union Jack, der vom Fahnenmast wehte, wurde von den weit ausladenden Zweigen fast verdeckt.

Ein älterer Herr war auf die Veranda getreten, als das Motorrad heranknatterte. Mit einer Hand hielt er einen Spazierstock, mit der andern ein Whiskyglas. Er schwenkte grüßend den Stock und rief heiter: »Na so was, Bunny! Wieder mal auf dem Kriegspfad?«

»Tag, Aubrey, altes Haus!« rief der Major zurück. Er und Calvin stiegen ab und begaben sich auf die Veranda.

»Was ist denn das für 'ne Aufmachung?« fragte der andere ältere Herr. »So was hab' ich seit Olims Zeiten nicht gesehen.«

»Meine alten Regimentsgamaschen«, erklärte der Major und hob zwecks besserer Besichtigung ein Bein. »Schützen vor Dreckspritzern. Ich trage sie immer, wenn ich das Motorrad benutze. Sonst keiner da?«

»Keine Menschenseele. Dachte, ich finde hier 'nen Partner für ein bißchen Wettschießen. Aber im Grunde ist das ja immer ein Vorwand, sich 'nen Whisky zu genehmigen, haha!«

»Aubrey, das ist Mr. Mullet«, stellte der Major vor. »*Calvin* Mullet – der mit dem Prozeß.«

»Freut mich, Ihre Bekanntschaft zu machen«, sagte Calvin.

»Was für 'n Prozeß?«

»Na, die Sache mit dem Hausmädchen. Du weißt doch.«

»Freut mich, freut mich«, unterbrach Aubrey und zwinkerte Calvin zu. Er hatte zwei lange Vorderzähne wie ein Biber; sie blinkten unter dem kleinen Schnurrbart hervor. »Ja, nun muß ich leider sausen. Schade, daß ihr nicht früher gekommen seid. Kann meine Frau nicht warten lassen. Hipp, hipp!«

»Hipp hipp«, erwiderte der Major, und Aubrey ging stockschwenkend über das Trümmerfeld davon.

»Scheint ein netter Kerl zu sein«, sagte Calvin.

»Aubrey? O ja, der ist noch von altem Schrot und Korn. Aber setzen wir uns doch. Was trinken wir?«

»Ich ein Bier«, sagte Calvin.

»Willy!« schrie Major Beaglehole so laut, daß Calvin zusammenfuhr. »Bier für den Bwana, das Übliche für mich.«

Ein alter Afrikaner mit Schmucknarben und einem roten Fez brachte die Getränke. Die Art, wie der Major nach dem Whisky Soda griff, schien seine Gefühle zu verletzen.

»... von altem Schrot und Korn«, wiederholte Beaglehole sinnend. »Aber er hat verdammt viel Schlimmes erlebt, der arme alte Kerl.«

»Aubrey?« Calvin goß sich sein Bier ein. »Er wirkt doch so lustig und ... wie soll ich sagen, irgendwie sehr englisch.« Er hob das Glas an die Lippen, die sich zu einem Chorknaben-»O« gerundet hatten.

»Ja, das ist er wohl«, sagte der Major. »Sein Bruder ist von den Schwarzen massakriert worden. Und dann kam noch eine ganz schlimme Zeit, als seine Frau krank wurde und starb. Hier im Klub dachten wir alle, daß er's einigermaßen mit Fassung trug. Aber –«

»Hat er nicht gesagt, seine Frau – äh – wartet auf ihn?« fragte Calvin verwirrt.

»Das ist es ja eben. Rührend, was? Geht einem richtig an die Nieren.«

»Sie wartet also *nicht*?«

»Sie ist doch tot«, sagte Major Beaglehole. »Worauf könnte sie da noch warten?«

»Was oder wen meint er dann?«

»Eine von Baileys Nutten. Er nimmt sie manchmal mit nach Hause.«

»Das tu' ich auch ab und zu«, sagte Calvin.

»Weiß ich«, erwiderte Major Beaglehole und verzog das Gesicht. »Aber Aubrey ... Bei dem ist es etwas anderes. Er nimmt sie mit, und sie müssen die alten Klamotten seiner Frau anziehen und sich mit abgewandtem Gesicht an den Abwasch oder ans Bügelbrett stellen, und er unterhält sich mit ihnen, als wär's seine Missis. Dann zahlt er, und sie gehen. Sonderbar – sehr, sehr sonderbar.«

»Er *redet* nur mit ihnen? Weiter nichts?«

»Nichts«, erwiderte der Major entschieden. »Er will nur mit ihr sprechen, der arme Teufel. Muß man sich mal vorstellen.«

»Lieber nicht«, sagte Calvin. »Eins von Baileys Mädchen als meine Frau verkleidet – das wäre nun das Letzte für mich!«

»Für mich auch«, sagte Major Beaglehole. »Aubrey ist eben in jeder Hinsicht ein origineller Charakter.«

Ein Original, dachte Calvin. Dasselbe sagte jedermann auch von Major Beaglehole. In Malawi gab es kein größeres Lob, und aus diesem Grunde würde keiner der Alteingessenen je gegen das Original Osbong zu Felde ziehen.

»Wollen wir mal einen kleinen Rundgang machen?« schlug der Major vor.

»Ist mir recht«, sagte Calvin. »Woher stammt eigentlich der Name *Motte*?«

»Hat nichts mit Motten zu tun. Es ist eine Abkürzung, MOTH: Memorable Order of Tin Hats. Passen Sie auf – hier war mal Granattrichter Nr. 39. Noch nie mein Abzeichen gesehen? Ein Miniaturstahlhelm in Gold, die flache Sorte. Nur der Old Bill darf es jeweils ein Jahr lang tragen – der Vorsitzende oder Präsident, wie Sie wollen. Dieses Jahr habe *ich* die Ehre. Aubrey ist der ›kleine Bill‹, das heißt Vizepräsident, und dann haben wir noch einen Schatzmeister-Bill und ein paar andere Bills.« Der Major erklärte, daß dieser Brauch auf einen Karikaturisten zurückging, der während des Weltkriegs eine Figur namens »Old Bill«, einen Engländer mit flachem Stahlhelm, unsterblich gemacht hatte. So war es zu der Namensgebung gekommen. Die Klubmitglieder trafen sich jeden ersten Dienstag im Monat zur »Lagebesprechung«.

»Könnte ich auch in Ihren Klub aufgenommen werden?« fragte Calvin. Homemakers' Mutual legte ihren Vertretern stets nahe, in Klubs einzutreten.

»Hat schon mal jemand im Zorn auf Sie geschossen?« war die verblüffende Gegenfrage.

»Im Zorn?« wiederholte Calvin. »Moment. Was halten Sie von dem Kerl im Busch?«

»Hat er auf Sie geschossen?«

»Nein. Nur gedroht.«

»Ihr Pech«, sagte Major Beaglehole. »In unseren Klub kommt man nur, wenn nachweislich einer auf einen geschossen hat, und zwar im Zorn.« Sie gingen inzwischen mit ihren Gläsern auf dem verwahrlosten Gelände herum, und immer zwischen zwei Schlucken zeigte der Major auf etwas: die bröckelnden Ziegelmauern des Squash-Hofes, das Kricketfeld, das mit morschen Pfählen besteckt und längst von Unkraut überwuchert war. »Und da drüben ist der Garten, wo wir anno 54 Bobby Stallybrass fertiggemacht haben.«

»Was ist das für eine Scheune?« fragte Calvin und zeigte auf ein baufälliges Nebengebäude, aus dessen klaffendem Dach junges Buschwerk quoll.

»Ställe«, berichtigte der Major. »Für unsere Ponys. Angefangen hat's mit Polo. Da hinter dem Tulpenbaum war das Spielfeld. Die meisten Pferde sind uns am Fieber eingegangen. Der Rest langte gerade noch für Fuchsjagden. Aubrey war damals ›Meister der Meute‹.«

»Hätte nicht gedacht, daß es hier in der Gegend Füchse gibt«, sagte Calvin.

»Gibt's auch nicht. Totale Fehlanzeige. Aber wir hatten eine Fuchsrute, ein Prachtexemplar. Der Steward, der uns vorhin bedient hat, der Schwarze mit dem Fez, mußte sich den buschigen Schweif hinten anstecken und durch den Busch flitzen wie ein Hase – vielmehr wie ein Fuchs. Und ein Tempo hatte der drauf! Ich kann Ihnen sagen, manchmal hatten wir unsere liebe Not, Old Willy zu fangen.«

»Sie haben den Afrikaner vom Pferd aus gehetzt?« fragte Calvin ungläubig.

»Oh, wir hatten auch Hunde. Keine richtige Fuchsjagd ohne Meute.« Major Beaglehole nippte an seinem Glas und überblickte traurig die Trümmerhaufen und das Unkraut, das seine einstigen Spielplätze bedeckte. »Alles das hat uns gehört. Sie haben uns alles genommen.« Er trank sein Glas leer und schürzte die Lippen. »Na, macht nichts. Bald holen wir's uns zurück!«

Der Lunch begann mit lauwarmer Hühnersuppe, auf der eine ölig-gelbe Fettschicht schwamm. Ein sehr dünnes Fischfilet folgte. Der Hauptgang, der in einer Pfütze warmen Wassers serviert wurde, bestand aus einem schwärzlichen Fleischklumpen, zwei gekochten Kartoffeln und bleichsüchtigen jungen Erbsen.

»Für mich bitte nur Kaffee«, sagte Calvin auf Beagleholes Frage, ob er ein Dessert wolle.

»Zwei Kaffee«, bestellte der Major bei Old Willy.

Calvin rutschte mit seinem Stuhl etwas zurück und sah sich um. An der Wand hingen Großaufnahmen von Männern in Kricketaufmachung, eine große gerahmte Photographie der Queen und eine von einem Herrn, die Flinte schräg im Arm und seinen Stiefel auf der Mähne eines kleinen Löwen. Ein anderer hob einen Fisch, der fast so groß war wie er selbst, triumphierend am Haken hoch. An der gegenüberliegenden Wand war ein verblichenes Tigerfell angenagelt, mehr braun als gelb-schwarz gestreift, mit glotzenden Glasaugen und drohendem Gebiß; zwischen den Zähnen leuchtete eine rote Gipszunge. Calvin stand auf und prüfte die Trophäe von nahem. Das Fell war verstaubt und an den Rändern abgeschabt, aber sonst unversehrt.

»Das ist mal ein Prunkstück von einem Tiger!«

»Meiner«, sagte Major Beaglehole. »Hab' ihn 32 auf einer *Shikari* im Pandschab geschossen. Ich bin in Indien geboren, wissen Sie. Sprach Urdu wie die Einheimischen. Mittlerweile alles vergessen. Schade.«

Calvin fuhr mit der Hand über das Fell. »Wohin haben Sie denn geschossen? Ich meine, da ist ja nirgends ein Loch.«

»Kugellöcher werden Sie an diesem Tiger nicht finden«, sagte Major Beaglehole. »Hab' ihn haarscharf ins Auge getroffen.«

Calvin wechselte das Thema. »Haben Sie gehört, wer der

Mann war, den man heute morgen aus der Gosse gezogen hat – den gut angezogenen Afrikaner?«

»Der Verteidigungsminister«, sagte Major Beaglehole. »Während des Gewitters erstochen.«

»Furchtbar, nicht?«

»Wundert mich nicht im geringsten. Vor ein paar Jahren haben sie *uns* niedergestochen. Da hat sich einer revanchiert.«

»Fragt sich nur, wer«, sagte Calvin.

»Dies Land hatten *wir* mal in der Hand. Die Arschkriecher in London haben es uns weggenommen, weil Osbong Stunk machte, und einfach den Schwarzen überlassen. Ich könnte Ihnen den ganzen Vorgang auswendig herbeten. Nur Geduld – wir holen uns alles zurück. Heute früh, als ich den toten Schwarzem im Straßengraben sah, dachte ich mir: So, Freunde, das ist nur der Anfang.«

»Möchte nur wissen, wer es getan hat«, beharrte Calvin.

»Weiß ich auch nicht«, sagte Major Beaglehole schleppend. »Jedenfalls wurde er nicht von hinten erstochen. Das machen nur die Schwarzen. Von vorn – das war ein Gentleman.«

»Armer Kerl«, murmelte Calvin und fuhr sich mit dem Taschentuch übers Gesicht, wie um das Bild wegzuwischen.

»War das Ihre erste Leiche?«

»Ja«, sagte Calvin. »Und hoffentlich auch die letzte.«

»Ich habe massenhaft Leichen gesehen«, sagte Major Beaglehole. »Und nicht nur schwarze.«

Calvin trank den Rest seines Kaffees aus. »Die Pflicht ruft«, sagte er. »Vielen Dank für die Einladung, Major, aber jetzt muß ich –«

»Schon mal gesehen, wie ein Mann massakriert wird?« fragte der Major.

»Kann ich glücklicherweise nicht behaupten«, sagte Calvin. Er kannte diese Art Einleitung; es blieb ihm nichts übrig, als neue Getränke zu bestellen.

»Aber ich«, sagte der Major. »Massakriert. In Stücke gehackt. Oh, danke.« Er nahm seinen Whisky Soda entgegen. Calvin blieb beim Bier.

Der Tag war erst halb vorbei und doch schon hoffnungslos verplempert. Calvin kannte solche Tage zur Genüge.

Man brauchte nur ein Glas vor sich zu haben und in den Schaum zu starren, und die Zeit verflog; kaum stellte man das Glas wieder auf den Tisch, brach schon das Dunkel herein.

»Es war Aubreys Zwillingsbruder Nigel«, fuhr Major Beaglehole fort. »Nigel war Gefängnisdirektor auf der Livingstone-Insel im Njassasee. Strafkolonie für Schwerverbrecher, Raubmörder und was noch alles. Nigel war genau wie Aubrey: wundervoller *raconteur*, schneller Spieler, vertrug seinen Whisky wie ein Gentleman. Und obendrein hatte er Phantasie. Er sagte immer: ›Mein Wunschtraum ist ein Gefängnis ohne Gitter, unbewaffnete Wärter, keine körperlichen Züchtigungen, überhaupt keine Zwangsmaßnahmen.‹ Jahrelang hat er das zu verwirklichen versucht, mit Freizeitzentrum und Kino – vorbildlich. Ordentliche Zellen. Sogar Unterrichtsräume hat er eingerichtet. Und Heimwerkerkurse. Jeder wußte, daß auf der Gefängnisinsel die besten Postsäcke von ganz Zentralafrika genäht wurden. Erstklassig.« Major Beaglehole lächelte grimmig. »Aber denken Sie, mit Güte läßt sich bei Verbrechern was ausrichten?«

»Kommt drauf an«, meinte Calvin.

»Pustekuchen«, sagte Major Beaglehole. »Sie halten es für Schwäche und nutzen es aus. Bis zum Gehtnichtmehr. Na, und Nigel sind sie natürlich auch dumm gekommen. Kaum zu glauben, was ihm alles zugemutet wurde. Ein arbeitsscheuer Bursche organisierte so 'ne Art Streik. Behauptete, Nigel sei ein Sklaventreiber, und ähnliches Gewäsch. Allgemeines Gemurre. Nigel nahm die Sache ganz gelassen. ›So, du willst nicht arbeiten!‹ sagte er nur. ›Gut, dann brauchst du nicht hierzubleiben!‹ Und er ließ den Burschen in ein anderes Gefängnis überführen. Faule Äpfel nimmt man aus dem Korb, sehr vernünftig. Aber die andern, in der Mehrzahl primitive Urwaldtypen, dachten, ihr verschwundener Kumpel sei tot. Stur und eingleisig wie gewöhnlich. Aber mit soviel Einsichtslosigkeit hatte Nigel doch nicht gerechnet.« Major Beaglehole sah, daß sein Glas leer war, und unterbrach sich.

»Noch einen Whisky?« fragte Calvin.

Major Beaglehole schloß zart bejahend die Augen. »Auf Ihr Wohl«, sagte er, als das volle Glas gebracht wurde. »Also, es kam auf der Insel zu einer regelrechten Meuterei. Alle tobten herum wie verrückt, kreischten aus Leibeskräften und fuchtelten mit Stöcken herum. Nigel kam aus seinem Quartier und sah sich zirka dreihundert tobenden Häftlingen gegenüber, alle schwarz wie die Höllenfürsten, und alle veranstalteten ein unglaubliches Theater.

Nigel sah sich das Ganze erst mal genau an. Er verstand sich recht gut auf die schwarze Mentalität, hatte enorm viel Geduld und wußte, wie man mit so was umging. Darum hielt er von der Veranda aus eine kleine Ansprache. ›Jungs‹, sagte er, ›eure Rädelsführer wollen euch alle ins Unglück bringen. Glaubt ihnen nicht. Laßt euch nicht irremachen, und geht wieder an die Arbeit!‹

Und dann ging er, waffenlos, wie er war, mitten in den aufgeregten Mob hinein. Kühl wie immer. Er war so groß wie Sie, Mullet, und überragte alle um Haupteslänge.

›Nun langt's‹, sagte er, ›der Lumpenball ist vorbei – ihr habt euren Jux gehabt. Lachen ist gesund. Aber man soll nichts übertreiben. Und jetzt, Jungs, *marsch, an eure Plätze*!‹«

Major Beaglehole stellte das geleerte Glas auf den Tisch und sah Calvin streng an. »Und daraufhin«, sagte er, »haben ihn die tollen Hunde in Stücke gehackt.«

Calvin stieß einen leisen Pfiff aus, als hätte er Zahnschmerzen.

»Ich fuhr mit Aubrey auf die Insel. Wir mußten Nigel mit der Müllschaufel zusammenkehren und die Stücke in einen Postsack schütten. Natürlich hatten sich die Schwarzen inzwischen alle verkrümelt.«

»Glauben Sie, Aubrey könnte deshalb den Afrikaner im Straßengraben erdolcht haben?«

»Kann ich nicht beurteilen«, erwiderte Major Beaglehole und kniff verschwörerisch ein Auge zu.

14

Zur Teezeit schlug Major Beaglehole ein kleines Wettschießen mit Pfeilen vor, zielte aber, vom Whisky angefeuert, fast immer auf Old Willy und ein paarmal auch auf Calvin statt auf die Schießscheibe. Der nicht mehr so feinfühlige Kellner duckte sich hinter die Bar. Major Beaglehole forderte ihn fluchend heraus, sein Gesicht zu zeigen: »Hoch mit der Rübe! Verteidige dein Land!« Aber Old Willy blieb in Dekkung, und der Major beschoß die Regale und Pfosten über dem bebenden Fez. Einige Darts blieben im Holz der Theke stecken, andere ließen die darüber aufgereihten Flaschen erklirren...

Aus Furcht vor der eigenen Bravour, die ihn in halb betrunkenem Zustand leicht überkam (er hatte es auf fünf Große gebracht), verfluchte Calvin den Major, stolperte aus dem Klubhaus und begab sich in die Stadt zurück. Er wählte den südlichen Teil des Osbong Drive, um sich in den relativ sicheren Zustand völliger Geisteslähmung hineinzutrinken, und machte in jeder Kneipe Station: im *Goodmorning Panwallah*, in der *Zambesi Bar*, im *New Safari Drinkhouse*, im *Victoria Club*, im *Highlife*. Trotz der unterschiedlichen Namen glichen sie einander aufs Haar: ein feuchter, muffiger kleiner Raum mit einem kleinen Ventilator, etlichen harten Stühlen, Cinzano-Aschenbechern, Lion-Bier-Reklamen und einer Handvoll Kunden, vorwiegend Männern mit Erntemessern für Bananen. Im Abtritt hinter dem *New Safari* klapste ein kleines Mädchen von höchstens vierzehn Clavin ans Bein (er kippte vor Schreck fast vornüber in die Grube), grüßte höflich und fragte: »Du wollen *jig-jig*?« Dabei wakkelte sie einladend mit ihrem kleinen Hintern. Wahrscheinlich verdiente sie sich auf diese Weise ihr Schulgeld. Calvin sagte: »Danke, nein, Schätzchen« und gab ihr einen Osbong. Später, volltrunken und dösig wankte er in sein Büro, um Ogilvies Police noch einmal zu prüfen.

Er hielt das Blatt unter die schwache Glühbirne und starrte lange darauf. Er saß reglos; nur das Papier zitterte. Er glättete es auf dem Schreibtisch und beugte sich zum Lesen tief darüber. Ein langer Spuckefaden rann langsam aus seinem halboffenen Mund und tropfte zäh auf die Police. Er wischte ihn mit dem Ärmel weg, aber auf dem Papier hatte sich schon eine feuchte Beule gebildet.

Mit einer Schrift, die er selbst nicht wiedererkannte, schrieb Calvin einen Scheck über die ersten drei Raten von Ogilvies Jahresprämie aus. Er trug die Summe neben Ogilvies Namen im Hauptbuch ein, wobei er entdeckte, daß von den fünf anderen, die dort standen, zwei ihre Zahlungsfristen nicht eingehalten hatten und der Vertrag zu erlöschen drohte. Calvin schrieb zwei weitere Schecks für diese säumigen Kunden.

Ogilvie hatte natürlich weder ein Gesundheitsattest gebracht noch für den Todesfall einen Nutznießer genannt. Calvin holte die einschlägigen Formulare aus dem Aktenschränkchen (es war noch so leer, daß es hohl polterte, als er die Schublade aufzog), kritzelte hin, was er von Ogilvie wußte, und nannte Mira als Empfängerin der Versicherungssumme im Sterbefall. Äußerst unbefangen, weil betrunken, fälschte Calvin das kurze medizinische Gutachten, indem er Kästchen ankreuzte oder Striche machte. *Nach bestem Wissen und Gewissen: Haben Sie, hatten Sie, wurden Sie behandelt... wofür, weswegen, wogegen...?* Und so weiter und so fort. In die Spalte *Weitere Bemerkungen (gegebenenfalls Unterlagen beifügen)* trug Calvin ein: Schwindelanfälle. Blutiger Durchfall. Schlechte Augen. Arthritis (er schrieb »Autoritis«). Schlafstörungen...

Und bevor er sich Einhalt gebieten konnte, machte Calvin sich über den Stapel Kanzleipapier her und schrieb mit seiner unkenntlich gewordenen Schrift in leidenschaftlicher Erregung weiter:

Wer würde mich je versichern? Sie vielleicht? Ich bin schon tausendmal beraubt, geschlagen und fast getötet worden. Ich lebe im schlimmsten Teil einer bösen Welt, wo ungezählte Menschen alle Tage tot umfallen: wegen Krankheiten, Seuchen, Erschöpfung, Ungeziefer, Hunger, Elend und Suff. Ich hause in einer dreckigen Hütte ohne Betten und ohne Vorräte, und ich staune jedesmal, wenn ich lebendig wieder aufwache, aber was ich um mich sehe, ist immer nur noch mehr Jammer und Leid und sogar Lepra, wo kein Kruzifix mehr helfen kann, und über mir ist ein Dach, wo es durchregnet, wie es im Sprichwort heißt (Calvin überlegte einen Moment, was er erfinden könnte): *»Wir hängen nur unter dem Kohlblatt des Lebens wie hungrige Raupen.« Die Weißen, die wir Bwana und Master nennen, schießen zum Spaß auf uns und hetzen uns wie Füchse und verbannen uns auf Sträflingsinseln und schlagen uns und zwingen uns ihre Kleider auf und nehmen unser Land, und warum muß ich dies alles erdulden? Grund*

Nummer eins ist, daß ich schwarz geboren bin und für Sie, Bwana, unsichtbar, denn ich trage die Farbe der Nacht.

Nein, Sie würden mich nie versichern. Ich bin ein Risiko und sterbe leicht. Ihr nennt uns Scheißnigger, weil wir schwarz sind, aber ihr sitzt in der Sonne und lest Illustrierte aus Nazi-Südafrika und schmiert euch ein und findet euer Sonnenbraun schön, aber ihr habt die Farbe von meiner alten Oma, die drei Kleider übereinanderzieht und sich noch den Kopf rasiert.

Eines Tages werde ich aufstehen...

Calvin schrieb weiter, bis er einen Schreibkrampf bekam und kaum noch den Daumen bewegen konnte. Um Mitternacht nahm er einen frischen Bogen und malte in Druckbuchstaben einen Titel: DIE UNVERSICHERTEN. Darunter schrieb er: *Von A. Jigololo.*

15

So hatte Calvin Mullet in tief deprimierter Gemütslage das Buch *Die Unversicherten* angefangen. Der Katzenjammer, das Gefühl, vom Schicksal geschlagen und verworfen zu sein, erzeugte in ihm die fiktive Gestalt eines afrikanischen Erzählers namens A. Jigololo, unbeholfen, schwarz, kurzsichtig, unterernährt und unablässig herumgestoßen und ausgenützt. Calvin hatte sich für leidlich zufrieden gehalten, bevor er zu schreiben anfing; erst auf dem Papier wurde deutlich, wieviel Wut sich in ihm angestaut hatte. Er hatte sich, einem Impuls folgend, nächtens in dieses Buch gestürzt, in jeder Hinsicht umdüstert und außer sich. Doch auch am hellichten Tag und in nüchternem Zustand hatte er das Bedürfnis weiterzuschreiben.

Er fuhr mit wieder normaler Handschrift fort, änderte allzu ausufernde Abschnitte zwecks besserer Wirkung, verstärkte das Pathos des dumpf Unterdrückten, indem er halbgebildete Phrasen einflocht und scheinbar ständig mit Ausdruck, Grammatik und Orthographie zu kämpfen hatte. So wirr der Anfang des Buches war, so wohlüberlegt ging es weiter; es wurde immer mehr zur echten schriftstellerischen

Schöpfung, statt nur Ventil für seinen müßigen persönlichen Jammer zu sein. A. Jigololo bekam eine Vergangenheit: Er war in einem kleinen abgelegenen Dorf geboren, hatte seine Mutter nie gekannt und war nicht ganz sicher, ob der Mann, mit dem er die Hütte teilte und der trank und ihn regelmäßig verdrosch, sein Vater sei; wenn ja, so war A. Jigololo das Resultat einer Vergewaltigung, auf die sein Erzeuger mit rohem Stolz zurückblickte. A. Jigololo heiratete eine Frau, die böse, selbstsüchtig und unfruchtbar war, so daß er sie bald verließ. Er ging auf Wanderschaft und begegnete überall Ungerechtigkeit und Demütigung. Mit dreißig war er ein Hausboy, der in seiner Lakaienuniform schwitzte und die weißen Herrschaften vorwiegend aus der Küchenperspektive beobachtete.

Die Unversicherten beschäftigte Calvin Tag und Nacht. Morgens erwachte er bei Vogelgezwitscher und Geschirrgeklapper, das aus den Wirtschaftsräumen des Speisehauses drang. Beim Kaffee las er ein paar Spalten im *Time*-Magazin und die vierseitigen *Malawi News* (der erstochene Minister wurde in keinem der beiden Blätter erwähnt), und nach einer glorreichen Entleerung, die der Morgenzigarette folgte, ging er ins Büro, um unverdrossen Homemakers'-Werbedrucksachen zu adressieren. Um eins machte er Mittagspause, aß an einem Marktstand Cassava und Fisch-*Kedgeree* (ein Gericht aus Reis, Fisch und Eiern) und trank für den Anfang nur einen kühlen Shandy, Ginger-ale mit wenig Bier. Sein Rückweg führte durch einige Bars, und im Büro trank er Bier, das er sich vom *Highlife*, der Bar im Erdgeschoß, heraufschicken ließ. Es war meistens warm, und er trank es aus einer angeschlagenen Kaffeetasse. Der Rest des Nachmittags verging mit Dösen, Trinken und Adressentippen.

Gegen Abend wurde das Maschinengeklapper langsamer, und später, gewöhnlich beim Einbruch der Nacht, zog er das handgeschriebene Konzept aus der Schublade und setzte sein Buch fort. (Daß er bis jetzt erst fünf Klienten hatte, und drei davon nur, weil er ihre Prämien aus eigener Tasche bezahlte, verdrängte er in diesen Stunden.) A. Jigololo war neben ihm, soufflierte ihm, trieb ihn vorwärts; er tauchte in Calvins Träumen auf, er wurde beredt, er streute gern Bibelzitate ein. Das Kanzleipapier war mit schwarzer Tinte beschrieben und mit Bleistift paginiert, damit nachträgliche Einfälle oder Umstellungen leichter anzubringen waren. Seiten zählen, radieren, neu numerieren wurde für Calvin zu einer Art Besessenheit, wie der tägliche Umgang eines Geizhalses mit seinem Gold. Gleich auf Seite zwei stand nun ein trübseliger, bedrückender, aber authentischer Nachruf, der einem Gedicht des verstorbenen Vizepräsidenten der Hartforder Unfall- und Schadens-Versicherung entnommen war. Es begann: »Du, Tod, allein sitzt auf dem Schlangenthron / o Tod, du Herr der Elefantenherden...« und endete, nachdem die Rede von Leid und endloser Verfolgung gewesen war: »...Und Afrika, du Sonne der Antike / hast keinen Tropfen Glück für deine Kinder!« In den paar Zeilen steckten schon drei ganz brauchbare Titel: *Der Schlangenthron, Endlose Verfolgung, Kein Tropfen Glück!* Aber Calvin suchte nach etwas Härterem; dieses barbarische Zeitalter schrie danach. Er hätte beinahe das Wort »schwarz« in den Titel gebracht, entschied sich aber noch rechtzeitig dagegen. Es war zu aufdringlich, zu abgedroschen; der amerikanische Buchmarkt quoll im Moment davon über. »Schwarz«, zur Mode degradiert, verlor seinen ursprünglichen Sinn, genau wie das Wort »nackt«. *Die Unversicherten* dagegen trafen, von keiner Romantik verklärt (oder verzerrt), ins Herz des Problems, das letztlich in schlichten Finanzfragen wurzelte. Geld machte Leute – nicht umgekehrt.

Er schrieb, bis er zu müde wurde, numerierte die neuen Seiten, lochte sie und heftete sie in einen Aktenordner. Dann las und korrigierte er alles noch einmal. Um Mitternacht verirrten sich Schwärme von geflügelten Ameisen und andere Insekten in das helle Büro. Sie drängten zur Lampe und zum angeleuchteten Papier hin, sie klebten an Calvins Unterarmen und krochen an seinen Beinen hoch. Er konnte sie nicht totschlagen, ohne mit den zerquetschten Insektenleibern eine eklige Schmiererei anzurichten. Darum ging er lieber nach Hause, aß ein paar Bananen, trank ein einschläferndes Bier, gab einen Teil der Flüssigkeit draußen wieder von sich und kroch ins Bett.

Er erhielt nur wenige Antworten auf seine Werbedrucksachen und konnte manche leere Stunde mit der Arbeit an seinem Buch ausfüllen. Ihm schien das eine bei weitem sinnvollere Tätigkeit als der Umgang mit den spärlichen Akten und das Einordnen der »Bitte-nicht-knicken!«-Karten. Doch blieb noch immer viel ungenutzte Zeit übrig, und er fühlte sich einsam.

Dieses Gefühl war offenbar von seiner Schriftstellerei abhängig, denn es befiel ihn nie während des Schreibens, sondern erst hinterher, als verließe er mit dem Buch gute Freunde und sei wieder dem lastenden Schweigen ausgeliefert wie einst, wenn er als Junggeselle in Hudson allein von einer Party wegging, oder neulich in Rumpi, als er ins Nichts zu fallen glaubte, nachdem er mit seinem verlogenen »Bin gleich wieder da!« Fersengeld gegeben hatte und ins frostige Dunkel hinausgerannt war.

So kam es, daß er fast jede Nacht, von den blutunterlaufenen Augen des fetten Aufwärters beobachtet, irgendeine Nutte mit aufs Zimmer nahm. Sie waren der Abschaum, entweder Minderjährige oder abgetakelte alte Weiber, die keiner mehr wollte, die gänzlich Verlorenen. Wenn kurz vor Lokalschluß noch mehr als eine in der Bar war, rangelten sie keifend und einander stoßend um den nur schwach protestierenden Calvin; jede suchte ihn am Arm zu packen und mit sich zu zerren. Sie erregten Furcht und Mitleid; sie waren reizlos, plump und von Giften zerstört, aber billig. Sie hatten alberne Kosenamen, Essy und Kitty oder welche aus der Bibel wie Abishag und Zipporah (Abby und Zip) und jammervoll-ironische wie Comfort, Grace und Chastity – ein Erbe der Missionare. Alle hatten blaue Flecken an den Schienbeinen, ein Zeichen für ihr Gewerbe, und Hornhaut an den Händen, die sich wie Eidechsenleder anfühlten. Wenn sie einen Freier ergattert hatten, waren sie eher schüchtern und kicherten nur noch monoton; sie rochen schlecht, die meisten schnarchten. Calvin hatte gesehen, daß andere Männer sie in die Brüste bissen.

»*I love you, Mister*« war alles, was eine von ihnen unaufhörlich zu Calvin sagte, ein reizloses Geschöpf, das fast so schlimm hustete wie Bailey. Aber wenn sie abends im diffusen Licht der Bar noch ganz annehmbar aussehen konnte, so hatte sie frühmorgens, wenn sie noch fest schlief, beim ersten Licht, das durch die Jalousien fiel, die anrührende Traurigkeit der hoffnungslos Häßlichen. Ihr magerer Arm lag meistens quer über Calvins Brust. Er schlich sich darunter weg; schon der Gestank trieb ihn aus dem Bett. Das Geld legte er gut sichtbar für sie hin und versteckte sich draußen unter dem Fenster, bis er Ächzen, das Knarren der Sprungfedern, Wassergeplätscher, einen letzten Seufzer und endlich die zufallende Tür hörte. Er verabscheute sich selbst für seine Feigheit. Wenn jemand unversichert war, so waren es diese armen Dinger.

Er fühlte sich für alle verantwortlich, die da herumstreunten und ihm mit ihren primitiven Lockungen zu Leibe rückten, obwohl es ihm dabei oft den Magen umdrehte. Ihre Anträge beschränkten sich auf die wenigen Worte, deren sie mächtig waren (»Du – ich – Bett«). Sie besaßen nichts. Sogar als Prostituierte waren sie Nieten. Und Calvin fühlte sich verpflichtet, ihnen zu helfen. Aber er konnte nicht viel mehr tun, als sie mit ins Bett zu nehmen und ihnen eine bessere Zukunft zu versprechen, falls sie vorausplanten, sparten, auf ihre Gesundheit achteten, sich versicherten. Er hielt ihnen taktvoll die Ursachen ihres Elends vor. Es schien sie nicht sonderlich zu berühren. Calvin beobachtete sie mit wachsendem Grauen. Sie schlugen die Zeit so großzügig tot wie Königinnen, rauchten *dagga* und *bhang* in Zeitungspapier, machten sich wahllos an obskure Typen heran (»*I love you, Mister*«) und lebten, alle Gefahren mißachtend, von der Hand in den Mund, als seien sie gegen den Tod gefeit. Doch auch sie würden sterben.

Ein paar, nicht viele, waren hübsch, und sie halfen Calvin über seine Einsamkeit hinweg. Aber was als Ablenkung und Befreiungsversuch begonnen hatte, wurde mit der Zeit zu einer Erweiterung seines Vertreterberufs, und die Arbeit an seinem Buch *Die Unversicherten* verflocht sich unlösbar mit allem. Ihn trieb kein Bekennerdrang, im Gegenteil, es grenzte an beschämendes, schmerzendes Schuldbewußtsein, hatte aber nichts mit Sünde zu tun. Was er empfand, war anteilnehmende Sorge und, da diese niemandem nützte, heftiges Bedauern. Ihn würde nicht plötzlich der Schlag treffen, weil er mit den Mädchen ging; er hatte keinen Grund, sich zu schämen. »Laster« hieß: sein Begehren an Unwürdige zu verschwenden; *seine* Lustobjekte aber waren ehrlich und verdienten etwas Zuwendung; daran war nichts Böses.

Calvin hatte den Armen kein Seelenheil zu bieten, wie es andere in Malawi versucht hatten, sondern nur Trost, ein wenig Geld und viel gutes Zureden (eine Zukunft mit Kindern sei doch immer noch möglich!). Die Mädchen nahmen das Geld, schienen aber an Calvins Ermahnungen zu Vorsorge und Sicherheit nicht weiter interessiert. Selbst die paar Afrikaner, mit denen Calvin persönlich Verträge abgeschlossen hatte, zeigten kein Interesse mehr. Sie antworteten nie auf Calvins schriftliche Anfragen, sie scherten sich den Teufel darum. Calvin zahlte stillschweigend die Prämien für sie, und je länger er das tat, desto klarer wurde ihm, daß er sie unbefugt strafen würde, wenn er damit aufhörte. Alles dies erfüllte ihn mit der nötigen Rage, die er in *Die Unversicherten* einfließen ließ; und was täglich dazukam und ihm die Laune verdarb, entlud sich in einer fieberhaften Polemik. *Ich hasse euch!* schrie es aus jeder Zeile. A. Jigololo, ursprünglich nur ein Pseudonym, das Calvin aufs Geratewohl aus dem Verzeichnis der häufigsten Namen gewählt hatte, war zu einem Menschen aus Fleisch und Blut geworden, einem furchteinflößenden Rächer, der weder kurzsichtig noch schwach war. Calvin verlieh seinem langgehegten Groll Stimme; er fühlte sich nicht mehr als Erfinder, sondern als Vormund des »Erzählers« und stand seinem Schutzbefohlenen nun einigermaßen hilflos gegenüber. Da war einer, als Waisenkind verkleidet, in sein Leben geraten, und er hatte ihn unversehens liebgewonnen, ehe er merkte, wie dieser Mensch seine Seele aussaugte. Sein Hang zum Knurren und Beißen war unausrottbar. Die nackte Angst zwang Calvin, die Verhältnisse immer genauer zu beschreiben – so hinterlistig und entlarvend ging das Geschöpf mit der Schwäche seines Schöpfers um. Das Schreien des Unterdrückten wurde überlaut. A. Jigololo tobte.

Major Beaglehole tat es ihm indigniert nach. Er hatte Calvin mit wachsender Mißbilligung beobachtet. Dabei hatte er diesen jungen Spund aus Boston doch auf seine Seite zu ziehen gehofft... (Calvin hatte der Einfachheit halber Boston als seine Heimatstadt angegeben, wie es alle Leute aus Massachusetts taten – wer hatte je etwas von Hudson gehört?) Major Beaglehole hielt Calvin immerhin für ein Original, bedauerte, ihn einen verdammten Yank genannt zu haben, und ging so weit, ihm im Vertrauen zu sagen: »Es heißt ja, die Bostoner seien englischer als die Engländer selbst«, was ein außerordentliches Zugeständnis war. Und er hatte Calvin zum Lunch in den MOTH-Klub eingeladen. Nie zuvor war ein Amerikaner einer solchen Ehre für würdig befunden worden.

Natürlich wußte der Major nichts von den *Unversicherten*. Und Calvins Bierkonsum störte ihn nicht, obwohl es nach Arbeiterklasse roch. Calvins verlotterte Kleidung amüsierte ihn, ungefähr so wie Baileys Grobheiten. Major Beaglehole hatte nur einen Einwand gegen Calvin, aber der war gewichtig: nämlich die Anzeichen von Schwachsinn (wenn sich derartiges herumsprach, war es eine Demütigung und ein unauslöschlicher Makel für jeden weißen Mann in Blantyre), die sich in Calvins Vorliebe für die häßlichsten Nutten in Baileys Speisehaus kundtaten. Zwar durfte sich ein Original manche Geschmacklosigkeit leisten, aber gewisse Grenzen sollten auch von ihm nicht überschritten werden.

Er belehrte Calvin, indem er ihm die Geschichte einer Safari erzählte, die er, Beaglehole, während seines ersten Jahres in Malawi durch den wildesten Busch unternommen hatte. Ihm standen beliebig viele solcher Geschichten zu Gebote; in allen war er der Abenteurer, der sich ganz allein in Buschhemd und Tropenhelm durchschlug. Jedesmal sah Calvin einen einsamen Helden in aussichtsloser Wirrnis verstrickt, bis der Major beiläufig sagte: »An jenem Tag verlor ich dreißig Träger...« und das Bild sich radikal änderte. Calvin sah nun den ganzen Treck mit neuen Augen: kein einsames Menschlein im Urwald, sondern eine Karawane, die sich über eine halbe Meile hinzog, Hunderte von schwarzen Trägern, die, mit Kisten voller Whisky, Räucherbücklingen und Gewürzsauce auf dem Kopf, im Gänsemarsch hinter ihrem Herrn und Meister hertrotteten...

Dann aber fuhr Major Beaglehole fort: »Beim ersten Zeichen, daß es ein bißchen mulmig wurde, machten sich natürlich sämtliche Träger dünne. Wir hatten ein paar Buschmänner gesichtet, splitternackte Wilde, denen ihre enormen Schwänze bis ans Knie baumelten. Da stand ich nun, mit nichts als meinem Rucksack, ein paar Büchsen Corned beef, meinem Webley-Revolver, dem Feldstecher und ein paar anderen Kleinigkeiten. Das Corned beef schenkte ich den Wilden, worauf sie mich sehr freundlich aufnahmen und eine Weile bei sich behielten.

Wochen später hackte ich mir durch dichtes Unterholz den Weg nach Süden frei. Eines Nachmittags brach ich dann plötzlich in eine Lichtung ein, wo Scharen von Eingeborenen herumtanzten und sangen und ein Fest feierten, das offenbar gerade in ein großes Besäufnis ausartete. Aber kaum hatten sie mich erblickt, so war es aus mit der Fröhlichkeit, und alle starrten mich an. Sie hatten eine Heidenangst vor mir – klar. Wahrscheinlich hatten sie noch nie einen Weißen aus solcher Nähe gesehen. Ich jagte ihnen einen heillosen Schreck ein; sie wußten einfach nicht, was sie mit mir machen sollten.

Na, ich fackelte nicht lange. Leider habe ich mein ganzes Chinyanja vergessen, aber damals sprach ich es wie die Eingeborenen. Ich ging stracks auf den Häuptling los, der leicht zu erkennen war, denn er saß auf einem Thron, einer Art vergoldeter Klosettschüssel. Ich begrüßte ihn herzlich und erklärte, ich sei nur auf Durchreise und täte niemandem was Böses.

›Ich bin Brite‹, sagte ich, ›und möchte gern mit euch trinken.‹

Ein Wort gab das andere, und ehe ich's mich versah, überschütteten wir uns gegenseitig mit Artigkeiten und Geschenken. Ich gab dem Häuptling meine letzten Konservendosen, trank mich dumm und dämlich und blamierte mein Land vor dem ganzen Dorf. Ich mußte zu Bett getragen werden.

Mitten in der Nacht klopfte es an der Hüttentür. Es war ein Bote des Häuptlings. Er verneigte sich tief und sagte: ›Es ist der Wunsch des Häuptlings, daß du eine Frau haben sollst.‹ Und da stand sie schon und linste scheu hinter dem Boten hervor, ein kolossales Weibsbild mit schweren Brüsten und blauen Pünktchen, wie Tätowierungen, um die Augen...

Wenn mir so was noch mal passierte, würde ich den Mann erschießen und um mein Leben rennen. Aber damals war ich zu blau und sagte höflich: ›Richte dem Häuptling aus, daß ich für die Gabe danke und sie bestens gebrauchen werde‹, was ich, zu meiner Schande, auch tat.

Ein Monat verging. Es gab viele Feiertage und Feste und immer Unmengen zu trinken. Ich sagte oft, daß ich nun wirklich weiter müsse, aber sie ließen mich nicht. Ich versuchte mich sogar mit meiner Pistole loszukaufen und schenkte sie dem Häuptling nebst fünfzig Patronen. Das einzige, was dabei herauskam, war, daß er einen seiner Stammesgenossen erschoß, nur um zu sehen, wie das Ding funktionierte. Dann drohte er, auch mich zu erschießen, falls ich ginge. Also blieb ich mit dem schwarzen Weibsbild zusammen.«

Calvin ahnte den Rest der Geschichte. Die Zufallsbegegnung, die zur Gefangenschaft wurde, konnte natürlich nur mit Flucht enden und nichts als bittere Reue hinterlassen. Major Beagleholes Verschwinden vollzog sich noch brutaler als Calvins: »Ein schwarzer Wächter hielt mich an, aber ich teilte ihm in aller Ruhe mit, daß ich ihn abmurksen würde, wenn er mich weiter belästigte, und so kam ich nach Blantyre zurück« – von diesem Detail abgesehen, war es der Flucht Calvins sehr ähnlich. Der Hauptunterschied war psychischer Art: Major Beaglehole sah seine Schande in zu langem Verweilen, Calvin in seiner feigen Desertation; Major Beaglehole verhöhnte das häßliche Weibsbild (»Wer guckt sich schon den Kamin an, solange er im Feuer stochert«), Calvin sehnte sich nach Miras Schönheit und ihren schrägen Augen, die sicher sehnsüchtig nach ihm ausschauten. Beagleholes Geschichte war typisch für die weißen Herren der Kolonialzeit, und Calvins – er erkannte es mit Schrecken – ebenfalls. Es war unfair, Leuten eine Versicherung aufzuschwatzen und dann abzuhauen. Versicherungen zu verkaufen war kein Broterwerb wie jeder andere; Calvin hatte seinen Beruf bisher immer als echte *Berufung* aufgefaßt.

Major Beagleholes überhebliches Gerede hätte ihm fast schon genügt, aber den letzten Anstoß zu der Entscheidung gab ihm ein besonderes Erlebnis. Er hätte nie gedacht, daß ein Mensch seiner Herkunft von einer derartigen Urangst gepackt werden könnte. Es geschah spätabends; Calvin hatte eben erst sein Büro verlassen. Er war ziemlich betrunken und, wie in letzter Zeit oft, von A. Jigololos sich rapide entwickelndem Eigenleben völlig entnervt. Die Aktentasche fest unter den Arm geklemmt, übersprang er den Straßengraben und blieb gleich wieder stehen. Die Hauptstraße, früher nach Queen Elizabeth, jetzt nach Osbong benannt, war schon 1910 dergestalt verbreitert worden, daß ein Pferdefuhrwerk anstandslos darauf wenden konnte. Zur Stunde fuhren nur wenige Autos mit ihren matt leuchtenden Standlichtern auf der breiten Straße; neben den Gullys schliefen Obdachlose. Calvin mußte den Fahrdamm überqueren, um zu Baileys Speisehaus zu gelangen. Da keine Laterne in der Nähe war, schien ihm der Osbong Drive im mitternächtigen Dunkel gar keine andere Straßenseite zu haben.

Calvin tastete sich langsam hinüber; sein Herz wurde bei jedem Schritt schwerer. Fledermäuse umschwirrten ihn; er wehrte sie mit dem freien Arm ab. Plötzlich verkündete lautes Geschepper das Nahen eines schrottreifen Oldtimers, und Calvin machte einen Satz. Im Rücken spürte er schon den Luftzug, den die alte Klapperkiste verursachte, aber die andere Straßenseite war nicht zu sehen, und Calvin, benebelt und von der Aktentasche behindert, hatte das Gefühl, er würde sie nie mehr erreichen. Im nächsten Moment würde er überfahren und plattgewalzt sein, und niemand würde ihn vermissen oder gar beklagen; die Mädchen in Baileys Haus kannten ja nicht einmal seinen Nachnamen. Calvin strebte zum fernen Bürgersteig hinüber wie ein gebrechlicher Greis, ein Witwer ohne Anhang – morgen würde es nur heißen: Unbekannter überfahren aufgefunden; Kennzeichen: ausgebeulte Hosen und eine schwere Aktentasche voller postfertiger Drucksachen. Keine besonders komplizierte Angst also, »nur« ein Blick in den Abgrund, wie wenn man in Alpträumen fliehen will und keinen Schritt von der Stelle kommt. In dieser Sekunde stand Calvins Entschluß fest. *Er* wollte nicht kinderlos und verlassen auf allen vieren im Abflußgraben verrecken!

Die Hoffnung, an die er sich klammerte, war bescheiden genug. Mira hatte Spuren hinterlassen, die rührend zart wie die Abdrücke von Vogelfüßen sein verrücktes Herz über und über bedeckten. Die junge schwarze Analphabetin hatte ihn als ihr Eigentum markiert und ließ ihn nicht los, mochte er auch noch so weit davonlaufen. Calvin erreichte die andere Straßenseite mit einem Schwur auf den Lippen, wie Seeleute ihn auf stürmischen Wogen leisten: Er würde alles wiedergutmachen, in das kleine Dorf bei Rumpi zurückkehren, Ogilvie sagen, daß er mit seinen Versicherungsprämien auf dem laufenden sei, und Mira bitten, mit nach Blantyre zu kommen und immer bei ihm zu bleiben. Jetzt brauchte er *sie*.

16

»Iß!« sagte Mr. Harry. »Nur zugelangt! Wird dir guttun.«

In der großen Garage hinter Auntie Zeebas Speisehaus war ein improvisierter Tisch (eine ausgehängte Tür auf zwei Sägeböcken) mit einem rotkarierten Tuch bedeckt und mit Schüsseln beladen. Die Werkstattlampe, die an einem Flaschenzug vom Dachbalken herunterhing, beleuchtete die Gesichter der Speisenden, das des fetten schwarzen Aufwärters und das Gesicht von Mr. Harry. Der Aufwärter, in kragenlosem schwarzem Pyjama und kniehohen, klobigen Stiefeln, sah Mr. Harry erwartungsvoll an. Mr. Harry hatte brillantineglitzerndes schwarzes Haar und einen struppigen schwarzen Schnäuzer, der sich beim Sprechen auf und nieder bewegte. Jetzt legte er ein ganzes Brathuhn auf einen Teller und reichte es dem fetten Kellner.

Der nahm das Huhn zwischen beide Hände und riß es auseinander. Fett quoll unter seinen Fingern hervor, und die Knochen knackten, als bräche ein Weidenkorb auseinander.

»Na los«, ermunterte ihn Mr. Harry, indem er seine Finger am Tischtuch säuberte, »genier dich nicht.«

Der fette Aufwärter hielt eine Keule an die Lippen wie eine Mundharmonika und leckte genießerisch an der knusprig gebratenen Haut. Dann biß er zu; ein paar lose Fetzen baumelten vor seinem Kinn. Er warf den Kopf zurück und fing sie mit den Zähnen ein. Mr. Harry hörte seinem Mahlen und Schmatzen befriedigt zu, ohne sich selbst zu vernachlässigen.

»Ausgezeichnet«, sagte der Aufwärter mit vollen, glänzenden Backen. Irgend etwas war ihm in einer Zahnlücke hängengeblieben. Er stocherte es mit Hilfe eines Knochensplitters heraus.

»Schmeckt's?« fragte Mr. Harry obenhin und betrachtete ein ansehnliches Rinderfilet. »Nur zu. Du hast es verdient.«

»Sie verwöhnen mich ganz schön«, sagte der dicke Kellner.

»Ist mir ein Vergnügen – ehrlich!« erwiderte Mr. Harry, der mit seinem schwarzgeränderten Daumennagel ein Klappmesser öffnete und das Rinderfilet in Angriff nahm. Sobald er die Klinge angesetzt hatte, liefen aus der Kruste kleine Bäche von Blut und Fett heraus, die sich als bräunlicher Tümpel um das Fleisch ausbreiteten. Mr. Harry hielt den Braten mit zwei

Fingern fest, säbelte geschickt vier dünne Scheiben ab und arrangierte sie auf seinem Teller.

»Eine Ehre und ein Vergnügen«, wiederholte er mit vollem Mund. »Ich hab's gern deftig. Muß immer ordentlich was zu –«, er kaute, »kauen haben.« Er schluckte den Bissen herunter und klopfte sich auf die Brust.

»Im Kongo«, erzählte der dicke Aufwärter, »schneiden sie dem toten Feind das Herz aus dem Leib und essen es. Man soll groß und stark davon werden. So sagt man im Kongo.«

»Ich war schon in vielen Ländern«, entgegnete Mr. Harry, »nur nicht im Kongo. Und was ich gar nicht leiden kann, ist Menschenfresserei. Woanders fressen sie sogar Hunde! Widerlich.«

»Was ißt denn Marais?«

»So gut wie nichts. Ich habe gefragt. Die Antwort hat mich fast umgeschmissen. Er hat andere Sorgen, sagt er. Man muß einen Mann beim Essen beobachten, wenn man über ihn Bescheid wissen will. Das ist *meine* Erfahrung. Die Soldaten fressen alle wie die Schweine.«

»Na ja, wenn sie Hunger haben...«, meinte der fette Aufwärter.

»Läßt du die Hühnerknochen übrig?« fragte Mr. Harry.

Der Aufwärter zuckte die Achseln.

»Das ist ja noch mal 'ne ganze Mahlzeit. Du läßt das Beste liegen. Gib her.« Mr. Harry nahm einen langen Röhrenknochen vom Teller des Aufwärters, biß das knorpelige Ende ab, spuckte es auf den Boden und saugte den Knochen geräuschvoll aus. »Weiches Mark – delikat«, lobte er und warf den zernagten Knochen über die Schulter. »Versuch's mal.«

Der fette Aufwärter tat wie geheißen, und Mr. Harry schwärmte weiter:

»Ich hör' so gern das Knacken, wenn Knochen kaputtgehen...«

»Schmeckt wirklich gut«, sagte der dicke Aufwärter.

»Wo ist denn der Reis?« fragte Mr. Harry. »Ich sehe nirgends... ah, da.« Er hatte die Schüssel gefunden, holte sich eine Handvoll Reis heraus, formte einen Kloß und stopfte ihn in den Mund. »So was braucht man zum Ausgleich. Fleisch allein ist zu fett.«

Sonst wurde beim Essen nicht viel geredet. Mr. Harry

amüsierte den Dicken mit einem Kunststück. Er öffnete eine grüne Tuborg-Flasche, balancierte sie mit weit zurückgelegtem Kopf zwischen den Zähnen, trank sie aus, ohne die Hände zu Hilfe zu nehmen, und schleuderte sie dann aus dem Mund heraus an die Wand. Der Aufwärter revanchierte sich, indem er den Kronenkorken der nächsten Flasche mit den Zähnen abhob. »Wunderbar!« lobte Mr. Harry. Er war beim vegetarischen Teil des Festmahls angelangt. »Lecker. Knakkige Radieschen. Knackiger Salat. Knackige Zwiebeln. Bei mir muß alles nur so krachen.«

Allmählich verschwand das Essen, und auf den Platten häuften sich ausgelutschte Knochen, abgenagte Rinden und zerkaute, zähe Faserklumpen. Mr. Harry stöberte plötzlich noch einen ganzen Fisch auf. Begierig rupfte er das Fleisch ab, bis Kopf und Schwanz nur noch durch die dünne Mittelgräte zusammenhielten.

»Wir essen am liebsten den Kopf«, bemerkte der Dicke, und er erbot sich, Mr. Harry zu zeigen, wie man die Kiemen aufklappte.

»Kannst ihn behalten«, lehnte Mr. Harry großmütig ab. »Mir geht nichts über Austern und richtig gepanzerte Krustentiere, an denen man ordentlich was zu knacken hat. In Angola haben wir die Hummerscheren immer mit dem Nußknacker aufgemacht – *grrrk*. Und dann zieht man das zarte rosa Fleisch heraus. Köstlich.«

...zieht man das zarte rosa Fleisch heraus. Köstlich. Calvin horchte verwundert an der Garagentür, das Auge an einem Astloch. Er stand fröstelnd mit übereinandergeschlagenen Armen in der Morgenkälte; es war noch stockfinster. Die Hosenbeine hatte er mit Fahrradklammern befestigt.

»Im Laufe des Tages muß ich wieder darauf«, sagte Mr. Harry gerade. »Auf dem Rückweg werde ich zusehen, ob ich ein paar schöne Hummer kriege. Du wirst begeistert sein. Aber Schafsköpfe sind auch was Feines. *Krickkrack* schlägt man mit dem Messergriff den Schädel ein. Dann löst man die Knochenstücke ab, und, oha, schon hat man das weiche, glitschige, kühle Hirn. Mit dem Löffel zu essen. Ein Hochgenuß.« Mr. Harry richtete sein Augenmerk jetzt auf eine Schüssel Orangen. Er schälte eine, aß die Stücke einzeln und versprühte dabei Saft und Kerne über den Tisch.

Die Garagentür quietschte in den Angeln und flog auf.

Der fette Aufwärter fing gerade an: »Bis Ende Juni wird das ganze Land...« Er stockte mitten im Satz und kam hastig auf die Füße.

Calvin kniff geblendet die Augen zusammen. Im Licht der nackten Glühbirne konnte er nicht gleich alles erkennen. Der Tisch ähnelte einer Müllkippe; nur hier und da ragte noch ein Tellerrand aus dem Abfall hervor.

»Drink, Sir?« fragte der Aufwärter in gewohntem Kellnerton, wischte sich die Hände am Pyjama ab, schnappte sich eine Serviette und hängte sie professionell über den Arm.

»Um fünf Uhr morgens?« lachte Calvin. »Wohl nicht ganz bei Troste, was?« Er sah fragend auf Mr. Harry. Dieser machte im Sitzen eine höfliche Verbeugung.

»Sie frühstücken aber reichlich!« bemerkte Calvin lächelnd.

»Guter Witz!« wieherte Mr. Harry unpassend laut, worauf der fette Kellner schnell erklärte:

»Es ist Ramadan. Wir sind Moslems. Müssen fasten bei Tag, essen nur bei Nacht.«

»Richtig, Ramadan!« bestätigte Mr. Harry. »Ob Sie's glauben oder nicht, auch ich bin Moslem. Klar. Ich stamme aus dem Libanon.«

Calvin zog ein Paar Handschuhe über. »Lassen Sie sich nicht stören, ich ziehe gleich wieder ab.« Er ging in die hinterste Ecke der Garage und zog die große Segeltuchplane von Major Beagleholes Motorrad. Während er es zur Tür schob, sagte er noch: »Ich beneide Sie um Ihren Appetit.«

Mr. Harry verbeugte sich abermals. Nachdem die Tür der Garage geschlossen worden war, wartete er gespannt auf das Startgeräusch. Ein-, zweimal erstarb es gleich wieder; der Anlasser stotterte. Beim dritten Mal endlich: ein Aufheulen, das in gleichmäßiges Tuckern überging und sich rasch entfernte. »Steht er immer so früh auf?« fragte er mißtrauisch.

Der Aufwärter starrte noch auf die Tür und verneinte.

»Also ausgerechnet heute? Interessant«, murmelte Mr. Harry, indem er das letzte Orangenstückchen verschlang. Der Saft tropfte ihm aufs Kinn. »Findest du das nicht *sehr* interessant?«

»Mag sein«, antwortete der fette Aufwärter.

Mr. Harry riß ein großes Stück von einem Weißbrot ab, tunkte damit einen Saucenrest auf und aß es, ohne sein Gegenüber aus den Augen zu lassen. »Du solltest dich aber darum kümmern«, sagte er kauend. »Paß mir gut auf dieses Knochengerüst auf. Man kann nie wissen... Was, Bruder?«

17

Die Maschine war eine prächtige alte *Matchless*. Sie hatte, Major Beagleholes Berichten zufolge, schon die Schlacht von Alamain siegreich überstanden. Er borgte sie Calvin für einen Liter Whisky und gab ihm die Ermahnung mit auf den Weg: »Blamieren Sie uns nicht, Mullet. Seien Sie ein Mann. Und machen Sie keine Kratzer an die Maschine.«

Sie war olivgrün und hatte einen breiten, blankgewetzten Sattel, der tief in die solide Konstruktion eingebettet war und gut federte. Die Spiralen der Federung gaben bei jedem Ruck ein Quietschen von sich. Der Lenker war mit drei runden Meßgeräten ausgerüstet, deren Zeiger langsam von Ziffer zu Ziffer rückten. Die Radnaben inmitten des dichten Speichenwalds waren verchromt und die Schutzbleche vorn und hinten aufwärts gekrümmt und mit Goldarabesken verziert wie antike Helmvisiere.

Calvin rückte sich wohlig im Sattel zurecht und umschloß die Wölbung des Tanks mit Ellbogen und Knien. Er brauste den Osbong Drive entlang, daß die Schaufenster klirrten und die Nachtwächter aufwachten, umrundete die Blumenrabatten am Fuß des Uhrturms und fuhr auf der Chileka Road weiter, vorbei am Henry-Henderson-Institut und der Flamingo Bar.

Der Wegweiser an der Stadtgrenze bot folgende Auswahl: *Kraftwerk, Moçambique, Südrhodesien*. Und dazu einen Pfeil, der im rechten Winkel zu den anderen Schildern auf eine Schotterpiste wies und nur ein einziges Wort trug: *North*. Diese Richtung schlug Calvin ein. Die tief ausgefahrenen Wagenspuren, in denen die Maschine oft ins Schleudern kam, und das Knallen des Auspuffs bei jeder Bodenwelle auf dem ansteigenden Gelände erhöhten sein Fahrvergnügen.

Eine Stunde verging wie im Fluge. Tiefhängende Wolken hüllten Steppengras und flache Baumkronen in silbrigen Nebel, am Himmel zeigten sich, lange vor Sonnenaufgang, rosa und gelbe Streifen und verblassende Sterne.

Calvin hatte sich die neueste Michelin-Karte gekauft, brauchte sie aber kaum. Malawi ähnelte einem gekrümmten Finger, mit Bergen statt der Knöchel. Seine Anliegerstaaten waren Moçambique, zum größeren Teil am jenseitigen Ufer des Njassasees, und Tanganjika. Es gab nur eine durchgehende Landstraße nach Norden, und die war schlecht. Manchmal waren weiße Pfähle mit dem abgekürzten Namen einer Ortschaft und der Entfernungsangabe in den Boden gerammt. Bei einer kleinen Stadt namens Dedza führte die Straße um einen Berg herum mehrere Meilen durch das Gebiet von Moçambique. Am Rande einer steilen Schlucht stand eine Ansammlung schachtelförmiger weißer Häuser mit Schildern, auf denen stand: *Associão Portuguesa, A. Da Silva, Gomez Motors* und *Café*. Hier stoppte Calvin, verschreckte ein paar weidende Ziegen und ließ sich ein Manica-Bier (eine recht gute Exportmarke aus Beira) sowie zwei harte Eier auf die kleine Veranda bringen.

Als er gerade Salz auf das erste Ei streute, sah er die Sonne hinter einer ockergelben Hochebene über den Busch aufsteigen. Die baumhohen, verstaubten Kakteen im Vordergrund warfen lange Schatten, und dahinter lagen riesige, vereinzelte Steinblöcke, einige mit angefangenen Skulpturen an den Seitenflächen. Zwischen diesen Findlingen und den Kakteen zogen sich halbrund Erdwälle hin, als hätten urzeitliche Würmer dort gewühlt und ihren Kot hinterlassen. Calvin genoß die Rast und war für den Moment wunschlos zufrieden; eine solche Gelassenheit hatte ihn, soweit er sich erinnerte, nur einmal in der menschenleeren Wüste bei Bengasi überkommen – ein Frieden der Seele, wie er tiefer nicht sein konnte. Er wollte eben noch ein Bier bestellen, als er erkannte, daß die vermeintlichen Erdwälle aus Hütten und Kralen bestanden und überall braune Ziegen zwischen den Kakteensäulen und den Felsklötzen grasten. Doch alle Bewegungen waren so langsam, daß er sie für Stillstand – und Stille – gehalten hatte. Sein Irrtum machte ihn traurig und erinnerte ihn daran, daß er nicht soviel Zeit vergeuden sollte.

Der portugiesische Wirt, ein kurzer, vierschrötiger Mann mit dem Gesicht eines Siouxindianers, verkaufte ihm ein Päckchen brauner Zigaretten aus Lourenço Marques, dünne Stäbchen, die Pueinte-Cinco hießen und in süßlich schmekkendes Papier verpackt waren. Calvin widerstand der Versuchung, sich gleich eine anzuzünden. Sie würde nur seinen morgendlichen Stuhlgang beschleunigen, und ihm grauste vor dem landesüblichen Abtritt mit dem Loch im Boden. Da war es schon besser, unterwegs ein bißchen Verstopfung in Kauf zu nehmen. Er kaufte noch eine Flasche Casal Garcia, einen halbsüßen, moussierenden Wein; der Wirt lockerte vorsorglich den Korken und packte die Flasche gut eingewikkelt in die Satteltasche, um sie vor Bruch zu schützen. Dann ließ er Calvin über seinen schwarzen Gehilfen ausrichten, er habe ihm etwas Wichtiges zu sagen.

»Er fragen: Du wollen *da*hin?« Der Afrikaner deutete nordwärts.

»*Si*«, sagte Calvin zu dem portugiesischen Wirt, was einen Redeschwall voller Kehl- und Zischlaute entfesselte.

»Er sagen: Vorsehen!« dolmetschte der Afrikaner.

»Warum?« fragte Calvin.

»Dort Guerilleros... Afrikaner.«

Wieder redete der Wirt inständig auf seinen Gehilfen ein. Dieser gab die Warnungen abgekürzt an Calvin weiter:

»Sie Auto stoppen. Mit Gewalt. Schlagen. Besser du hier *kisu* kaufen...« Während der Afrikaner sprach, zog der Wirt sein Messer, zeigte es vor und nickte bedeutsam.

Calvin lachte nur. Das Indianergesicht des Wirtes verzerrte sich. Ärgerlich murmelnd ging er ins Innere des Hauses und knallte die Tür zu.

»Was hat er gesagt?« forschte Calvin.

»Er sagen, denen ist nicht trauen. Afrikanern nie trauen. Vielleicht sie dich töten. Kleinhacken.«

»Schon gut«, sagte Calvin. »Ich brauche kein Messer.« Damit machte er sich wieder auf den Weg. Die lange abschüssige Strecke bot ihm einen Vorausblick von rund dreißig Meilen. Ab und zu verschwand die schmale braune Piste im Dickicht, kroch wieder daraus hervor, wand sich zwischen kahlen Hügeln hindurch und verlor sich als dünner Faden am Horizont. Calvin sah Rauch aus eng aneinandergedrängten Hütten aufsteigen, hier und da einen Flickenteppich von Gemüsebeeten und über allem eine dunkle Wolke, die von Osten her einen Hexenmantel über das Land zu schleppen schien.

Je näher Calvin dieser Regenwand kam, desto stärker duftete es nach fruchtbarer Erde, Gras und Torf und desto häufiger kräuselten plötzliche Windstöße die Blätter. Calvin merkte, daß er direkt in das Unwetter hineinfuhr, steigerte das Tempo und behielt den Saum des Regenvorhangs im Auge. Nach einer halben Stunde befand er sich in einem der Dickichte, die er schon von oben gesichtet hatte, und, wie es schien, noch außerhalb der Regenzone, obgleich der Erdgeruch unvermindert stark und die Luft merklich abgekühlt war.

»Halt! Weeer da?«

Unversehens sprang ein Dutzend Rothemden, Gewehr im Anschlag, zwischen den vom Wind gepeitschten Bäumen hervor. Und alle zielten genau auf Calvins Kopf.

Der schwarze Weeer-da-Rufer, der ein dekoratives Barett trug, schrie noch einmal. Sein Unterkiefer mit den blanken Zähnen war furchterregend, auch ohne die grimmige Miene, mit der er sein Opfer anpeilte.

Calvin bremste. In geringer Entfernung, nicht zu sehen, aber in Hörweite, rauschte der Regen aufs Laub. Es klang wie das Getrampel aufrührerischer Bauern oder wie verworrene Stimmen im Urwald, die immer näher kamen. Es wurde von Sekunde zu Sekunde dunkler und kälter. Der herannahende Regen hörte sich an, als hole ein Riese Luft.

Die Rothemden hatten Calvin im Handumdrehen eingekreist, auf eine Distanz von einer Gewehrlänge. Jeder trug einen Osbong-Button, eine Miniaturausgabe des offiziellen Photos. Sie gehörten zu den *Youth Wingers*, dem »Jungen Flügel«, einer freiwilligen Kampftruppe des Präsidenten, obwohl nicht alle jung waren. Sonderbarerweise waren gerade die Kleinsten ziemlich alt und die Größeren jung; der Schreihals mit dem Barett konnte nicht viel älter als achtzehn sein.

»Was wollt ihr von mir?« fragte Calvin mit einer Stimme, die er kaum selbst erkannte.

»Durchgang verboten!« schrie der Junge mit dem Barett,

die linke Wange immer noch am Gewehrkolben. »Woher kommen?«

»Blantyre«, antwortete Calvin stotternd, als hätte das Wort vier Silben. Er blinzelte nervös in die Gewehrmündungen und sah lauter gekrümmte Finger am Abzug. »Nun mal immer mit der Ruhe«, sagte er beschwörend. »Vorsicht mit den Dingern da.«

Der Junge mit dem Barett knurrte einen Befehl, und ein schwarzer Krauskopf, der ungefähr bis zu Calvins Brust reichte, näherte sich. Calvin fühlte, wie seine Taschen abgetastet und beklopft wurden, und hörte das Ausklinken der Gepäckschnallen. Noch immer hielt er krampfhaft die Griffe des Lenkers umfaßt. »Ich wohne in Blantyre«, sagte er mit törichtem Lächeln.

Einer der Jungen schraubte den Tankdeckel ab.

»Ich bin ja nicht neugierig«, sagte Calvin, »aber was sucht ihr eigentlich? Vielleicht kann ich euch helfen?«

»Wir warten«, der Junge hielt das Auge an die verschmierte Öffnung, »auf einen gewissen Gentleman.« Der Benzindunst stieg ihm beißend ins Auge; er drehte den Kopf weg und schraubte den Tank wieder zu. »Name?« fragte er, sein Auge reibend.

»Calvin Mullet.«

»Nicht der Richtige«, sagte der Junge mit dem Barett. Von den älteren, verrunzelten Afrikanern hatte noch keiner etwas gesagt, aber sie machten ungeduldige Gesichter und richteten die Gewehre unbeirrt weiter auf Calvin und die Maschine. Der herannahende Regen wurde jetzt sehr laut, und die Straße war fast schwarz. »Du Chinese?« brüllte der Barett-Junge.

»Nein.« Calvin versuchte ebenfalls zu brüllen. »Wieso denn? Natürlich nicht! Ich bin –«

»Er Chinese – sicher«, echoten andere.

»Chinese – glaub' ich auch«, sagte das Barett.

»Aber seht mich doch richtig an!« Calvin nahm die Brille ab, um sein Gesicht genauer zu zeigen. »Los! Na, seh' ich etwa aus wie ein Chinese?«

»Weiß nicht«, sagte das Barett. »Nie einen gesehen. Aber ich *glauben*, du Chinese.«

In diesem Moment flog der Korken mit einem lauten *Plopp*

aus der Flasche, und der Wein tränkte das rote Hemd, dessen Besitzer die Hände gerade in der Satteltasche hatte. Die andern brachen in Gelächter aus, daß die Gewehrläufe schwankten, und wie aufs Signal rauschte der Regen herunter, durchnäßte alle bis auf die Haut und machte der Heiterkeit ein Ende. Alle blickten rasch zu den tiefhängenden, wasserspeienden Wolken hinauf; die roten Hemden klebten ihnen schwarz am Körper.

»Nimm die Flasche«, sagte Calvin, griff hinter sich, nahm die Flasche aus der Satteltasche und reichte sie dem Jungen mit dem Barett. »Trinken, trinken! Gut, gut!«

Der Regen prasselte jetzt ohrenbetäubend.

Der Junge setzte die Flasche an den Mund, nahm einen Schluck und grinste. Die andern umdrängten ihn, um auch etwas abzukriegen, wobei ihre Gewehre kreuz und quer durcheinandergerieten.

Nur einer der Wegelagerer war dicht bei Calvin stehengeblieben, sah den andern zu und leckte sich den Regen von den Lippen. Calvin zischte ihm vom Sattel aus ins Ohr: »Gib mir *dies*«, er zeigte auf die Osbong-Plakette, »für dies«, und er zeigte dem Burschen eine Handvoll Münzen. Es regnete so stark, daß Calvins Hand, in der er das Geld hielt, sofort voll Wasser lief.

Der Bursche lächelte zustimmend, sah sich um und nahm rasch den Button vom Hemd. Die andern hatten sich inzwischen unter die Bäume zurückgezogen. Er schnappte sich eilig das Geld und lief hinterher.

Calvin steckte sich den Osbong-Button an, trat kraftvoll auf den Starter und knatterte in den Wolkenbruch hinein.

Etwa eine Meile lang war die Straße schlüpfrig, aber noch passierbar; dann verwandelte sich der Boden in breiigen Schlamm. Dreckklumpen klatschten in Calvins Gesicht, sammelten sich an den Rädern der Maschine und verlangsamten ihre Fahrt. Calvin konnte kaum mehr durch die vollgespritzte Brille sehen, und seine Schuhkappen wühlten den Morast auf. Schließlich stieg er ab und schob das Motorrad hügelan. Das ging zuerst gut, aber bei der zweiten, sehr langen Steigung gab er auf halbem Wege auf, lehnte die Maschine an einen Baum und rannte mit gesenktem Kopf los, um irgendeinen Unterschlupf zu suchen.

Er fand ein relativ trockenes Plätzchen unter schirmartig ausgebreiteten Zweigen. Hier drückte er sich das Wasser aus den Ärmeln und putzte seine Brille. Als er sie wieder aufsetzte, stieß er einen Seufzer aus: Nur wenige Schritte von ihm entfernt hockten einige Rothemden unter einem Feigenbaum. Zwei trotzten dem Regen und liefen zu Calvin hinüber.

»Du da – halt«, sagte einer und bohrte ihm lässig den Gewehrlauf in die Magengrube. Calvin stand wie gelähmt. Die Mündung des anderen Gewehrs wurde ihm ins Kreuz gestoßen.

»Schon wieder gesperrt?« krächzte er.

»Ja«, sagte die Stimme hinter ihm.

»Was soll das... Diese verdammte Straße...«

»Du *da* rumfahren«, sagte der Mann vor ihm, ließ das Gewehr sinken und deutete mit dem Lauf irgendwohin ins Weite.

Calvin starrte ihn ungläubig an. Der Junge starrte seinerseits auf das Osbong-Abzeichen an Calvins Brusttasche – und lächelte.

Eine Minute später, mit dem Segen der beiden Rothemden und unter dem lebhaften Beifall der andern, die ihm mit ihren Knarren nachwinkten, arbeitete sich Calvin unter triefendem Geäst zu seinem Motorrad zurück. Er ließ es lieber nicht darauf ankommen, bei seinen neuen Freunden zu rasten, obwohl es unvermindert goß. Er schob die Maschine mühsam weiter bergauf und ließ den Motor im ersten Gang laufen, damit er später nicht versagte. Vorläufig funktionierte er noch. Calvins Sohlen waren schwer von Lehmklumpen.

Doch die Mühe lohnte sich. Am Gipfel der Anhöhe brach er unvermutet durch die Regenwand, und vor ihm lag eine trockene, sonnige Wegstrecke. Hinter ihm lag die schwarze Regenwand, und er stand in hellrotem Staub. Nach einer knappen Stunde war seine Kleidung von der Sonne getrocknet, nur die Schuhe nicht; wenn er die Füße bewegte, quatschte es zwischen den Zehen.

Calvin traf keine Straßensperre mehr an, war aber stets darauf gefaßt und fuhr langsamer, sobald er sich einer unübersichtlichen Kurve näherte; hinter jeder konnte wieder ein Hinterhalt sein. Vorsichtshalber nahm er jetzt das Osbong-Abzeichen ab, denn falls ihn nun jemand stoppte, würden es wahrscheinlich Marais' Anhänger sein. Marais selbst fürchtete er nicht so sehr: Das Verhör hatte ihn zwar drei Brillen gekostet, war aber sonst glimpflich abgelaufen. Sollte er ihm noch einmal begegnen, so gedachte er ihm zu sagen: »Auftrag ausgeführt. Ich hab' in Blantyre alles über Ihre Soldaten und Ihre technische Ausrüstung erzählt. Die haben jetzt eine Scheißangst vor Ihnen.«

Was für ein Land, dachte Calvin. Es hätte das unkomplizierteste Land auf der Welt sein können, aber das Gegenteil war der Fall. Einmal hatte er in leicht angetrunkenem Zustand gesagt: »Man denkt zuerst, hier käme man billiger weg, aber irgendwie wird dann alles viel teurer; man zahlt immer drauf.« Er hatte selbst nicht genau gewußt, was er damit meinte, aber Major Beaglehole hatte zugestimmt. »Ja, an sich ein schönes Fleckchen Erde, Mullet. Ich habe sehr glückliche Zeiten hier verbracht, aber auch verdammt schlimme. Kann nicht behaupten, daß ich die Eingeborenen liebe – dafür gibt's hier aber mehr Originale als anderswo. Wie Sie sagen: Man weiß nie, was einen erwartet.«

Jetzt, auf dem ratternden Motorrad, kam Calvin eine Erleuchtung: Malawi war überhaupt kein Land, und wenn man den Begriff noch so großzügig auslegte. Er hatte Statistiken gesehen: *Homemakers' Mutual* machte mit ein paar Versicherungen mehr Profit als ganz Malawi mit einer Rekord-Erdnußernte. Sogar Osbong klagte: »Was haben wir Afrikaner verbrochen, um mit so armseligem Land gestraft zu werden?« In anderen Ländern rauchten die Fabrikschlote, gelegentlich fanden Wahlen oder Demonstrationen statt, es gab gepflegte Straßen und Verkehrsampeln. Malawis einzige Fabrik, *Chiperoni Blankets Ltd.*, mußte sogar Lumpen aus Italien einführen, um Rheumadecken daraus zu machen. Calvin hatte es mit Erstaunen gehört: Was, die importieren *Lumpen*? Und damals, als Wilbur Parsons, sein dichtender Chef in Massachusetts, ihm sagte, wohin er ihn schicken wollte, hatte Calvin das Ländchen zuerst auf keiner Karte gefunden. Es schien überhaupt nicht zu existieren.

Und doch hatte Malawi einen Präsidenten, einen clownesken Papa Doc, der sich von einer Leibgarde und kichernden Jugendlichen verteidigen ließ, die Barrikaden errichteten, um chinesische Spione zu fangen. Malawi hatte einen Sitz in der

UNO, eine Nationalflagge und eine Nationalhymne, aber es war kein Land. Calvin erinnerte sich an Miras Ausspruch: »Das nicht Name... nur *Signatur*!« Genau dies traf auf das willkürlich abgegrenzte Stückchen afrikanischen Busch zu, das man an einem einzigen Tag der Länge nach mit einem Motorrad durchqueren konnte, ohne – mit wenigen Ausnahmen – auf Ansiedlungen zu stoßen, die aus mehr als zehn Hütten und zwei Läden bestanden, und ohne etwas Interessanteres zu sehen als Erdnußsäcke, die unabgeholt am Straßenrand verschimmelten.

Aber vieles war auch schön: die reine Luft, die Grassteppe voller Wildblumen, der Vogelgesang in den Baobab-Wäldern, das tiefe, ernste Himmelsblau, die Gesichter der Felsen. Es war eine Landschaft, die »eßbar« aussah: Der Urwald glich einem krausen Salat, der Bambus lockte mit saftigem Grün, die kahlen Hügel ähnelten Napfkuchen.

Doch diese Schönheit war von Armut umgeben. Trotzdem hatte das *National Geographic Institute* die Landschaft in vielen Farbfotos verewigt: Krokodile und *Dik-diks*, strotzende schwarze Frauen, die Reisigbündel auf dem Kopf trugen, muskulöse Männer, die in ausgehöhlten Baumstämmen ein reißendes Gewässer hinabruderten. Aber solche Bilder hätte man in Zentralafrika überall aufnehmen können. Das *Time*-Magazin hatte letzthin etwas genauer hingeschaut und berichtete von Aufständen, Übergriffen und einer Art Buschkrieg in Malawi, dessen Name sonst niemandem etwas sagte. Jetzt, im Zusammenhang mit einem Mordfall, wurde es von den Amerikanern erst wahrgenommen; Mord spielte da ungefähr die gleiche Rolle wie die Tulpen für Holland. Malawi avancierte zum Staatswesen, da es angegriffen werden konnte. Malawi hatte einen Namen. Und mit dem Namen gewann es plötzlich eine Bedeutung, die es weder brauchte noch bezahlen konnte.

Calvin kam am späten Nachmittag vor der Bar Zur Großen Trommel an. Natürlich wollte er nicht nur einen Drink, sondern hoffte auf ein Wiedersehen mit Ogilvie und Mira. »Bin gleich wieder da...« Nun hatte er, wenn auch etwas verspätet, sein Wort gehalten. In der Bar fand er nur die ramponierte Weihnachtsdekoration vor und rief laut: »Ist hier jemand?«

Tatsächlich erschien hierauf der Barmann. Er hatte ein

Mullpflaster über dem einen Ohr und mehrere verschorfte, rot bepinselte Stellen in seinem schwarzen Gesicht.

»Ich bin's«, sagte Calvin. »Weißt du noch? Der Bursche mit den Versicherungen?« Er legte Geld auf die Theke. »Ein Bier, bitte – und eins für dich. Siehst aus, als könntest du's brauchen.«

»Kein Bier«, sagte der Barmann und befingerte eine violette Beule. »Sie alles weggenommen.«

»Was? Wer?«

»Soldaten. Im Busch.«

»Die Afrikaner mit dem *Mzungu*-Anführer?«

Der Barmann nickte und sagte: »Ja, die.«

»Diese Halunken«, sagte Calvin. »Wann ist das passiert?«

»Gestern abend sie kommen. Trinken Bier, Whisky, nehmen sich einfach. Nicht bezahlen. Verhauen meine Kunden. Ich hasse sie.« Der Barmann sah Calvin an, als hätte er ihn jetzt erst erkannt, und fügte heftig hinzu: »Deine Freunde! Sie deine Freunde überfallen!«

Vor Ogilvies Hütte schwelte ein verlassenes Feuer. Die dünne Rauchsäule, die zum Himmel stieg, gab dem leeren Platz etwas Aufgegebenes. Calvin stellte den Motor ab, klappte den Motorradständer herunter, stieg ab und rüttelte an der rechten Tür. Sie war verschlossen.

»Mira!«

Sein Ruf verhallte in der Stille. Auch das Vogelgezwitscher brach ab, nur die Heuschrecken zirpten weiter. Offenbar war niemand zu Hause. In der Nähe des Feuers lagen ein paar umgeworfene Töpfe mit Resten dicker Grütze und der leere Ölkanister.

Calvin versuchte es nun mit der linken Tür, die überraschend leicht aufging. In diesem Raum hatte er in der ersten Nacht mit Mira geschlafen. Es war so still und dunkel, daß er leer schien. Aber dann hörte Calvin aufdringliches Fliegengesumm und sah, daß eine reglose Gestalt auf der Pritsche lag, in Sarong und fleckigem Unterhemd und mit einer Plastiksandale. Calvin trat mit einem Grußwort ein, verstummte aber jäh, als er näher hinsah. Die Gestalt auf dem Bett – es konnte nur Ogilvie sein – hatte keinen Kopf mehr.

Calvin traute sich nicht, die Verbindungstür so plötzlich zu öffnen wie die Eingangstür. Er klopfte nur, voller Furcht vor dem, was ihn vielleicht erwartete. Er klopfte stärker, dringender – und nach einer Weile hörte er, wie drinnen jemand in Tränen ausbrach.

18

»Da kommt er«, sagte Marais. »Und sie ist dabei. Was hab' ich euch gesagt?« Er lag auf dem Bauch, die Ellbogen in den Erdboden gedrückt, und blickte durch seinen schweren Armeefeldstecher. Beim Sprechen drehte er noch an der Schärfeeinstellung herum, bis er die beiden Leute auf dem Motorrad klar im Fadenkreuz hatte: den Versicherungsvertreter und das Mädchen aus dem Dorf. Dann setzte er sich auf und beobachtete, wie sie in einer roten Staubwolke um einen Hügel herum verschwanden. Marais war sowohl von Calvins Tempo beeindruckt als auch von der Courage, die dazu gehörte, bei Einbruch der Nacht eine lange Fahrt zu beginnen. Er schob sich die staubige Schirmmütze auf den Hinterkopf. In der linken Hand hielt er wie gewöhnlich eine dicke Zigarre; Glutpünktchen funkelten wie kleine Rubine an der stumpfen Spitze. »Der hat keine Zeit verloren«, fuhr er fort. »Hatte ich recht oder nicht?«

Der afrikanische Soldat an seiner Seite schwieg. Er war mit dem Laden seines Gewehrs beschäftigt.

»Na?« beharrte Marais.

Der Afrikaner murmelte irgend etwas und ließ eine Feder einschnappen.

»Vielleicht hört ihr jetzt endlich auf mich«, sagte Marais. »Gehen wir ins Camp zurück.«

Im Halbdunkel des Lagers fielen zwei Männer auf, die an Pfosten gebunden waren, aber trotz ihrer Fesseln laut mit den Umstehenden sprachen und lachten. Sie schienen sich ganz gemütlich zu unterhalten.

Marais hielt auf dem Weg zu ihnen einen Moment inne und dachte: Sie verstehen nur Schmerzen. Sie müssen sie am eigenen Leibe spüren, ehe sie Zuverlässigkeit und Unterordnung lernen. Als Revolutionär lernt man mehr aus Niederlagen als aus Siegen, und wer nicht charakterstark genug ist, um diszipliniert den Rückzug anzutreten, muß es von seinen eigenen Leuten beigebracht kriegen.

Heute morgen, nach der Gefangennahme der beiden Übeltäter, hatte Marais in seinen Büchern nachgesehen und folgenden Absatz in sein Notizbuch abgeschrieben: *Eine Freiheitsstrafe von zehn Tagen ist für den Guerillero meist nur eine erwünschte Ruhepause: zehn Tage, in denen er nur zu schlafen und zu essen braucht. Kein Marschieren, keine Arbeit, kein Wacheschieben. Ausruhen nach Belieben, Lesen... Hieraus ist der Schluß zu ziehen, daß Freiheitsentzug nicht die einzige Strafe für aufsässige Guerilleros sein sollte.* Marais hatte sich diese Worte nicht selber ausgedacht; um so mehr rechtfertigten sie sein Vorhaben.

»Geht jetzt weg von den Gefangenen«, sagte er. Er brüllte grundsätzlich nie und hatte es auch nicht nötig; die Schärfe seiner Stimme war unüberhörbar. »Stellt euch im Kreis auf, und bringt den ersten zu mir!«

Einer der Afrikaner wurde losgebunden und zu Marais geführt. Er trug nichts als Khaki-Shorts und nahm eine übertrieben stramme Haltung an, soweit seine auf den Rücken gebundenen Arme es erlaubten. Das Hohlkreuz und die gewölbte Brust wirkten trotzig und selbstgefällig. Er suchte mit den Blicken einen Freund im dichten Kreis seiner Kameraden und kicherte albern. Sekundenlang war kein anderer Laut im Camp zu hören als dieses zuversichtliche Gegacker.

Es hatte schon vier solcher Gerichtsverhandlungen gegeben. Jedesmal hatte Marais beredt von den Eigenschaften eines guten Guerilla-Kriegers gesprochen und den Delinquenten aufgefordert, eine öffentliche Beichte abzulegen. Kamen diese Geständnisse und Entschuldigungen, wie meist, zu bereitwillig, so machte sich Marais, mit Humor, über sie lustig, und das Publikum johlte vor Vergnügen, zumal der Dolmetscher, ein komischer Vogel namens Bruder Yatu, mit kreischender Stimme seinen eigenen Senf dazugab. Die andern schrien dann: »Schande über dich!« und lachten sich schief. Nach einer Woche Arrest wurde der Gemaßregelte freigelassen und versah den üblichen Patrouillendienst. Es war eigentlich keine richtige Strafe.

Auch heute begab sich Bruder Yatu zum Dolmetschen auf seinen gewohnten Platz neben Marais.

»Diesmal brauchen wir dich nicht«, sagte Marais und winkte ihn mit einer Handbewegung weg. Sein Blick senkte sich auf die nackten Füße des Gefangenen, die wie knorrige Wurzeln aussahen, eben erst aus der Erde gerissen, verstaubt, verformt, mit hornigen gelben Nägeln.

Der Gefangene lächelte immer noch unbekümmert in die Runde.

»Angeklagt wegen Mordes«, begann Marais.

Der Gefangene schloß die Augen, schob die Unterlippe vor und nickte ein stummes Ja.

»Ja, ja«, schrien die andern begeistert. »Du Hund!« Dann schwiegen sie abrupt, um Marais' flammende Rede zu hören. Aber Marais sagte diesmal nur einfach: »Wo sind die Zeugen?«

Zwei Halbwüchsige, um die fünfzehn Jahre alt, großäugig und dürrbeinig, traten vor und gähnten nervös. Ihre schräg aufgesetzten Mützen rutschten ihnen fast über die Ohren, und ihre Füße fanden in den zu großen Stiefeln keinen rechten Halt. Alles, was sie trugen, sah lächerlich unangemessen aus, aber sie selbst waren alles andere als komisch. Ihre schmalen Gesichter wirkten naiv und verletzlich; sie zupften verlegen an ihren Hosen herum.

»Ihr werdet die Strafe vollstrecken«, sagte Marais, »nachdem ihr schon tapfer genug wart, mir zu melden, was gestern nacht in dem Dorf passiert ist. Du hier, nimm die Pistole.«

Der Gefangene machte eine fragende Kopfbewegung zum Dolmetscher, Bruder Yatu, der jedoch bedauernd den Kopf schüttelte. Er verstand zwar Englisch, begriff aber nicht, worauf Marais heute hinauswollte. Er zuckte die Achseln und verschränkte die Arme über der Brust.

»So begnadigen wir einen Mörder«, sagte Marais und gab dem Jungen mit der Pistole einen Wink. »Du wirst ihn jetzt in den Fuß schießen. Direkt von oben.« Marais zeigte, was er meinte, indem er die Pistole noch einmal nahm und auf seinen eigenen Spann richtete. »So – hier. Kapiert?«

Der Gefangene verstand die Vorführung als erster; er warf den Kopf zurück und schrie grauenhaft. Sein gellendes Gejammer hörte auch nicht auf, als er zum Pfahl zurückgeschleppt und vom Hals bis zu den Knöcheln daran gefesselt wurde. Der Junge näherte sich ihm; die Pistole wog so schwer in seiner schmalen Hand, daß sie sich von selbst nach unten richtete. Der Gefangene drehte den Kopf hin und her, und als der Junge den befohlenen Punkt auf dem geäderten, knorrigen Fuß anvisierte, versuchte er in den Stricken zu tanzen. Die Mündung der Waffe berührte ihn beinahe.

Die Nase des Afrikaners war vor Angst ganz schmal geworden, sein aufgerissener Mund wurde zur schwarzen Höhle, aus der es schrie; sein Nacken bäumte sich wie eine in die Enge getriebene Kobra; er spuckte ungeschickt nach dem Jungen.

Ein lauter Knall machte seinem Geschrei ein Ende. Dünner blauer Rauch mischte sich mit einer Staubwolke. Das Gesicht des Gefangenen war in der Maske des Entsetzens erstarrt. Der zweite Junge, der den Revolver linkisch übernommen hatte, feuerte noch eine Kugel durch den anderen Fuß. Der Gefangene wurde ohnmächtig und hing schlaff in den Fesseln, bis man ihn losmachte und zum Verbinden in ein Zelt schleppte. Vor dem Pfahl blieb ein wirres Muster von blutigen Fußspuren übrig.

Inzwischen hatte der zweite Gefangene zu heulen angefangen. Es war Bruder Mussa, der Yao-Übersetzer, ein Frauenschänder. Ohne sich um sein aufgeregtes Gejammer zu kümmern, befahl Marais, vor seinem Pfahl eine Grube auszuheben, deren Größe und Tiefe er mit einer vagen Kreisbewegung seiner Zigarre bezeichnete. »Hier vor seinen Füßen – ihr seht, was ich meine?« Er hatte noch nicht ausgesprochen, als fünf Männer schon ihre Hemden herunterrissen und mit Hacken und Spaten zu arbeiten begannen.

Bruder Mussas Gesicht war erbleicht. Mit aufgerissenen Augen sah er die Grube größer werden; mit jedem Zoll, den sie tiefer wurde, wurde seine Stimme lauter, mit jedem Erdklumpen und jedem Kiesel, der ihm ins Gesicht flog, wurden seine Rechtfertigungsversuche kläglicher: »Osbong-Bild im Zimmer!« gurgelte und keuchte er in gebrochenem Englisch, um von Marais verstanden zu werden. »Sie alle Spione! Ich kennen Spione! Und Weiber lügen immer...« Die Vergewaltigung leugnete er rundweg ab, beschuldigte mehrere der Zuschauer, es selbst getan zu haben; er riß verzweifelt an den Stricken, aber nur das Scharren der Spaten untermalte sein Heulen.

Schon standen zwei Männer Rücken an Rücken bis zu den Hüften in der Grube, schaufelten die Erdschollen in herbeigebrachte Körbe und stießen vor Eifer aneinander. Längst war die dunkle, mondlose Nacht hereingebrochen und verwischte alle Umrisse des Lagers. Die Grabenden waren kaum noch zu sehen, nur hörbar in ihrem keuchenden Stakkatorhythmus, und Bruder Mussa winselte zu dem, was sich vor seinen Füßen begab.

»Licht!« befahl Marais. Sofort wurden Laternen gebracht, und der freie Platz erhellte sich wie eine staubige Gewölbekammer, deren Decke der schwarze Himmel war. Über jeder Laterne zeigte sich ein grimmiges Soldatengesicht; nur Bruder Mussas Gesicht glänzte vor Angstschweiß.

Marais beobachtete die Mienen seiner gezähmten Männer. Sie gehorchten jetzt bedingungslos; er hatte sich nicht geirrt. Disziplin gehörte zu den Grundfesten jeder Guerillamacht; schon Che Guevara hatte gesagt: Strafen müssen drastisch und schmerzhaft sein, sonst haben sie keinen Sinn. Und da kratzten sie nun am Boden der Grube für ihren heulenden Bruder Mussa.

»Genug«, sagte Marais, mußte es aber wiederholen, bevor die Männer aufhörten. Er würde jetzt ein Exempel statuieren, gerade weil Mussa sein Vertrauensmann und Chefdolmetscher gewesen war. Ob er wohl immer richtig übersetzt hatte? Und dazu noch die Vergewaltigung. Er mußte härter bestraft werden: *drastisch und schmerzhaft*. Marais hob den Arm, zeigte einen Moment auf den Gefesselten und senkte dann den Zeigefinger langsam in Richtung der Grube. Er wurde sofort verstanden: Dieses Zeichen machten Häuptlinge, wenn ihre Untertanen niederknien sollten.

Bruder Mussa wurde bis zu den Achselhöhlen in die Grube gestopft und festgehalten, während andere die Erde aus den Körben hineinschütteten und um ihn her feststampften. Nur Kopf und Arme blieben frei; Rumpf und Beine steckten in der Erde, die ihm den Brustkorb zusammenpreßte und das Atmen erschwerte. Es war ein gespenstischer Anblick: ein großer, wilder Kopf mit zwei körperlosen Gliedmaßen wie ein gestrandetes Seetier, das nur aus Kopf und Tentakeln bestand, fischmäulig nach Luft schnappte und hilflos in den Sand griff.

Marais sah sich suchend am Boden um. Er fand, was er suchte, einen eiförmigen Stein, den er aufhob und nachdenklich in der Hand wog, als überlege er ernstlich, ob er hineinbeißen sollte. Mehrere Sekunden lang rührte sich nichts im Kreis, außer dem Schatten seines Arms, der von den zischenden Lampen verzerrt und vervielfältigt wurde. Bruder Mussa starrte, plötzlich verstummt, seinen Peiniger angstvoll gespannt an, kein Meerungeheuer mehr, sondern ein Mensch in Treibsand.

Dann, ganz plötzlich, fuhren seine Hände in die Höhe und flatterten wie ein Schmetterling vor seinem zuckenden Gesicht. Marais holte aus, beugte den Arm – und schleuderte den Stein hinter sich in zwei willfährige Hände. Bruder Mussa hielt sich verzweifelt die Augen zu.

Die Lampen wurden hingestellt und bildeten einen hellen Lichtkreis. Mit einem einzigen Aufschrei bückten sich alle Männer nach Steinen und warfen nach Kopf und Armen des Eingegrabenen. Sie rannten einander fast um, als erinnerten sie sich an ein uraltes Ritual und müßten es bei schlechtem Licht aufs neue einüben.

»Und wenn er stirbt?« flüsterte eine Stimme hinter Marais.

»Wenn er stirbt?« erwiderte er, ohne den Blick von dem Gesteinigten zu wenden, der mit letzter Kraft um sich schlug, »dann ist das ein Schuldbeweis, oder –?«

Marais brauchte sich nicht umzudrehen, um zu erkennen, daß die Stimme Mr. Harry gehörte.

19

»Dieser brachtvolle Schdoff«, Jaganathy rollte den Ballen auf dem Ladentisch aus und drapierte ein paar Ellen mit flinken Fingern zu künstlerischem Faltenwurf, »ist in Holland bedruggt. Sehen Sie die Farben: so bunt, so glar. Imbordware. Alle Damen wild drauf.« Jaganathy hatte es heute mit zwei sehr guten Kunden zu tun, nämlich mit Mira und Calvin.

Beim Melden und Erledigen von Trauerfällen hatte Calvin sich oft gefragt, wohin und an wen die Versicherungssumme wirklich ging. Sie war natürlich kein Ersatz für den erlittenen Verlust; die Leute beweinten ihre Toten trotzdem. Aber bares Geld war doch ein kleines Trostpflaster, ein Anstoß, eine Hilfe für den neuen Anfang. Es war nicht Sache des Versicherungsvertreters, nachzuprüfen, ob das Geld *sinnvoll* genutzt wurde; Calvin wußte nur, daß es Tränen trocknete wie nichts anderes. Das war der Zweck jeder Versicherung. Calvin hatte schon in Amerika nie die letzte Computer-Abrechnung verschickt, ohne eine persönliche Beileidskarte hinzuzufügen. Miras Nachlaßsumme hatte er ihr bei ihrer beider Ankunft in Blantyre mit den Worten überreicht: »Ich weiß nicht, was ich sagen soll.«

»Dies – sechs, sieben Yards«, sagte Mira zu Jaganathy.

»Denk an Ogilvie«, murmelte Calvin.

Der erste Punkt auf der Einkaufsliste war bereits abgehakt: ein Mahagonisarg für Ogilvie mit Chromgriffen und schwarzen Seidenpolstern. Der Inder Jaganathy hatte freimütig sein Mißfallen geäußert und Einäscherung empfohlen. »Verbrennen viel besser. Sauber, billig, schnell. Gein großes Gedue.« Aber im Laufe des Vormittags erwies sich der Sarg noch als nützlich. Jaganathy stellte ihn auf den Boden seines Madras Bazar und füllte ihn allmählich mit Miras Einkäufen.

Calvin stand daneben und sah zu. Mira kaufte eine Sonnenbrille mit straßbesetzter Fassung, einen Kasten stark parfümierter Seife, zwei Paar goldene Riemchensandaletten, zehn Yards Rohseide, eine Wanduhr. »Und was noch?« fragte Jaganathy, der die Preise auf den Rand einer Zeitung schrieb.

Miras Augen glitten über die Regale. Sie lächelte. »Kamm und Bürste.« (Sie sagte: »Bülste.«)

»*Sehr* feiner Gamm und Bürste, *bassend*, made in Great Britain.« Jaganathy legte das Set in den Sarg und wandte sich zu Calvin. »Sie sind Glüggsvogel, Mr. Mullet. Unsere Breise sind noch sehr ermäßigt. Ab nächste Woche gostet alles –« Er schloß die Augen und spielte einen Ohnmachtsanfall.

»Das sagen Sie jedesmal.«

»Pomade«, verlangte Mira.

»Bidde sehr. Ein Vierdel-Grug, reicht ein ganzes Jahr.« Jaganathy beugte sich über den Ladentisch und flüsterte hinter vorgehaltener Hand: »Wir werden nämlich *nationalisiert*.« Er grinste dabei, aber es war kein fröhliches Grinsen.

»Teebüchse«, sagte Mira unbeeindruckt.

»Nationalisiert? Was heißt das?« fragte Calvin.

»Bidde sehr, *unzerbrechliche* Deedose. Ich geb' Ihnen einen schönen Deewärmer zu – halber Breis. *Verstaatlicht* heißt das, Mr. Mullet«, sagte Jaganathy mit bemüht korrekter Aussprache. »Haben Sie noch nicht gehört? Osbong übernimmt alle Geschäfte in der Stadt«, er riß mit seinen langen Fingern an den Fransen des Teewärmers, »einfach so.«

»Das kann er doch gar nicht. Es ist gesetzwidrig.«

»Blandy«, sagte Mira dazwischen.

»Bidde sehr, südafriganischer Brandy, eine Giste V. S. O. B., auf dem Weg von Gapstadt hierher gereift, haha!« Jaganathy wuchtete die Kiste in den Sarg und streckte pustend das Rückgrat. »Das Gesetz, das Gesetz! Das änderd er eben auch!! Sie werden noch unseren Hindern verstaadlichen und die Scheiße besteuern. Radio, Madam?« wandte er sich an Mira. »Drahdlos? Aus Japan?«

»Ja«, sagte Mira.

»Sehr guter Glang«, keuchte Jaganathy, sich nach einem Transistorradio reckend. »Ja, Mr. Mullet, Osbong hat eben gein Geld. Überall Ärger. Viele wollen ihn umbringen. Er ist radlos. Was soll er machen? Er brauchd Geld, also nationalisiert er den ganzen Handel. Ich bin gezwungen, für ihn zu arbeiden. Oh, ich werde bezahlt«, Jaganathy grinste abermals auf unfrohe Art, »vom *Staad*, bidde sehr.« Er spuckte pantomimisch.

Mira kaufte noch ein Jim-Reeves-Plattenalbum, eine Mildred-Mafuya-Platte, eine Armbanduhr (made in Hongkong), fünf indische Armreifen, ein Buch.

»Bassen Sie nur auf, Mr. Mullet«, raunte Jaganathy Calvin zu, »daß Ihr Job nicht auch noch verstaadlicht wird.«

»Bei mir ist nichts zu holen«, sagte Calvin. »Ich arbeite hier bloß mit Verlust.« Unwillkürlich sah er dabei auf Mira, die Nutznießerin von Ogilvies Versicherung.

Mira kaufte einen Tennisschläger, mehrere Paar Ohrringe, fünf bunte Kopftücher, einen vernickelten Füllfederhalter.

»Osbong gann alles. Früher war's schwerer. Nun machen sie sich's, *phht*, eben einfach«, sagte Jaganathy. »Handdasche? Brima Blastik. Mit Daschenschbiegel.«

»Zwei«, sagte Mira.

»Wenn die amerikanische Regierung sich so was erlaubte«, sagte Calvin, »gäbe es eine Revolution. Sie würden nie damit durchkommen.«

»Aber hier sind nicht die USA, bidde schön«, sagte Jaganathy. Er wickelte die beiden Handtaschen und die beiden Spiegel ein.

»Tja, ich verstehe nichts von Politik«, bekannte Calvin. »Vermutlich hat die Osbong-Regierung ihre Gründe.«

»Gründe! Glar, massig Gründe! Sie brauchen Geld und stehlen es uns. – Badeduch? Duschgabbe? Feine Damenhandschuhe?«

»Verstaatlichung ist doch nicht gleich Diebstahl«, meinte Calvin. Jaganathy funkelte ihn wütend an. »Ihr Europäer habt für die Schwarzen immer schöne Worte. Schbrechen Sie Chinyanja? Ich gann es sehr gut. Auf Chinyanja gibt es gein Wort für *nationalisieren*. Das hören sie bloß von euch. Morgen bringt ihr sie auf noch mehr Ideen, und sie blündern uns aus bis aufs Hemd. Blutsauger! – Mieder gefällig? Frisch aus Liverpool! Schdrümpfe?«

»Nanu, gebt ihr *uns* die Schuld an euren Problemen?«

Der Sarg war übervoll. Eine leere Teekiste mußte herhalten, um Miras weitere Einkäufe unterzubringen. Als sie nach einem Strumpf griff, um ihn genauer zu prüfen, nahm Jaganathy ihn ihr aus der Hand und streckte ihn vor ihrem Gesicht, als spiele er Ziehharmonika. Gleichzeitig antwortete er Calvin: »Ich mache niemand einen Vorwurf. Aber ich sage Ihnen eins. Früher, es ist gar nicht lange her, waren die Leute hier bescheiden. Sie haben nie geschdohlen. Sie haben uns Inder nett gegrüßt: *Hello, bwana, good morning, bwana, cheerio, muli bwanji.* Wenn man wegging, brauchte man die Dür nicht abzuschließen. Haus, Güche, Geller, alles blieb offen. Viele Imbordwaren drin, manchmal sogar Dransistor. Die Afrikaner haben nichts genommen. Das ist die reine Wahrheit. Sie waren wie die Mäuschen. Sanft, lieb, zudraulich. Aber nun«, fuhr Jaganathy fort, »wollen sie uns ermorden. Ich frage Sie nur eins, Mr. Mullet: warum?« Er warf den Stretchstrumpf in die Teekiste.

»Großer Teddybär«, sagte Mira.

»Na, hören Sie mal«, sagte Calvin, »wem gehört denn Malawi?«

»Nicht mir, das gebe ich zu«, erwiderte Jaganathy, steckte den Teddy in einen Plastikbeutel und legte ihn zum übrigen.

»Eben. Es gehört den Afrikanern.«

»Die Halskette da, mit Goldperlen«, forderte Mira.

»Besde Wahl. Madam, geschmaggvoll«, lobte Jaganathy und redete gleich weiter zu Calvin. »Affen leben auf Bäumen. Schwingen von Ast zu Ast. Essen lusdig Früchde. Sie lieben ihre Bäume, aber –«, Jaganathy zeigte mit spitzem Finger auf Calvins Gesicht, »*gehörd* der Baum deshalb den Affen?« Er steckte achselzuckend die Hand in die Hosentasche. »Das gild für viele Menschen und Länder.«

»Mir scheint, Sie sind ziemlich sauer«, sagte Calvin.

»Ich bin nur ein einfacher Mann, nur ein dummer gleiner Händler. Dud mir leid, wenn ich Sie und Ihre Frau aufrege, aber –«

»Sie ist nicht meine Frau«, unterbrach Calvin. »Sie ist Afrikanerin! Und sie hat mindestens soviel Recht, hier zu leben, wie alle andern.«

»Meinetwegen«, sagte Jaganathy. »Ich dachte, sie wäre Ihre Frau.«

»Ich seine Frau«, sagte Mira. »Und dies *mwamuna wanga*, mein Ehemann.«

»Noch nicht, Liebling«, sagte Calvin. »In einer Woche oder so...«

»Nein«, sagte Mira.

»Ich verlasse mich auf Sie, Mr. Mullet. Sie schuldet mir nun insgesamt hunderteinundzwanzig Pfund, nur sechzehn Osbongs.« Jaganathy lächelte Mira an und fügte hinzu: »In bar.«

Calvin hatte Miras Ansprüche gleich nach der Rückkehr angemeldet, aber er war nicht auf das gefaßt gewesen, was in den drei Tagen, seit er Ogilvie geköpft aufgefunden hatte, passiert war. Hier stand Mira und zählte Schein um Schein in Jaganathys offene Hand... Mira, so gut wie verwaist, verschleuderte die Hälfte von Ogilvies Versicherungssumme für einen Haufen Trödel. Calvin konnte es kaum mit ansehen; sie ließ jegliche Vernunft und Vorausschau vermissen. Im übrigen hatte Mira mehr Angst als Trauer gezeigt, und sie weigerte sich, Calvin zu erzählen, warum die Soldaten ihren Bruder getötet hatten. Und mittlerweile erinnerte sie sich offenbar wirklich nicht mehr. Das Ereignis geriet in Vergessenheit, wie alles im Busch; Ogilvie wurde in Geld umgesetzt und das Geld in überflüssigen Kram, der von vornherein zum Wegwerfen bestimmt war. Vielleicht war es das, was von jeder Versicherung übrigblieb.

In der letzten Februarwoche wurde die Ziviltrauung von Calvin Mullet (Familienstand: geschieden) und Mira Nirenda (Familienstand: ledig) im Büro der Regierungsvertretung von Blantyre vollzogen. Major Beaglehole und Mrs. Bailey waren die Trauzeugen. Das schäbige Büro war mit verblaßten Photos geschmückt: mit einer Ansicht des Malawi-Sees und einer Reihe übellauniger wilder Tiere. Ein Löwe, dessen Mähne einem alten Mop glich, starrte auf seine Pranken; ein Flußpferd, das am Rand eines Tümpels kniete, reckte seine kugeligen Hinterbacken in die Luft.

Calvin und Mira standen; Major Beaglehole und Bailey saßen auf Feldstühlen, wackligen Dingern mit Plastikgeflecht an Lehnen und Sitzen. Die Löschunterlage auf dem rissigen Tisch war mit einem arabisch anmutenden Muster von Namenszügen in Spiegelschrift bedeckt, schwarz, spinnenbeinig, alles von rechts nach links. Der Standesbeamte war ein betagter Afrikaner in fadenscheinigem Zweireiher mit flügelartigen Revers. Er blätterte, aus einem in Leder gebundenen Gesetzbuch vorlesend, von Eselsohr zu Eselsohr. In zehn Minuten war alles erledigt, unterschrieben und abgeheftet. Major Beaglehole versah seinen Namen mit drei Initialen; Bailey leckte erst an der Federspitze, unterdrückte einen Rülpser und krakelte mühselig ihren Namen; ihr Daumen hinterließ schmutzige Abdrücke auf dem Dokument.

Es war ein trockenes, gesetzliches Ritual, kurz, gewöhnlich und bis zur Scheidung endgültig. Braut und Bräutigam tauschten keinen Kuß; der betagte Schwarze schüttelte ihnen die Hand und wünschte ihnen Glück. Er hatte ein gutes Lächeln. Calvin lächelte zurück. Endlich eine Freude! Zur Liebe gehört ein Talent, das Calvin, wie er selbst wußte, nicht hatte. Sein Motiv war tödliche Einsamkeit gewesen. Glücklicherweise war es nur das und keine rasende Begierde; Miras einfache Gegenwart genügte ihm. Mehr brauchte er nicht, und sie war bei ihm sicher aufgehoben. Früher einmal, ja, da hatte er den wissenden Körper seiner engherzigen Exfrau begehrt. Seelisch hatte sie nie etwas miteinander verbunden, sie hatten bestenfalls nebeneinander hergelebt, und das hatte ihm seine Vereinsamung nur noch deutlicher gemacht. Denn die sexuelle Begierde war, wie jeder Appetit, rasch gestillt, die Einsamkeit, stärker als jede Begierde, bedeutete Schwäche, Kläglichkeit, Lechzen nach Gesellschaft. Die hatte Calvin jetzt in Gestalt der schwarzen Mrs. Mira Mullet. Jetzt, seit seiner Heirat, war ihm, als sickerte der Abglanz eines warmen Sonnenuntergangs hinter dem schwarzen Geäst eines fernen Hains tief in ihn hinein.

Dritter Teil

20

Marais war tot. Die portugiesische Geheimpolizei hatte ihn auf offener Straße, beim Überqueren der Rua da Boa Vista in Beira, Moçambique, in den Rücken geschossen und festgenommen. Seine Verhaftung stand als dicke Schlagzeile in den *Noticias da Beira*. Er kam sofort in eine Einzelzelle; man munkelte von Folterungen. Die südafrikanische Regierung verlangte seine Auslieferung, um ihn wegen eines Bombenanschlags auf das Hauptpostamt in Johannesburg vor Gericht zu stellen. Diesem Ersuchen wurde jedoch nicht stattgegeben. Es gab nur eine kurze Verhandlung in Lourenço Marques. Marais wurde des Hochverrats schuldig befunden, zum Tode verurteilt und alsbald durch den Strang hingerichtet.

Im Laufe der Zeit wurden Einzelheiten bekannt. Die Behörden behaupteten, Marais habe um Gnade gebettelt und sei als Feigling gestorben, nachdem er alle seine Mitkämpfer verpfiffen hatte. Bei seinen Sachen war ein nicht abgeschickter Brief in seiner Handschrift gefunden worden, in dem er allen Männern, Frauen und Kindern portugiesischer Herkunft den Tod androhte: Nachts würde man ihr Blut in den Gossen rauschen hören, bis es die Abflüsse verstopfte. Diese Phrase vom »hörbaren Blut« wurde in der Presse gebührend aufgebauscht. Dagegen tuschelte man insgeheim, Marais sei mutig in den Tod gegangen; seine letzten Worte seien gewesen: »Ich werde euch zeigen, wie ein Mann stirbt«, und damit habe er den Kopf in die Schlinge gesteckt und sich selbst mit einem gewaltigen Sprung den Hals gebrochen, bevor der Henker ihm auch nur die Augen zubinden, geschweige denn den Mechanismus der Falltür betätigen konnte.

In seinem Namen wurde eine Farm überfallen und abgebrannt und der Besitzer ermordet. Fünf Afrikaner wurden erwischt, nach bereitwilligem Geständnis zum Tode verurteilt und hingerichtet. Ihre letzten Worte waren: Sie wollen so tapfer sterben wie ihr Vorbild Marais. Sie wurden öffentlich in der Stierkampfarena vor der Stadt erschossen.

Marais hörte erst im September von diesen Exekutionen. Er saß gerade, in eine braune Franziskanerkutte gekleidet und am Rosenkranz fingernd, in einem Café in Vila Cabral. Ein hilfsbereiter Pflanzer übersetzte Marais den portugiesischen Zeitungsartikel ins Französische, lud ihn zu einem Glas Portwein ein und bat um seinen Segen. Marais machte das Zeichen des Kreuzes und bewegte fromm die Lippen. Dann zog er die Kapuze über den Kopf und begab sich zum Bahnhof, um mit dem nächsten Zug an den See zu fahren.

Er hegte begründete Zweifel an der Geschichte von den fünf Afrikanern, denn drei Wochen zuvor hatte er den Bericht über seine eigene Hinrichtung in den *Noticias* gelesen und wußte, daß der P. I. D. E. alles frei erfunden hatte. Aber er fand die Macht der Lüge ergreifend – sie überzeugte ihn, daß sein Tod, wenn es dazu kam, nicht wirkungslos bleiben würde.

Nur das mit dem Rückenschuß stimmte. Die verhärtete Stelle neben seiner Wirbelsäule tat noch weh. Mittels zweier Spiegel hatte er sich die Narbe angesehen, ein lilarotes, wulstiges Ding an einer unangenehm tiefen Stelle. Er fühlte es noch darin pochen, wenn er schnell ging oder etwas Schweres hob. Vermutlich würde es auch bei der Liebe stören, aber die Franziskanerkutte zwang ihn ja ohnehin zur Enthaltsamkeit. Er sah die Narbe nie wieder an; ein Blick genügte ihm. Aber andere konnten sie sehen. Den Missionspriester, der Marais' Rücken desinfizierte und verband, hatte sie zum Schweigen bewogen. Das Mitgefühl anderer konnte wichtig und nützlich für Marais werden. Die Narbe war der Beweis, daß man auf ihn geschossen hatte. Und zwar *von hinten*. Er wußte, wie man darüber reden würde.

Dummerweise fuhr er erster Klasse, nicht aus Bequemlichkeit, sondern weil er es für das richtige Tarnmanöver hielt. Aber in Metangula angekommen, sah er drei weißgekleidete Priester aus einem Dritter-Klasse-Abteil steigen. Marais nahm den Dampfer nach Karonga, wo er den langen Fußmarsch zum verabredeten Treffpunkt am Songwe-Fluß antrat. Dort, an der Nordgrenze von Malawi, sollten seine Leute aus Dar-es-Salaam ihn erwarten. Er fragte sich, ob sie die Nachricht von seinem Tod gelesen hätten; der verabredete Termin war schon um eine Woche überschritten.

Nach acht Tagen wurde ihm unerwartet neue Hoffnung zuteil. Er sah brennende Hügel in der Nähe. Feuerschlangen wanden sich an allen Seiten zu den Gipfeln hinauf, und der niedrige Busch ringsum brannte auch schon. Wo die trockenen Stengel dick und knotig waren, knatterte es zuweilen wie Maschinengewehrfeuer. Einige alte Baumstämme kamen nur langsam ins Glimmen, brannten dann aber die ganze Nacht hindurch. Der Buschbrand zog sich hinter Marais' Lager zum Flußufer hin; ringsum verschlangen die Flammen mit unheimlicher Gefräßigkeit das dürre Gras. Es war die »Brandsaison«, von der Marais schon früher gelesen hatte; einmal im Jahr brannte es, *mußte* es brennen, sonst wuchs nichts Neues. Marais sah eigentümlich begeistert zu; sein Gesicht glühte, seine Kleidung wurde immer heißer. Er war allein, der einzige Zuschauer, und der Unterschlupf, den er sich aus Zweigen gebaut hatte, würde bald auch Feuer fangen. Die ganze Nacht blieb er wach wie ein verliebter Poet, der schlaflos die Morgenröte erwartet. Er warf die Kutte mitsamt Kapuze, Strick und Rosenkranz in die Flammen.

Gegen Morgen erlosch das Feuer. Marais erwachte nach kurzer Ruhe zwischen geschwärzten Hügeln und verkohlten Baumstümpfen. Doch quer über den noch schwelenden Torf kamen endlich seine fünfzig Männer in verrußten Uniformen anmarschiert. Sie hielten an, als sie Marais erblickten. Der Weiße, der die Kolonne angeführt hatte, kam strahlend und mit offenen Armen auf ihn zu.

»Wir dachten, sie hätten dich kaltgemacht«, sagte der neue Anführer und bot Marais eine feuchtkalte Hand.

Die Afrikaner starrten Marais an wie einen Zombie – einen altvertrauten Dämon, der deshalb nicht minder bedrohlich ist. Ein Zombie war ein »Untoter«, der Menschenblut trank und jede beliebige Tiergestalt annehmen konnte. Nichts konnte ihn umbringen. Keiner traute sich, Marais anzureden. Sie standen verschüchtert auf dem schwarzen Grund, Flinte und Gepäck noch über der Schulter.

»Mausetot, verstehst du?« fuhr der Anführer fort. »Wir haben in Lourenço Marques ausführlich darüber gelesen. Ehrlich, dich hätte ich hier am wenigsten erwartet, aber nun bin ich verdammt froh, daß du da bist. Es war die reine Hölle. Miserable Verpflegung. Ich habe Läuse und bin die ganze

Strecke von Mbeya aus zu Fuß gegangen. Und in dieser Bananenrepublik kriegt man ja nicht mal ’n richtig kaltes Bier.« Der Weiße schüttelte den Kopf und lächelte dann erleichtert. »Jedenfalls bist *du* nun wieder dran. Deine Leute sind zwar blöd, aber rachedurstig. Sie lechzen nach Blut. Du wirst keine Mühe mit ihnen haben. Ach, nebenbei, ich heiße Harry.«

»Wo ist der Lastwagen?«

»Liegengeblieben«, sagte Mr. Harry. Er deutete achtlos, ohne hinzusehen, auf die schwarzen Hügel in seinem Rükken. »Irgendwo weit dahinten. Die Kerle wollten mich nicht fahren lassen – Jesus, was für Holzköpfe! Immer saß einer von ihnen am Steuer. Ich hab’ sie gewarnt, aber sie fuhren wie die armen Irren. Bei einem besonders harten Bums, wahrscheinlich an einem versteckten Felsen, ging so ziemlich alles aus dem Leim. Frag mich nicht, wie. Die Karre ist wohl ein tschechisches Fabrikat – oder ein bulgarisches? Egal, jedenfalls gibt’s hier keine Ersatzteile. Reden wir nicht mehr davon. Die Fahrt war sowieso ein Problem.«

»Ihr solltet mit dem Lastwagen Munition und Sprengstoff heranschaffen. Und neue Gewehre – was ist aus denen geworden?«

»Ein paar haben wir mitgenommen und ein paar zurückgelassen.« Mr. Harry lächelte. »Ich dachte, du brauchst nicht unbedingt so was Topmodernes. In Dar sagen die Leute: ›Oh, Marais! Der konnte aus jedem alten Wecker und ein paar Streichholzschachteln eine Bombe basteln. Zu schade, daß es ihn erwischt hat.‹ Soweit dein Nachruf. Also, was ist da so kompliziert?«

»Ihr habt Munition im Busch gelassen«, sagte Marais. »Wißt ihr, was passiert, wenn jemand das Zeug findet? Hat keiner *daran* gedacht?«

»Der Motor war kaputt. Alles fluchte und stöhnte. Da hab’ ich gesagt, sie sollen soviel nehmen, wie sie tragen können, und den Rest liegenlassen. Ich wollte mich an den Zeitplan halten.«

»Ihr habt zwei Wochen Verspätung!«

»Das Feuer hat uns aufgehalten. Die Idioten hier lassen alles abbrennen! Und ich war obendrein krank. Ich fühlte mich wie –« Mr. Harry unterbrach sich und blickte sich um. Die Soldaten waren außer Hörweite. Mr. Harry kam mit seinem

Gesicht näher an Marais' Ohr. »Kanzel mich gefälligst nicht so ab«, zischte er mit verzerrtem Mund. »Verstanden? Ich schätze diesen Ton nicht. Er macht mich rasend. Kapiert? Also laß das! Wenn du partout befehlen willst, scher dich zu denen da und schrei sie an. Aber *ich* verbitte mir das! Ich hab mir den Arsch aufgerissen, um so weit zu kommen. Jeder sagte: ›Marais ist tot, Harry, jetzt bist du an der Reihe.‹ Dauernd haben sie mir mit solchen Redensarten zugesetzt und mir gute Ratschläge gegeben. ›Ich bin von der Polit-Abteilung‹, hab' ich gesagt. ›Wir von der Polit-Abteilung rennen uns nicht die Hacken ab, kampieren nicht draußen im Regen, fressen keinen Fraß wie ihr...‹ Aber sie bettelten so lange, bis ich mich breitschlagen ließ. Also verpiß dich und laß mich in Ruhe.«

Marais starrte Mr. Harry an, dessen bis zum Nabel aufgeknöpftes Hemd einen schwammigen Hängebauch zeigte, wie ihn starke Trinker zu haben pflegen. Jetzt machte er einen hungrigen Eindruck, schlechtgelaunt und ganz und gar nicht in seinem Element. Seine Schnürsenkel waren mehrfach geknotet, sein Stiernacken rot verbrannt, seine schlaffen Lippen bedrohlich verzogen. Das Haar hing ihm in fettigen Strähnen vom Mittelscheitel herunter in das verschwitzte Gesicht. Er war offensichtlich nicht bei bester Gesundheit, aber das stimmte Marais nicht milder gegen ihn.

»Du hast den Lieferwagen verloren«, sagte er kalt.

»Von ›verloren‹ ist keine Rede«, sagte Mr. Harry. »Wir haben ihn in einer verlassenen Hütte untergestellt; da ist er einstweilen gut aufgehoben. Frag doch die andern, diese strategischen Genies – sie werden dir dasselbe sagen.«

»Okay«, sagte Marais. »Nun hör mal gut zu. Du redest mit mir wie mit einem alten Kumpel, aber ich kenne dich nicht. Nie von dir gehört. Möchte mal wissen, wo sie dich aufgetrieben haben. Und laß mich eines klarstellen: Dies ist eine Kampftruppe. Solange du dabei bist, nimmst du Befehle entgegen wie alle anderen. Wenn dir das nicht paßt, kannst du abhauen.«

Mr. Harry nickte lächelnd und betrachtete eingehend Marais' Gesicht. Dann fragte er: »Wie alt bist du, mein Sohn?«

»Tut das was zur Sache?«

»Du schämst dich doch wohl nicht?«

»Nein«, sagte Marais. »Ich bin siebenundzwanzig.«

Mr. Harry lachte ihm lauthals ins Gesicht. Es klang gebrochen; er mußte tief Luft holen. Dann wiederholte er: »Siebenundzwanzig! Gott im Himmel, weißt du, wie alt *ich* bin? Na los, du Klugscheißer, rate mal.«

Marais schüttelte den Kopf, Mr. Harrys weiß durchzogener Schnäuzer, das offene, schmutzige Hemd, die hängenden Falten am Hals und die trüben grauen Augen sprachen für sich. »Ich rate es nicht«, sagte Marais, ließ Mr. Harry stehen und ging an ihm vorbei auf die Soldaten zu, die ängstlich zurückwichen. Er wollte ihnen befehlen, in vorschriftsmäßiger Linie anzutreten, aber kaum öffnete er den Mund, so rannten zwei der Männer Hals über Kopf davon.

»Sie halten dich für 'n Gespenst!« schrie Mr. Harry laut lachend. Marais jagte den beiden Flüchtlingen nach und suchte sie zu beschwichtigen. Es schien ihm zu gelingen, denn als Mr. Harry das nächste Mal aufblickte (er hatte sich seiner Stiefel entledigt), standen sämtliche Männer in fünf Zehnerreihen stramm auf der schwarzen, schwelenden Wiese. Weit und breit war kein Schimmer von Grün mehr zu sehen, und selbst die Sonne war von Rauch und Dunst verhüllt.

Nach dem Abendessen berichtete Marais seinen Männern detailliert über seine dreimonatige Reise von Leopoldville nach Luanda, nach Johannesburg und Beira. Angola, Moçambique und Südafrika mußten zur Raison gebracht werden, und dafür gab es bessere Methoden als die von Mondlane. Osbong steckte mit diesen rassistischen Regierungen unter einer Decke, er hatte Mondlanes Leute gefangengenommen und eingelocht, um den Portugiesen und Südafrikanern seinen guten Willen zu zeigen; von den Portugiesen erhielt er dafür die Erlaubnis, den Hafen von Beira zu nutzen, und die Südafrikaner versprachen großzügige Finanzhilfe. Malawi war jetzt ein Brennpunkt, an dem sich die Wege kreuzten, die in all die von Weißen kontrollierten Länder führten. Sobald das Land in befreundeter Hand wäre, würden die andern keine wesentlichen Schwierigkeiten mehr machen. Malawi hatte Zugang zu Tanganjika, es hatte eine Eisenbahn, den großen Flughafen von Blantyre, Flugzeuge. Und Malawi war leicht zu besetzen: Die Landschaft war gebirgig und dicht bewaldet, ein ideales Terrain zum Verstekken. Im Prinzip waren nur drei Orte zu erobern: die Grenzstation im Norden, Lilongwe und Blantyre.

Die Männer hörten schweigend zu. Alle saßen kerzengerade und starrten Marais an, als sähen sie einen Geist. Keiner erwiderte ein Wort.

»Ich sehe, ihr kapiert noch nicht ganz, wie ich den Portugiesen entkommen bin. Okay, ich erzähl's euch ganz genau.« Und Marais schilderte die Schießerei in Beira, wie er sich verwundet in ein leeres Gebäude gerettet und vor der Polizei verborgen hatte, wie er wochenlang bei einem Slum-Priester gelebt und sich schließlich selbst als Priester verkleidet hatte. »Daß sie mich gefangen und hingerichtet hätten, war eine glatte Lüge. Sie wollten Mondlane und alle Gesinnungsgenossen demoralisieren.«

Er war nicht sicher, ob den Leuten diese Erklärung genügt; vielleicht verstanden sie nicht genug Englisch. Später brachte ihm Mr. Harry eine zugenagelte Kiste, und Marais zog sein Hemd aus, bevor er sie aufstemmte. Plötzlich merkte er, daß die Afrikaner gebannt auf seine Narbe starrten, die im Licht des Lagerfeuers wie ein seltsamer kleiner Mondkrater aussehen mochte, und daß sie scheu miteinander flüsterten.

Marais räumte den Inhalt der Kiste aus: eine Pistole, Kaliber fünfundvierzig, ölige Ladestreifen, eine Erste-Hilfe-Ausrüstung, einen Stapel sauber gefalteter Hemden, acht Zigarrenkisten, eine Rolle Elektrokabel.

»Hier fehlt eine Whiskyflasche«, sagte Marais scharf. »Ich habe sie selbst hineingelegt. Wo ist sie?«

Die Männer starrten zu Boden. Sie hatten die Narbe am Rücken gesehen, und nun, ganz aus der Nähe, als Marais nach seinem Whisky fragte, sahen sie auch ein Schürfmal um seinen Hals – da mußte der Henkerstrick gewesen sein und ihn erwürgt haben. Kein Zweifel, er war tot. Ihr Führer war ein *mfiti*, ein Dämon.

»Wo ist die Flasche geblieben?«

Mr. Harry nahm das Wort. »Wir wußten ja nicht, daß wir dich hier treffen würden, nicht wahr? Schließlich galtest du als tot, oder? Da haben wir den Whisky eben ausgetrunken. Das heißt, *ich* habe ihn getrunken. Wollte keine Besoffenen um mich haben. Sie waren schon in nüchternem Zustand schlimm genug.«

»Du hast die Kiste aufgemacht«, sagte Marais. »Dabei habe ich strikte Anweisung gegeben, daß mir die Kiste von Dar-es-Salaam *ungeöffnet* zugestellt werden sollte.«

»Du siehst gar nicht so nach Säufer aus«, sagte Mr. Harry. »Wozu brauchst du jetzt Whisky?«

»Es geht mir nicht um den Whisky. Ich wollte, daß die Kiste zubleibt.«

»Alle hielten dich für tot«, wiederholte Mr. Harry und wandte sich an die Afrikaner. »Konnten wir ahnen, daß er noch lebt? Na los, sagt doch etwas.«

Die Männer glotzten wortlos. Für sie war er immer noch tot.

»Was habt ihr sonst noch genommen?« fragte Marais.

»Nichts. Der Whisky war das einzige. Überzeuge dich doch selber.«

Marais tastete den Boden der Kiste ab und zog einen Plastikbeutel mit Notizbüchern heraus. Es waren drei schmale, provisorisch versiegelte Bändchen.

»Ach, *das* macht dir Kummer!« lachte Mr. Harry.

»Hast du etwa darin herumgeschnüffelt?« fragte Marais. Seine Stimme wurde schneidend.

»Was sollte ich damit? Ich bin kein Bücherwurm.« Mr. Harry wischte sich den Mund ab. »Ich wollte, ich bekäme endlich was zu trinken. Morgen mache ich mich wieder auf den Weg nach Blantyre.«

Marais zog die Klebestreifen von den Notizbüchern ab und verlangte eine Laterne. Die Männer hockten sich widerstrebend in einem Halbkreis um ihn, nahe dem verglimmenden Lagerfeuer und den Resten ihrer Mahlzeit. Marais schlug die erste Seite auf und las langsam und in sachlichem Ton vor: »Eine Revolution ist keine Abendgesellschaft. Sie besteht nicht daraus, daß man eine Abhandlung schreibt oder Bilder malt oder Kunstgewerbe herstellt. Sie ist nicht so verfeinert, musisch und sanft, zurückhaltend, gütig, rücksichtsvoll und großherzig.« Er unterbrach sich, um zu erläutern: »Großherzig – das heißt seelenvoll.« Die Männer betrachteten ihn ratlos. Das Weiße in ihren Augen blinkte, und sie flochten nervös die Finger ineinander. Marais ließ nun seinen belehrenden

Ton fallen und fuhr begeistert fort: »Revolution ist der Aufstand der Massen! Sie ist ein Akt der Empörung und Gewalt gegen die Klassenunterdrückung!« Marais klappte sein Buch zu und legte es auf den Boden.

Mr. Harry erhaschte einen Blick auf das in sauberer Druckschrift geschriebene Etikett: *Prinzipien der Revolution.* Er gab Marais, der von einem zum andern blickte, einen leichten Stoß in die Rippen und grinste. »Solches Zeugs habe ich auch geschrieben, als ich in deinem Alter war«, flüsterte er.

»Habt ihr verstanden?« Marais sah unbeirrt weiter die Afrikaner an, deren Gesichter von unten beleuchtet waren.

»Das solltest du doch mittlerweile wissen«, sagte Mr. Harry. »Sie verstehen fast kein Wort Englisch. Ich habe immer einen Dolmetscher gebraucht.«

Marais stand auf und pochte ungeduldig mit der rechten Faust in die linke Handfläche: »Ich frage euch: Versteht ihr mich? Revolution ist ein Akt der Gewalt! Das heißt auch Töten!«

Die Männer erschraken sichtlich über seinen veränderten Ton. Sie sahen einander an. Einer begann zögernd, in die hohlen Hände zu klatschen. Ein anderer tat es ihm nach, dann noch einer und so fort – bis alle im gleichen Rhythmus klatschten. Es war keine jubelnde Zustimmung, sondern der Achtungsapplaus, den sie Häuptlingen und Ältesten schuldeten. Dennoch wurde die Beifallsbekundung immer lauter, und einige Leute brachen in eine Art Gejodel aus. Mr. Harry entfernte sich unauffällig aus der Runde in den nächtlichen Schatten, wo er das Stilett, das er am Gürtel trug, kurz aus der Scheide zog, um seine Schärfe zu prüfen.

So war ihr Kennenlernen im September des vergangenen Jahres verlaufen. Marais sah Mr. Harry erst an dem düsteren Februarabend wieder, an dem der Mörder und der Frauenschänder auf Marais' Befehl gefoltert wurden. Mr. Harry hatte in der Zwischenzeit Speck angesetzt. Seine schlaffe Haut war straffer geworden; er trug ein geblümtes Hemd, und in seiner Hosentasche steckte deutlich erkennbar ein Revolver. Er saß schon eine Weile unbemerkt im Hintergrund und beobachtete Bruder Mussas verzweifelten Kampf gegen den Steinhagel, hörte, wie Marais endlich Einhalt gebot, ohne daß die wild gewordenen Männer sich darum kümmerten, so daß Marais schließlich genötigt war, Mussa mit dem eigenen Leib abzuschirmen und die Folter abzubrechen. Bruder Mussa wurde aus der Grube gezogen.

Er lebte noch. Marais beaufsichtigte, wie er verbunden wurde, und befahl, die Grube wieder zuzuschütten. Mr. Harry wartete draußen, bis Marais allein zu seinem Zelt ging. Er folgte ihm und zauberte plötzlich eine Flasche Whisky hinter seinem Rücken hervor.

»Mit Dank zurück!«

»Komm rein«, sagte Marais, betrat das Zelt und hängte eine Laterne an die Mittelstange. An den Seitenwänden waren Dutzende von Kisten mit Getränken jeder Art gestapelt. »Wir haben genug von dem Zeug. Die Leute haben jede Bar von hier bis zur Grenze ausgeplündert.«

Mr. Harry besah sich die Kisten, stieß einen erstaunten Pfiff aus und schluckte unwillkürlich. »Sieht gut aus. Du könntest eine regelrechte Sauforgie veranstalten, wenn du wolltest. Aber du scheinst nicht besonders glücklich damit zu sein.«

»Alles gestohlen«, sagte Marais düster und blickte auf das feuchte Mündstück seiner Zigarre. »Ich wünschte, das wäre alles, was sie verbrochen haben.« Er sah seufzend wieder zu Harry. »Du bist gerade zu einem Strafgericht gekommen. Ich habe sonst immer versucht, solche Maßnahmen zu vermeiden, aber sie brauchen mal eine Lehre.«

»Ziemlich drakonische Lehren«, bemerkte Mr. Harry. »Ich habe immer nur kurz mit dem Messer gedroht, wenn einer aus der Reihe tanzen wollte.«

»Ich mußte ihnen zeigen, daß ich keine leeren Worte mache.«

»Wem erzählst du das?« sagte Mr. Harry.

Marais warf seine Zigarre auf den Boden und schüttelte eine neue aus dem Aluminiumröhrchen. Während er sie anzündete, sagte er noch: »Strafe muß sein.«

»Möglich«, sagte Mr. Harry. Er hatte irgendwo ein Glas gefunden, ließ sich damit auf einem Klappstuhl nieder und wischte es außen und innen mit seinem Hemdzipfel sauber. Dann goß er von dem mitgebrachten Whisky ein, nippte genüßlich daran und sagte mit einem halben Lächeln: »Sie werden dich dafür umbringen.«

»Sie können froh sein, wenn sie noch laufen können.«

»Ich meine nicht die Burschen, die du gefoltert –«

»Bestraft«, unterbrach Marais.

»– bestraft hast«, lächelte Mr. Harry, nahm wieder einen Schluck und leckte sich die Lippen. »Ich meine die andern. Jetzt stehst du allein gegen alle. Sie hassen dich bis aufs Blut dafür. Eines Tages, wenn du an nichts Böses denkst, werden sie alle zusammen über dich herfallen und losdreschen – so, wumm.« Er trank. »Ich hab' das mehr als einmal miterlebt. Urwaldbräuche. Urwaldkameradschaft.«

»Wie bist du heute hierhergekommen?« fragte Marais.

»Hab' mir inzwischen einen hübschen Privatwagen besorgt. Auf der Straße war allerhand los, Barrikaden und ähnliche Kindereien; ich habe sie alle auf meiner Straßenkarte eingezeichnet. Natürlich wollten sie sich groß aufspielen, aber sie haben nicht mit Old Henry gerechnet. So ein alter Hase wie ich ist denen schon lange gewachsen. Ich hatte den Kofferraum voller Lebensmittel, Bierdosen, Keksen und anderem Zeug. ›Ich bin euer Nachschublieferant, Jungs‹, sagte ich, ›soll die Ladung hier bei euch abliefern – in Anerkennung eurer Dienste.‹ Natürlich haben sie das glatt geschluckt. Sie glauben ja alles. Sie haben nicht mal ein Losungswort. Rührend.«

»Du haßt sie, nicht wahr?«

»Ich? Ich hasse niemanden. Ich habe Frau und Kind«, sagte Mr. Harry gefühlvoll, als spräche er von einer körperlichen Behinderung, etwa einem Holzbein. »Ich bin bloß nicht so vertrauensselig wie du. Na, als ich vorhin sah, wie der arme Teufel die Steine an die Rübe kriegte, sagte ich mir allerdings: Sieh mal an, sogar Marais traut ihnen nicht mehr so ganz.« Harry grinste: »Du hältst mich für ein altes Schlitzohr, aber laß dir trotzdem gesagt sein: Das schlimmste an dir ist, daß du dich zu lange auf sie verlassen hast. Und wenn sie dich enttäuschen, wirst du wild. Ich dagegen *erwarte* gar nichts anderes, als daß sie mich im Stich lassen. Dabei halte ich die Loyalen und die Übereifrigen, die dauernd aufs Wort gehorchen, immer besonders im Auge. Das muß doch einen Haken haben, denke ich mir, sonst wären sie nicht so nett. Na, ist ja auch egal.«

»Es ist *nicht* egal«, widersprach Marais. »Sie merken es, wenn man ihnen nicht traut. Sie haben ein Gespür dafür.«

»Scheißgespür«, sagte Mr. Harry und goß sich einen zweiten Whisky ein. »Solange sie auf ihre Kosten kommen, ist es ihnen ganz einerlei, was wir von ihnen denken. Sie spüren nur, wenn sie in den Arsch getreten werden, wie du es gerade gemacht hast. Wenn du das Strafe nennst – bitte schön. Wir hatten früher andere Bezeichnungen dafür. Aber es gefällt ihnen so und so nicht. Also sag später nicht, ich hätte dich nicht gewarnt, okay?«

»Wir können nicht dulden, daß sie die Bevölkerung terrorisieren«, sagte Marais.

»Alles schon dagewesen. Es ist ein natürlicher Trieb. Wer schert sich schon groß darum?«

»Ich! Übrigens werde ich hier nicht lange bleiben. Sobald wir Blantyre besetzt haben, gehe ich nach Dar-es-Salaam zurück. Für Malawi habe ich mir eine Frist von einem Jahr gesetzt, und dabei bleibe ich. Danach gehört die Schau ihnen.«

»Der große Vorkämpfer«, sagte Mr. Harry und strich sein Haar zurück, so daß der breite weiße Scheitel sichtbar wurde. »Und was soll ich weiter machen?«

»Dasselbe wie bisher. In Blantyre sitzen und Ruhe bewahren. Wir besetzen Lilongwe in sechs Wochen und versuchen, genug Leute zu rekrutieren, die die Stellung halten. Dann rücken wir in Blantyre ein.«

»Klingt einfach großartig. Aber ich glaube, ihr seid ein bißchen mit der Zeit in Verzug geraten.«

»Die holen wir wieder auf. Wie steht's mit euch?«

»Alles in Butter. Ihr könnt morgen in Blantyre losschlagen, wenn ihr wollt. Ich kenne meinen Job. Alles ist vorbereitet.«

»Vergiß nicht, daß wir es blitzschnell tun müssen. Ich halte nichts von schlappen Revolten. Sie bringen nichts, als daß man sich neue Feinde macht. Entweder blitzschnell oder gar nicht. Deshalb –«

»In Angola wird noch gekämpft«, sagte Mr. Harry und strich sich über den Schnurrbart.

»Ich habe in Leopoldville mit Holden gesprochen. Ich habe ihm vorgeworfen, daß er seine Zeit verplempert.«

»Ich habe auch ein paar Freunde dort«, sagte Mr. Harry.

»Sie haben ein paar tolle Streiks in den Minen organisiert. Die wissen, was sie tun.«

Marais stieß verächtlich die Luft durch die Nase. »Von Organisation haben sie keinen blassen Dunst.«

»Sagst *du*.«

Marais stützte die Arme auf den Tisch und beugte sich zu Mr. Harry vor. »Keinen blassen Dunst«, wiederholte er und trommelte mit dem Zeigefingerknöchel auf die Landkarte, die mit Zigarrenasche, Tintenkreuzen und Klecksen bedeckt war. »Du weißt ja alles besser«, sagte Mr. Harry. »Siebenundzwanzig Jahre alt und schon allwissend. So ein bißchen Guerilla-Spielen macht Spaß, was? Mit Glory-Glory-Halleluja einmarschieren und ein paar Simpel an den Straßensperren verdreschen, wie? Da kann ich nur lachen. Eine winzige Bananenrepublik wie diese, mit einem kleinen Bananendirektor, der von Tuten und Blasen keine Ahnung hat!!! Solche Bagatellen sind schon schneller erledigt worden! Eine Woche genügt, eine lausige Woche!«

»Wir packen es eben gründlich an«, sagte Marais.

»Komm mir nicht damit. Dir geht es doch hauptsächlich ums Vergnügen, genau wie mir. Mit dem Unterschied, daß du ein großes Trara darum machst und ich nicht.«

»Wir sitzen beide im selben Boot«, sagte Marais.

»Denkst du. Aber es gibt noch einen Unterschied zwischen dir und mir, Kumpel. Vor allem mache ich es für Geld und du nicht. Ich arbeite nur, solange ich bezahlt werde. Aber du – du willst eine große wissenschaftliche Studie daraus machen. Ich kenne euren ganze Mao-Mist sehr genau. Klar, so schwafeln sie auch in Dar, verteilen Mao-Bibeln, veranstalten Meetings im Namen des Großen Vorsitzenden und was nicht alles. Man könnte die Wände hochgehen. Ich hab' ihnen gesagt: Bezahlt mir den Flug nach Blantyre, und Osbong wird umgelegt. Dann sehen wir weiter. Aber: Nein, sagten sie, wir richten uns ganz nach Marais. Als ob du ein Orakel wärst. Sie haben sich fast in die Hosen gemacht, als sie von deiner Bombe in Johannesburg lasen. Ich sagte: Auf dem Postamt sind bloß alle Briefe durcheinandergekommen, und eine unbeteiligte alte Dame ist draufgegangen... Aber keiner hörte mir zu. Ich bin daraufhin den ganzen langen Weg hierhergekommen, und was sehe ich als erstes? Einen armen Kerl, den du von den eigenen Leuten steinigen läßt. Mensch, du kotzt mich an.«

»Ich kenne mein Ziel«, sagte Marais.

»Und wie! Aber ich sage dir noch was. Für diese Buschmänner bist du nichts weiter als irgendein Scheiß*mzungu*, der furchtbar angibt und Unfrieden stiftet.«

»Ich glaube, du hast jetzt genug getrunken«, sagte Marais, nahm die Whiskyflasche vom Tisch und stellte sie neben seinen Stuhl. »Nun gib mir einen klaren Bericht: Wo sind die Straßensperren auf dem Weg nach Lilongwe? Was für Gewehre haben sie? Tarnen sie sich, und wenn ja, wie?«

Mr. Harry sah Marais böse an. »Du willst so 'ne Art Buch darüber schreiben, nicht wahr?« fragte er verächtlich.

»Das geht dich nichts an.«

»Erstes Kapitel«, spöttelte Mr. Harry und hielt sein Glas hoch. »Wie wir die Schwachköpfe an den Sperren zusammenstauchten und die Flagge hißten...«

»Würde ich nie so schreiben«, sagte Marais.

»O doch«, sagte Mr. Harry. »Ich lese dauernd solche Bücher. Ihr könnt ja gar nicht anders: hundertmal wiedergekäutes Gewäsch vom Großen Vorsitzenden Mao, mit läutenden Glocken und wehenden Fahnen. Und niemand macht sich dabei die Finger schmutzig –«

Marais griff plötzlich über den Tisch und drückte Mr. Harrys Kehlkopf zusammen, daß ihm der Hohn verging und die Augen aus dem Kopf quollen.

»Revolution ist Gewalt«, sagte Marais. »Ich weide mich nicht daran. Sie ist bösartig, aber schnell, und wer sie erlebt hat, vergißt sie nicht so leicht. Du wirst sie auch nicht vergessen, Harry, das verspreche ich dir.«

Mr. Harry stieß Marais' Hand von seinem Hals, schluckte ein paarmal unter sichtlichen Schmerzen und rieb sich den Kehlkopf. »Wenn du denen *so* kommst«, sagte er, »werden sie dich umbringen, mein Söhnchen.«

»Nein, wenn alles vorbei ist, werden sie uns danken. Sie werden erkennen, daß wir nur eine Hure vergewaltigt haben. Das ist Revolution.«

Mr. Harry wollte etwas entgegnen, wurde aber von einem Stimmengewirr draußen vor dem Zelt unterbrochen und horchte mit schräggelegtem Kopf. Marais stand auf und riß die Türplane beiseite. Drei Afrikaner standen vor ihm.

»Was wollt ihr?«

»*Achimwene* Mussa«, sagte einer. »*Wafa.*«

Marais drehte sich um und setzte sich wieder an den Tisch. Die drei blieben am Eingang stehen und warteten auf eine Antwort. »Was ist los?« fragte Mr. Harry.

»Der Gesteinigte«, sagte Marais leise. »Er ist gestorben.«

Mr. Harry schloß die Augen, atmete ein paarmal heftig aus und ein, schürzte die Lippen und brachte schließlich ein langes, lautes Rülpsen hervor, als sei dies das Resultat seiner Überlegungen. Dann sagte er: »*Der* Hundesohn wird sich jedenfalls nicht mehr bei dir bedanken.«

21

Es gab zwei Hochzeitsgeschenke: Bailey überließ dem jungen Paar auf zwei Monate ihr bestes Doppelzimmer, mietfrei; Major Beaglehole trennte sich von seiner schönen Matchless und gab noch einen vollen Tank dazu. Und kein Mensch im ganzen Haus fand etwas dabei, daß Calvin am Morgen nach der Trauung gründlich ausschlief und nicht ins Büro ging. In der Bar wurde gewitzelt; die Trauzeugen und edlen Spender verliehen ihrem freundlichen Besitzerinstinkt und ihrem Interesse an dem jungen Paar unbefangen Ausdruck. »Flitterwöchner«, sagte Bailey gerührt; und »Dem ist jede Minute kostbar«, sagte Major Beaglehole. »er muß ja bald zurück ins Büro.« Nach einer Woche wurde nicht mehr gescherzt, aber geredet. Calvin saß Tag für Tag schon bald nach Mittag auf der Veranda, die langen Beine ans Geländer gestemmt und die Bierflasche zwischen den Knien. Ins Büro ging er überhaupt nicht mehr. Major Beaglehole machte sich Gedanken, ob da nicht etwas, wie er sich ausdrückte, »*sehr* schiefging«.

»Nichts geht schief«, beruhigte Calvin den Major, »ich verkaufe einfach keine Versicherungen mehr, das ist alles.« Was er Beaglehole verschwieg, war, daß das Interesse an seinem Beruf mit Ogilvie (seinem letzten Versicherungsfall) gestorben war. Das Geld war zwar dank pünktlicher Prämienzahlungen in voller Höhe der Nutznießerin zugekommen, aber Ogilvie war tot, Calvin gedachte keinen Afrikaner mehr mit trügerischen Hoffnungen einzulullen.

Seine Anteilnahme an den Afrikanern blieb dabei unvermindert, nur nahm sie andere Formen an. Statt sie auf die Zukunft hinzuweisen, hielt er sich an das Chinyanja-Sprichwort »Was erst kommen soll, rührte keine Trommel« und schwärmte ihnen vor, wie glücklich sie in ihrem einfachen Land sein könnten, wo wilde Weihnachtssterne wuchsen und niemand verhungerte. Er pries das Grün und den Busch und zeigte von der Veranda, wo er saß und trank, auf die vielen Leute, die sorglos im Schatten der Bäume lagen und faulenzten. Er warnte vor unnötigen Komplikationen, er lächelte über ihre Ängste.

Der konkrete Anlaß für ihre Angst war kaum älter als einen Monat und immer noch akut. Aus irgendeinem Grund wurden die Afrikaner in Blantyre von schlimmen Ahnungen geplagt. Viele gingen Calvin auf chaotische Weise um Hilfe an. Die *Homemakers'-Mutual*-Werbebroschüren, vor Monaten verschickt und fast vergessen, zeitigten plötzlich erstaunliche Wirkungen. Die Leute rissen sich förmlich um Versicherungspolicen.

»Brauche Po-Polizze«, stotterte so ein später Kunde händeringend und blickte wild auf der Veranda umher, wo Calvin mit Mira und der unvermeidlichen Bierflasche saß.

»Warum so eilig?« war gewöhnlich Calvins erste Frage.

»Brauchen Geld«, erklärte der Afrikaner und holte Luft, um die schwierigste Vokabel herauszubringen: »Tran-si-stor kaufen!«

»Klarer Fall«, war Calvins neue Formel. »Steck dein Geld unter die Matratze, statt vier Osbongs pro Woche für die Versicherung auszugeben. Dann hast du in ein paar Monaten genug beisammen, um ein sehr schönes Radio zu kaufen. Wie wär's nun mit einem Bier?«

Der März ging zu Ende, die Regenfälle wurden seltener, und es blies ein frischer Wind. Seine Ehe mit Mira schien Calvin die Vollendung allen irdischen Glücks. Nur einmal noch willigte er nach seiner Heirat ein, jemanden zu versichern: eine sehr alte afrikanische Dame. Sie war mit einer großen Papiertüte voller Scheine und Münzen zu ihm gekommen, weil sie das Geld nicht auf die Bank bringen konnte. Barclay's Bank war kürzlich verstaatlicht worden, und Osbongs Leute hatten alle Schließfächer geleert.

»Gehen Sie nach Hause«, riet Calvin, »graben Sie in ihrer Hütte ein Loch in den Boden, und legen Sie das Geld hinein. Da ist es am sichersten.«

Die alte Dame befolgte seinen Rat. Aber als sie nach vierzehn Tagen die Tüte wieder ausgrub, um das Geld noch einmal nachzuzählen, entdeckte sie, daß die Termiten alle Scheine zu Konfetti zernagt hatten. Hierauf war Calvin bereit, sie zu versichern und die Schnipsel in Zahlung zu nehmen. Aber dann redete er ihr die Police wieder aus, denn er hörte zufällig von einem unfehlbaren Hausmittel gegen Termiten. Er gab der Alten neue Scheine und sagte, sie solle diese vor dem Vergraben mit Ziegenpisse besprengen. Das würde die Termiten und sonstigen Insekten von ihrem Geld fernhalten.

Die Art Versicherung, die Afrikanern wirklich genützt hätte, gab es auch bei Homemakers' Mutual nicht zu kaufen. Ogilvie war tot, der Verteidigungsminister war tot, Gerüchte ließen noch Schlimmeres vermuten. Zusätzliches Geld half da niemandem, im Gegenteil, es setzte ihn der Gefahr des Bestohlenwerdens aus. Jeder Betrieb, der nur ein bißchen florierte, wurde verstaatlicht und beraubt, und wer Widerstand leistete, mußte stündlich damit rechnen, von den Jugendbrigaden eins über den Schädel zu bekommen. Für Versicherungen gab es keine Zukunft, die Afrikaner brauchten sie so nötig wie ein Loch im Kopf. Das Land war bankrott, und seine Bevölkerung schrumpfte wie ein billiges Hemd.

Calvin fühlte sich nicht mehr als Fremder. Er hatte sich an die abrupten Wetterumschwünge gewöhnt, an Hitze und Kälte, an Platzregen und dichten Morgennebel, an die Staubwolken hinter jedem Fahrzeug, an die fast erschreckend pünktlichen, wunderbaren Sonnenuntergänge, an die Bäume, von denen zu jeder Jahreszeit welche in Blüte standen. Alles war ihm lieb, vertraut und alltäglich geworden. Diese Schönheit war zuverlässig und von Dauer.

Seit er das Land verstand, hatte er jede Spur von Hochnäsigkeit abgelegt. Er dachte nicht mehr daran, Malawi mit Massachusetts zu vergleichen (übrigens wäre Malawi bei solchen Vergleichen gut weggekommen; hier gab es keine Mafia, keine alles verschandelnde Industrie, und die Brahmanen von Blantyre waren echt und nicht die Nachfahren von Alkoholschmugglern wie die in Boston). Calvin hörte auf, die Afrikaner zu beurteilen. Er kümmerte sich um sie, aber das hatte nichts mit irgendwelchen außergewöhnlichen Gefühlen zu tun. Wenn andere Weiße sie in seiner Gegenwart hänselten, verteidigte er sie. Die Mädchen in Baileys Speisehaus waren schwarz – die Kunden nie. Doch wurde Calvin nur selten herausgefordert; in Bordellen herrschte zum Glück Gleichberechtigung. Dafür war er dankbar. Er hatte begriffen, daß die sogenannten Weltverbesserer in der Pose »Retter der Unterdrückten« ein ziemlich unsympathischer Haufen waren, die nur das Maul weiter aufrissen als die wirklich Betroffenen. Calvin hatte sich früher von ihren scheinbar aufrichtigen Anklagen beeindrucken lassen; er hatte selbst so gedacht. Nun blieb er ungerührt; mit ihren kreischenden Platitüden biederten sie sich bei den Unterdrückten an, würdelos und unerträglich wie ein Bettler, der mehr Münzen im Hut hat als man selbst in der Tasche. Sie blieben immer fremd; sie waren überaus lästig. Calvin empfand es als Erleichterung, seinen Drang zum Predigen und Lebensretten los zu sein. Hatte es je etwas gebracht?

Der Anblick Miras hatte Major Beaglehole offenbar so umgekrempelt, daß er nie mehr boshaft über die Schwarzen sprach, und auch Bailey hütete ihre scharfe Zunge. Die beiden Alten baten Mira oft an ihren Tisch in der Bar, und Calvin hörte dann von seinem Verandaplatz, wie der Major mit erhobener Stimme dem Höhepunkt einer seiner Geschichten zusteuerte: »...oft genug Ihr Konterfei auf dem Kamin gesehen«, »...mußten ihn mit der Müllschippe vom Boden kratzen«, »...fließend Urdu. Leider alles vergessen...«

Seit einiger Zeit war stets ein Vierter mit am Tisch, ein gewisser Jack Mavity, der ebenfalls mit einer Afrikanerin verheiratet war und seine wollmähnigen gelben Kinder überallhin mitschleppte. Das älteste war erst sechs, die anderen noch viel jünger. Sie pinkelten auf den Fußboden der Bar und bekamen abwechselnd dafür einen Klaps.

Mavity brachte immer Neuigkeiten mit. Er war es, der berichten konnte, daß er Mr. Harry in der Stadt gesehen hatte. Er berichtete auf eine Art, die Major Beaglehole einiges Unbehagen bereitete. Eines Tages langte Mavity nämlich über den Tisch und unterbrach den alten Herrn einfach mitten in einer Erzählung, indem er dessen Hörhilfe auf höchste Lautstärke drehte und ihn mit dem Donner seiner eigenen Stimme mundtot machte. »Wir haben ein neues Gesicht in der Stadt!« brüllte er dann direkt in die Schalldose.

»Herrje, Jack, lassen Sie das!« Der Major wand sich unter dem Gedröhn. Er stellte das Gerät leiser und fragte: »Was für ein Neuer? Wer ist es denn?«

»Er wohnt im Sambesi«, sagte Mavity. »Sieht ziemlich versoffen aus.«

»Dann wird er wohl bald mal hier aufkreuzen«, sagte Major Beaglehole.

»Soll uns willkommen sein«, sagte Bailey.

Mavity sah zur Tür, als hoffe er, der Mann würde aufs Stichwort erscheinen. Aber ihm bot sich nur der gewohnte Anblick: Calvin in dem Sessel, der eigentlich für den Major reserviert war, die Beine auf dem Verandageländer und eine Flasche Bier im Schoß. Mavity stellte sich manchmal neben Calvin, starrte auf die Straße und seufzte so lange, bis Calvin fragte, was nun schon wieder los sei.

»O Gott«, stöhnte Mavity dann, »ich könnte Ihnen Sachen erzählen!«

»Über die Afrikaner natürlich.« Calvin konnte Mavity nicht leiden, aber er konnte sich nicht weigern zuzuhören. Sie hatten beide schwarze Frauen: Mavity schien das für eine Art Blutsverwandtschaft zu halten. Aber gerade weil er mit einer Afrikanerin verheiratet war, fühlte er sich ermächtigt, dauernd zu nörgeln.

»Besonders über die afrikanischen Weiber«, sagte er. »Sie bandagieren ihre Beine und kleben auch noch Heftpflaster drauf. Machen sie alle. Aber das verrückte daran ist, ihren Beinen fehlt nicht das geringste! Sie halten bandagierte Beine für schick. Letzter Modeschrei. Ist so was noch zu fassen?«

Bei anderen Gelegenheiten hatte Mavity im *Rhodesian Herald* oder im *Bulawayo Chronicle* etwas über die Amerikaner gelesen. Er sagte nie, was; er schmiß nur die Zeitung auf den Boden, ging auf die Veranda hinaus und sagte vorwurfsvoll zu Calvin: »Jetzt gebt ihr denen sogar Raketen!« oder »So, ihr findet, zehn Millionen Dollar sind noch nicht genug für die sen Hanswurst von einem Diktator?« oder »Ihr und eure Computer!« Einmal sagte Mavity, als er zufällig auf der Veranda Zeitung las, über den Rand hinweg: »Hier steht, ihr fliegt nächstens auf den Mond.«

Bei alledem behielt Mavity immer die Tür im Auge, um den Mann, den er im Sambesi gesehen hatte, nicht zu verpassen. Und eines Tages sagte er: »Da ist er.«

Mr. Harry torkelte, von zwei Afrikanern untergehakt, prustend und mit gesträubtem Schnurrbart zur Schwingtür herein und schnurstracks auf die Theke zu. Mavity beobachtete den Auftritt wie gebannt. Auch der fette Aufwärter riß die Augen auf und goß ungefragt einen doppelten Whisky ein.

»Ich glaube, den kenn' ich«, sagte Calvin, der seinen Verandaplatz verlassen hatte, um den Neuankömmling zu besichtigen. Auch die übrigen Anwesenden – Mira, Bailey, Major Beaglehole und ein paar der Mädchen – starrten den betrunkenen Weißen, der sich von Afrikanern stützen lassen mußte, fasziniert an.

Mr. Harry kippte seinen Whisky herunter, ohne irgendwen zu beachten. Die Hälfte lief ihm übers Kinn, aber es kam nicht darauf an, da der fette Aufwärter das Glas sofort wieder vollschenkte. Der bedenklich schwankende Mr. Harry wäre umgefallen, wenn ihn die Afrikaner nicht gehalten hätten. Mavity versuchte sich bemerkbar zu machen, aber Mr. Harry irritierte das aufdringliche Zwinkern – mit dem Erfolg, daß ihm das frischgefüllte Glas aus der Hand glitt und am Boden zerschellte. Er fluchte, und sein Kopf sank schwer auf die Brust.

»Polizeistunde!« schrie Bailey den fetten Aufwärter an. Der schraubte gehorsam die Flasche zu.

Die beiden Afrikaner packten Mr. Harry fester unter den Armen und lotsten ihn behutsam auf die Straße. Sie hatten einige Schwierigkeiten, ihn durch die Tür zu bringen. Calvin war schon auf die Veranda zurückgekehrt, und Mavity folgte ihm, um zuzusehen, wie Mr. Harry nebst seiner Eskorte die Straße hinunterschlingerte, wie ein verletzter Fußballer, mit schleifenden Füßen.

»Er hat mich nicht wiedererkannt«, stellte Mavity fest. »Ich glaube, er hat mich gar nicht gesehen.«

»Ich kenn' ihn irgendwoher«, sagte Calvin, ohne viele Gedanken an den Mann zu verschwenden. Er hielt sich an sein Bier, beobachtete die Straße und dachte, daß ihm Regentage hier eigentlich am besten gefielen. Der Wetterbericht von Radio Malawi lautete täglich, mit geringen Abweichungen, gleich: vorwiegend heiter, vereinzelte Wolkenfelder, nachmittags Schauer möglich. Und meistens stimmte es. Aber Calvin zog jetzt Regen vor. Die Afrikaner konnten den Regen riechen, im voraus spüren, wann der Wind sich drehen würde; und sobald der Himmel sich verdunkelte und die ersten dicken Regentropfen in den Sand klatschten, stoben sie in alle Richtungen auseinander. Der Regen war jedesmal ein Ereignis: Zuerst stieg er als Dampf wieder vom erhitzten Boden auf, dann überflutete er die Abflußrinnen, und wenn das übliche Gewitter dazukam, entwurzelte der Sturm zuweilen ein paar Straßenbäume. Während solcher Unwetter wurden auch die meisten Einbrüche und Morde begangen. Aber Calvin liebte den Regen; er hörte aus ihm jetzt ganz anderes heraus als damals auf seinem abenteuerlichen Abstecher nach Norden: nicht mehr das Getrampel anstürmender Horden und verworrenes, wildes Geschrei, sondern eher heiteres Partygeplauder, amüsiertes Gekicher und herzhaftes Lachen. Es war eine Abwechslung, auf die Calvin sich täglich neu freuen konnte, denn er ging nun überhaupt nicht mehr ins Büro.

Er hatte für sich persönlich eine tiefe Einsicht gewonnen: In einem Lande, wo die Leute sich Plastiktüten als Regenschutz über den Kopf stülpten, eilig ihre Fahrräder vor den Fluten in Sicherheit brachten, unter den Dachvorsprüngen der Geschäfte hockten und, genau wie Calvin auf seiner Veranda, auf das nächste Gewitterschauspiel warteten – in einem solchen Land war es eine Niedertracht, jemandem einzureden, die Versicherung könnte ihn retten. Die Afrikaner blieben, wie sie waren, schwerfällig und daher immer gefährdet, aber sie hatten eine sehr alte, wenn auch begrenzte eigenständige Kultur. Nichts außer dem Tod konnte ihnen wirklich etwas anhaben. Selbst das stärkste Unwetter ging beinahe spurlos an ihnen vorüber: Die Sonne kam ja immer wieder. Auch der Verlust eines Angehörigen berührte sie kaum; daran konnte nichts etwas ändern, und eine Versicherung schon gar nicht. Ein Riese hätte das ganze Land pakken, wie eine verstopfte Ketchup-Flasche rütteln und schütteln müssen. Aber so etwas kam leider nie vor – und überdies hätte sich dabei herausstellen können, daß die Flasche leer war.

Es kam nicht darauf an. Außenstehende machten sich immer ein falsches Bild von den Afrikanern. Da reisten ein paar Touristen im Eiltempo durch das Land und schnalzten mißbilligend oder bedauernd mit der Zunge, wenn sie die »Eingeborenen« genügsam auf einem Schattenfleckchen beisammenhocken sahen. Ihre Begriffe von Wohlstand und gesellschaftlicher Stellung, sogenanntem Fortschritt und die unbehagliche Erinnerung an die Zeiten der Sklaverei verstellten ihnen jeden Zugang. Sie verwirrten und beschämten die Afrikaner, indem sie ihren Sinn für Frieden und Harmonie als Faulheit kritisierten. Sie hatten keinen Blick für das philosophische Achselzucken des vielfachen Familienvaters, das muntere Glitzern im Auge der reisigschleppenden Greisin, die jauchzende Lebensfreude nackter schwarzer Kinder, die in Pfützen herumsprangen, sich mit Dreck bewarfen und Binsenschiffchen in der stinkenden Gosse schwimmen ließen.

»Was soll aus diesen Kindern werden?« hatte Calvin früher oft gefragt, ohne eine Antwort zu erhalten. Für die Afrikaner war das kein Thema.

Eine Masseninvasion von fliegenden Ameisen überzeugte Calvin vollends.

Nach einem schweren Regen kamen sie alle auf einmal aus ihren Erdbauten; sie krochen und flogen in pulsierenden Schwärmen über die Holzstufen und das Geländer der Veranda. In dem Sunnyside-Bungalow, den Calvin mit seiner ersten Frau bewohnt hatte, war es nicht anders gewesen. »Ekelhaftes Krabbelzeug!« hatte sie immer geschrien und voller Abscheu behauptet, die Ameisen seien Krankheitsüberträger. Es waren zu viele, als daß man sie wirklich hätte bekämpfen können. Dick und weich, wie sie waren, konnten sie nicht geradeaus fliegen. Ihre Flügel lösten sich von selbst ab und bedeckten als silbrig flirrender Flockenteppich die Verandadielen, und diejenigen, die noch fliegen konnten, taumelten abends bis zur Erschöpfung um die Lampen.

»In der Zeitung steht, ihr schickt jetzt Flugzeuge, die das ganze Land mit DDT besprühen sollen«, sagte Mavity. Nicht nur die Ameisen waren eine Plage, sondern auch Köcherfliegen, Wanderheuschrecken und grüne Grashüpfer. Manchmal schien die ganze Veranda in Bewegung zu sein; sie drangen durch alle Ritzen, überzogen Posten und Balken, wackelten mit dem Hinterleib und schwirrten mit den glasigen Flügeln, so daß das Holz selbst Wellen zu schlagen schien. Calvin sah ihnen zu und wartete auf die Flugzeuge. Vorläufig flogen die Ameisen noch in sein Bierglas. Es wurde ihm so lästig, daß er manchmal nahe daran war, das Feld zu räumen.

Eines Tages im März fand Calvin so ungewöhnliche Massen von Ameisen auf der Veranda vor, daß er auf ihnen ausrutschte. Sein Sessel war mit Insekten gepolstert, und er überlegte sogar, ob er, statt in die Bar auszuweichen, endlich mal ins Büro gehen und von dort aus einen Hilferuf loslassen sollte: Vielleicht konnte die UNO etwas gegen die Insekten unternehmen. Und wo blieben eigentlich Mavitys Flugzeuge? Insektenplagen gab es seit biblischen Zeiten, aber heutzutage konnte man doch Vorsorge treffen. Calvin ertappte sich dabei, daß er seit Wochen zum ersten Mal wieder wie ein Versicherungsvertreter dachte.

»Warum nicht sitzen auf *khonde*, Sir?« fragte einer der Bediensteten, als er Calvin herumirren sah.

»Ameisen«, sagte Calvin, der noch unentschieden war, ob er bleiben oder ins Büro gehen sollte. »Sie sind überall. Ich weiß nicht, wie ihr damit fertig werdet.« Er schnippte einige von seinem Ärmel.

»Wo?» fragte der Afrikaner eifrig.

Calvin zeigte in Richtung Veranda, aber der andere war schon unterwegs. Er schoß förmlich aus der Bar, und nun schaufelte er die Ameisen mit beiden Händen in seine Serviette, indem er sich nach allen Seiten bückte. Zwischendurch schaute er strahlend zu Calvin auf und nickte ihm mit grenzenloser Dankbarkeit zu. Später wurden die Ameisen geröstet und gegessen. Auch Calvin probierte davon. Er aß sie mit den Fingern von einem Stück Zeitungspapier und fand sie nicht übel. Nur gut, daß die DDT-Flugzeuge nicht gekommen waren! Denn fliegende Ameisen, manche Käfer und Engerlinge, Heuschrecken, Köcherfliegen und *ngumbi* galten hier nicht als Strafe des Himmels, sondern als Segen: willkommene Leckerbissen, noch dazu verbunden mit dem sportlichen Reiz des Sammelns und Jagens. Erst nach diesem Vorfall bemerkte Calvin die fettigen Säcke voller Insekten auf dem Markt; sie waren eine begehrte Ware. Warum war ihm das vorher nie aufgefallen? Geröstet waren sie wirklich eine Delikatesse; sie schmeckten ein bißchen wie Nüsse, also keineswegs unangenehm.

Im Schatten der Veranda, wohlversorgt mit Bier, fühlte Calvin sich immer mehr zur unbekümmerten Natur der Schwarzen hingezogen. Über ein Jahr lang hatte er versucht, ihnen Versicherungen zu verkaufen. Es war damit wie mit jeder gutgemeinten, aber unangebrachten Hilfsbereitschaft, wie Insektenvertilgungsmittel oder Schreibunterricht oder die wiederholte Frage: Was soll nur aus den Kindern werden? Alles dies war nicht nur schlicht zwecklos, sondern, schlimmer noch, es war Korruption. Industrie und Chemie brachten keine besseren Ernten, sondern auf die Dauer Umweltzerstörung und Hunger; Blechdächer waren heißer als Rohr und Stroh, und lesen und schreiben zu können machte die Leute unzufrieden und aufsässig: *Die Unversicherten* bewiesen es. Aber welcher Fremde blieb lange genug im Land, um seine Eigenart zu begreifen? Es war nicht so, daß Calvin sich um nichts mehr kümmerte – im Gegenteil, seit ihm die Augen aufgegangen waren, kümmerte er sich um seine schwarzen Engel, indem er sie in Frieden ließ und sie höchstens noch auf Schwärme delikater Insekten hinwies. Er war jetzt verheiratet und wunschlos glücklich; er fühlte Buschwurzeln in seinen hageren Beinen wachsen; er war (besonders, wenn er knusprige Ameisen kaute) praktisch schon selbst zum Afrikaner geworden.

Einmal stieß er auf seinen Schreibversuch *Die Unversicherten*. Er war mit Mira zum Einkaufen unterwegs (die geerbte Versicherungssumme war auf fünfhundert Osbongs zusammengeschmolzen, aber in den verstaatlichten Läden gab es ohnehin nicht viel Verlockendes mehr), und als er zufällig aufblickte, sah er das gelbe keilförmige Agnello-Gebäude vor sich, mit dem *Homemakers'*-Schild am Eingang. Er ließ Mira allein weitergehen und lief »nur auf einen Sprung« hinauf. Im Büro, zwischen verstaubten Formularen, Aktenordnern und einem Diagramm, auf dem die Verkaufskurve von Homemakers' Mutual eingetragen war (sie brach Mitte Februar unvermittelt ab), fand Calvin sein Manuskript.

Es war dicker und umfangreicher, als er es in Erinnerung hatte. Was steckte da für Arbeit drin! Die Blätter waren sorgfältig bis Seite dreiundachtzig gelocht und im Ringbuch geordnet, mit angehefteten oder eingeklebten Zetteln und zahlreichen Korrekturen, und auf dem Papprücken stand unter dem Titel der Name *A. Jigololo*. Hier und da hatten sich grüne Schimmelflecken auf dem Deckel ausgebreitet. Das Manuskript hatte einen sonderbaren Zauber, wie ein wiederentdecktes altes Buch in der teils verkrampften, teils leidenschaftlich bewegten Handschrift eines unbekannten Autors, das man aus einer verstaubten Truhe auf dem Dachboden gezogen hat. Dieses Mullet-Fragment einer Jigololo-Autobiographie war eine höchst glaubhafte Fälschung, aber wenn es überhaupt einen Wert hatte, so war es der aller Kuriositäten, die man in Trödelläden erwerben kann. Nur eines störte Calvin, nämlich daß kein echter Afrikaner so etwas geschrieben haben konnte. Nur ein furchtbar unglücklicher Weißer brachte solche Verzweiflungssätze zustande wie: *»Mein Herz ist schwer, mein Gesicht ist verdreckt, ich hasse alle... Sklavisch äffe ich diejenigen nach, die meinen Großvater in Ketten schlugen und nach Alabama verschleppten... Ich leide, ich gräme mich... Ich trage die Farbe der Nacht, ich bin nur eine zage Stimme im Urwald... Wir haben ein altes Sprichwort...: Würden Sie mich etwa versichern?«*

Calvins Antwort auf diese letzte Frage war: Nein. Weder dich noch sonst einen hier. Nur eine gewisse Sentimentalität bewog ihn, das Manuskript in die obere Schreibtischschublade zurückzulegen. Aber er würde die Erzählung nicht weiterspinnen.

Jetzt kannte er den Erzähler.

22

Der wahre Erzähler, im Geiste, wenn auch nicht wirklich, war weder Calvin selbst noch der erfundene A. Jigololo – es war der fette schwarze Aufwärter, dessen Namen Calvin inzwischen erfahren hatte: Jarvis Moore.

Calvin war ihm zuerst möglichst aus dem Weg gegangen. Ihm genügte sein Eheglück mit Mira in dem ihnen überlassenen Doppelzimmer. Aber Mira war nicht das sorglose Mädchen, als das er sie Weihnachten im Busch kennengelernt hatte, und sie war viel ernsthafter als in dem Moment, als sie mit einer unnachahmlichen Geste gesagt hatte: »Das nicht Name... Das *Signatur.*« Noch wochenlang nach der Eheschließung hatte sie Angst vor Fremden, insbesondere vor Soldaten, und fuhr bei jedem lauten Geräusch auf. Calvin hatte einmal an ihr vorbei nach der Lampenschnur gegriffen, und sie hatte sich zusammengekrümmt und ihr Gesicht geschützt, als erwarte sie Schläge. Im übrigen war sie still und anschmiegsam wie ein schnurrendes Kätzchen, und wenn er bei ihr lag, hörte er das rasche Klopfen ihres Herzens. Sie wich ihm nicht von der Seite.

Vertrauen war schwerer zu erringen als Liebe, und Calvin war schon dankbar für ihre Treue, aber er kannte sie kaum. Das wenige, was er von ihr wußte, war unerheblich: Sie hatte zwei Jahre lang die Grundschule besucht und konnte fromme Lieder singen und ein wenig rechnen; ihre Eltern waren tot, und ihr großer Bruder nun auch; sie ölte und cremte ihre Beine und liebte schöne Kleider, und sie hatte, wie die Männer in Hudson gesagt hätten, einen Prachthintern. Sie war noch ein Mädchen, ungefähr siebzehn, aber trotz ihrer Jugend hatte sie schon gelernt, wie wenig vertrauenswürdig »Liebe« war. Es war klar, daß sie Liebhaber gehabt hatte, denn sie wußte sich gleich auf Calvins Wünsche und Gewohnheiten einzustellen; sie staunte schrägäugig über Calvins seltsame Stellungen, und sie tat, was ihr gesagt wurde. Ebenfalls war klar, daß sie immer nur die Rolle des Opfers gespielt hatte, denn sie war nicht auf ihr eigenes Vergnügen erpicht, sondern sorgte sich nur um das seine. Viel nach den Gründen zu fragen, hätte nach Mitleid ausgesehen, und Mitleid war eine Form der Herablassung, die Calvin jetzt unbedingt vermeiden wollte. Damals, zu Weihnachten, hatte sie gesagt: »Wir brauchen dich.« Calvin übersetzte sich das als ganz persönliches Verlangen, und obwohl er ihr Interesse zweifellos zum Teil seiner Hautfarbe verdankte und sie es als Vorzug betrachtete, an diesem Ort mit einem Weißen verheiratet zu sein, meinte sie doch auch *ihn* und begann allmählich Zutrauen zu fassen. Sicherheit war im Busch wichtiger als Liebe, sie stand am Anfang der Liebe und war ihr erstes Bedürfnis, über alles Wissen und Kennenlernen hinaus.

Er kannte ihre Wesensart, mehr aber nicht, und deshalb konnte er ihr Verhalten nie genau voraussehen: ein Umstand, der immer wieder Überraschungen versprach. Hätte er gewußt, wie ihre Dschungel-Liebschaften gewesen waren, so hätte ihn dies mancher reizvollen Entdeckungen beraubt. Liebende, so gegensätzlich sie auch sein mögen, prägen einander gewisse Zeichen ein wie eine Tätowierung. So eine Marke (oder Narbe) hatte auch Calvins erste Frau bei ihm hinterlassen. Nun zog ihn gerade das an Mira magisch an, was er *nicht* kannte, das Dunkle, Sanfte, Geheimnisvolle. Sie ging ohne bösartige Seitenhiebe auf seine körperlichen Bedürfnisse ein. Sie war anmutig schlank und schmeckte nach Pfirsich, und sie sah in ihm ihren Beschützer.

Daß Calvin freundlich mit seinem »Besitz« umging, war nichts Neues. Er hatte es auch mit Prostituierten, an denen die meisten Männer ihre Brutalität austobten, nie anders gehalten. Er hatte Schulmädchen, die in zu klein gewordenen Kittelschürzen und Plastiksandalen vorübergingen, sehnsüchtig mit Blicken verfolgt und Eifersuchtsanfälle erlitten, wenn er eine Bardame, mit der er mal geschlafen hatte, auf dem Schoß eines anderen Kunden erblickte. Es machte ihn elend, als eine kleine Nutte sich bei ihm rühmte, diesen oder jenen Trick habe sie von einem italienischen Teepflanzer in Cholo gelernt. Das regte ihn nicht an, sondern erinnerte ihn nur peinlich an seinen Vorgänger.

Das Bier schmeckte ihm. Nur um den Schein zu wahren, ließ er das *Homemaker's-Mutual*-Schild an seinem Platz. Er hatte nicht vor, je wieder eine Police an den Mann zu bringen. Versicherungen waren, seiner neugewonnenen Meinung nach, pure Schaumschlägerei. Die Leute fielen auf einen Aberglauben herein: Mit dem Kauf einer Police, dachte sie, sei man fortan gegen jegliches Unheil gefeit. Das war ein faustdicker Selbstbetrug, der alle natürlichen Regungen und familiären Beziehungen untergrub. Calvin riet jedem, der ihn jetzt noch auf eine Versicherung ansprach, sein Geld zu sparen und es, sobald genügend beisammen war, fröhlich auf den Kopf zu hauen. »Iß, trink, nimm ein Weib«, zitierte Calvin irgendeine alte Weisheit, »zeuge Kinder, freu dich des Lebens! Versicherung? Nichts als Geldverschwendung!«

Er schlief lange und stand morgens nur ungern auf. Er kaufte sich nicht einmal mehr das *Time*-Magazin. Das Blatt bohrte zu viel und zu zynisch in allem Furchtbaren herum, teilte ausgeklügelte Hiebe nach allen Seiten aus, brachte himmelschreiende Storys, Tumult hier, Revolutionen dort, manipulierte Wahlergebnisse, politische Machtkämpfe. Calvin las statt dessen die *Malawi News*. Auf den vier Seiten dieses Blättchens, das mit zuviel Druckerschwärze auf porösem Papier gedruckt wurde, gab es nur Positives: Osbong hatte die Frauenbrigade öffentlich belobigt; Osbong wiederholte täglich, er sei ein Diktator aus dem Volk, durch das Volk und für das Volk; auch der Leitartikel war Osbong gewidmet, »dem großen *Chirombo*-Erretter, Messias, Gründer und Vater der Republik Malawi, dem Ersten Vorsitzenden der Kongreßpartei, unserem Doktor...« Im Text fanden sich oft liebenswerte kleine Druckfehler, die Anlaß zu Mißverständnissen gaben. Auch Gedichte standen in den *Malawi News*; sie begannen so: »Dir, Doktor Osbong, töne Ruhm und Preis!« oder so: »O Afrika! Du mein Malawi-Land! Wer könnte deiner Schönheit je entsagen!« Auslandsnachrichten gab es nicht, außer einer Pressemeldung über fünfzig Rentiere, die irgendwo in Finnland durch das tauende Eis gebrochen waren. Calvin las, die Ellbogen auf dem Knie, weit vorübergebeugt in den *Malawi News*, die er vor sich auf dem Boden ausgebreitet hatte und mit den Füßen festhielt. Er saß, las und trank. Er war glücklich.

Aber Jarvis Moore, der fette Aufwärter, murrte. Schwarz und riesig drückte er sich in der Bar und auf der Veranda herum und warf, genau wie der benachteiligte Autor der *Unversicherten*, seinen düsteren Schatten über alles. Er war von gewaltiger Statur, mit breiten Schultern und einem mächtigen Stiernacken, und seine Hautfarbe erinnerte an rohe Leber. Seine schwieligen Fäuste schienen einen Knüppel zu halten; seine tiefliegenden, blutunterlaufenen Augen hatten den schlaflosen Blick eines Zombies. Er konnte die Kronenkorken der Bierflaschen mit den Zähnen entfernen. Einmal sah Calvin, wie er einem Kind ins Gesicht spuckte.

Calvin sah den freudlosen Menschen, wie er, auf Bierkisten gestützt, untätig vor sich hin brütete und wütend mit den starken Kiefern mahlte, als kaue er an einem zähen Stück

Fleisch. Calvin versuchte ihn etwas aufzumuntern. »Wie wär's mit einem kleinen Lächeln?« fragte er.

Jarvis Moore wünschte Calvin, er möge verrecken.

»Ach ja, der ist nun mal so'n alter Bolschewik«, sagte Bailey, als Calvin ihr davon erzählte. »Spielt gern den wilden Mann.« Sie lächelte.

»Ich habe ihm nichts getan«, sagte Calvin.

»Klar, wissen wir«, sagte Bailey. »Im Grunde ist er ein toller Hecht. Wenn er Ausgang hat, wirft er sich richtig in Schale: schwarzer Anzug, Teddy-Stiefel... Manchmal fuchtelt er ein bißchen mit dem Messer.«

»Macht Ihnen das keine Sorge?«

»Ach was, der tut doch bloß so blutrünstig«, sagte Bailey. »Tun sie alle. Sie meinen's nicht böse. Jarvis ist ein sehr guter Buchhalter.«

»Er führt Ihre Bücher?«

»Ja. Er hat Grips, der Jarvis.«

»Ich glaube, ich lade ihn mal zu 'nem Drink ein. Vielleicht heitert ihn das auf.«

»He, das werden Sie gefälligst bleiben lassen! Ich will keine Arschkriecherei hier haben. Beachten Sie ihn einfach nicht.«

»Er wünschte mir, daß ich verrecke«, sagte Calvin. »Er wirft sich nachts in Schale und fuchtelt mit dem Messer. Und er schneidet Fratzen, daß es zum Fürchten ist.«

Bailey erwiderte, Afrikaner seien ihr so am liebsten. Höflichkeit sei ihr schon bei Weißen verdächtig; bei Afrikanern sei sie ein bedrohliches Zeichen.

Calvin hielt also weiterhin Distanz. Er merkte erst jetzt, daß Bailey ihren fetten Angestellten geradezu ermutigte, unverschämt zu werden. Sie knurrte ihn an, und er knurrte zurück. Sie fluchte, und er zog die Schneide eines Hackbeils an dem Lederriemen ab, der an der Rückseite der Theke befestigt war. Wenn Calvin in solchen Momenten ein Bier bestellte, verzog Jarvis das Gesicht und schärfte auch die Messer. Calvin gewöhnte sich an, sein Bier selbst zu holen und den Kassenzettel, der mit seinen Initialen versehen war, auf den Haken zu stecken.

In der ersten Aprilwoche war Jarvis besonders übellaunig. Er wetzte Messer, spuckte und grollte und bedachte jeden Stuhl, der ihm im Weg stand, mit Fußtritten. Er hatte enorme

Füße. Abends pflegten die Mädchen zu zweit auf der Straße zu flanieren oder hingegossen in den Liegestühlen auf der Veranda auf Kunden zu warten; manchmal riefen oder pfiffen sie den Passanten hinterher. Calvin saß um diese Zeit meist auf einem Barhocker drinnen (Mira kam bald dazu) und trank ein Bier. Sonst beobachtete er die Spieler an den Glücksautomaten mit den Obst-Symbolen, aber heute heftete er seinen Blick durch den zarten angetrockneten Schaum am Rand seines Glases auf den mürrischen Dicken.

Als er merkte, daß Calvin ihn ansah, zückte Jarvis mit einem bösen Grunzlaut gleich wieder sein Küchenbeil und ließ es auf dem schmuddligen Abziehleder hin und her zischen, wozu er sich im Takt wiegte.

Calvin rutschte drei Hocker weiter zu Jarvis hin. Sie waren einander jetzt so nahe, daß die Schneide die Luft unter Calvins Kinn durchschnitt. Jarvis strömte einen starken, säuerlichen Geruch aus, wahrscheinlich von Schweiß.

»Was ist dir eigentlich über die Leber gelaufen?« fragte Calvin leise.

»Die verdammten Weißen«, stieß Jarvis hervor. »Große sogenannte Bwanas töten Afrikaner. Ich hab's satt bis hierhin.«

»Ja, und?« Calvin grinste ihn gutmütig an.

»Ich weiß, Sie mich verachten«, sagte Jarvis. »Mir egal. Ich bin viel gereist. Mein Vater war ein Häuptling. Sie sehen, ich sprechen gut Englisch. Booker T. Washington – ich habe ihn gelesen.«

»Ein beachtlicher Autor, Booker T. Washington.«

»Ein Hasardeur«, sagte Jarvis.

Calvin lächelte. »Wo hast du denn *das* Wort aufgeschnappt?«

»Lumumba. Ich habe Lumumba gelesen.«

»Keine Offensive«, zitierte Calvin, »sondern Handelsverträge.«

»Osbong ist ein Trottel, eine Marionette für die Buren. Er benutzt *Ambi-Spezial.*«

»Was kümmert dich das? Die Politiker sind doch alle so. Laßt statt Osbong irgendeinen andern ans Ruder, und ihr habt übermorgen wieder dasselbe. Ich verstehe nichts von Politik, aber *das* weiß ich aus Erfahrung.«

»Du hast keine Ahnung von Politik. Lumumba ist ermordet worden.«

»Von Afrikanern, ja«, sagte Calvin. »Es stand im *Time*-Magazin.«

»Manche Afrikaner sind schon wie die Weißen«, sagte Jarvis. »Lauter Trottel.«

»Stimmt. Dafür denken manche Weiße schon wie Afrikaner«, sagte Calvin und dachte an A. Jigololo.

»Von wegen!« Jarvis wetzte das Hackbeil schneller. »Ich weiß sehr gut, daß ihr verdammten fremden Teufel uns nur das Land stehlen wollt.« *Fremde Teufel?* Calvin war erschüttert. Er betrachtete sich längst nicht mehr als Fremden, und es überraschte ihn, so genannt zu werden. Er sah sich als aufrichtigen Freund; er hatte Versicherungen verkauft, und er hatte damit aufgehört, sobald er die Sinnlosigkeit seines Tuns einsah. Er mochte die Afrikaner und ihre Trägheit; er hatte gedacht, dies beruhe auf Gegenseitigkeit, weil sein eigener Müßiggang sich nicht wesentlich von dem ihren unterschied.

»Ich bin euer Freund. Ich bin kein Fremder.«

»Du bist ein weißer Blutsauger. Du willst uns umbringen.«

»Ich denke nicht daran«, protestierte Calvin. »Nebenbei bemerkt: Ich habe eine schwarze Frau.«

»Ihr stehlt uns sogar die Frauen.«

»Immerhin bin ich mit ihr verheiratet!«

Jarvis hörte nicht hin. »Ihr wollt uns Malawi wegnehmen. Wie Osbong.«

»Nun sieh mal her«, sagte Calvin. Er nahm eine gesalzene Erdnuß aus der Schale, die auf der Bar stand, legte sie in die flache Hand und hielt sie Jarvis unter die Nase. »Da. *Das* ist Malawi.«

Jarvis starrte auf die Erdnuß.

»Ich will ja niemanden kränken«, sagte Calvin, »aber wer reißt sich nach so was?«

Jarvis griff rasch nach der Erdnuß, riß den Mund sperrangelweit auf, schob die Erdnuß mit der ganzen Hand zwischen die Backenzähne und kaute drauflos. »So wollt ihr uns fressen«, sagte er undeutlich und schluckte die zermalmte Nuß hinunter. »So wollen uns viele kleinkauen.«

»Tut mir leid«, sagte Calvin, »aber ich wüßte keinen. Oh, ich habe volles Verständnis für deine Wut, und –«

»Ich kenne sie!« unterbrach Jarvis. Er sabberte etwas mit seiner dicken hängenden Unterlippe. »Spione! Spione!«

»Wer hätte denn was davon«, sagte Calvin geduldig, »bei euch zu spionieren?« Jarvis leckte sich den Daumen und prüfte die frischgeschliffene Schneide. Dann schwang er das Küchenbeil plötzlich hoch über den Kopf – und hieb es in den Holzrand der Theke, knapp einen Zoll neben Calvins Hand. Das Blech vibierte noch lange nach. Jarvis blitzte Calvin aus blutunterlaufenen Augen an. »Hier spionieren viele! Du vielleicht auch. Ich kann dich nur nicht erwischen.«

Nun, solche fixen Ideen waren nicht weiter verwunderlich. Je häßlicher und gemiedener eine alte Jungfer war, desto besessener war sie von der Vorstellung, sie werde von allen Männern mit unzüchtigen Anträgen verfolgt und könne sich ihrer kaum erwehren. Calvin hätte Jarvis Moores Beschimpfungen gern widerlegt, wollte ihn aber nicht weiter reizen. Seltsam, daß ein so fetter Mensch sich so wild gebärdete. Ähnlich dachte und sprach zwar auch A. Jigololo in den *Unversicherten* als Vertreter der Unterdrückten – Calvin hatte ihn sich immer unterernährt und krank vorgestellt, wie zum Beispiel die Arbeitslosen in Worcester, nicht wie einen Kerl von Jarvis' Kaliber. Calvin sagte also lieber gar nichts mehr. Manche Leute *wollten* einfach nicht zufrieden sein. Warum sollte er ihn durch Widerrede noch in seiner Wut bestärken?

Jarvis maß Calvin mit einem frostigen Hohnlächeln, zog das Hackbeil aus dem zersplitterten Holz und machte sich daran, die Scharte auszuwetzen: eine Karikatur von A. Jigololo, der selbst eine mißlungene Karikatur war. Calvin vermutete, daß er dies Getue bald aufgeben und sich seines sinnlosen Ärgers ebenso schämen würde wie Calvin seines fruchtlosen Werbens. Dabei verstand er recht gut, was Jarvis motivierte, besser, als er Miras Sorgen und Wünsche verstand. Das war das Allertraurigste. Jarvis' Gerede wirkte nicht ganz ehrlich; seine Pose glich der eines liberalen Weißen. Er würde sich noch ändern, natürlich, wie auch Calvin sich geändert hatte. Es war nur eine Frage der Zeit, bis er merken würde, daß das Leben trotz allem lebenswert war. Er würde eine nette Frau finden – vielleicht eine Weiße, warum nicht? – und das Nörgeln lassen. Höchstwahrscheinlich war Jarvis unter der rauhen Schale ein sehr lieber Mensch.

23

Töte sie alle! Das stand in Bruder Jajas Missionsschulschönschrift auf dem letzten Zettel, den Marais von ihm erhalten hatte. Diese grausige Botschaft erinnerte Marais an den Prototyp des irrsinnigen Killers, der sein Opfer mit Kugeln durchsiebt oder nicht aufhört, auf eine Leiche einzustechen. Vielleicht steigerte Bruder Jaja sich künstlich in etwas hinein (Afrikaner neigten dazu), aber Marais hatte Mr. Harrys Wort, daß Jaja normalerweise klug und besonnen handelte. Er war in Rhodesien zur Schule gegangen, hatte in Algerien seine militärische Grundausbildung erhalten und im Nordostkongo an Gbenye Christophes Seite gekämpft. Geboren war er in Malawi, war dort aber unbekannt geblieben, weil er schon mit fünfzehn nach Salisbury gegangen war und später unter verschiedenen Decknamen agierte. In Dar-es-Salaam hatte Gbenye zu Marais gesagt: »Es lag nicht an Jaja, daß wir verloren haben. Aber wenn wir gewonnen hätten, wäre Jaja der erste gewesen, den ich erschossen hätte. Er ist gefährlich.« Es verblüffte Marais, daß Gbenye einmal beabsichtigt hatte, seinen besten Mann umzulegen, und gerade deshalb hatte er beschlossen, Bruder Jaja nach Osbongs Sturz als neuen Regierungschef einzusetzen.

Aber Bruder Jajas Berichte lauteten in letzter Zeit immer verrückter. Sie zeigten, wenn nicht Wahnsinn, so doch mangelndes Urteilsvermögen. Seine einzige Triebfeder war Rache – er war irrational, aufgeregt und allzu durchschaubar. Der wahre Revolutionär schoß seinem Feind *eine* Kugel in den Kopf und ließ es dabei bewenden. Rachsucht war Kraftvergeudung und eines Revolutionärs nicht würdig, höchstens eines Kannibalen. *Töte sie alle!* Marais hatte anderes vor. Es war unnötig und überflüssig, jedes Dorf zu umzingeln und sich mit Kleinkram aufzuhalten. Obendrein war es mit nur fünfzig Mann und stockendem Nachschub nahezu unmöglich. Demonstrative Schießereien überzeugten und gewannen niemanden; bestenfalls jagten sie der Bevölkerung Angst ein. Marais hatte nicht Bruder Jajas Instinkte, das ging aus dem anwachsenden Zettelstapel klar hervor. Marais vermied jede direkte Antwort.

Seine Strategie lautete kurz: Nur drei Schlüsselstellen in

Malawi waren zu besetzen oder zu neutralisieren. Nach dem Muster des Buschfeuers, das Marais im Oktober gesehen hatte, warf man eine brennende Fackel auf ausgedörrten Boden, und alsbald stand eine ganze Provinz in hellen Flammen. Malawi war klein, seine Verteidigungskräfte konzentrierten sich auf einen Grenzposten und zwei größere Städte. Das erste taktische Ziel, die Zollstation Fort Hill an der Nordgrenze, war schon im November angegriffen und eingenommen worden. Sie wurde bis auf die Grundfesten niedergebrannt, aber die Position konnte nicht gehalten werden. Er würde sich darum kümmern, wenn der Staatsstreich erfolgreich beendet war. Vorerst waren die beiden Städte, Lilongwe und Blantyre, wichtiger. Marais und seine Leute kampierten nur einen Tagesmarsch von Lilongwe entfernt.

Bruder Jajas letzte Botschaft noch in der Hand, überlegte Marais, ob er auf den Befehl *Töte sie alle!* endlich eine ehrliche Antwort geben sollte. Der Buschfeuer-Vergleich widerstrebte ihm, jedenfalls auf dem Papier. Es klang zu poetisch und übertrieben und ähnelte Bruder Jajas kannibalischen Forderungen.

Marais' Ansichten hatten sich nicht geändert, wohl aber seine Wunschträume von *einem* gewaltsamen Handstreich. Die hatten ihm die ermüdenden Märsche ausgetrieben. Er beurteilte die eigene Wandlung als gesund und praktisch, als beinah puritanisches Festhalten an Ordnung und Notwendigkeit. Das war etwas Neues. Es war beunruhigend, wie er früher, beim nur gedanklichen Durchexerzieren einer Revolte, allen konkreten Details ausgewichen war, zum Beispiel der möglichen Anwendung drastischer Strafen. Er hatte nie in Betracht gezogen, daß er jemanden foltern würde. Er hatte diesen Ausdruck weit von sich gewiesen, aber Harry hatte recht: Er *hatte* gefoltert. Folter wirkte immer.

Jetzt dachte er kühler. Das Gleichnis vom Buschfeuer ärgerte ihn; es war ungenau, richtungslos, romantisch – kurzum, anschaulich genug, aber irreführend. Die ganze Operation klang dadurch zu einfach. Er hatte aus alter Gewohnheit auf Bilder zurückgegriffen, wie es dem Geist der frühen Kapitel seiner *Grundlagen der Revolution* entsprach; da hatte er jede Taktik mit Metaphern umschrieben. Er hatte von »Unkraut« gesprochen, das »mit den Wurzeln ausgerottet« gehörte, von »Wühlern«, die das Land untergruben, vom »verwesenden Leichnam der Mittelklasse«, der »auf offenem Markt gen Himmel stank«. Rhetorischer Überschwang eines Anfängers! All diese Bilder waren ihm in einem abgeschlossenen Hotelzimmer in Bagamoyo zugeströmt, dem ehemaligen Sklavenversandhafen von Dar-es-Salaam. Er hatte nicht unter Zeitdruck geschrieben, das war aus dem Stil des Buches klar ersichtlich. Er hatte dort einen ordentlichen Schreibtisch gehabt, und im Rahmen eines arabischen Fensterbogens hatte er über seinen Heften eine Dhau, die von einer Seite im Bildausschnitt erschien und auf der anderen verschwand, geräuschlos vorbeigleiten sehen und am Kai junge Leute mit perlenbestickten Käppchen, die sich aus kleinen Fischen eine Suppe kochten. Der Ventilator über ihm drehte sich, und neben ihm lag als Briefbeschwerer eine geladene Pistole. Vor sich hatte er einen sauberen Bogen Papier und das Tintenfläschchen. In diesem friedlichen Zimmer hatte er über die notwendige Revolution geschrieben.

Jetzt blätterte er in einem seiner Notizbücher und war peinlich berührt. Wieviel Zeit hatte er auf diese bemühten Mehrdeutigkeiten und Lyrismen verschwendet! Statt einer sachlich erläuternden Strategie stand da: *Wirf einen Stein in den stillen Teich / und zitternde Wellenringe / breiten sich aus bis ans fernste Ufer.* Das war kein Gedicht, aber es sollte wohl eins sein. Thema verfehlt. Poesie dieser Art war nichts als ein verlogener Wechselbalg der krassen Wahrheit: spitzfindiges Ausweichen, eine Täuschung des Gehörs. Das eigentliche Ziel wurde durch die eitle Selbstgefälligkeit des Dichters verschleiert, und so ging es weiter: lauter Symbole, Sprechblasen, Brutalität in Lyrik umgebogen.

So schrieben picklige Jünglinge von Liebe, Feiglinge von Schlachtenruhm, und kein Soldat mochte sich vorstellen, wie ein zerschossener Mensch um sein Leben winselte, welchen Schock einem die Kugel versetzte, wie es im Urwaldlager stank. Kein Wunder, daß Rimbaud die Dichtkunst verwarf, nachdem er in Somalia Schießereien aus der Nähe miterlebt hatte. Nur der trockenste Leitfaden konnte beschreiben, wie und womit Kriege gewonnen wurden.

Marais fühlte sich von all seinen früheren Versuchen, Revolten aus sicherer Distanz zu schildern, geradezu blamiert.

Sein Stil hatte sich abrupt geändert. Heute, vor Lilongwe, schrieb er: *Alle Guerillatruppen unterschätzen die Bedeutung von Straßenkämpfen. Das ist falsch. Ein gut geplantes Manöver dieser Art wiegt hundert Einzelgefechte auf. Das Ziel sollte das Zentrum einer strategisch wichtigen Stadt sein. Der Angriff muß die Bevölkerung bei Tagesanbruch überraschen und im Idealfall bei Sonnenuntergang beendet sein (Sonnenaufgang in Lilongwe am 27. April: 6 Uhr 20, Sonnenuntergang: 19 Uhr 35.) Er kann, wenn gründlich und besonnen durchgeführt, das wirtschaftliche und industrielle Leben der Stadt völlig lahmlegen und die Bevölkerung in Unruhe versetzen. Bei einer unvermittelten, geplanten Pause wird sie ungeduldig auf jede, auch die gewaltsamste Weiterentwicklung warten, damit der Schwebezustand ein Ende hat.*

Waffen: so leicht wie möglich. Karabiner, abgesägte Gewehre, Pistolen, Macheten.

Für Sabotage: Dynamit, Hacken und Spaten, Hebelvorrichtungen für die Eisenbahnschienen, Brecheisen, Benzin ...

»Die Aktion wird so plötzlich abgebrochen«, erklärte er seiner Truppe, »es wird so unheimlich still, daß die Leute nervös werden und wissen wollen, warum es nicht weitergeht.« Er stand vor einer schwarzen Tafel, die an einen Baumstamm genagelt war und auf die er mit Kreide einen Straßenplan von Lilongwe gezeichnet hatte. Seine Männer hockten auf dem Boden und beobachteten ihn genau. »Wir lassen sie warten, bis die Spannung unerträglich wird, und bleiben auf dem Sprung. Schließlich werden sie alles tun, was wir sagen.«

Marais fand keinen Widerhall. Niemand hatte sich erboten, an Bruder Mussas Stelle zu dolmetschen. Marais sprach deshalb sehr langsam und deutlich weiter, wählte die einfachsten Ausdrücke, wiederholte und stellte Fragen. Aber die Männer blieben, sei es aus Überdruß, sei es aus Angst, bei ihrem verstockten Schweigen. Sie hatten sich so merkwürdig benommen, seit sie ihre Zelte bei Rumpi abgebrochen hatten und in Richtung Süden marschiert waren. Marais war den Straßensperren auf verschlungenen Nebenpfaden ausgewichen, wobei er der Kolonne mit dem vollgepackten Citroën voranfuhr. Ein Angriff auf die Straßensperren hätte die Einwohner von Lilongwe vorzeitig alarmiert. Seit mehr als einem

Monat war kein Schuß abgefeuert worden, und außer Bruder Mussa, dem Frauenschänder, hatte es keinen Todesfall gegeben.

»Also, das Ganze noch mal von vorn«, sagte Marais und wies mit der Zigarre auf einen Mann in der ersten Reihe. »Wo bist du, wenn das Signal kommt?«

Der Mann stand auf, ging an die schwarze Tafel und drückte den Finger auf eine der Kreidelinien. »Hier«, sagte er.

»Und du?« Marais deutete auf einen anderen Mann.

»Kraftwerk«, sagte der, nachdem sein Finger einen feuchten Wischfleck links unten auf der Planskizze hinterlassen hatte.

Marais verbrachte die nächste halbe Stunde damit, die Männer abzufragen, sie die Reihenfolge ihres Einsatzes wiederholen zu lassen und ihnen die Örtlichkeiten einzuprägen. Zum Schluß war die sorgfältige Kreidezeichnung von vielen Schweißhänden total verschmiert und zu nichts mehr nütze, aber Marais hoffte, daß sie es kapiert hatten.

»Schön«, sagte er. »Nun zu den Signalen. Bruder Eddy, wann fängst du an, die Eisenbahnschienen aufzureißen?«

»Wenn ich lautes Peng hören«, erwiderte Bruder Eddy mechanisch, »ich nehmen Hebel und heben Schienen.«

»Okay. Du«, Marais zeigte auf einen anderen, »was ist das laute Peng?«

»Das laute Peng«, leierte der Mann, »ist, wenn Wagen explodiert.«

»Richtig. Ich parke ihn in der Hauptstraße hier –«, Marais trat noch einmal an die Tafel und machte ein X auf eine nur noch schwach erkennbare Linie. »Der Wagen ist dann voll mit Dynamit. Das Uhrwerk ist auf sieben gestellt. Bis dahin muß jeder an seinem Platz sein. Wenn ihr die Explosion hört, geht ihr an die Arbeit, so schnell ihr könnt.« Marais blickte die Reihe entlang. »Bruder George, wo ist der Wagen geparkt?«

»Vor Polizei-Hauptquartier.«

»Gut. Bruder Chimanga, warum parke ich den Wagen gerade da?«

»Weil Polizei kurz nach sechs antreten zum Dienst. Melden um sieben dicht bei Tür. Wir sie in die Luft jagen.«

»Und zugleich stürzt mindestens die vordere Hauswand ein«, sagte Marais. »Keine Deckung mehr. Wer noch lebt, ist verwirrt – ein sehr leichtes Ziel. Wir stürmen die Ruine, nehmen alle Waffen mit, und –« Marais bemerkte, daß Bruder Chimanga noch stocksteif dastand, statt sich zu den andern zu setzen.

»Noch eine Frage?«

»Ja«, sagte Bruder Chimanga. »Ich möchte wissen, warum du immer fahren in Wagen. Du fahren von Norden. Du fahren bis Lilongwe. Du fahren. Wir gehen. Immer nur gehen auf unsere Füße. Ich möchten wissen, warum.«

Marais war verdutzt, nicht so sehr wegen der Frage als wegen Chimangas aufsässigem Ton. Es war eine herausfordernde Anklage und so laut, als würde gar keine ernsthafte Antwort darauf erwartet. Marais war auf so etwas nicht vorbereitet. Daß *er* den Wagen fuhr, schien so selbstverständlich, so nebensächlich. Aber alle horchten atemlos, und Marais fühlte sich plötzlich von allen beschuldigt. Sie beobachteten ihn scharf. Sie waren nicht auf seiner Seite.

»*Kannst* du denn überhaupt fahren?« fragte er endlich.

»Eddy kann«, sagte Bruder Chimanga.

Marais blickte fragend zu Bruder Eddy hinüber. Der kratzte sich heftig am Fuß und sagte: »Yatu kann.«

»Du also nicht, Chimanga?« fragte Marais.

»Du kannst mich lernen«, murmelte Bruder Chimanga.

»Ich habe dich gefragt«, beharrte Marais mit erhobener Stimme, »ob du fahren kannst.«

»Nö«, knurrte Bruder Chimanga.

»Bruder George«, sagte Marais. »tu jetzt das Dynamit in den Wagen. Auf den Rücksitz.«

»Wieviel?«

»Hundert Stäbe. Das sind vier Kisten.«

Bruder George ging zu der mit Sandsäcken gesicherten Stelle, wo das Dynamit lagerte. Er trug die Blechbehälter so vorsichtig, als wären es Babys, zu dem Citroën und schob sie einzeln auf den Rücksitz, wobei er jedesmal die Augen zudrückte. Die Männer sahen in nervösem Schweigen zu.

Marais trat zu Chimanga. »Hier sind die Schlüssel. Du sollst fahren lernen. Ich gebe dir jetzt die erste Lektion.« Er ließ die Schlüssel um seinen Finger kreisen. »Na los, nimm schon.«

Bruder Chimangas Augen kreisten mit den Schlüsseln, aber sonst rührte er sich nicht.

»Nanu, du möchtest doch so gern fahren? Ich habe dieses Dynamit von Rumpi hierhergebracht. Nun bist du dran. Vergiß nur nicht: Wenn du dich dumm anstellst, wenn du nur ein bißchen zu hart an irgend etwas ranfährst – *wummm!«*, Bruder Chimanga zuckte zusammen, »geht das ganze Dynamit hoch. Und du auch. Du stirbst. Und ohne Dynamit können wir Lilongwe nicht angreifen, oder?« Marais lächelte. »Nimm die Schlüssel.«

Bruder Chimangas Gesichtsausdruck war absolut nichtssagend; sämtliche Muskeln waren erschlafft. *»Nimm endlich die Scheiß-Schlüssel!«* sagte Marais und drückte sie ihm gewaltsam in die Hand.

Da blieben sie aber nicht. Bruder Chimanga ließ sie augenblicklich durch die Finger rutschen, und sie fielen harmlos klingelnd in den Staub. Chimanga hatte sich noch immer nicht geregt und die Schlüssel keines Blickes mehr gewürdigt. Er starrte an Marais vorbei in das verfilzte Gestrüpp, wo die Heuschrecken schrillten.

Marais bückte sich und hob die Schlüssel auf. Die atemlose Stille entspannte sich rasch in halblautem Gebrabbel. Um zu bekräftigen, daß er stets meinte, was er sagte, fuhr Marais den dynamitbeladenen Citroën dreimal um das ganze Camp herum. Die Männer applaudierten, als er wieder bei ihnen hielt und ausstieg. Aber bei dem Gedanken, daß er sie beim geringsten taktischen Schnitzer alle hätte verlieren können, lief es ihm kalt den Rücken hinunter.

24

In der letzten Aprilwoche, an einem Samstagabend, fand in Blantyre unter der Schirmherrschaft von *Ambi Creams Ltd.*, einer rhodesischen Firma für Hautaufheller, die alljährliche Schönheitskonkurrenz statt. Jedes Jahr gewann eine »Miss Malawi« einen Geldpreis und mehrere Packungen Ambi-Creme, und im Juni wurde sie nach London geflogen, um gegen Miss Gambia, Miss Pakistan und andere um die Krone der »Miss Commonwealth« zu ringen. Dabei winkte immer die Möglichkeit (obwohl es einem schwarzen Mädchen noch nie passiert war), später auch beim Miss-Universum-Wettbewerb antreten zu dürfen. Aber das war so unwahrscheinlich, daß es in Blantyre gar nicht erwähnt wurde und der lokale Wettbewerb mehr als *politischer* Machtkampf die Gemüter bewegte. Es gehörte schon zur Tradition. Wenn einer fragte: »Was wird werden, wenn der Alte geht?«, erhielt er statt einer Antwort die Gegenfrage: »Wer ist letztes Jahr Miss Malawi geworden?«

Lange bevor irgendwer den Namen Hastings Osbong gehört hatte, sah man die damalige Miss Njassaland oft in Begleitung eines redseligen kleinen Herrn, der einen Gesichts-Tick hatte und stets picobello gekleidet war. Die weißen Siedler nahmen keine Notiz davon, wählten im Sportklub oder auf der Gartenschau ihre eigenen Schönheitsköniginnen und nannten diese, je nachdem, »Miss Rugby« oder »Miss Erdnuß«. Doch die meisten Afrikaner ahnten, daß am Tage der Unabhängigkeit der mit einem Homburg-Hut geschmückte Begleiter ihrer Miss Njassaland der erste Präsident der Republik Malawi werden würde. Als diese Ahnung sich bewahrheitete, wurde die Schönheitskonkurrenz so populär, daß mancher Minister sie als Test für seinen Einfluß benutzte. Die Freundin im Wettbewerb galt als Gradmesser für den eigenen Erfolg so wie eine flammende Wahlrede vor einer stur schweigenden konstituierenden Versammlung.

Calvin erfuhr dies alles von Major Beaglehole, der ihm erzählte, drei der Mädchen, die in Baileys Etablissement arbeiteten, seien frühere Schönheitsköniginnen. Man brauchte sie nur anzusehen, um zu wissen, daß diese Wettbewerbe manipuliert wurden. Aber Calvin hatte ohnehin nichts mit Schönheitskonkurrenzen im Sinn. Homemakers' Mutual hatte beim jährlichen Betriebsausflug auch immer eine abgehalten, und er hatte sich jedesmal tödlich gelangweilt. »Ich bin nicht neuntausend Meilen weit ausgerissen«, sagte er zu Beaglehole, »damit ich hier wieder eine sehe.« Er hätte die Miss-Malawi-Kür überhaupt nicht bemerkt, wenn Mira nicht mit einem Anmeldeformular gekommen wäre und ihn gebeten hätte, es für sie auszufüllen.

»Nun mal langsam!« sagte Calvin. »Was willst du denn dabei?«

»Miss Malawi werden«, schmollte Mira.

Es war pervers. Dies hatte mit afrikanischer Kultur nicht das mindeste zu tun. In Calvins Augen glich es einer Selbsterniedrigung und Beleidigung einer stolzen Rasse. Warum sollte sie sich als Reklame-Gag für eine rhodesische Hautaufheller-Firma hergeben?

»Was soll das?« versuchte er ihr ins Gewissen zu reden. »Afrikanische Länder hatten früher nie Miss-Wahlen. Es ist nicht recht. Es ist nicht...« *Traditionell,* dachte er. Aber so ein Wort war ihr fremd, und er sagte statt dessen: »Nicht gut für dich.«

»Gut«, sagte Mira.

»Nein«, sagte Calvin. »Du brauchst keine Miss Malawi zu spielen.«

»Doch«, sagte Mira.

»Mullet, Sie reden jetzt schon wie ein Schwarzer«, rief Major Beaglehole, der dabeisaß. »Natürlich wird gemogelt; jeder weiß das im voraus. Osbongs Lieblingspuppe war 63 Siegerin. So geht's jedesmal, aber das ist noch lange kein Grund, wie ein Schwarzer zu reden.«

»Ich rede, wie es mir paßt«, sagte Calvin. »Und es paßt mir nicht, daß meine Frau bei so einer Fleischbeschau mitmacht – basta.«

»Hör nicht hin«, sagte Major Beaglehole zu Mira. »Wenn die Mädchen da mal ein bißchen mit dem Po wackeln, ist das nur gut fürs Geschäft.«

»Verplemperte Zeit«, sagte Calvin ärgerlich.

»Sie sind mir der Richtige, von verplemperter Zeit zu reden«, mischte sich Bailey ein. »Lassen Sie das Genörgel, und füllen Sie das Formular aus. Seien Sie mal lieb.«

Grollend bequemte Calvin sich endlich dazu und heftete sogar die verlangte »Schutzgebühr«, einen Fünfzig-Osbong-Schein an das Anmeldepapier. Hierbei bemerkte er zum ersten Mal, daß das Wasserzeichen am Rand der Banknote Osbongs schwarzes Gesicht darstellte.

Calvin war wütend, um so mehr, als er trotz des allgemeinen Geredes über die Favoritinnen der Politiker damit rechnen mußte, daß Mira gewann. Und die Gewinnerinnen von Schönheitswettbewerben wurden hinterher verrückt gemacht und nahmen fast immer ein schlechtes Ende – als nuttige Starlets oder Hostessen im Nachtklub. Und ihre Fotos wurden monatelang als Reklame für Ambi-Cremes mißbraucht.

Mira nahm die ausgefüllte Anmeldung lächelnd entgegen und bedankte sich bei Calvin mit einer Umarmung und einem Kuß. Sie trug einen geblümten Turban und einen seidenen, eng um den Körper gewickelten Sari. An einem Arm klingelte eine ganze Manschette goldener Armreifen. In Mira mischten sich die Chromosomen der reizvollsten afrikanischen Rassen. Sie war schlank und grazil, aber fest gebaut, ihre Mausohren waren eine Spur größer als die der meisten anderen Frauen – oder es schien nur so, weil sie nie versteckt wurden. Sie hatte einen langen, anmutigen Hals und schräggeschnittene Augen ohne Lidfalte, und sie war nicht tiefschwarz, sondern schokoladenbraun. Von der Taille aufwärts war sie so zart modelliert wie der kunstvoll verzierte Griff eines Dolches, mit mädchenhaft kleinen Brüsten. Ihre Beine waren lang im Verhältnis zu ihrer Körpergröße und so gerade wie zwei Degenklingen. Sie war Calvins Schwarzamsel und manchmal sein Kätzchen; sie hatte scharfe kleine Zähne.

Wenn sie in glatte, schmeichelnde Seide gekleidet war, die ihre Rundungen betonte, begehrte Calvin sie so leidenschaftlich, daß er sich selbst auf die Folter spannte, indem er sie unnötig lange streichelte und unter das Kleid griff, um die wunderbaren festen Formen mit ihren verborgenen, immer neuen Überraschungen zu fühlen. Es grenzte ans Perverse. Sie wußte es und köderte Calvin mit der Drapierung ihrer Blöße, die ihn unter der Hüller mehr aufreizte als schlichte Nacktheit. Er tastete ihren Schenkel entlang. Sie zeigte ihre weißen Zähne und führte seine Hand.

Sie war außergewöhnlich hübsch, und obwohl er sie nicht nur deswegen geheiratet hatte (das hätte er auf jeden Fall getan, um sie bei sich zu behalten), war es ihm sehr recht. Sie hatte ihre kleinen Geheimnisse, aber ihre Schönheit war kein Kunstprodukt. *Das* wußte Calvin ganz sicher, denn ungefähr eine Woche nach ihrer Heirat hatten sie eine kleine Meinungsverschiedenheit über Körperpflege gehabt. Mira wusch sich sehr oft, Calvin so gut wie nie. Zur Trauung hatte er sich zwar gewaschen und rasiert und sich das Haar glatt an den Kopf gekämmt, aber danach hielt er dergleichen nicht mehr für nötig. Es lag ihm nichts daran, irgendwen zu beeindrucken. Er sagte, darin sei er wie ein Afrikaner, er fühle sich nun mal wohl in seinem Dreck. Nichts könnte gemütlicher und vertrauter sein als ein Unterhemd, das eine oder zwei Wochen lang getragen sei. Mira gab ihm Seife und bestand auf Sauberkeit. Calvin war verletzt. Und er ängstigte sich: Miras »Waschzwang« erinnerte ihn unangenehm an seine erste Frau. Fing Mira, seine schwarze Mira aus einem Buschdorf im tiefsten Afrika, nun auch damit an? Calvin sagte, er fände es zu dumm, sich dauernd unter ein durchlöchertes Faß zu stellen, das als Dusche diente, und Jarvis eigens heißes Wasser heranschleppen und eine Leiter hinaufbalancieren zu lassen, damit er das Faß füllte. Mira kam nicht über das »dumm« hinweg und heulte. Aber das war noch nicht das Schlimmste. In der Nacht darauf lag sie auf dem Bett, und Calvin tastete sie ab wie ein Blinder, der mit den Finger eine Braille-Schrift liest. Immer mehr entzifferte er, und immer mehr wuchs seine Begierde, bis er ihren ganzen Körper mit Küssen bedecken wollte.

»Schwein!« schrie sie ihn an, stieß ihn mit den blitzschnell angewinkelten Knien vor die Brust und versetzte ihm eine Ohrfeige.

Calvin entwich tief gekränkt aus dem ehelichen Schlafgemach und irrte durch die Straßen, um irgendeine beliebige Nutte aufzugabeln. Aber auf dem Osbong Drive waren alle Bars geschlossen und die Läden heruntergelassen. In einem Durchgang neben der Henderson Street schnalzte ihm eine Hure zu, und Calvin trat näher, um sie zu besichtigen. Sie war betrunken, packte ihn zudringlich am Ärmel und machte dicke Kußlippen. Calvin riß sich los und rannte zur Victoria Street, wo die Nachtwächter der Bank und des Supermarktes um ein Feuerchen hockten oder es sich in *charpoys* vor den Eingängen bequem gemacht hatten; als Bettzeug dienten ihnen Lumpen und Zeitungspapier. Zwei Häuserblocks weiter tauchte eine Rotte der Jugendbrigaden aus dem Dunkel auf; sie waren mit Knüppeln und Totschlägern bewaffnet und gingen direkt auf Calvin zu. Er drückte sich noch rechtzeitig um die Ecke zu Fotheringham Road, wo er mehrere beschäftigungslose Mädchen herumschlendern sah. Er folgte einer, dann einer anderen, kam zum Osbong Drive zurück, wobei er einen Bogen um die *Youth Wingers* schlug, und war schon fast vor dem Agnello-Gebäude, in dem sich sein Büro befand, als er eine Gestalt erblickte, die er zuerst für einen halbwüchsigen Sikh-Jungen im Sarong hielt. Es war aber ein Mädchen, und Calvin ließ sich von ihrem anmutigen Hinternwackeln weiterlocken. Auf Chinyanja gab es ein spezifisches Wort von acht lautmalerischen Silben für den wogenden Gang mancher Frauen. Diese hier brachte es auf sechzehn Silben pro Schritt; sie ging rasch und war schon fast am Uhrturm, als Calvin sie einholte und sie eben mit dem üblichen »pss, pss«, und »muli bwanji« ansprechen wollte (auf dieses *pss,* mit dem man auch Katzen ruft, reagierten Huren immer), als sie vom Lichtstrahl einer Nachtwächterlampe getroffen wurde: Es war Mira.

So hübsch, so reizend, sogar von hinten, in tiefster Nacht, als fremdes Straßenmädchen! Sie fielen einander in die Arme und küßten sich in wilder Liebe; Dschungelliebe. Miras Hand glitt in seine Hose und umfaßte sein steifes Glied. Viel später, zu Hause, seifte sie ihn endlich einmal gründlich in Major Beagleholes Sitzbadewanne ab.

»Lays and german!« rief der Zeremonienmeister auf der Bühne des Rainbow-Theaters; er versuchte, mit dieser verschliffenen Aussprache den amerikanischen Akzent nachzuahmen. »Mit Ihre gietige Erlaums, lays and german, stell ich vor: lauter scheene, scheene Hiehnchen!«

Sie waren in einer Reihe unter dem Ambi-Spruchband aufmarschiert, auf welchem zu lesen stand: SCHÖNER – HELLER – AMBI HILFT! Das Ismaili-Bordell hatte eine sehr magere Bewerberin geschickt, die Erdnuß-Marktgenossenschaft zwei, die *Malawi News* eine, die Frauenliga von Malawi auch eine. Je zwei kamen vom *Goodmorning Panwallah,* der *Zambesi* Bar, dem *New Safari Drinkhouse,* dem *Victoria Club* und dem *Highlife.* Baileys Etablissement (Tante Zeebas Speisehaus) hatte drei beigesteuert: Grace, Abby und Ameena. Fünf besonders aufgetakelte junge Damen mit Federhüten und langen weißen Handschuhen waren ohne namentlich aufgeführte Beschützer gekommen; man nahm an, daß es sich um die derzeitigen Freundinnen einiger Minister handelte.

Mira erschien in Seide. Und da war noch eine.

»Nun seht mal die da!« sagte Major Beaglehole. »Ein Hottentottenweib mit Roststellen!«

Er meinte eine mehr als üppige Schwarze mit rötlichockerfarbenen Zierstreifen im Gesicht, einer Kette von gelblichen Löwenzähnen um den Hals und einer Zibetkatzenperücke. Glöckchenschnüre, die um ihre Fuß- und Handgelenke gebunden waren, klingelten bei ihrem herausfordernden Stampfen und den Schwimmbewegungen ihrer Arme. In einer Hand hatte sie einen dreizackigen Speer, wie er bei den am See lebenden Stämmen üblich war, über der Schulter einen Bogen und auf dem Rücken einen Köcher mit Pfeilen. Zum Überfluß steckten noch ein Schnitzmesser in perlenbesetzter Scheide und eine Steinhacke in ihrem Gürtel. Sie wurde als Zanama vorgestellt.

Jede der Konkurrentinnen hatte, sobald sie vom Zeremonienmeister aufgerufen wurde, mit den Wimpern geklappert oder kokett an ihrer Kleidung herumgezupft. Mira hatte Calvin zugelächelt. Zanama hatte in derbem Dorfdialekt etwas ins Publikum gerufen und von einer ganzen Gruppe einmütige Antwort erhalten. Dadurch ermutigt hüpfte Zanama nach vorn in die Mitte der Bühne, wo sie ihre Glöckchen sehr laut klingeln ließ und ihren Speer schüttelte. Calvin traute ihr zu, daß sie plötzlich einen Pfeil zücken und ins Publikum schießen würde, und rutschte vorsichtshalber auf seinem Sitz tiefer. Aber Zanama tat nur so und ließ sich bald, wiewohl grollend, vom Zeremonienmeister an ihren Platz in der Reihe der Bewerberinnen zurückkomplimentieren.

Übrigens zeigten nur Mira und Zanama ihre natürliche Hautfarbe. Mira war schokoladenbraun, Zanama schwarz wie Melasse. Alle anderen waren so reichlich mit Ambi-Teintaufheller eingeschmiert, daß ihre Gesichter in allen Nuancen von Blau glitzerten, je nachdem, wie lange sie die Ambi-Präparate schon benutzten und in welcher Stärke: Ambi-Normal, Ambi-Extra oder Ambi-Spezial. Die Arme waren bei allen braun oder schwarz geblieben, und die Münder vermittels Lippenstift zu Clownsmasken angemalt.

»Lassen wir der Jury Zeit zum Angucken von diese scheene Hiehnchen«, nölte der Zeremonienmeister. »So lange heeren wir Musik zur Unterhaltung! Immer lustig!«

Eine kleine Jazzband aus Johannesburg spielte zwei Nummern. Ihr Leader, ein zu kurz geratener *tsotsi* mit einem flachen Filzhut, tanzte einen ausgelassenen *kwela,* Elvis Masooka folgte mit dem berühmten »Jailhouse Rock« und »Ooby-Dooby«; er begleitete sich selbst auf einer angeknacksten Gitarre. Und ein gewisser Jim Malawi gab das fromme Lied »This World Is Not My Home« zum besten. Der Mädchenchor der Stella-Maris-Mission sang auf die Melodie von »Santa Lucia« den Ruhm des Präsidenten; die Schlußzeile lautete *Zonse Zimene Za H.K. Osbong,* Alles H. K. Osbongs Eigen! Doktor Osbongs Bild hing direkt über dem Ambi-Spruchband und war bläulich übermalt, was Jarvis Moores Behauptung, der Präsident benutze jedenfalls Ambi-Produkte, fast glaubhaft erscheinen ließ.

Inzwischen war ein Jury-Mitglied in weißer Robe bei den Mädchen auf dem hinteren Teil der Bühne mit dem Maßband beschäftigt. Die von ihm ausgerufenen Ziffern wurden von einem streng dreinblickenden Assistenten in ein Notizbuch eingetragen. Ein dritter begutachtete die Mädchen anschließend durch ein Vergrößerungsglas und verscheuchte damit den Missions-Chor von der Bühne.

Calvin saß zwischen Major Beaglehole und Bailey. Dann kamen Jack Mavity und zwei seiner Kinder. »Habt ihr den mit der Lupe gesehen?« fragte Mavity mokant. »Die Afrikaner lieben nun mal alles, was glänzt...« Major Beaglehole beobachtete Zanama und murmelte: »Wie ein Zirkuselefant.« Bailey hustete, aß etwas aus einer Packung, die auf ihrem Schoß lag, und hustete wieder. Calvin rauchte nervös. Er genierte sich für jede einzelne, die sich da oben zur Schau stellte, und versuchte, nicht hinzusehen. Es war widernatürlich. Es war schlecht. Das hatte er ja gleich gewußt und gesagt, als Mira mit dem Anmeldeformular kam. *Ambi Beauty!* Er hätte am liebsten Reißaus genommen.

Ein Gedanke hielt ihn jedoch. Es war die plötzliche Erkenntnis, daß dies ja genau wie eine Show in Amerika war; nur sah er den gewohnten Film jetzt im Negativ. Statt des schwarzen Al Jolson, der kulleräugig seinen Song ins weiße Publikum raunte, balzten hier Schwarze mit künstlich aufgehellten Gesichtern herum, als *bwanas, memsahibs* und weiße Showgirls verkleidet. Sie machten sich nicht lächerlich, sondern reagierten auf Jahrzehnte voller Hohn und Spott. Calvin hatte Al Jolson nie gesehen, aber den baptistischen Männerverein seiner Heimatstadt Hudson, als »Darkies« aufgemacht (*Darkies* war ihr Wort für Schwarze) anläßlich einer kirchlichen Gala-Veranstaltung im Jahre 1951. Noch heute überlief ihn ein Schauer bei der Erinnerung an jenes trübselige Jahrzehnt, als farblose Langweiler auf jede Art anzugeben versuchten, ältere Herren in buntgestreiften Affenjäckchen Papierhüte schwenkten und krähten: »Hel-lo, Mista Bones! Wer war denn die Puppe gestern nacht? Wir hab'n Sie gesehen!«

»Das war keine verdammte Puppe – das war meine Frau!« war, fünfzehn Jahre später, die Antwort des Bandleaders auf der Bühne des Rainbow-Theaters in Blantyre, Malawi, Zentralafrika. Die Zeit stand still. Da waren die mit Ambi aufgehellten Mädchen statt der schwarzgeschminkten Spießer von Hudson; da waren Elvis Masooka und Jim Malawi und sogar seine eigene Frau, und es war immer noch wie in den Fünfzigern. Eine versunkene Ära flimmerte in grau verwischten Erinnerungen auf wie bei einem alten Fernsehgerät, das sich nur allmählich erwärmte: die Andrews Sisters, Perry Como, Ed Sullivan und wie sie alle hießen... Und die heutige Miss-Malawi-Konkurrenz vermengte sich mit dem grobkörnigen Raster jenes längst vergessen geglaubten Kirchennachmittags: Talentproben im Schneegestöber eines uralten Schmalfilmstreifens.

Erst dreißig und schon so viele Erinnerungen... Afrika vermittelte solche Einblicke und Einsichten. In Amerika gab es keine echte Nostalgie; das Land war nicht dafür geschaffen. Im Gegenteil, die Vergangenheit wurde mit Lust verdrängt, ausradiert. Aber hier in Malawi hatte sich die Welt nicht verändert. Hier hörte Calvin geisterhafte Stimmen und Erkennungsmelodien, hier sah er sie alle wieder: Jane Russell in zerrissener Bluse neben einem Heuhaufen (für zwölf Cent konnte man sie im Roxy, Hudson, bewundern), Edmond O'Brien in *Die barfüßige Gräfin*, Jane Wyman (was war eigentlich aus ihr geworden?), Lex Barker als Tarzan. Damals galt man als liberal, wenn man *The Jackie Robinson Story* gesehen hatte, und es gab Schlagerparaden zu Hunderten und Tausenden.

»...Und nun noch ein musikalischa Leckabissen! Haltet

euch fest, lays and german, sonst reißt euch die Knautschkommode noch vom Hocka!«

Aus den Kulissen des Rainbow-Theaters kam ein nervöser, schmächtiger Mensch mit einem Akkordeon und schlecht geschnittenem Haar. Sein schwarzes Gesicht war mit Ambi-Extra neutralisiert. Bei der Kirchengala damals wäre er mit dem obligaten Geschwafel aufgetreten: »Ich bin Laufjunge im Chelsea Waldorf – spiele seit meinem zehnten Jahr – warte immer noch auf den großen Durchbruch!« Aber der schmächtige Mann mit dem schlechten Haarschnitt sagte auf die Frage, was er für die »lays and german« spielen wolle, gar nichts. Er zog den ungefügen Balg seines Instruments aus, fingerte nach den Tasten und Knöpfen und spielte mit den üblichen Hüftverrenkungen (*Mein Gott*, dachte Calvin, *träume ich?*) ausgerechnet: »Lady of Spain«.

Genauso lächerlich war es gewesen, wenn die Männer der Baptistengemeinde daheim in Hudson »Old Black Joe« und »Swanee River« sangen; sie mußten es selbst gewußt und gewollt haben, wie das bekannte Komikerpaar Amos und Andy mit seinen übertriebenen Kalauern. Aber wußten es die Leute hier auf der Bühne, Elvis, Jim, der »Lady-of-Spain«-Spieler, die Ambi-Mädchen, seine Frau... *seine Frau*? Um ihretwillen und zur eigenen Beruhigung hoffte Calvin inbrünstig, daß sie sich ihres Tuns bewußt waren und sich mit ihrer Darbietung über die Weißen mokierten; das wäre immerhin eine Art Revolte gewesen. Furchtbarer Gedanke, daß sie es ernst meinen könnten, daß sie an ihre Mimikry und ihre Masken glaubten... Welch trauriges Armutszeugnis!

Verfallszeichen bei allen – das heißt bei allen außer Zanama. Sie war völlig am Platze, *weil* sie aus der Reihe tanzte. Sie versuchte nicht, die Weißen zu parodieren; ihre Integrität als Schwarze verbot ihr, das Spiel der anderen mitzumachen.

Die Musik brach ab.

»Was, zum Donnerwetter, machen die noch so lange?« murrte Jack Mavity. Die Jury saß jetzt an einem kleinen Tisch und war, wie es schien, mit Rechnen und dem Vergleichen der Endsummen beschäftigt. Die meisten der Miss-Anwärterinnen lächelten unentwegt durch den zerlaufenen Ambi-Aufheller. Zanama zog die ockergefärbten Brauen zusammen und machte ein wildes Gesicht.

»Wird die Siegerin gleich hier ausgerufen?« fragte Calvin.

»Klar, machen sie immer.« Bailey aß den Rest aus ihrer Packung, leckte sich die Finger und fügte hinzu: »Aber sie nehmen sich reichlich Zeit dazu.«

»Ich weiß selber nicht, wozu ich mitgekommen bin«, sagte Major Beaglehole.

»Sie hätten ebensogut in der Bar bleiben können«, erwiderte Calvin. »Niemand hat Sie gezwungen.«

»*Was* sagen Sie?« Major Beaglehole, der sein Hörgerät abgeschaltet hatte, kniff mißtrauisch die Augen zusammen.

Calvin wiederholte seine Antwort und formte dabei die Lippen zum Ablesen.

»Ich meine, nicht nur heute«, sagte der Major. »Ich meine, warum bin ich überhaupt in Afrika hängengeblieben?«

»Ein ekliges Land«, pflichtete Bailey ihm bei.

»Sie bandagieren sich die Beine«, sagte Mavity. »Und dabei fehlt ihnen gar nichts!«

»Krampfadern«, hustete Bailey.

»Wenn einer Bandagen braucht, wär' ich es«, sagte Mavity.

Der Major blickte um sich und rümpfte die Nase. »Schauderhafter Ort. Schäbig.«

»Wie 'ne nasse Müllkippe«, sagte Bailey.

»Wie was?« fragte Calvin zerstreut.

»Es stinkt«, erläuterte Bailey kurz.

Das Theater war bis auf den letzten Platz besetzt, die Türen waren geschlossen, und Ventilatoren gab es nicht. Die verschiedensten Körperausdünstungen wurden allmählich beklemmend; ein säuerlicher Geruch kribbelte in der Nase; die feuchte, ungesunde Atmosphäre lastete auf der Brust. Aber Calvin war überzeugt, daß Baileys und Beagleholes Bemerkungen auf ihn gemünzt seien. Er saß zwischen ihnen und roch sicher schlechter als alle anderen zusammen.

»Sie hätten eben nicht mitkommen sollen«, sagte er trotzig und meinte: Was sucht so einer in Afrika?

Das Publikum war in Bewegung geraten. Viele wechselten die Plätze, um mit Bekannten zu reden. In dem allgemeinen Durcheinander sangen die einen »Ooby-Dooby«, andere wieder »This World Is Not My Home«. Zu Calvins Füßen hockte eine Frau, die einen Strickstrumpf als Mütze über den Kopf gezogen hatte, und stillte ihren Säugling. Andere Babys, die im Tragetuch von ihren Müttern mitgebracht worden waren, plärrten, und ungeduldige Halbwüchsige hingen herum und bliesen durchdringend durch Papierröllchen.

»Meine sehr verehrten –«

Das gedämpfte Stimmengewirr im Saal, Füßescharren, Gelächter, Singen und Rufen verebbte beim Wiederauftritt des Zeremonienmeisters.

»Lays and german –«

Die Frau, die vor Calvin am Boden kauerte, nahm ihren satten Säugling von der Brust, legte ihn sich übers Knie und klopfte ihm sanft den Rücken.

»Bitte um Ihre Aufmerksamkeit.«

Doch die Aufmerksamkeit fast aller Anwesenden konzentrierte sich bereits auf Zanama, die, uralte Beschwörungsformeln murmelnd, zu den aufsteigenden und abfallenden Silben *wah-wah-wah* rhythmisch auf den Fersen wippte und das Becken vor und zurück schob. Calvin erwartete jeden Moment einen Kriegsschrei, aber Zanama blieb leise und bedrohlich, und ebendies steigerte die Spannung. Calvin hatte zuerst gedacht, daß sie dennoch lächelte, erkannte jedoch, daß es ein Zähnefletschen war und keinen Moment etwas anderes bedeuten sollte.

»Ich habe die Ehre und das Vergniegen, die Siegerin des diesjährigen Miss-Malawi-Wettbewerbs zu vakinden –«

Der Zeremonienmeister tat so, als müsse er noch den Zettel in seiner Hand zu Rate ziehen. Er glich dabei einem Menschen, der nach dem Schneuzen den Inhalt seines Taschentuchs betrachtet, bevor er es wieder einsteckt – zufrieden und dennoch leicht beunruhigt. Dann holte er tief Atem und sagte etwas. Wenn es der Name der Gewinnerin war, so blieb er unverständlich.

Ein Pfeil steckte zitternd in einem Balken über ihm. Noch einer. Und noch einer.

Schon beim ersten Pfeilschuß war ein halbes Dutzend der Mädchen, auf dünnen Bleistiftabsätzen kippelnd, von der Bühne gestoben, beim zweiten stürzten die Musiker zu ihren Instrumenten, soweit sie nicht gleich zum Ausgang drängten. Der dritte Schuß bewog den Zeremonienmeister, wie erstarrt stehenzubleiben.

Zanama warf den Bogen hin, piekste mit dem Speer in seine

elegante Fliege, riß ihm das Mikrophon aus der Hand und schrie:

»Schwarz! Schwarz! Schwarz! Ich bin die Siegerin!«

Calvin nagte fasziniert am Daumen.

»Ruft die Polizei!« rief Bailey und schwenkte ihre Chipstüte. »Ist denn kein Polizist da?!«

»Das Hottentottenweib«, murmelte Major Beaglehole. Er brauchte den Knopf im Ohr nicht, um die Vibrationen des allgemeinen Aufruhrs bis in die toten Trommelfelle hinein zu spüren. Es reichte ihm.

»Warum hat Mira nicht –«, fing Calvin an. Er wurde von Zanama, die ins Mikrophon schrie, übertönt:

»Verdammter Unsinn! Alles Schiebung! Ich bin Afrikanerin. Ich bin fett, ich bin stark! Ich hab' Haare auf den Zähnen! Ich bin schwarz, *schwarz*!«

Minutenlang, solange Zanama kreischte, war Calvin ganz auf ihrer Seite. Sie hatte ja recht: Sie sollte siegen, *weil* sie schwarz war. Die andern hatte er leider zu hoch eingeschätzt; sie glaubten tatsächlich an Ambi und Elvis und blasse Tünche und Dauerwellen und Büstenhalter. Sie hatten es nötig, mit dem Speer zur Vernunft gebracht zu werden. Calvin wäre sitzen geblieben, wenn Zanama nicht dazu übergegangen wäre, ihre verbliebenen Konkurrentinnen mit dem Messer zu bedrohen. Eine davon war seine Frau.

Calvin hechtete auf die Bühne, nahm Mira bei der Hand und führte sie aus dem Theater. Gleichzeitig gab Mavity eins seiner gelben Kinder in Major Beagleholes Obhut, drückte das andere wie einen Fußball an seine Brust und erkämpfte sich mit gesenktem Kopf einen Weg durch die Menge.

Der Zeremonienmeister und der Rest der Mädchen waren verschwunden. Zanama hatte die Bühne ganz für sich allein und nutzte die Chance. Sie hielt eine Rede durchs Mikrophon und proklamierte sich selbst als Siegerin, im Namen Bruder Jajas und aller, die schwarze Haut hatten. Sie verkündete schallend, Afrika gehöre den Afrikanern, und so würde es auch bleiben.

Das Publikum, das bis auf die wenigen persönlich Beteiligten noch vollzählig da war, genoß die Abwechslung, wie es lange nichts mehr genossen hatte. Endlich durften viele ihrem verborgenen, angestauten Groll Stimme verleihen. Die Veranstaltung dauerte viel länger, als irgendwer erwartet hätte. Die Polizei war, wie sich später herausstellte, gerade woanders im Einsatz.

25

27. April, schrieb Marais in sein Tagebuch. *Lilongwe ist fest in unserer Hand. Die Operation begann pünktlich um 5 Uhr morgens. Die Patrouillen lagen im Umkreis auf Posten. Ich nahm den Citroën und fuhr...*

Lilongwe war die erste Etappe auf dem Weg nach Blantyre. Marais hatte zwölf Stunden dafür veranschlagt, diese Stadt lahmzulegen, aber schon am Samstagnachmittag war alles vorbei, und er überblickte die Lage vom Flachdach des Great Northern Hotels aus, eines fünfstöckigen Holzgebäudes mit einer großen Uhr an der Stirnseite. Die Stadt war genommen; aus der Telefonzentrale stieg eine schwarze Rauchsäule auf. Ein Dutzend Polizisten war in die eigenen Arrestzellen gesperrt worden, eine Reihe von Lastwagen beschlagnahmt, das Partei-Hauptbüro niedergebrannt, das Lebensmittel- und Munitionslager ausgeräumt. Bei alledem hatte es weder Tote noch Verletzte gegeben. Ein paar Kleinigkeiten, die schiefzugehen drohten, hatte Marais doch noch zugunsten der Seinen umzukehren gewußt, so daß Lilongwe innerhalb weniger Stunden eingenommen war. Obendrein war am selben Tag Wochenmarkt. Straßen und Plätze waren voll von wackligen Buden und Ständen, angepflockten Ziegen und Rohrkäfigen mit gackerndem Federvieh; Obst und Gemüse war pyramidenförmig auf Bodenmatten angehäuft. Auch die meisten Geschäfte hatten schon wieder geöffnet, und die Leute drängten sich feilschend und kaufend durch die engen Gassen, als wäre nichts geschehen. Die Panik des frühen Morgens schien an den meisten spurlos vorübergegangen zu sein. Abgesehen von dem Brandgeruch hätte es jeder beliebige Markttag in Lilongwe sein können.

Marais hatte das Great Northern Hotel zum vorläufigen Hauptquartier erwählt und sich von seinen Leuten einige Möbel auf die Dachterrasse bringen lassen. Dem protestierenden Hotelmanager (einem Schotten) hatte er in aller Ruhe empfohlen, schleunigst zu verduften. Das Hotel war das höchste Gebäude der Stadt und bot von oben einen unverstellten Blick über viele Meilen. Marais sah die Straßensperren im Norden und Süden von Lilongwe, die jetzt von *seinen* Leuten besetzt waren, und die Maschinengewehrnester auf einigen Hügeln oberhalb einer Straßenkreuzung im Südwesten. Im Westen war ein lichtgrünes Weidefleckchen mit einem kleinen Hangar sichtbar: der Flugplatz. Auf dem Hangar flatterte seit einigen Stunden, wie auch auf dem Wettermast des Hotels, die schwarz-rote Flagge des Bruder Jaja.

Der Schreibtisch auf dem Dach stand unter einem Sonnenschirm, den sie einem Eisverkäufer weggenommen hatten. Marais' Merkhefte, die »Prinzipien der Revolution«, lagen auf der Platte und blätterten sich zuweilen in der leichten Brise von selber um. Wer hätte geglaubt, daß eine Stadt nach diesen Prinzipien so leicht einzunehmen sei? Marais setzte sich hin und begann zu schreiben: *27. April. Lilongwe ist fest in unserer Hand...*

Marais fuhr langsam über die Hauptstraße in Lilongwe ein. Der Citroën hatte nur die Standlichter an. Die Nacht war so kalt, daß die Windschutzscheibe von Marais' Atem beschlug. Die übrigen Fenster waren von innen schwarz angestrichen, um die vier Dynamitbehälter mit ihrem aus zwei Trockenbatterien und einem Wecker gebastelten Zeitzünder auf dem Rücksitz vor neugierigen Blicken zu schützen. Marais beförderte diese gefährliche Fracht allein; auf dem Beifahrersitz befand sich lediglich ein voller Benzinkanister. Die überlastete Federung ächzte leise. Ein paarmal geriet der Wagen unvermutet in tiefe Schlaglöcher, und Marais schloß bei dem Geratter unwillkürlich die Augen, jeden Moment gewärtig, mit der gesamten Ladung hochzugehen. Die Dynamitstäbe hinten wurden erschüttert, der Kanister neben ihm rutschte, aber die Explosion blieb aus, obwohl Marais solche Sekunden wie in einem plötzlichen Fieberanfall durchlebte und den Luftzug aus dem Spalt des Seitenfensters wie Eis auf seinem schweißnassen Gesicht fühlte. *Wenn* ihm was passierte, würde ihn kein Arzt je wieder zusammenflicken können; sein Körper würde in Fetzen über die ganze Stadt verteilt werden. Aber man würde wenigstens wissen, wer er war. »Marais«, würde man sagen. »Marais und die Bombe! Er hat schon einmal einen Schuß in den Rücken gekriegt und wäre fast gehängt worden.«

Es war eine richtige Cowboy-Stadt, die Dekoration für einen Western-Film, auch wenn es solche Städte im Wilden Westen nie gegeben hatte; nur die Planwagen und Pfosten zum Anbinden der Pferde fehlten. Eine breite baumlose Straße verlor sich an beiden Enden im Busch; im Zentrum war die Straße voller Geschäfte, und außer dem Hotel und dem Hauptquartier der Polizei waren alle Häuser einstöckig, mit falschen Fronten und überdachten Veranden.

Die einzigen Lichter der Stadt befanden sich um diese frühe Stunde im Polizei-Hauptquartier, einem Betonwürfel mit zwei Stockwerken. Auch das Hinweisschild neben dem Eingang war erleuchtet. Marais lächelte bei dem Gedanken, daß er den Stadtplan auswendig wußte. Er fuhr vor, schaltete den Motor ab, kurbelte das Seitenfenster hoch, deckte den Benzinkanister ab, stieg aus und verschloß den Wagen. Indem er den Reißverschluß seiner Jacke hochzog, betrat er die Polizeiwache, nicht ohne die Bewegung von dreien seiner Männer zu bemerken, die sich in der dunklen Gasse schräg gegenüber in der Nähe des Hotels aufhielten. Der diensttuende Beamte schnarchte mit dem Gesicht nach unten auf einem Feldbett hinter dem hohen Empfangspult. Die Wände waren sehr schmutzig, auf dem Fußboden lagen Papiere verstreut, und eine Katze spielte mit dem umgefallenen Papierkorb. Es sah aus, als hätte hier bereits ein Angriff stattgefunden und der reglose Polizist sei eines der ersten Opfer. Auf einem Schwarzen Brett genau über dem Kopf des Schlafenden war der Dienstplan für den Tag angeschlagen, rund dreißig Namen, und daneben mit Kreide geschrieben: Dienstantritt 07.00. Mr. Harry war gut informiert gewesen – das Uhrwerk an der Bombe brauchte also nicht zurückgestellt zu werden. Auch die Uhr im Wachraum stimmte genau mit der Zeit auf Marais' Armbanduhr überein; es war gerade zehn nach fünf. In einem Gewehrständer in der linken Ecke hingen, mit Ketten gesichert, zwanzig Karabiner, und in einem Glasschrank daneben lagen ein Dutzend Pistolen, etliche Hand- und Fußschellen nebst Zubehör und eine Reihe Gummiknüppel.

Marais klopfte auf das Pult. Der Polizist fuhr verstört hoch, schnaufte und kratzte sich am Kopf.

»Sind Sie der Wachhabende?« fragte Marais.

»Ja, Sir«, sagte der Polizist und fügte töricht hinzu: »Muß grad diese Minute eingeschlafen sein.« Er kam ans Pult, fand dort seine Dienstmütze vor und setzte sie sich auf. Dann sagte er mit erleichtertem Lächeln:

»Ruhige Nacht heute nacht – ich meine, heute morgen. Muß grad für 'ne Minute eingeschlafen sein –«

»Schon gut«, sagte Marais. »Ich bin auf der Durchreise, und –«

»Kann ich Ihnen helfen, Sir?«

»Mein Wagen«, sagte Marais. »Da ist irgendwas am Vergaser, ich weiß nicht recht. Sehen Sie, ich –«

»Oh, gleich um die Ecke ist 'ne Tankstelle mit Reparaturwerkstatt. Kein Problem, Sir. Sie können den Wagen ruhig so lange hier vor der Wache parken, da ist er ganz sicher.«

Der Polizist war offenbar so froh, daß es sich nur um eine Bagatelle handelte, daß Marais' wohleinstudierte Geschichte für den Fall, daß die Polizei ihn weiterschickte, ganz überflüssig wurde, und das Bestechungsgeld, das Marais auf Harrys Anraten in einem Umschlag bei sich trug, ebenfalls. Der Polizist war höflich, hilfsbereit und – wer hätte dies in so einer verdreckten Wachstube erwartet – umsichtig. »Ach, er steht schon vor der Tür? Um so besser. Lassen Sie ihn ruhig da. Die Tankstelle macht um neun Uhr auf.«

»Erst um neun?« fragte Marais. »Ich hoffte, ich würde ihn schon ein bißchen früher in Ordnung kriegen.«

»Vielleicht kommen sie früher. Hier ist kein Mensch so furchtbar pünktlich, haha. Wir sind nun mal bloß 'ne Kleinstadt. Keine Sorge, Sir, Sie brauchen den Wagen nicht mal abzuschließen.«

»Steht er Ihnen wirklich nicht im Wege?«

»Platz haben wir hier genug, Sir«, sagte der Wachhabende. »Sie kommen von Blantyre?«

»Ja.«

»Und wollen weiter nach Norden?«

»Sobald mein Auto repariert ist, ja.« Der Wachhabende schüttelte bedenklich den Kopf. »Im Norden soll's wieder irgendwelche Unruhen geben, Sir. Nichts davon gehört?«

»Ich glaube, in Blantyre hat es mal jemand erwähnt.«

»Ein paar von meinen Kollegen haben einen Bericht über Schießereien im Rumpi-Distrikt mitgebracht. Wenn Sie da durchwollen, brauchen Sie einen besonderen Passierschein.«

»Tatsächlich? Und wo kriege ich den?«

»Kein Problem, Sir. Ich kann Ihnen gleich einen ausstellen. Hier.« Der Wachhabende füllte emsig ein vorgedrucktes Papier aus. Er fragte nach der Autozulassung, Kennzeichen, Marais' Namen, Paßnummer und Adresse. Er stempelte, datierte und unterschrieb es. »Wenn Sie das vorzeigen, werden Sie überall durchgelassen. Aber bis jetzt sind Europäer nur selten belästigt worden.« Der Passierschein trug die Bezeichnung: *Für Reisen durch Unruhegebiete.*

Marais dankte und fragte, ob er wohl um diese Zeit noch für ein paar Stunden ins Hotel gehen könnte.

»Aber sicher, Sir. Da ist immer einer wach. Es gibt einen Nachtportier.«

Marais bedankte sich noch einmal und wandte sich zur Tür.

»Sir?« erklang es hinter ihm.

Er drehte sich um, beide Hände in den Taschen – eine um den Revolvergriff, die andere um den Bestechungsumschlag gekrampft.

»Haben Sie vielleicht –« Der Polizist lachte verlegen.

»Ja? Was denn?«

»Ich meine... die Zigaretten sind mir ausgegangen.«

»Nehmen Sie 'ne Zigarre«, sagte Marais. »Zigaretten habe ich nicht, aber die ist auch gut. Hier.«

Die Bombe explodierte Punkt sieben. Es gab mehrere Detonationen kurz hintereinander; der Citroën wurde auseinandergerissen und in lodernden Einzelteilen weit umhergeschleudert. Die Attacke auf Lilongwe war eröffnet.

»Pünktlich wie die Maurer«, sagte Marais, der sein Gewehr gerade noch einmal überprüft hatte. Er stand mit drei anderen unter der Feuertreppe an der Rückseite des Great Northern Hotel, wartete noch ein paar Sekunden, bis die Stichflammen des brennenden Benzins in sich zusammensanken, und raste dann mit seinen Männern um die Ecke des Gebäudes, alle vier die Gewehre im Anschlag, um aufzulesen, was von der Polizeiwache und den Polizisten noch übrig war. Von der Hotelfront aus hatten sie den ersten freien Blick über die Straße.

»Zum Teufel, wo sind denn –«

Die Autotrümmer schmorten in der morgendlich leeren Straße. Es roch überwältigend nach Kordit; blaugrauer Pulverdampf wölkte träge dahin, und grelle Flammen züngelten um die Polizeiwache. Aber kein Mensch, nicht einmal der Diensthabende, mit dem Marais gesprochen hatte, lag tot auf dem Platz. Die Straße war so öde und ausgestorben, wie sie um fünf Uhr früh gewesen war. Große Zementbrocken von der Gebäudefront lagen herum, sämtliche Fenster waren zersprungen, und die Eingangstür war aus den Angeln gehoben. Der geschwärzte Unterboden des Citroën war in einem beachtlichen Krater zu sehen.

Marais hielt seine Leute mit einer Handbewegung zurück.

Die Explosion des Wagens hatte keineswegs den von ihm beabsichtigten Zweck erfüllt, ganz im Gegenteil. Eigentlich sollten alle Polizisten bei Dienstantritt, genau um sieben Uhr, getötet werden, aber um diese Zeit hatte sich noch niemand blicken lassen (»In unserer Kleinstadt nimmt man's nicht so genau«). Nun hatte Marais die Polizei, statt sie auf einen Schlag auszuschalten, erst richtig alarmiert. Manch einer von ihnen mochte sich noch im Bett die Augen gerieben und gefragt haben, was der plötzliche Krach bedeuten sollte.

Inzwischen war freilich ganz Lilongwe auf den Beinen. Während Marais und seine Abordnung die Gewehre aus dem Ständer rissen und den Glasschrank einschlugen, um an die Pistolen zu kommen, versammelten sich draußen bereits die ersten Marktweiber aufgeregt schnatternd um den Bombenkrater. Marais kommandierte zwei seiner Männer zum Wachestehen ab. Mit dem dritten ging er in den zweiten Stock hinauf, wo er den freundlichen Diensthabenden von vorhin, in der Toilette verkrochen, wieder antraf. (Es war ihm nun ganz lieb, daß es den *auch* nicht erwischt hatte.)

Aus einem Fensterrahmen des oberen Stockwerks sahen sie zu, wie die Menge zusammenlief. Jeder wollte sehen, wo die Bombe hochgegangen war: die Leute vom Elektrizitätswerk, der Funker vom Flugplatz, die Nachtschicht der Telefonzentrale, die Jugendbrigaden, die man noch auf den Barrikaden vor der Stadt geglaubt hatte, die Hotelgäste und der eben angekommene, vollbesetzte Morgenbus von Blantyre. Alle standen, schon ehe die verschlafenen Polizisten eintrafen, um das Loch herum und debattierten über den angerichteten Schaden.

Eine der von Marais eingesetzten Patrouillen hatte die Telefonzentrale leer vorgefunden, weil alles sofort nach der Explosion losgerannt war. Zwei der Männer verstreuten überall in dem Gebäude Schießpulver, befeuchteten es mit Benzin und zündeten es an. Mehrere Schalttafeln gaben in den Flammen seltsame Geräusche von sich, aber dieses Grillengezirp hörte bald auf.

Das Elektrizitätswerk und das Wasserwerk wurden von Marais' Leuten planmäßig besetzt. Zerstört wurde dort nichts, obwohl es für den Rest des Tages in Lilongwe weder Strom noch Wasser gab. Das Omnibus-Depot wurde von einem Mann bewacht, das Hotel von zweien. An den Straßensperren nahmen die Marais-Trupps einfach die Plätze der davongelaufenen Jugendbrigaden ein.

Die Polizei versuchte, während Marais noch aus dem oberen Fenster hinuntersah, pflichtschuldigst Ordnung zu schaffen. An vielen Stellen schwelte es. Die Polizei, nicht auf Brandbekämpfung eingerichtet, dafür aber im Umgang mit Menschenmengen geübt, bildete eine Kette, um die Schaulustigen zurückzudrängen – wobei sie mit ihren Schlagstöcken drohten.

Doch bevor es zu Handgreiflichkeiten kam, sprangen drei Männer über die rauchende Türschwelle hinaus auf die Straße und brüllten den überraschten Polizisten zu: »Hinlegen!« Da diese gleichzeitig in drei auf die gerichtete Gewehrmündungen sahen, leisteten sie keinen Widerstand. Vor den Augen der jubelnden Menge mußten sie die Schuhe ausziehen und sich in Handschellen abführen lassen. Sie wurde in den Zellen des Arrestflügels eingesperrt.

»Seht mal da!« Jemand wies in die andere Richtung, und die Umherstehenden bemerkten nun auch die Rauchsäule über der Telefonzentrale und die fremde Flagge auf dem Hoteldach. Die Menge zerstreute sich. Es war kurz nach acht.

Bis zum Mittag hatte sich die ganze Aufregung gelegt. Nur ab und zu blieb noch jemand im Vorbeigehen an dem Bombenkrater stehen; eine etwas größere Schar harrte vor der Telefonzentrale aus, um den Brand bis zum Schluß zu verfolgen. Aber den meisten war der Wochenmarkt jetzt wichtiger.

Buden wurden aufgeschlagen, Ziegen an die Gitter des Arrestbaus gebunden, Kinder balgten sich um Trümmerteile des Citroën, Türgriffe und Schmuckleisten. Im übrigen wurde wie immer gekauft und verkauft.

Marais hatte sich auf das Flachdach des Hotels begeben und schrieb unter dem Sonnenschirm mit der Eisreklame an seinem Tagesbericht weiter. *»... Überraschungseffekt und Unterhaltungswert dürfen in einer unverteidigten Stadt nicht unterschätzt werden. Die gelangweilte Bevölkerung begrüßt einen Angriff unter Umständen sogar als willkommene Sensation. Brände sind für sie ein fesselndes Schauspiel. Wie die heutige Erfahrung wieder einmal gelehrt hat –«*

Marais hörte Schritte auf der Holztreppe, legte die Feder hin und sah Bruder George verschwitzt und außer Atem auf sich zukommen. Seine Stiefel hinterließen Abdrücke in dem aufgeweichten Teerbelag des Daches und machten bei jedem Schritt ein schmatzendes Geräusch.

»Kommen!« stieß Bruder George atemlos hervor. »Schnell kommen ... Sie schießen!«

Marais klappte ohne Eile sein Tagebuch zu. Er stand nicht etwa auf, sondern legte die Ellbogen auf die Rückenlehne, schlug die Beine übereinander und bedeutete Bruder George mit einer Kopfbewegung, sich näher zu äußern.

Stammelnd und keuchend berichtete Bruder George, was er erlebt hatte. Kurz nach elf hatte er vom Bahnhof her Schüsse gehört und war der Sache nachgegangen. Als erstes hatte er dann auf dem Bahngelände einen Mann erblickt, der mit dem Gesicht in einem Schlackehaufen lag und einen großen Blutfleck auf dem Rücken hatte. Das Stationsgebäude hatte leer geschienen, aber als Bruder George das Losungswort rief, kamen plötzlich mehrere Männer ans Fenster und schossen in seine Richtung. Er war nicht nahe genug, um jemanden zu erkennen, und wagte als einzelner nicht zurückzuschießen. Er war schleunigst hinter dem Güterschuppen in Deckung gegangen und hatte sich beeilt, wegzukommen.

»Wieviel Mann waren es insgesamt?« fragte Marais kurz.

Bruder Georges Augen waren glasig vor Angst. »Drei, vier. Vielleicht fünf.«

»Mehr nicht?«

»Vielleicht mehr.«

»Möglich, daß es Polizisten waren. Wir haben nicht alle gefangen. Oder andere Osbong-Leute.«

»Sie haben Gewehre. Sie haben auf mich geschossen.«

»Das sagtest du schon. Reg dich ab, George. Sieh lieber zu, daß du ein paar von unseren Leuten auftreibst. Ich erwarte euch unten.«

Das Bahnhofsgebäude war niedrig, aber geräumig. Die verrußten Backsteinmauern wurden von einer verwitterten Kuppel gekrönt und waren mit dünnen schwarzen Rippen zwischen den braunen Dachschindeln versehen. Auf der einen Seite des Gebäudes stand ein turmähnlicher Wasserbehälter mit einem schlappen Segeltucheimer am Flaschenzug. Nichts leichter, als so eine Anlage einzunehmen, dachte Marais, der sich mit drei Männern hinter einen Kohlenhaufen angeschlichen hatte. Es war viel mehr Deckung da, als Harrys Ortsskizze erkennen ließ, und laut Harry waren im Schalterraum nur zwei Gewehre vorhanden. Von den Leuten, die Marais frühmorgens zum Schienenaufreißen hergeschickt hatte, war nichts zu sehen, und die Geleise waren offensichtlich noch auf einer längeren Strecke intakt.

»Das hättest du allein schaffen können, Bruder George«, sagte Marais. »Geh rasch zum Hotel zurück, und bring mir meine Kamera, die abgesägte Schrotflinte, eine Flasche Benzin und einen Streifen Verbandmull.«

Bruder George wiederholte den Auftrag und erlaubte sich wegen der Kamera noch eine Zusatzfrage.

»Wir werden die Operation hier aufnehmen«, flüsterte Marais ihm zu, »und die Fotos an Osbong schicken.«

Bruder George zog ab. Nach wenigen Minuten regte sich etwas innerhalb des Bahnhofsgebäudes. Zwei Gesichter spähten vorsichtig über ein Fenstersims, und jemand schaute um den Türpfosten. Alle drei sahen zu dem Toten hinüber und verschwanden, bevor Marais sich schlüssig werden konnte, ob er jetzt schon mit seinen beiden Begleitern das Feuer eröffnen sollte. Er beschloß, auf Bruder George zu warten.

»Behalt die Kamera«, flüsterte er, als dieser mit den verlangten Dingen wieder neben ihm auftauchte, »und knips von nun an jede meiner Bewegungen. Ich robbe jetzt zu dem Holzstapel da hinüber und dann hinter den Karren. Wenn sie zu schießen anfangen, knips das auch. Falls ich das Haus unbehelligt erreiche, komm nach, aber knips weiter. Kapiert?«

»Sollen keiner mitgehen?«

»Das kann ich alleine. Mach lieber die Augen auf, damit du was lernst. Ihr drei bleibt vorläufig, wo ihr seid.« Marais streifte den Riemen des Karabiners über die Schulter, nahm die abgesägte Flinte in eine Hand, Benzinflasche und Mullstreifen in die andere, und lief geduckt hinter den Holzstapel.

Bruder George hob die Kamera und knipste.

Marais ging noch nicht zum direkten Angriff über. Solange der Feind unsichtbar blieb, hatte er keine Zielscheibe. Er wechselte rasch hinter den umgekippten Gepäckkarren. Kaum hatte er sich geduckt, als eine Kugel durch die Luft pfiff und mit lautem Dröhnen am Blechboden des Karrens abprallte. Marais ließ sich auf den Bauch fallen, riß den Karabiner herunter und zielte vom Boden aus durch ein Grasbüschel unter der Deichsel. Ein Kugelhagel aus dem nächsten Stationsfenster war die Antwort. Marais schoß nicht gleich zurück, sondern behielt das Fenster scharf im Auge und wartete. Ganz langsam hoben sich Kopf und Schultern eines Mannes über einem Gewehrlauf. Marais zielte auf den Kolben und schoß. Ein Schrei ertönte – vielmehr ein unnatürlich lautes Aufstöhnen –, und die Schießerei stockte. Marais war jetzt sicher, daß sich nicht mehr als drei Mann in dem Gebäude aufhielten; sonst hätte es keine Pause gegeben, nachdem einer getroffen war.

Bruder George hielt in mehreren Aufnahmen fest, wie Marais die Benzinflasche ans Ende eines Holzstabs band, der aus dem abgesägten Flintenlauf ragte: eine genial einfache Schleuder für seinen Molotowcocktail.

Nun fielen wieder mehrere Schüsse. Die Kugeln klangen blechern am Karrenboden wider; einige schlugen durch. Die Schützen hatten offenbar nicht bemerkt, daß Marais inzwischen blitzschnell zu den Stahltrommeln hinübergehuscht war.

Er zündete das nasse Ende des Mullstreifens an, das jetzt vom Flaschenhals herabhing, und zielte sorgfältig. Das plumpe Geschoß segelte kreiselnd in einer Rauchspirale durch das nahe Fenster. Der Aufprall drinnen war nur als gedämpftes *Plopp* zu hören, doch schon im nächsten Moment schossen die Flammen empor. Die Luft loderte in wabernden Hitzewellen, in denen das ganze Haus wie Gummi zu schwanken und einzuknicken schien...

Eine scharze Silhouette flitzte von innen ans Fenster. Marais kniete hinter einer der Stahltrommeln, auf der sein Karabiner festen Halt fand, und schoß. Diesmal gab es einen lauten, gesunden Protestschrei – nicht von der schwarzen Gestalt, die Marais umgelegt hatte, sondern von einem dritten Mann, der, immer noch schreiend, aus der lodernden Eingangstür stürzte und im Laufen sein Gewehr mitsamt Ladestreifen wegwarf. Zum Zeichen der Kapitulation riß er beide Arme über den Kopf und stolperte so in die Sonne hinaus. Hier ging sein Geschrei in einen heftigen Hustenanfall über.

Bruder George zückte die Kamera. Marais legte auf den Mann an. Aber keiner von beiden schoß. Der nach Atem ringende Mensch auf dem Schotterplatz war Bruder Chimanga – mit Sonnenbrille und in pflegeleichter hellbrauner Ziviljacke.

Marais stand auf, lehnte seinen Karabiner an die Stahltrommel und winkte Bruder George zu sich.

»Binde ihm die Hände auf den Rücken«, befahl er, »und sag den andern, sie sollen das Feuer löschen. Wenn die beiden da drinnen tot sind, begrabt sie an Ort und Stelle. Wenn nicht, bringt sie gefesselt nach. Reißt endlich die Schienen auf, und...« Marais streckte die Hand aus, »...gib die Kamera her.«

»Yatu und Eddy sind drin«, hörte er Chimanga noch sagen. Marais trat hinter den umgekippten Gepäckkarren, öffnete die Kamera, zog den hellgelben Film in voller Länge heraus und hielt ihn in die Sonne.

26

»Calvin, ich möchte Sie mit meinem alten Freund Harry bekannt machen«, sagte Jack Mavity. »Das ist er, Harry, ich hab' dir ja schon von ihm erzählt. Wo steckt denn die Missis, Calvin?«

»Im Bett«, sagte Calvin. »Freut mich, Sie kennenzulernen, Mister... äh?«

»Nennen Sie mich einfach Harry«, sagte Mr. Harry.

»Amerikaner?« fragte Calvin knapp.

»Wie man's nimmt«, erwiderte Mr. Harry ausweichend. Er sah um sich, pustete durch die Nase und zog halbherzig die Hose hoch, die typische Verlegenheitsgeste eines dicken Mannes.

»Ich frage nur«, sagte Calvin, »weil *ich* einer bin.«

»Na los, Harry«, sagte Mavity, »erzähl ihm, was du mir vorhin erzählt hast.«

»Trinken Sie ein Bier mit mir?« fragte Calvin.

»Gern. Ich schätze Männer, die schon am hellichten Vormittag damit anfangen«, sagte Mr. Harry. »Bitte ein kaltes für mich.«

»Tja«, machte Calvin, »es ist Sonntag. Was kann man am Sonntag schon anderes tun als trinken? Oder an jedem andern Wochentag.« Er sah Harry an und fügte rasch hinzu: »Ich beklage mich nicht darüber.«

»Sag's ihm«, drängte Mavity. »Es wird ihn interessieren.«

»Okay«, sagte Mr. Harry.

»Zwei Bier!« rief Calvin Jarvis zu.

Jarvis stand in der offenen Verandatür und fächelte sich mit seinem Tablett Luft zu. Er zuckte lediglich die Achseln und sah weg.

»Zwei Bier!« wiederholte Mavity grollend. »Und ein bißchen dalli.«

Jarvis reagierte mit stärkerem Fächeln. Das Küchenbeil hing in seiner Gürtelschlaufe.

»Er mag uns nicht besonders«, sagte Calvin erklärend zu Mr. Harry. »Ich kann das Bier auch selber holen.«

»Bleiben Sie gefälligst sitzen«, fuhr Mavity ihn gereizt an. »Der kriegt einen Tritt in den Hintern, daß er –«

»Jack, um Himmels willen ...« wiegelte Calvin ab.

»Sie machen es alle beide falsch«, sagte Mr. Harry. »Diese Kerle aus dem Busch verstehen nur eine Sprache.« Er wandte sich zu Jarvis und sagte ganz ruhig: »Zwei Bier.«

Jarvis nickte und ging.

»Sehen Sie?« sagte Mr. Harry zu Calvin.

»Nun sag's ihm schon«, kam Mavity auf sein Anliegen zurück.

Calvin betrachtete Mr. Harry schon eine ganze Weile genauer. »Ich muß Sie mal irgendwo gesehen haben«, sagte er jetzt.

»Möglich. Waren Sie schon mal in Rio?«

»Nein«, sagte Calvin. »Sie?«

»Zweimal«, sagte Mr. Harry. »Manila?«

»Auch nicht«, sagte Calvin. »Es war hier ganz in der Nähe. Ich könnte beinah drauf schwören.«

»Ich habe Sie noch nie gesehen«, sagte Mr. Harry

»Das habe ich auch nicht behauptet«, sagte Calvin. »Ich sagte: *Ich habe Sie gesehen.*«

»Scharfer Denker«, bemerkte Mr. Harry. »Waren Sie je in Algerien?«

»Harry ist nämlich 'n richtiger Globetrotter«, schaltete sich Mavity ein. »Nennen Sie, was Sie wollen, er war bestimmt schon da.«

»Muß wirklich mal scharf nachdenken«, sagte Calvin. »Dann fällt es mir sicher wieder ein.«

»Ist doch egal. Erzähl endlich, Harry«, sagte Mavity.

»Was denn nun? Die Algerien-Geschichte?«

»Nein, natürlich das über Lilongwe. Da werden Sie was zu hören kriegen, Calvin.«

Jarvis kam mit dem Tablett und zwei Bierflaschen wieder. Er goß das Bier höflich in verbeulte Zinnbecher.

»Oh, Lilongwe«, sagte Mr. Harry. »Na schön. Jack sagte, Sie sind Versicherungsvertreter?«

»Kaum noch«, antwortete Calvin. »Früher, ja. Die Leute sind heute nicht mehr sehr versicherungsbewußt.«

»Ach? Das ist mir neu. Jedenfalls höre ich von Jack, daß Sie ab und zu im Land herumreisen. Und ich sage zu Jack: ›Da sollte der Bursche aber gut aufpassen, wenn er nicht in die Bredouille geraten will. Besser, er –‹«

Mavity unterbrach ihn, indem er einen vielsagenden Blick auf Jarvis warf und den Mund zu einem lautlosen *Psst* spitzte. Harry schüttelte den Kopf, hob die Brauen und sagte unbekümmert laut zu Calvin: »Gehen Sie besser 'ne Weile nicht nach Lilongwe.«

Mavity sah wieder zu Jarvis hinüber und verzog das Gesicht. »Das wär' eigentlich das Wichtigste«, sagte er rasch. »Den Rest lassen Sie sich doch lieber unter vier Augen erzählen.«

»Warum?« fragte Calvin. »Ist in Lilongwe was Besonderes los?«

»Nicht der Rede wert«, sagte Mavity mit einem abermaligen Blick auf Jarvis. Jarvis seinerseits starrte nur Harry an.

»'ne ganze Masse«, antwortete Mr. Harry. »Gestern ist die Stadt von rebellischen Soldaten eingenommen worden. Überall liegen Leichen rum, viele Häuser sind bis auf die Grundmauern niedergebrannt. Bomben –«

»Gerüchte«, sagte Mavity hastig. »Oder maßlos übertrieben. Wahrscheinlich ohne jede Bedeutung.« Er machte verzweifelte Kopfbewegungen, um auf Jarvis hinzuweisen, und rollte die Augen.

»Oh, ich bin ziemlich gut informiert«, sagte Mr. Harry. »Nun hab' ich mir gedacht, Sie sollten Lilongwe von Ihrer Liste streichen und lieber die Leute hier versichern. Bloß so zur Vorsorge. Zur Zeit passiert allerhand Sonderbares.«

»War einer der Rebellen ein Weißer?« fragte Calvin plötzlich. »Mit so 'nem komischen Bärtchen und Sonnenbrille? Ungefähr *so* groß?« zeigte er mit der flachen Hand.

Die Frage schien alle zu überraschen. Jarvis und Harry starrten Calvin verblüfft an; Mavity rutschte nervös hin und her.

»Da bin ich überfragt«, sagte Mr. Harry endlich. »So nah dran war ich nicht. Der erste Blick auf die Leichen und die Rauchwolken hat mir genügt, und ich hab' gemacht, daß ich wegkam.«

»Na so was«, sagte Calvin. »Und in der Zeitung stand heute morgen kein Wort darüber.«

»Sie machen mir Spaß! Denken Sie, die Regierung gibt das in die Presse? Es gäbe sofort einen allgemeinen Aufstand, wenn sich das so schnell herumsprechen würde.«

Mavity stampfte leise fluchend mit einem Fuß auf und zupfte sich am Ohrläppchen. »Osbong wird die Sache natürlich sofort niederschlagen. Er hat eine ganz tüchtige Armee, wie Sie wissen.«

»Darauf sollte sich keiner unbedingt verlassen«, sagte Mr. Harry. »Vielleicht werden sie Lilongwe auf Befehl einkreisen oder so ähnlich, aber angreifen werden sie es nie.«

»Kann man nie wissen«, meinte Calvin.

»Doch, ich«, widersprach Mr. Harry. »Die Rebellen von

Lilongwe sitzen jetzt, unter anderem, auf der Wasserversorgung für Blantyre. Die Rohrleitungen vom See führen nämlich geradewegs durch Lilongwe.«

»Ach so, und wenn sie wollen, können sie das Wasser absperren?« fragte Calvin.

Mr. Harry lächelte. »Sie können sogar das Wasserwerk in die Luft jagen, mitsamt dem ganzen Röhrensystem. Oder sie können das Wasser vergiften.«

»Betrifft mich nicht«, sagte Calvin. »Ich brauche sowieso keins.« Er überlegte einen Moment. »Und Osbongs Jugendbrigaden können nicht mehr in die Stadt?«

»I wo.«

»Wie kommen die Rebellen dann wieder raus?«

»Darüber hab' ich noch nicht nachgedacht«, sagte Mr. Harry. »Wie dem auch sei, Jack meinte, Sie würden sicher gern Bescheid wissen. Ich habe selber Frau und Kinder.«

»Danke«, sagte Calvin. »Nett, daß Sie sich um mich sorgen. Aber ich verkaufe keine Versicherungen mehr.«

»Es könnte Sie ja auch so interessieren.«

»Tut es, tut es. Nur betrifft es mich nicht besonders persönlich. Bin schon lange nirgends mehr hingefahren.«

»Trotzdem sollte jeder von uns aufpassen, was er sagt, wenn – äh – Einheimische in der Nähe sind«, murmelte Jack Mavity vorwurfsvoll, aber eher ängstlich als verärgert.

»Was für Einheimische?« Mr. Harry tat erstaunt. Die beiden andern sahen sich um. Jarvis stand nicht mehr da.

»Er war doch eben noch hier«, sagte Mavity. »Du hättest ihn viel früher rausschicken sollen.«

»Den Dickwanst?« Mr. Harry lachte. »Keine Sorge.« Er wandte sich zu Calvin. »Ja, wenn Sie keine Versicherungen mehr verkaufen – was tun Sie denn dann?«

»Nichts«, sagte Calvin. »Und Sie?«

»Auch nichts«, sagte Mr. Harry. »Sie könnten mit Recht sagen, wir sitzen im gleichen Boot.«

»Haben Sie zufällig die genaue Zeit?« fragte Calvin. »Meine Uhr ist kaputt.«

Mr. Harry streifte gefällig den Ärmel hoch. An seinem behaarten Handgelenk saß eine silberne Armbanduhr mit schwerem Kristallzifferblatt. Calvin und Mavity beugten sich beide näher, um besser zu sehen. Im Kreis der großen Ziffern waren noch vier kleine Scheiben eingearbeitet, zwei schwarze und zwei rote, alle mit grünen Leuchtziffern. Außerdem war die Uhr mit einem beweglichen Innenzirkel und mehreren Drehknöpfen ausgerüstet.

»Ein Astronauten-Modell«, erklärte Mr. Harry. »Es ist elf Uhr fünf.«

Mira schlief noch unter dem Moskitonetz, als Calvin hereinkam. Das ungelüftete Zimmer roch feuchtwarm, wie es zu riechen pflegt, wenn nackte Menschen lange in geschlossenen Räumen schlafen. Die Jalousien warfen zwei helle Waschbrettmuster über ein Gewirr von Staubflecken. Eine Fliege summte rastlos an der Decke. Am Boden, in nächster Nähe des Bettes, glimmte eine Moskitospirale, deren dünne, parfümierte Rauchfahne sich aufwärts schlängelte. Calvin setzte sich auf einen Schemel und nahm einen kleinen batteriebetriebenen Ventilator zur Hand; das Ding sah aus wie eine Taschenlampe mit einem winzigen rosa Propeller. Er knipste es an und beschrieb damit Kurven vor seinem Gesicht.

Bailey betrachtete dieses Zimmer als das »Liebesnest« ihres Etablissements. Es hatte viel mehr Klasse, sagte sie, als die schmierigen kleinen Kabuffs, die an den hinteren Gängen verteilt waren. Im Liebesnest gab es ein prachtvolles Messingbett und mehr Spiegel als in einem Friseurladen. Und alles war in Mauve und Gold gehalten. Aber es war dermaßen vollgestopft, daß man keinen Schritt unbehindert darin gehen konnte. Das war Miras Werk. Ihr Sammelinstinkt war unverkennbar. Alles, was sie besaß, häufte sie in diesem Raum an. Mehrere Stühle waren mit ihrer Kleidung behängt (Schränke waren im Bordell bekanntlich rar), und der übrige Krimskrams lag überall: Paketschnur, Muscheln, Bänder, Calvins Sachen, Reklame-Aschenbecher, Schallplatten ohne Schutzhüllen. Calvin fragte sich oft, ob diese Sammelwut für Mira eine Selbstverwirklichung bedeutete; jedenfalls war dieser Plunder ein Beweis ihrer Existenz.

Kurz nach seiner Hochzeit hatte Calvin einmal einen großen Karton voller Homemakers'-Werbegeschenke (Plastikbrieftaschen, Schlüsselanhänger, Kalender, Drehbleistifte und dergleichen) in den Hinterhof bringen wollen, um alles zu verbrennen. Zufällig traf er Mavity an der Treppe; dieser schaute neugierig in den Karton und fragte:

»Wo wollen Sie denn mit all dem Zeug hin?«

»Verbrennen«, sagte Calvin. »Der Krempel steht mir bloß im Weg.«

Mavity suchte sich einige der Sachen heraus. Dann sah er Calvin an und sagte: »Ihre Missis würde das sicher gern behalten. Die Schwarzen sind doch ganz wild auf solche Kinkerlitzchen. Sie bewahren alles auf.«

Calvin zeigte Mira nun den Karton, um zu sehen, ob Mavitys Vorurteil zutraf. Mira war entzückt. Sie wollte alles haben. Warum, konnte sie ihm natürlich nicht erklären.

Noch seltsamer war ihre Gewohnheit, Nacktfotos an die Wände und Spiegel zu kleben. Es waren lauter weiße Mädchen mit beachtlicher Oberweite. Mira schnitt die Bilder aus allen Illustrierten aus, die sie bekommen konnte. Alle hatten makellose, elastische Brüste mit großen, blassen Warzenhöfen; einige knieten, warfen den Kopf in den Nacken und reckten das grübchengeschmückte Hinterteil der Kamera entgegen; andere lagen auf dem Bauch oder vielmehr dem Busen wie auf Gummikissen und tändelten mit den Zehen in der Luft; wieder andere plätscherten in Schaumbädern, öffneten an delikater Stelle einen Knopf oder Reißverschluß, fingerten an klitschnaß am Körper klebenden Blusen oder aalten sich schläfrig auf zerwühlten Betten.

Calvin war der Anblick dieser Nackedeis geradezu peinlich: erstens, weil sie weiß waren, und zweitens, weil er sie hier überflüssig fand. Auch Mira war in diesem Zimmer meistens nackt. Ihre Brüste waren viel handlicher, ihre Haut und ihr ganzer Körperbau viel feiner und schmiegsamer, als irgendeines dieser Pin-up-Girls sie vorzuweisen hatte. Oft zeigte Mira den Hintern ebenso einladend wie die Kniende, sie räkelte sich verführerischer, sie badete unbefangener. Mira – und keine andere – erregte in Calvin immer wieder den Wunsch, sie mit Küssen und Bissen zu markieren. Die Bilder waren sinnlos; sie erregten bei Calvin eher Anstoß, weil sie ihm so frech ins Auge sprangen. Er bat Mira, sie abzunehmen. Sie weigerte sich.

Calvin hatte einen ganz entgegengesetzten Urtrieb: entrümpeln, wegwerfen. Wenn Mira alles aufhob, um zu beweisen, daß sie lebte und sogar etwas besaß, so war es sein tiefstes, unbewußtes Bestreben, alle Spuren der eigenen Existenz zu verwischen, sich auszulöschen. Manchmal, wenn Mira nicht da war, stopfte er den Mülleimer voll oder warf Überflüssiges zum Fenster hinaus. Aber es half nichts, Mira blieb Siegerin. Sie suchte alles wieder zusammen, und wenn Calvin etwas zerrissen oder zerbrochen hatte, reparierte sie es.

Nun saß er da und kühlte sein Gesicht mit dem kleinen Ventilator. Das Zimmer sah aus wie ein Schweinestall, aber Mira verzieh er alles. Er brauchte sie. Sein Gefühl war stärker als Liebe, es weitete sein Denken, und seine Leidenschaft war ohne die gefräßige Selbstsucht anderer Liebhaber. Er sah seine Frau an, wie sie unter dem Zelt aus weißem Tüll schlief; es war oben an einer langen Querstange befestigt, und die Ränder waren unter die Matratze gesteckt. Nach einer Weile regte und dehnte sich ihr dunkler, weicher Körper, und sie sagte mit einem verschlafenen Gähnen:

»Ausziehen.«

»Was hast du gesagt, Schatz?« Calvin schaltete den Ventilator ab.

»Ausziehen«, wiederholte Mira.

»Aber du bist ja schon ausgezogen! Oder soll ich –?«

»Nicht so... Ich meinen: weggehen. Hier nicht gut. Immer alle gucken.«

Calvin fürchtete manche Unterhaltungen mit Mira. Sie sprach flüssig, aber ihr Wortschatz war so beschränkt, daß er meist nur die Hälfte begriff. Da sie auf Englisch bestand, litt auch seine eigene Ausdrucksweise; um sich verständlich zu machen, gebrauchte er wie sie falsche oder erfundene Vokabeln, redete mit den Händen, vereinfachte jeden Satz bis zum äußersten. Seine Antworten waren oft nur Wiederholungen, wie jetzt:

»Immer alle gucken – wer?«

»Die Mädchen in Bar. Die mit dickem Po besonders. Sie immer gucken auf dich.«

»Auf *mich?«*

»Sie sagen, du ihr versprechen Baby.«

»Ich ihr nie versprechen«, widersprach Calvin energisch und tippte sich bekräftigend auf die Brust. »Nix versprechen – nix Baby!«

An sich war es möglich. Irgendwann hatte Calvin mit beinahe jeder geschlafen, die in der Bar herumhing, aber das war mehr aus Mitleid und Menschenfreundlichkeit geschehen, denn keine hätte ohne Gegenleistung ein paar Osbongs von ihm angenommen. Aber seit seiner Heirat war selbstverständlich Schluß damit, und er versuchte die armen Dinger zu übersehen. Sie ihrerseits folgten ihm mit den Augen, streiften ihn im Vorbeigehen, wenn er mit Mira an der Bar stand, zwinkerten unverhohlen, schnalzten und grüßten ihn kumpelhaft-vertraulich mit *»Hey Carving!«* Erst neulich hatte er bei einem kurzen Abendspaziergang wieder das bekannte *»I love you, Mister«* gehört, war aber nicht ganz sicher, ob er damit gemeint gewesen war. Peinlich war es auf jeden Fall. Die meisten Nutten von Blantyre waren durchaus keine zahmen Hauskätzchen; sie konnten sich in kratzende und fauchende Bestien verwandeln; einige sahen aus wie Kerle. Und Calvin hatte im Umgang mit ihnen immer das Unbehagen empfunden, das viele Männer heimsucht – die Furcht, einer Prostituierten tagsüber auf der Straße zu begegnen und ihren Namen vergessen zu haben.

Calvin beugte sich näher an das Moskitonetz und wiederholte in so zärtlichen Tönen, wie die primitive Syntax nur erlaubte: »Ich ihr nie Baby versprochen.«

»Du nicht?«

»Nein«, antwortete Calvin. »Nie. Ehrlich.«

Mira überlegte eine Weile und sagte dann entschlossen: »Du geben Baby *mir.«*

Calvin griff verkrampft in den weißen Tüll und bat Mira, das noch einmal zu sagen. Sie tat es, ohne ein Wort oder den Ton zu ändern.

»Du meinst…«, begann Calvin und stockte. Er hatte mit »Du meinen« beginnen wollen, aber seine Gefühle waren so zwiespältig, zwischen Schreck und Freude schwankend, daß er aus Versehen in normales Englisch verfiel. »Du meinst, du möchtest ein Baby von mir haben? Oder –«, er grinste verzerrt und klatschte sich auf den Bauch, »– oder spürst du schon was?«

»Spür' was«, murmelte Mira, aber das konnte bloßes Nachplappern sein. Immer, wenn er schnell und richtig sprach, hielt sie sich an das, was sie hörte, und wurde sein Echo.

»Ja? Ich meine: Bist du schwan-ger?«

»Schwan-ger.«

»Wenn es so ist«, Calvin versuchte ein wenig zu lachen, »müssen wir nämlich planen.«

»Planen.«

»Und wir müssen etwas tun, wir beide.«

»Wir beide«, sagte Mira. Sie hatte sich inzwischen mit gekreuzten Beinen in ihrem Tüllzelt aufgesetzt und sah aus wie ein heidnisches Götterbild in einem vergessenen Schrein. Ihre Schönheit grenzte ans Unwahrscheinliche. Aber sie konnten sich mit Worten kaum verständigen. Obwohl Calvin auf jede Weise herauszubringen versuchte, ob ihr »Du geben Baby mir« nur ein Wunsch oder bereits vollendete Tatsache sei, bekam er keine klare Auskunft. Nun, das würde sich bald zeigen.

»Rate mal, was in Lilongwe passiert ist«, sagte er schließlich ablenkend.

»Hm?« machte Mira.

Calvin sah sie an. Sie war eine Schwarzamsel, er eine Grasnatter – biologisch Verwandte, aber einander kaum ähnlich. Er fing an, ihr zu erzählen, was er von Mr. Harry gehört hatte, brach aber sehr bald wieder ab. Es hatte keinen Sinn.

»Bah«, sagte Mira nur. »Ich jetzt anziehen.«

»Ich jetzt einen trinken gehen«, erwiderte Calvin. Aber er vergaß aufzustehen, griff wieder nach dem batteriebetriebenen Handventilator und bewegte ihn kreisförmig vor seinem Gesicht. So blieb er am Bett sitzen und betrachtete liebevoll seine Frau.

27

Marais saß in feierlichem Ernst an Bruder Yatus Bett in der schwer bewachten Poliklinik von Lilongwe. Es war später Nachmittag; der Staub des Tages fing gerade an, sich purpurn über den Boden zu senken. Marais saß seit dem Morgengrauen so da; er hatte das Tageslicht zu gleißender Helligkeit anwachsen sehen und das allmähliche Austrocknen des Raumes miterlebt. Ein einziges Mal im Laufe des Vormittags hatte Bruder Yatu nach Luft gerungen und die Fäuste geballt. Aber seitdem lag er völlig regungslos da, und es war schwer festzustellen, ob er noch atmete. Seine Hände blieben verkrampft liegen. Seine Arme waren flach ans Bett gegurtet, und in jedem steckte eine Infusionsnadel mit einem Schlauch: rechts Blutplasma, links Salzlösung. Die leeren Flaschen wurden regelmäßig von einem medizinisch-technischen Assistenten gegen volle ausgetauscht. Marais hatte mit dem ehrgeizig aussehenden jungen Afrikaner gelegentlich ein paar Worte gewechselt; er nahm den Umstand, daß die Flaschen noch leer wurden, immerhin als Lebenszeichen. Was er von Bruder Yatus Körper gesehen hatte, war verbrannt, die schwarze Haut versengt; graue Hautfetzen enthüllten himbeerfarbenes rohes Fleisch; andere Stellen waren aufgedunsen und von bleichen Blasen bedeckt. Bruder Yatu war von oben bis unten mit Heilsalben eingecremt worden, aber Marais roch durch alle medikamentösen Gerüche immer noch verbranntes Fleisch und versengten Stoff. Der hilflose Körper auf dem Bett, die Nadeln und Mullverbände steigerten den Eindruck, dort liege gar kein Mensch, sondern ein erlegtes Wild, dessen angekohltes Fleisch man in Tücher gehüllt hatte.

Über Mittag hatte Marais die Fensterläden gegen die Hitze geschlossen. Jetzt waren sie wieder weit geöffnet, und Marais sah über das Bett hinweg auf die Landstraße, wo die letzten Sonnenstreifen matter wurden. Am Straßenrand hämmerten und sägten ein paar Leute an einem Ding, das wie ein hölzerner Wagenkasten aussah. Marais hatte ihnen schon längere Zeit gedankenlos zugesehen, doch als er merkte, daß zwei der Männer zu seiner eigenen Truppe gehörten, beobachtete er sie genauer. Sie waren weniger fleißig als die andern, die mit Brettern und Nägeln hantierten und scheinbar planlos drauflosschlugen. Um fünf ließen alle ihr Werkzeug fallen und gingen ihrer Wege; einige riefen sich »Auf Wiedersehen« zu. Marais sah auf das verlassene Werkstück; es war nichts Halbes und nichts Ganzes, von Fußspuren, Holzsplittern und Sägespänen umgeben. Was Marais mit einem unbestimmten Mißbehagen erfüllte, war, daß er trotz langer und intensiver Beobachtung nicht herausgebracht hatte, *was* da draußen gebaut oder auseinandergenommen wurde. Er begriff es nicht.

Es wurde rasch dunkel, und mit der Dunkelheit verstärkten sich die Gerüche in dem kleinen Krankenzimmer. Alle Konturen verschwammen: die massiven Gitterstangen am Kopfende des Bettes, eine lyraförmige Stuhllehne, der kleine vollgestellte Nachttisch mit Glas und Wasserkrug. Der Rest lag im Schatten, und es roch nach Tünche, Bohnerwachs, Seife und Staub; alles durchdringend aber war dieser schreckliche Geruch nach verbranntem Fleisch. Marais zündete sich einen Zigarrenstummel an und nahm einen einzigen tiefen Lungenzug, der ihm belebender vorkam als reiner Sauerstoff – dann ließ er den Stummel wieder ausgehen. Mehr erlaubte er sich nicht, um Bruder Yatu nicht zu belästigen. Eiserne Selbstzucht auch beim Rauchen: dies war seine neueste Regel.

Die Ungewißheit hatte ihn so abergläubisch gemacht, daß er den ganzen Tag neue Vorschriften für sich selbst erfunden hatte. Er durfte weder das Zimmer verlassen noch Bruder Yatu zu scharf beobachten, ihn aber andererseits auch nicht ignorieren. Er hatte dafür zu sorgen, daß es kein direktes Sonnenlicht, kein lautes Geräusch, keine ruckhaften Bewegungen gab. Geduld und Umsicht waren erstes Gebot. Marais sah plötzlich in allem und jedem ein Omen: im Vorrücken eines Sonnenflecks an der Wand, im Verhalten einer Kakerlake, die ein Bein des Bettes mit den Fühlern betastete, im Muster der Risse und Flecken an der Decke. Nun, angesichts des hölzernen Dinges da draußen, flüsterte er beschwörend, um jede böse Deutung zu entkräften: »Viel zu groß für einen Sarg.«

Die Diagnose des jungen Assistenten hatte gelautet: »Schwerste Verbrennungen, dazu ein Armdurchschuß... Schlimm, schlimm.« Sein gestärkter weißer Kittel, das Stethoskop in der Brusttasche, das blitzsaubere Thermometer wirkten auf Marais seltsam beruhigend, obwohl der junge Mann hinzufügte, bei einem so ernsten Fall sei leider nicht mehr viel zu hoffen.

»Könnten Sie nicht etwas Haut übertragen?« fragte Marais und zeigte dem Assistenten seinen Arm. »Hier... nehmen Sie, was Sie brauchen können.«

»Auf Hautübertragungen sind wir nicht eingerichtet«, sagte der Assistent und sah auf Marais' Arm, der sehr hell von Yatus bandagiertem schwarzem Gesicht abstach. »Außerdem würde Ihre Haut gleich wieder abgestoßen werden. Das Transplantat muß vom Patienten selbst stammen, vom Rücken oder von den Schenkeln, wenn da noch genug übrig ist. In Salisbury ist es schon öfters gemacht worden.«

»Abgestoßen?« Marais kniff die zartere, unbehaarte Haut seines Unterarms zu einer lockeren Falte zusammen. »Das hier auch?«

»Ja. Es ist und bleibt körperfremdes Gewebe.« Der Assistent erklärte dann, die Schußwunde in Yatus Oberarm sei unerheblich, aber die Verbrennungen erstreckten sich auf zu große Körperflächen. Auch habe der Patient viel Blut verloren, und zu alledem käme die ständige Gefahr einer Pneumonie. »Lungenentzündung«, erläuterte er. »Das ist das Schlimmste. Wie oft haben wir erfolgreich operiert, und dann, *peng*, stirbt der Patient doch. Es ist hoffnungslos. Wir brauchen einen Internisten. Wir hatten einen, aber er ist gegangen.«

»Osbong wird ihn vertrieben haben.«

»Möglich. Ich weiß, daß er Osbong nicht schätzte. Aber Osbong kommt uns hier nie in die Quere. Ich glaube, unser Doktor hatte es einfach satt. Er ist wieder nach England gegangen.« Der Assistent schob das Laken am Fußende des Bettes zurecht. »Wie ich höre, sind Sie der Mann, der die Stadt besetzt hat?«

»Nicht allein«, sagte Marais. »Außer mir waren noch an die fünfzig Mann dabei.«

»Gestern hatten wir keinen Strom. Ich habe einen Ihrer Soldaten gebeten, ihn wieder anzustellen –«

»Es sind nicht alle –«

»Er hat nein gesagt. Wir mußten operieren. Eingeklemmter Leistenbruch, eine böse Sache. Kein Licht, kein Telefon für einen Notruf nach Blantyre. Der Patient ist gestorben.«

»Das tut mir leid«, sagte Marais. »Hätten Sie sich doch an mich gewandt! Ich hätte sicher helfen können.«

Der junge Afrikaner lächelte. »Ich dachte, Ihre Soldaten würden helfen. Fünfzig Mann ...« Er berührte leicht das Bett. »Aber der hier war doch wohl nicht dabei?«

»Warum fragen Sie?«

»Einige Leute sagen, der hier und zwei andere hätten versucht, das Morden zu verhindern.«

»Das ist eine Lüge!«

»Sie selbst hätten sie am Bahnhof aufgestöbert und einen erschossen und den hier verbrannt und noch einen gefesselt abgeführt. Ich glaube, sie nannten ihn Mr. Chimanga.«

»Wer hat Ihnen das erzählt?«

»Die Leute reden darüber.«

»Wir sind nicht hergekommen, um irgendwen umzubringen«, sagte Marais leise, aber hitzig. »Wir haben diese Stadt besetzt, um sie von Osbong zu befreien. Dieser Mann hier hat gegen meine Befehle verstoßen. Er hatte sich im Bahnhof verschanzt und schoß auf uns. Er hat auch den Schalterbeamten erschossen.«

»Die Leute sagen, das waren *Sie*«, sagte der Assistent. Es war keine Herausforderung; er gab einfach wieder, was er gehört hatte.

»Dann haben die Leute, wer sie auch sein mögen, alles falsch verstanden oder bewußt verdreht«, sagte Marais und deutete mit dem Kinn auf Bruder Yatu. »Dieser Mann hat den Schalterbeamten erschossen. Er hätte auch Sie getötet, wenn Sie sich ihm in den Weg gestellt hätten.«

»Er ist nicht aus Lilongwe?«

»Nein«, sagte Marais, »er ist nicht aus Lilongwe. Verstehen Sie nicht? Er ist einer von meinen Soldaten. Haben Sie die Uniform nicht gesehen?«

Die Uniform, oder was davon übrig war, lag in verkohlten, blutverkrusteten Fetzen in einer Ecke neben einem ramponierten Stiefelpaar, das man von Bruder Yatus Beinen hatte herunterschneiden müssen.

»Er ist Ihr Soldat?« Der Assistent fing an, Bruder Yatus Puls zu zählen.

»Ja«, sagte Marais.

»Er kennt Sie persönlich?«

»Wir waren sieben volle Monate zusammen. Er war mein Freund.«

»Warum hat er dann auf Sie geschossen?«

»Ich weiß nicht«, sagte Marais. »Vielleicht hat er mich mit jemandem verwechselt. Oder meine Ziele nicht verstanden.«

»Puls sehr schwach. Kaum zu spüren.«

»Glauben Sie, daß er durchkommt?«

Der Assistent runzelte die Stirn. Marais dachte, er würde verneinen, aber er sagte nur: »Abwarten.«

Dieses Gespräch hatte frühmorgens stattgefunden. Marais blieb gewissenhaft auf dem Posten und formulierte seine Regeln um das kleine Wort »abwarten« herum. Er redete sich ein, Bruder Yatus Leben hinge von seiner Wachsamkeit ab; wenn er das Zimmer verließe oder zu scharf hinsähe oder eine falsche Bewegung machte, müsse er sterben.

Der Zigarrenstummel war endlich ausgegangen. Marais steckte ihn wieder in die Tasche. Draußen begann ein Radio zu plärren. Er stand leise auf und schloß die Fensterläden. Dann saß er in völliger Dunkelheit und lehnte den Kopf an die Wand. Er hatte also Bruder Yatu mit dem zweiten Schuß erwischt. Der erste hatte Bruder Eddy mitten ins Gesicht getroffen – er mußte auf der Stelle tot gewesen sein. Chimanga hatte sich in Deckung gehalten, bis das Feuer ausbrach und Yatu in Panik am Fenster vorbei zum Ausgang lief – dabei hatte er den Schuß in den Arm bekommen. Nachträglich sah Marais ein, daß es ein Fehler gewesen war, zu schießen, aber da hatte er noch nicht gewußt, daß es seine eigenen Leute waren, und hauptsächlich für die Kamera agiert. Hätte er geahnt, wen er da bekämpfte, so hätte es genügt, sie auszuräuchern und anschließend wegen Meuterei zur Verantwortung zu ziehen. Leichen gaben ihre rätselhaften Motive nicht mehr preis, und der Augenschein sprach stets zu ihren Gunsten: Tote waren unschuldig, das bewies ja ihr Tod. Marais hatte sich bezüglich der Wirkung seines Strafgerichts schwer geirrt: Mussas Verbrechen waren längst vergessen, aber seine Steinigung hatte sich allen unauslöschlich eingeprägt. Nun lag Eddys Leiche wahrscheinlich noch in den Brandtrümmern – was mochten die Leute über ihn und Chimanga erzählen? Noch einmal sah Marais den Molotowcocktail vom selbstgebastelten Katapult durch das breite Fenster fliegen, wieder hastete ein flüchtender Schatten vorbei, wieder jagte Marais ihn mit einem Schuß ins Feuer zurück. Die Sonne sank, und ringsum erhob sich Geschrei…

Marais schreckte aus seinem kurzen Erschöpfungsschlummer auf. Über dem Bett brannte jetzt eine nackte Glühbirne. Der Assistent stand über Bruder Yatu gebeugt, zog ihm mit zwei Fingern ein Augenlid in die Höhe und leuchtete ihm mit einer kleinen Stabtaschenlampe ins Auge.

Marais sah hinüber und sagte: »Er ist tot.«

»Ja.«

»Verdammt«, flüsterte Marais, »und was nun?« Es war nur ein tonloses Seufzen, aber der Assistent antwortete trotzdem.

»Wir müssen den Totenschein ausstellen. Sie können als Zeuge unterschreiben. Dann muß er begraben werden, und –«

»Kein Totenschein, kein Begräbnis«, unterbrach Marais. »Jedenfalls nicht gleich.«

»Regierungsbefehl«, sagte der Assistent achselzuckend. »Wir müssen Listen führen.«

»Seit gestern haben Sie eine neue Regierung«, sagte Marais streng. »Er kommt erst mal in die Leichenkammer. Dieses Zimmer hier wird abgeschlossen; ich werde eine Wache davor aufstellen. Sie haben doch hoffentlich eine Leichenkammer?«

»Nur eine kleine, und –«, der junge Mann sah besorgt aus, »sie ist nicht kalt genug. Man kann sie nur ganz kurze Zeit benutzen. Die Verwesung tritt hier rasch ein. Man merkt es schon jetzt.« Er schnüffelte und zog eine Grimasse. »Je schneller man die Leichen begräbt, desto besser.«

»Nicht gleich. Ich helfe Ihnen, ihn in die Leichenkammer zu schaffen. Aber erst muß ich meine Leute für den Abend beurlauben. Falls jemand nach Yatu fragen sollte, sagen Sie ihm, er lebt noch.«

»Niemand wird sich erkundigen. Sie wissen sowieso, daß er tot ist.«

»Er ist *nicht* tot«, sagte Marais scharf, packte den jungen Mann am Kittel und schüttelte ihn. »Er ist *nicht* tot – verstanden?«

»Also gut, er ist lebendig, Sir. Quicklebendig.«

Viel später, nach Mitternacht, verließ Marais das Hospital und strebte wieder dem Hotel zu. Die Stadt schien lächerlich klein und still. Die Karte täuschte: Auf ihr war Lilongwe so groß und breit eingezeichnet wie Blantyre, und einige der Zufahrtsstraßen auf der Karte existierten gar nicht. Aber die anderen Orte, wie Rumpi und Fort Hill, hatten auf der Karte ebenso großartig ausgesehn, bevor sie genommen waren. Nach den Angriffen verdienten sie kaum die Bezeichnung Stadt. Lilongwe bestand aus einer schlecht gepflasterten Hauptstraße.

Bruder George erwartete Marais in seinem Hotelzimmer. Er stand stramm, als Marais hereinkam.

»Was ist los?«

»Lagebericht«, sagte Bruder George. »Alles ruhig. Leute auf dem Posten.«

»Irgendwelche Zwischenfälle?«

»Keine besonderen Vorkommnisse. Funkspruch von Harry. Er sagt, alles okay. Osbong weiß nicht, wie viele wir sind, und will nicht angreifen, solange wir nicht das Wasser absperren. Harry sagt, Gerüchte gehen nach Wunsch. Jeder glaubt alles.«

»Auch die Einwohner?«

»Die von hier?« Bruder George lachte. »Denen ist alles egal. Ich hab' einen getroffen, der wußte von nichts. Hat gerade gepennt, als wir die Stadt stürmten. Blödmann.«

»Sie werden bald merken, was los ist. Wir werden eine Parade veranstalten, die alle aufweckt. Versuch mal zwei Boys zu kriegen, die ordentlich trommeln können – vielleicht gibt's hier eine Polizeikapelle. Die setzen wir ein. Jeder tritt in sauberer Uniform an. Wir holen so viele Einwohner wie möglich zum Mitmachen. Auch die Inder. Gewehre sind genug da –«

Bruder George trat seufzend von einem Fuß auf den andern.

»Was einzuwenden?«

»So 'ne Parade... Wird den Männern nicht passen. Sie...«, er stockte, »sie sind nicht besonders glücklich.«

»Du hast eben gesagt, es gibt keine Schwierigkeiten.«

»Soweit nicht. Nur... ich war heute abend draußen an der Straßensperre. Alle dort schlafen. Ich wecke sie und bring' sie auf Trab. Aber sie... ganz, ganz langsam... fragen mich nur dauernd: *Wo ist Bruder Yatu? Was habt ihr mit Bruder Yatu gemacht?* Ich sage: Er ist okay, aber er hat auf uns geschossen. Sie sagen: *Wir wollen Bruder Yatu sehen. Ihr habt ihn und Eddy umgelegt.«* Bruder George sah Marais forschend an. »Yatu... Ist er wirklich okay?«

»Ja, er ist okay. Es geht ihm schon viel besser.« Ich traue George nicht mehr, dachte Marais. Bevor er ihn automatisch anlog, hatte er es selber nicht gewußt.

»Gut«, sagte Bruder George erleichtert. »Verbrennungen können sehr schlimm sein. Mein Vetter ist daran gestorben. Die Männer glauben nicht, daß –«

»Dann weise sie zurecht«, befahl Marais. »Du meldest mir jeden, der nicht spurt. Und morgen marschieren alle mit.«

»Yatu auch?«

»Ja. Natürlich marschiert er mit, wenn er sich besser fühlt. Chimanga auch.«

»Chimanga«, sagte Bruder George. »Er will dich sprechen. Er hat Krach gemacht. Wir mußten ihn verprügeln.«

»Ich werde mich morgen um ihn kümmern. Inzwischen sagst du den Leuten folgendes: Ich dulde keinen Ungehorsam. Wir müssen straff organisiert sein, bevor wir nach Blantyre weitermarschieren. Sag ihnen, mit einem Sauhaufen tue ich keinen Schritt mehr. Ich habe zwar gesagt, wir bleiben hier nur eine Woche, aber das läßt sich ändern. Ich fordere Disziplin, und ich werde sie durchsetzen. Von mir aus können wir auch ein halbes Jahr in diesem Kaff sitzenbleiben.«

Auf dem Grundstück hinter der Polizeiwache hockten am nächsten Morgen die Frauen der eingesperrten Polizisten, kochten auf offenen Holzfeuern das Frühstück und reichten es in Blechbechern durch die Fenstergitter. Es war schon so hell, daß man die Flammen im Sonnenlicht nicht mehr sehen konnte.

Die Zellen im Erdgeschoß waren gerammelt voll. Zu den Gefangenen gehörten auch einige Mitglieder der Jugendbrigaden, die man tags zuvor geschnappt hatte, ein paar Parteibonzen und etliche verstörte Männer, die als »Konterrevolutionäre« – Clowns, wie Marais' Leute sie nannten – eingelocht worden waren. Nur der dicke Regierungsvertreter hatte eine Einzelzelle. Er trug einen blankgewetzten grünen Anzug, aber kein Hemd; in der Eile hatte er nur das Jackett über den feisten Oberkörper gezogen. Nun wischte er sich unablässig den Schweiß ab und stapfte barfuß in seiner Zelle herum. Mitten in der Nacht hatte man ihn aus einer Sammelzelle geholt, weil drei der Mithäftlinge versucht hatten, ihn mit einem Schnürsenkel zu erwürgen; kein Mensch wußte, warum. In einer der anderen Zellen hockte eine ratlose sechsköpfige indische Familie. Ihr Laden war während des Angriffs geplündert worden, und sie hatten ein paar von Marais' Leuten um Schutzhaft gebeten. Lebensmittel und Gewürze in Säckchen hatten sie noch mitnehmen können, und nun kauerte die hohläugige Frau vor einem Spirituskocher und rührte in einem duftenden vegetarischen Eintopf.

Marais hatte das Polizeigrundstück kaum betreten, als er schon von allen Seiten bestürmt wurde, sowohl von den Frauen als auch von anderen Angehörigen, die auf dem Sprung standen, seit man Marais aus dem Hotel hatte treten sehen. Manche knieten vor ihm nieder und flehten um Freilassung ihrer Verwandten; einer zupfte ihn am Ärmel und zeigte ihm verstohlen ein fest gefaltetes Bündel Banknoten: Bestechungsgeld. Sie benahmen sich wie aufgescheuchte Hühner; sie scharrten und flatterten und gluckten im Staub vor dem Sieger Marais.

Er schob alle beiseite und eilte, vorsichtig über Scherben und Schutt tretend, ins Innere des Gebäudes. An die ausgeblichene Wand des Flurs hatte jemand mit ungelenken, tropfenden Buchstaben den Namen JAJA geschmiert. Der Gewehrschrank im Dienstraum war kurz und klein geschlagen. Auf dem Feldbett hinter der Schranke, wo am frühen Samstagmorgen der freundliche Wachhabende geschlafen hatte, lümmelte jetzt Bruder Henry mit offenem Hemd, über die Augen gezogenem Schiffchen und weit ins Zimmer ragenden Füßen.

»Aufwachen!« Marais hieb mit der Faust auf die Schranke. Ein paar Glasscherben klirrten.

Bruder Henry setzte sich ächzend auf, wobei seine Mütze herunterfiel, rieb sich die Augen und fuhr mit der Zunge über die Zähne.

»Was zum Teufel machst du hier? Reiß gefälligst den Arsch zusammen! Wonach stinkt es hier? Ist der Lokus verstopft?« Marais sah sich angewidert um. »Dieses Zimmer ist ein Saustall. Geh raus und rede mit den Leuten – und mach kein so dämliches Gesicht, um Himmels willen. Willst du sie zum Widerstand ermutigen? Ich will wissen, wer sie sind. Einige versuchen es mit Bestechung. Schreib auf, wie sie heißen und worüber sie sich beklagen. Wenn sie nichts Vernünftiges vorbringen, schick sie zum Teufel.« Marais stieß mit dem Fuß nach einer leeren Dose, zündete sich eine Zigarre an und paffte dicke Rauchwolken, um den Geruch zu vertreiben. Überall waren Schmeißfliegen.

Bruder Henry rechtfertigte sich nicht. Er knöpfte mürrisch

sein Hemd zu, gähnte mit weit geöffnetem Mund und erhob sich aufreizend langsam. Er schien Streit zu suchen.

»Diese Leute«, sagte er, fuhr wieder mit der Zunge im Mund herum und spuckte aus, »sein mir zu aufgeregt.«

Marais überblickte die Schutthaufen. »Und räum endlich hier auf. Was ist das für eine Pfütze da draußen?«

»Große Pfütze«, sagte Bruder Henry. »Wenn Wagen explodieren, Wasser kommen.«

»Leerschöpfen«, befahl Marais kurz. Dann sah er Bruder Henry an und fragte: »Fehlt dir was?«

Bruder Henry gab einen verächtlichen Schnarchton von sich, knallte sich das Schiffchen auf den Kopf und setzte eine Sonnenbrille auf. »Chimanga«, sagte er, während seine schweren Stiefel mit herabhängenden Schnürsenkeln durch die Scherben knirschten, »wollen dich sprechen.«

Chimanga saß am äußersten Rand des Grundstücks in einer engen, niedrigen Zelle, die mit einem provisorischen Schilfdach versehen war. Früher hatte sie als Hundezwinger der Royal-Njassaland-Polizeitruppe gedient. Er saß auf dem Boden und sprach vornübergebeugt mit einigen Kindern, die vor der Gittertür kauerten und gespannt zuhörten. Als sie Marais gewahrten, stoben sie auseinander (wie Schafe, dachte er) und flüchteten ins Sonnenlicht, bis Marais ihnen nachrief, sie sollten ruhig stehenbleiben.

»Du sie verscheuchen«, sagte Chimanga. »Sie haben Angst vor Europäern.« Er lachte und winkte den Kindern durch das Gitter zu. Sie kicherten verlegen hinter vorgehaltenen Händen.

»Du mir nicht Hand geben?« Chimanga lächelte seine eigene ausgestreckte Hand an. »Du denken, ich bin Hund? Du mich deshalb sperren in dreckigen Zwinger?«

»Drinnen war kein Platz mehr.«

»Hier gut genug für die Inder. Du mich austauschen. Dann Platz für mich drinnen.«

»Du bleibst hier.«

»Puh«, Chimanga nickte ausdrucksvoll, »also doch wie Hund.« Er rief den Kindern im Landesdialekt zu: »Er denkt, ich bin ein Hund! Wuff, wuff!«

Marais faßte ihn scharf ins Auge. »Was hast du den Kindern gerade erzählt, als ich kam?«

Chimanga gab Marais' Blick nicht minder scharf zurück. Sein Gesicht war voller Flecken, die Lippen gesprungen, die Lider dick verquollen. Am Hals hatte er eine Schramme, schwarz und gedunsen wie ein Blutegel. Seine Hände, die sich jetzt um zwei der Gitterstäbe klammerten, waren an den Knöcheln aufgeschürft.

»Nur kleines Märchen«, antwortete er lächelnd.

»Was für ein Märchen?«

»Geschichte von General Peng-Peng. Du nicht kennen?«

»Nein.«

»Du kennen aber Livingstone Island, eh?«

»Die Gefängnisinsel. Im See.«

»Hmm. Im See. Auf Salima-Seite«, bestätigte Chimanga und fuhr in singendem Erzählton fort: »Es war einmal, vor sechzehn Jahren, ein Gefängnis auf Insel. Und General Peng-Peng – Europäer wie du – war der Boß. Sehr böser Mann. Wecken afrikanische Gefangene oft mitten in Nacht, wenn alle schlafen, und schreien: Arbeiten, arbeiten! Wecken alle, eh? Manche nun sagen: Wir nicht arbeiten mitten in Nacht. Und Peng-Peng dann sagen: Okay, ihr kriegen zwanzig oder dreißig Schläge mit Stock. Immerzu er schlagen arme Afrikaner. Mit Bambus und mit *sjamboko* auch. Er schlagen Afrikaner so furchtbar gern ...«

»Du kannst auf Chinyanja weitererzählen«, sagte Marais.

Chimanga sah beleidigt aus. »Ich sprechen gut Englisch.« Er umfaßte die Gitterstäbe fester und nickte den Kindern zu, die sich wieder in die Nähe getraut hatten und die Geschichte zu verstehen schienen. Marais rauchte.

»Oh, er war ein böser Mann, Peng-Peng – *sehr böse. Zu böse.* Er viele umlegen, Afrikaner, töten, *peng-peng-peng*, mit *sjamboko*. Davon Name Peng-Peng. Und manchen er die Kleider wegnehmen und lassen rumlaufen nackt. Alles wahr. Immer wenn Regierung – *britische Regierung* – fragen, was er tun mit Gefangene, Peng-Peng nicht sagen, was er wirklich tun – schlagen, töten. Er bloß sagen: Verdammtes Kroppzeug, Scheißkaffern! Dabei er schlagen alle, auch Afrikaner mit Fieber und Durchfall und –«

»Und das erzählst du kleinen Kinder?!«

»Märchen noch nicht fertig.« Chimanga leckte sich die zerrissenen Lippen. »Das Ende ist, afrikanische Gefangene wissen, Peng-Peng ist Teufel, und Gott wollen, daß wir ihn strafen. Er sündigen an uns zuviel und zu lange.« Chimanga lächelte Marais strahlend an. »So eines Nachts sie machen Höllenlärm. Alle Afrikaner springen auf Brettern herum und schreien und... machen *ngoma.* General Peng-Peng aufwachen und rasen rüber in Gefängnis und sagen: Okay, alle sofort an die Arbeit! Und die Afrikaner sagen: Ja, sofort – heute wird gegraben. Und sie nehmen große *kisu,* Spaten, Stöcke und hauen ihn in Stücke und zünden Gefängnis an und singen –«

Die Kinder waren Chimanga so nahe wie möglich gerückt und lauschten seinem eintönigen Singsang wie gebannt. Er sah sie plötzlich direkt an und sprach auf Chinyanja weiter. Vielleicht, dachte Marais, war er mit seiner Erzählung gerade so weit gekommen, als er unterbrochen wurde. Er verstand genug Chinyanja, um sich das weitere übersetzen zu können.

»Die Polizei in Salima«, fuhr Chimanga fort, »sah gegen Morgen Rauch von der Insel aufsteigen und fuhr in Booten hinüber. Aber die Afrikaner waren nicht mehr da. Alle Häuser auf der Insel und auf den Nebeninseln brannten und führten die Polizei in die Irre. Auch den weißen Mann, Peng-Peng, konnten sie zuerst nicht finden. Dann sahen sie Blut und gingen den Spuren nach und – ah! Da fanden sie ihn stückweise, ein Stück hier, ein Stück dort. Lauter kleine bluttriefende Stücke. Ein Hund fraß an einem Stück Bein und ließ es sich schmecken. Der Kopf war abgehauen, die Arme, die Füße –«

»Aufhören!« bellte Marais.

Die Gesichter der Kinder flogen erschreckt zu ihm herum. Sie sprangen auf, warfen die dünnen Ärmchen in die Höhe, rannten durch den aufwirbelnden Staub davon und zerstreuten sich in alle Himmelsrichtungen. Doch in einiger Entfernung sah Marais sie alle wieder zusammenkommen. Sie tanzten in ihren Lumpen wie Kobolde unter einem Baum, drehten sich, schleuderten die Beine hoch in die Luft, fuchtelten mit den Armen und schrien in rhythmischem Chor: »Peng-Peng! Peng-Peng! Peng-Peng!«

Chimanga lächelte mit dem Ausdruck tiefster Befriedigung. »Da, sie wissen schon deinen Namen. Eh?«

Vierter Teil

28

Wenn sie doch die gleiche Sprache gesprochen hätten! Aber das war nun mal nicht der Fall. Calvin mochte es noch so oft mit Zeichensprache versuchen, über ihren und seinen Bauch streichen, Quäklaute von sich geben, Mira angrinsen und, ein imaginäres Baby wiegend, »Dudu! Dada!« machen – Mira begriff nicht, was er wollte. Sie polierte ihre Nägel und sah ihm verwundert zu. Mit keinem Wort oder Zeichen bestätigte sie eine Schwangerschaft.

Dabei waren sie fast immer zusammen, entweder auf der Veranda oder beim Einkaufen in der Stadt oder bei einem abendlichen Spaziergang über den Osbong Drive zum Uhrturm. Miras Sprachlosigkeit hinderte Calvin nicht am Reden. Sein freundliches Geplauder begann oft mit: »Hast du schon gemerkt, wie –«

Er merkte zum Beispiel, daß, wo immer so etwas wie Rasen wuchs, alsbald schmale Fußwege hindurchführten; Afrikaner machten überall Trampelpfade und Abkürzungen. Und nachdem ihm das einmal aufgefallen war, sah er es dauernd.

Oder der Uhrturm. Ein Zementrechteck auf leicht abgeschrägter Stahlbasis mit einem Blumenbeet rundherum und (neben Osbongs Regierungspalast, dem Parlament, dem Wochenmarkt, dem See und dem malerischen Hügelblick, der noch immer Queen's View hieß) eines der beliebtesten Ansichtskartenmotive. Doch nur Calvin merkte, daß jedes der vier Zifferblätter an den vier Seiten des Turms eine andere Zeit anzeigte. Die Unterschiede waren so groß, daß es sich um eine »Weltuhr« hätte handeln können, was aber keineswegs zutraf – die Uhren gingen schlicht und einfach falsch. Aber als Calvin zu Mira sagte: »Hast du schon gemerkt, daß die Uhr falsch geht«, sah Mira kaum hin. Sie hatte es noch nicht gemerkt. Niemand hatte es hier je gemerkt.

Und obwohl Calvin aus purer Gewohnheit weiter seine Fragen stellte, merkte er bald, daß er nie eine ordentliche Antwort bekommen würde. Manchmal sagte Mira gelangweilt: »Yah«, aber das hieß bei ihr ebensooft nein. Sie war überhaupt nicht sehr gesprächig, ganz abgesehen von den Verständigungsschwierigkeiten.

Dieses Schweigen machten ihren Sex zu einem wortlosen, fast anonymen Vergnügen. Calvin schloß das Zimmer ab und befestigte das Moskitonetz; sie liebten einander meist im Dunkeln, und außer Miras gelegentlichem »Yah« fiel kein Wort. Aber Calvin hielt Sex ohnehin für etwas Namenloses. Bei seiner ersten Frau hatte er im Dunkeln oft an Inzest oder das Treiben von Schwulen gedacht, eine Verschwörung unter Weißen, die bei ihm Schuldgefühle und schlechte Laune hinterließ. Beim Zusammensein mit Mira war es ihm einmal passiert, daß ein Blitzstrahl den Raum erhellte und er in den vielen Friseurspiegeln auf einmal ein Dutzend klapperdürrer Amerikaner im Netzhemd sah, jeder einzelne in sportlicher Umklammerung mit einem Paar schokoladenbrauner Beine. Dieser Anblick, obgleich er nur ein paar flackernde Momente dauerte, hatte ihm sofort die Potenz geraubt. Nicht sehen und nicht sprechen machte die Sache nicht nur schöner, sondern auch abenteuerlicher: Die flatternde Schwarzamsel sog die Grasschlange Stück für Stück in sich hinein. Das hob Calvins Selbstgefühl, und jede Liebesstunde mit Mira bestärkte ihn in dem Vorsatz, nie nach Amerika zurückzukehren – nie.

Am stärksten wurde dieser Entschluß an regnerischen Nachmittagen, wenn die ersten Tropfen auf das Blechdach des Etablissements klopften, die Leute in den Häusern verschwanden, die leeren Straßen dampften und alle Arbeit stockte, bis der Regen vorbei war. Nichts verschaffte Calvin ein ähnliches Gefühl privaten Wohlbehagens und, in all der lähmenden Hitze, eine kühle, ungestörte Denkpause. Und diese beruhigende Zeitspanne brauchte er dringend, denn nachmittags pflegte ihm das Bier schon derart in den Kopf gestiegen zu sein, daß er sich nicht mehr auf seine kribbelnden Füße verlassen konnte. Nach den sieben bis acht Bier, die er sich seit dem Morgen zu Gemüte geführt hatte, waren die Adern an seinen Schläfen dick aufgeschwollen, jeder Sonnenstrahl störte ihn, und sein Schädel dröhnte, als müsse er gleich platzen wie ein zu stark aufgeblasener Ballon.

Kaum aber fiel der Regen dichter aus dem schwarzen Himmel, so wurde alles leichter: Die Temperatur sank rapide, und

Calvins Kopf klärte sich. Er stand mühelos aus seinem Verandasessel auf, durchquerte die Bar und tippte Mira im Vorübergehen leicht auf die Schulter. Dann lag er auf dem Bett, lauschte dem Rauschen und Gurgeln des Regens draußen und wartete auf sie. Mira hatte sein Zeichen verstanden. Bald nach ihm trat sie ein, schleuderte die Sandaletten von den Füßen, riß mit einer anmutigen Bewegung den Reißverschluß des Kleides auf und mit der nächsten den Turban vom Kopf und schlüpfte weich, biegsam, mit klingelnden Armreifen neben ihn – so rasch und gefügig, daß noch nicht einmal das Waffelmuster des Rohrstuhls, auf dem sie gesessen hatte, von ihrem straffen Gesäß geschwunden war. Sonst hatten sie es an diesen Regennachmittagen nicht eilig. Sie küßten und streichelten sich im manchmal von Blitzen durchzuckten Halbdunkel, unter kleinen staunenden Seufzern, als machten sie immer neue Entdeckungen aneinander, als sei jeder zärtliche Einfall ihre eigenste Erfindung, etwas noch nie Dagewesenes. Hinterher war alles Wärme; sie lagen in einträchtiger Ruhe, vom Regen umschlossen und wie in Schleier gehüllt. Nein, er würde nie nach Amerika zurückkehren. Er würde bleiben und sich um nichts mehr grämen. Diese schweigsame Liebe hatte, wie jede andere Leidenschaft, eine tröstlich vorgezeichnete Bahn mit Anfang, Höhepunkt und Ende.

Vielleicht war jetzt gerade die Mitte erreicht. Seit Miras rätselhaftem Satz »Du geben Baby mir« sah Calvin seine Ehe unter einem neuen Gesichtspunkt. Die bloße Möglichkeit von Miras Schwangerschaft brachte ihn zu der neuartigen Einsicht, das bemerkenswerteste an Kindern und Elternschaft sei, daß es absolut nichts mehr mit Sex zu tun habe. Schließlich war Sex – so argumentierte Calvin bei sich selbst – nur ein kurzer Körperkontakt, auch wenn die Leute ihn mit allen möglichen Tricks zu verlängern und, wie sie glaubten, genußreicher zu gestalten versuchten. Die Natur ließ sie auf die Dauer kläglich scheitern: Jeder Geschlechtsakt lief schließlich doch auf ein und dasselbe hinaus, und wenn man alle Varianten durchprobiert hatte, erschöpften sie sich unweigerlich in Wiederholungen und letzten Endes in Langeweile und Überdruß. Vor allem, das war die erste Tatsache, mit der man sich abfinden mußte, war der Mann ein Sexualschwächling, und manch einer machte sich vor Sorge um seinen Körper geradezu krank. Seine Ausschweifungen waren oft weniger Zeichen besonderer Manneskraft oder auch nur Lüsternheit als ebendieser Angstneurose. Auch hier in Tante Zeebas Speisehaus konnte man die reinsten Schauergeschichten aus nächster Nähe miterleben: Da gab es jede Sorte von Verschwörung, Drohung, Triumph, Niederlage und absichtlichem Verwirrspiel. An das, was die Leute das Geheimnis der Liebe nannten, kamen die meisten nie heran; am nächsten vielleicht noch Mira und Calvin an so einem regnerischen Nachmittag.

Aber Elternschaft war ein ganz anderes und viel ernsteres Erlebnis als Sex – verheißungsvoll wie eine Versicherung und zugleich gefährdet wie jedes Glück. Calvin hoffte sehr, daß Mira schwanger war (oder, wie es im Volksmund hieß, guter Hoffnung). Kinderlose waren arm dran, denn Kinder waren die Lebensversicherung in ihrer reinsten und ursprünglichsten Form. Der geringe Einsatz garantierte, wenn man ihn sorglich und ungestört reifen ließ, eine Fortdauer im Fleische auf Erden, eine Art Unsterblichkeit, auch für Leute, die schon hier nicht wußten, wie sie ihre Zeit totschlagen sollten. Es war zwar denkbar, daß die Kinder es besser anpackten und mehr erreichten; wahrscheinlich war es nicht. Erst nach deinem Tod, dachte Calvin, bleibt ihnen keine andere Wahl; sie müssen dein Erbe wohl oder übel an weitere Generationen überliefern: die gelbliche Blässe, diesen Hang zum Faulenzen und Trinken, diese Zahnlücken und langen Knochen, diesen verkümmerten kleinen Zeh. Dein ganzer Stil wird vererbt. In deinem Kind, der abgewandelten Wiederholung deines Selbst, ist dein Tod beschlossen. Das Kind ist der Todesengel des Mannes, aber dieser tödliche Doppelgänger wird dich vom ersten Moment an mit seinem Totengräberblick bezaubern, vielleicht auch noch mit einem Grübchen oder einer liebenswerten kleinen Schwäche, die er von dir hat, und mit diesem Lächeln wird er dich begraben und dir helfen, deinen eigenen Tod zu überleben...

Das war eine Versicherung, aber keine Police konnte den glatten Ablauf der Ereignisse garantieren. Ein Musterbeispiel für die Vergeblichkeit von Homemakers'-Mutual-Versicherungen, die Sinnlosigkeit *aller* Versicherungen, war der Tod des armen Ogilvie, der nur als schwache Erinnerung in dem hier im Zimmer verstreuten Trödel weiterlebte, den Kleidern, Platten, Kitschbildern: Auf seine Weise hatte Ogilvie das alles bezahlt. Und so viele andere Kunden waren abgekratzt, ohne auch nur ein Kind zu hinterlassen. Die Afrikaner hatten recht mit ihrer Wertschätzung vieler Kinder. Sie machten ihre Trampelpfade und kümmerten sich um den Uhrturm ebensowenig wie um Osbong; sie hatten keinen Sinn für landschaftliche Schönheiten und glaubten an nichts – außer an Kinder. Sie hatten recht. Unfruchtbarkeit war die einzige wirkliche Armut.

Wochen vergingen. Miras Äußerungen variierten zwischen »Ausziehen« und »Du geben Baby mir«, jeweils mit einem vorangestellten oder abschließenden »Yah«. Beides sagte sie ohne Hast oder erkennbare Furcht; ihre Stimmung war gleichbleibend heiter, sie drängte nicht. Doch außer »Du geben Baby mir« und »Ausziehen« war nichts Erhellendes aus ihr herauszubringen, und Calvin antwortete mit: okay, fein, großartig oder wie du meinst.

Einen Monat nach jener ersten Andeutung entdeckte er jedoch eine deutliche Schwellung unter Miras Magengrube, wie das runde Bäuchlein nach einer üppigen Mahlzeit. Es verschwand nicht wieder. Es wuchs. Nun gab es keinen Zweifel mehr.

»Hab' mir schon gedacht, daß sie 'nen Kuchen im Ofen hat«, sagte Major Beaglehole, als Calvin ihn einweihte. »Bin froh, daß Sie sie nicht sitzengelassen haben.«

»Nein«, sagte Calvin, »so was Schäbiges würde ich nie tun.«

»Sie haben sich wirklich anständig benommen.«

»Ich habe sie geheiratet.«

»Sie haben sie geheiratet«, echote der Major. »Ich meine, darauf heben wir einen. Wo ist dieser verdammte Kellner?«

»Da kommt er und redet mit –« Calvin unterbrach sich. »Sagen Sie mal, hat Jack Sie auch mit diesem... Harry bekannt gemacht?«

»Ein Schwein«, sagte Major Beaglehole. »Hetzt die Schwarzen auf. Am besten strafen wir ihn mit Nichtachtung.« Der Major warf einen Blick auf Harry, der sich mit Jarvis unterhielt, und fügte hinzu: »Der Bursche könnte mal 'nen Haarschnitt brauchen.«

Inzwischen war es Mai geworden, und Baileys Hochzeitsgeschenk – das mietfreie Doppelzimmer – hörte auf, ein Geschenk zu sein; es mußte nun geräumt oder gemietet werden. Dieser Termin, dachte Calvin, war die beste Gelegenheit, in eine größereWohnung umzuziehen und dort die Geburt des Babys zu erwarten, wie Mira ihm ja schon seit Wochen hatte sagen wollen. Eine Geldfrage war der Umzug am allerwenigsten; sie hatten mehr, als besonders Calvin wollte oder brauchte. Ogilvies Versicherungssumme war trotz Miras Kauflust noch nicht vergeudet, was hauptsächlich auf ihre Markentreue zurückzuführen war. Sie verzichtete lieber auf manche Genüsse, als etwas anderes als *ihre* Marke zu rauchen, zu trinken oder zu naschen, und ihre Lieblingsmarken waren in Blantyre oft nicht erhältlich. Und Calvins Gehaltsscheck wurde nach wie vor pünktlich jeden Monat per Kabel von Boston auf sein Konto bei der Barclay's Bank in Blantyre überwiesen.

Womit hatte er nur dies rührende Vertrauen seiner Firma verdient? Seit Februar hatte er nicht einen Bericht mehr geschrieben, geschweige denn eine Police verkauft. Im Gegenteil, er hatte allen vom Kauf abgeraten. Ehrlicherweise hätte er kündigen, das Büro auflösen und die paar Akten nach Boston zurückschicken müssen. Dann konnte er sich mit seiner schwangeren Frau ins üppige Grün des Hochlands südlich von Blantyre zurückziehen. Er sah sich schon mit ihr in einer lauschigen kleinen Blockhütte, die zwischen den hohen Luftwurzeln der hoch emporragenden Urwaldbäume versteckt war; dort würde er Hühner halten, vielleicht ein wenig angeln, ein paar Morgen Erdnußland beackern, Motorradausflüge und Spaziergänge machen und auf Miras Niederkunft warten. Das Leben war einfach, der Tod unvermeidlich, nur Kinder waren eine Zeitlang von Bedeutung. Außer körperlichen Schmerzen und Verzweiflung brauchte man nichts zu fürchten.

»Wir ziehen aus«, sagte Calvin eines Tages zu Bailey. »Aber Sie sollen wissen, daß Mira und ich uns in dem Zimmer sehr wohl gefühlt haben. Wir besuchen Sie natürlich, wenn wir in die Gegend kommen.«

»Moment mal«, sagte Bailey, zog ihren schmierigen Schal

fester um sich und musterte Calvin prüfend. »Wollen Sie damit sagen, daß Sie das Zimmer räumen?«

»Richtig«, sagte Calvin.

»Das Liebesnest? Mein schönstes Zimmer? Und Sie wollen abhauen?«

»Umziehen«, betonte Calvin. *In eine Hütte,* sagte er lieber nicht, also wählte er die Erklärung: »Raus aus der Stadt.«

»Haben Sie denn nichts gehört?«

»Wieso? Was?«

»Na, daß ein richtiger *Krieg* im Gang ist!« sprudelte Bailey los. »Man kann keinen Fuß vor die Stadt setzen, ohne daß einen ein paar lausige Schwarze aufhalten und man mir nichts, dir nichts in eine Keilerei verwickelt wird!«

»Ich weiß nur, daß es in Lilongwe ein bißchen Unruhe gegeben haben soll –«

»Ein bißchen Unruhe!« Bailey fletschte ihr schadhaftes Gebiß. »Sie haben die halbe Stadt in die Luft gesprengt! Alle Weißen sind über die Grenze nach Fort Jameson geflüchtet, um ihr nacktes Leben zu retten. Die Schwarzen sind total übergeschnappt. Da können Sie fragen, wen Sie wollen.«

»Nicht nur die Schwarzen«, sagte Calvin. *»Das* weiß ich.«

»Sie wissen ja alles besser, was?« spöttelte Bailey.

»Ihr Anführer ist ein Weißer. Ich bin ihm mal begegnet. Er ist schlimmer als alle Schwarzen zusammen.«

»Wie kommt ein feiner Europäer dazu, sich mit diesen Kaffern einzulassen?«

»So besonders fein ist er gar nicht. Ich gebe zu, daß er ehrlich von seiner Sache überzeugt zu sein scheint, aber er hat Miras Bruder ermordet... oder von seinen Leuten ermorden lassen, das kommt aufs gleiche raus. Damals, das war kurz vorher, hat er mir sogar sein Camp bei Rumpi gezeigt. Er ist ebenso weiß wie Sie und ich.«

»Waren Sie da auf 'ner Vergnügungsreise, oder was?«

»Ich wollte über Weihnachten ein paar Kunden besuchen.«

»Ihre Kunden kenne ich!« lachte Bailey auf. »Ha!«

Calvin zog die Brauen zusammen. »Ich Ihre ebenso. Mit denen ist auch nicht viel Staat zu machen.«

»Werden Sie bloß nicht sarkastisch«, sagte Bailey. »Ich führe ein solides Haus.«

»Richtig«, sagte Calvin. »Ich wollte Sie nicht ärgern. Wir ziehen aus rein persönlichen Gründen um.«

»Obwohl Sie von diesem Krieg hier wissen?«

»Natürlich habe ich das Gerede darüber gehört. Vorige Woche zum Beispiel, im ›Sambesi‹, sprach der Barmann von Blutvergießen und Schlächterei, und die Zuhörer wußten noch schönere Wörter, aber das hielt sie alle nicht vom Trinken ab. Im Grunde war's ihnen ganz egal.« Zu vorgerückter Stunde hatten sie dann sogar Calvin für die Vorkommnisse in Lilongwe verantwortlich gemacht, weil Mavity ihm das amerikanische Raumfahrtprogramm in die Schuhe schob. Alles, was die Afrikaner in Blantyre wußten, war, daß die Rebellen von einem Weißen angeführt wurden.

»Na, bin ich nun richtig informiert oder nicht?« fragte Bailey.

»Scheint so«, sagte Calvin.

»Sie wollen den Alten abservieren«, sagte Bailey mit einem Blick auf das Osbong-Bild (*Wenn ich ein Diktator bin, dann aus dem Volk, durch das Volk und für das Volk . . .*).

»So sagt man.«

»Da haben wir's«, stellte Bailey fest, straffte die Schultern und lächelte, als hielte sie Calvin gerade einen selbstgebackenen Kuchen hin und erwarte ein Kompliment.

Calvin salutierte leicht mit seinem Bierglas und trank. »Trotzdem werden wir aus der Stadt ziehen«, sagte er.

»Oh, verdammter Mist!«

»Erstens kommt es uns billiger. Aber das ist nicht der Hauptgrund.«

»Es ist hirnverbrannt und sonst nichts. Sie sind nirgends besser aufgehoben als hier in meinem Haus. Hier geht wenigstens nicht gleich 'ne Horde messerwetzender Kaffern auf euch los.«

»Ich höre das Wort nicht gern«, sagte Calvin.

»Welches Wort?«

»Kaffern. Es klingt verdammt überheblich.«

»Nun hör mal einer *den*!« stieß Bailey mit entrüsteter Miene hervor. »Bis 63 hießen sie Kaffern, und soweit es mich betrifft, bleiben sie Kaffern. Macht der Gewohnheit, vielleicht, vielleicht auch was andres. Jedenfalls wird's noch 'ne Weile dauern, bis ich mich umgewöhne.« Calvin merkte mit

Unbehagen, daß er ihr die Gelegenheit geboten hatte, das Wort »Kaffern« nun gerade ihm zum Trotz zu gebrauchen. »Sie haben was gegen messerwetzende Afrikaner«, sagte er. »Was ist dann mit Jarvis? Der hantiert ständig mit Messern und Hackbeilen.«

»Jarvis tut keiner Fliege was zuleide«, sagte Bailey.

»Mich mag er jedenfalls nicht«, sagte Calvin.

»Natürlich nicht«, sagte Bailey. »Außer dem Kerl in Nummer fünfzehn kann er keinen Weißen leiden.«

»Harry?« sagte Calvin. »Der kam mir doch gleich so bekannt vor. Jetzt fällt mir ein, wo ich ihn zuerst gesehen habe. Draußen in der Garage, mit Jarvis. Sie fraßen beide wie die Kannibalen. Zum Kotzen. Und Sie wollen, daß wir hierbleiben!«

»Nicht gut genug für euch, was?« sagte Bailey. »Na, da nehmen Sie mal gütigst zur Kenntnis, daß sogar der Hochkommissar des Vereinigten Königreichs mal mit seiner Puppe hier übernachtet hat. Für den war mein Haus gut genug. Und der geht nicht in jedes, das kann ich Ihnen sagen.«

»Wir ziehen aus«, sagte Calvin ermattet. »Endgültig.«

»Und dabei haben wir gerade 'ne Revolution –«

»Scheißrevolution«, unterbrach Calvin. »Kein Schwein schert sich darum.«

»Einen schönen Ton haben Sie am Leibe! Und Sie halten sich darüber auf, wie andere Leute essen, und denken, Sie sind zu fein für uns!«

»Pardon«, sagte Calvin. »Ich glaube, jetzt trinke ich lieber mein Bier aus und gehe unsere Siebensachen packen.«

»Ich vermiete es euch für fünfzig Osbongs im Monat«, sagte Bailey. »Ist das vielleicht kein Angebot?«

»Sehen Sie, es handelt sich nicht –«

»Zwanzig«, sagte Bailey hilflos.

»Es geht mir nicht ums Geld.«

»Mir auch nicht. Nehmen Sie's umsonst wie bisher«, sagte Bailey und wandte sich ab. »Ich brauche Ihr Geld nicht.«

»Aber es ist Ihr bestes Zimmer«, sagte Calvin. »Alle wollen es haben, schon wegen der vielen Spiegel.«

»Früher war's die Nummer eins«, sagte Bailey in nostalgischem Ton. »Oh, es war todschick, ehe ihr alles so vollgestopft habt. Der britische Hochkommissar war drin, und jede

Menge Aufsteiger von der neuen Regierung auch. Wir hatten Klassekunden, kann ich Ihnen sagen. Die Superschlitten stellten sie hinten in der Garage ab, damit's nicht jeder gleich sah. Und der Tisch war fein gedeckt, mit Käse und Biskuits und Sekt oder Rosé in elegantem Körbchen. Ja, damals hatte ich noch Hoffnungen.«

»Vor dem Umsturz.«

»Vor dem Umsturz, na ja, ich kann's ja offen zugeben. Seitdem ist das Niveau gesunken.«

»Seit dem Umsturz.«

»Nicht nur deswegen. So um Neujahr ist noch was Unangenehmes dazugekommen. Ja, es muß Ende Dezember, Anfang Januar gewesen sein. Da haben wir einen guten Kunden, einen von den, äh, besseren Herren verloren.«

»Einen Kunden verloren.«

Bailey nickte kläglich und hustete. Sie kippte etwas Gin in ihr Bierglas und sagte: »Ich könnte jetzt 'n bißchen Regen brauchen, zum Abkühlen.«

»Einen Kunden *verloren*?« wiederholte Calvin, erst jetzt hellhörig geworden. »*Wie* verloren?«

»Man könnte sagen, er wäre uns einfach tot umgefallen.«

»Wer könnte das sagen?«

»Sie, die Polizei, die Leute. Sie wissen ja, wie die Leute reden. Es hat deswegen 'ne ganze Menge Gerede gegeben.«

»Nie davon gehört«, sagte Calvin.

»Ach nein, *Sie* hören nie etwas, wie? Sie gehen einfach Ihrer Wege – mein Name ist Hase. Na schön, vermutlich ist das Ihre Masche.«

»Bitte zur Sache: Ich möchte jetzt alles über diesen angeblich tot umgefallenen Kunden wissen«, sagte Calvin. Das vierte Bier machte ihn immer methodisch. »Okay? Hat da niemand... äh... hat da niemand ein bißchen nachgeholfen?«

»Angeblich gab's ein paar, wie nennt man das, In-di-zien. Aber für mich macht's jetzt so und so keinen Unterschied mehr, denn nach dieser Schweinerei wollte keiner von den Politikern mehr das Zimmer haben, wenn Sie verstehen, was ich meine. Waren wohl abergläubisch oder was weiß ich! Und sie waren die einzigen Kunden, die genug Piepen hatten. Also hab' ich mir gedacht, ich kann ja das schöne Zimmer ebensogut den jungen Leuten geben – hab' ich mir so gedacht. Und ich hab's euch gegeben, Gott befohlen. Ist ja nicht die Welt, aber –«

»Was für Indizien?«

»Na ja, sie haben so was wie'n Messer gefunden, wenn ich so sagen darf.«

»Haben *Sie* es gefunden?«

»Ja«, sagte Bailey. »Das heißt, genaugenommen Mavity.«

»Und wo?«

»Na ja, in dem Zimmer eben.«

»In Nummer eins? Auf dem Fußboden?«

»Ja, genau, auf dem Fußboden.«

»Und da lag es einfach so rum?«

»Nee, nicht direkt. Steckte sozusagen aufrecht.«

»Aha«, sagte Calvin.

Hier wurde Bailey deutlicher. »Rundheraus gesagt: Es hat dem Kaffern im Leib gesteckt. So verdammt tief, daß wir's nicht rauskriegen konnten.«

»Also haben Sie's dringelassen und den Mann rausgeschleppt und im Gewitterregen in den Straßengraben geworfen.«

»Das können Sie wohl sagen. Leichen, die drinnen rumliegen, bringen das beste Haus in Verruf. Natürlich ist er am frühen Morgen gleich gefunden worden. Aber seltsamerweise ist doch was an uns hängengeblieben. Hat mir gar nichts genützt, daß er da schon im Straßengraben lag.«

»Es war der Verteidigungsminister«, stellte Calvin fest.

»So hieß es.«

»Vielleicht drückt sich der Mörder noch hier herum«, sagte Calvin mit einem Rundblick.

»Wär' nicht der erste.«

»Aber daß der Mensch hier ermordet wurde, ausgerechnet in unserem Zimmer –!«

»Nicht so laut«, zischelte Bailey. »Sie haben sich ja wohl am wenigsten zu beklagen, oder? Ihnen hat's ein mietfreies Liebesnest eingebracht – ist das nichts?«

Calvin setzte zu heftigen Beschimpfungen an und war im Begriff, sein Glas in den Spiegel über der Bar zu schmettern, aber er hatte noch keine zwei Worte herausgebracht, als sich etwas Warmes an sein Knie drückte und er auf ein goldbraunes

Wollköpfchen heruntersah. Es war eins von Mavitys Kindern, ein kleines Mädchen mit eiskremverschmiertem Gesichtchen. Er hob sie hoch in die Luft und hätte sie beinahe geküßt, besann sich aber noch rechtzeitig. Er war als Säufer verschrien, und Säufern verzieh man zwar manches, aber man traute ihnen auch alles mögliche zu. Er stellte die Kleine wieder auf den Boden, und sie lachte ihn an und lief zu ihrem Vater.

»Alles«, sagte Calvin, »alles kommt in diese Schachteln.« Er fegte mit der Handkante einen Stoß Papiere vom Schreibtisch. »Nichts bleibt zurück. Ich will das Büro leer und aufgeräumt hinterlassen.«

Jarvis, den er für einen Tag angeheuert hatte, schlurfte träge herum, warf noch unausgepackte Broschürenpäckchen in Versandkartons, zwängte Zettel und anderen Kram in die Karteikästen und band diese mit Paketschnur zu.

Die meisten Büropapiere wurden zum Verbrennen beiseite gestellt, anderes zum Zurückschicken an die Firma: die Rechenmaschine (blasige Roststellen hatten sich durch den blauen Lack gefressen), die Schreibmaschine, in der noch ein Firmenbogen mit folgendem Textfragment eingespannt gewesen war: *Sehr geehrte Herren, zu meinem Bedauern muß ich Ihnen mitteilen, daß ich seit Mitte Februar d.J. keinen Streich mehr getan habe und dies auch nicht mehr zu tun gedenke…;* fabrikneue Federn und Bleistifte, dekorative Policenformulare mit Goldverzierungen; leere Aktenordner und Prachtkalender (Samuel Chamberlains »Ländliche Szenen aus Neuengland«, mit Grüßen von Homemakers' Mutual) und dergleichen. Alles war von einer rötlichen Staubschicht überzogen, und in den Auftragsbüchern hatten die Termiten gehaust.

»Dieser ganze Mist wird nach Boston zurückgeschickt«, sagte Calvin und zeigte auf die betreffenden Stapel. Ihm persönlich wäre es lieber gewesen, alles zu vernichten.

Jarvis schob die Sachen auf dem Boden unsanft mit der Schuhspitze zurecht.

Um zwölf Uhr dreißig ging Calvin auf ein Bier ins »Highlife« hinunter. Er saß vornübergebeugt da und blies nachdenklich ein Loch in den warmen Schaum, als Jarvis neben ihm auftauchte.

»Oben«, sagte Jarvis und deutete mit den Augen in die gemeinte Richtung, »Mann wollen Sie sprechen.«

Calvin seufzte. »Nie kann man in Ruhe einen heben. Hier, trinken Sie's aus, wenn Sie mögen.«

»Wenn ich Bier wollen, ich kaufen mir selbst«, sagte Jarvis aufsässig. »Keine Lust auf Ihre Bazillen.«

»Bazillen«, sagte Calvin. »Jesus, das Wort hab' ich seit 'ner Ewigkeit nicht gehört.« Er trank das Bier rasch aus, wischte sich ein paar Schaumflocken von Mund und Nase und ging hinauf.

Ein Afrikaner saß vor Calvins Schreibtisch, bewegte sich mit dem quietschenden Drehstuhl hin und her und blätterte in dem hübschen Landschaftskalender. Er war höchst elegant gekleidet: schwarzer Anzug, gestreifte Krawatte, große goldene Manschettenknöpfe und breitrandige Sonnenbrille. Sein Haar war nach letzter Mode sehr voll und buschig frisiert. Er blickte nicht auf, als Calvin in der Tür erschien.

»Boy«, rief er, »komm mal her!«

Calvin trat an den Schreibtisch und sagte ärgerlich: »Reden Sie gefälligst nicht so mit meinem Helfer. Er ist nicht Ihr Sklave.«

»Ich rede«, sagte der Afrikaner und schlug die Seite mit der Birkengruppe zu der mit der überdachten Holzbrücke um, »ich rede mit *dir*, mein Junge.«

»Na dann – meinetwegen«, sagte Calvin.

»Wirklich? Ihnen macht's nichts aus?«

»Wenn es Sie glücklich macht«, erwiderte Calvin, »lasse ich Ihnen gern das Vergnügen.« Er sah, daß der Afrikaner das Osbong-Abzeichen am Revers trug. »Aber nun entschuldigen Sie, wir haben zu tun.«

»Kleines Frühjahrsreinemachen?«

»Weniger«, sagte Calvin. »Ich mache den Laden zu. Ich höre auf mit dem Job. Ich gehe.« Er sah im Geiste »seine« Urwaldlichtung, in der flirrende Sonnenflecken spielten.

»Das werden Sie nicht.«

»Das werde ich doch.«

Der Afrikaner lächelte überlegen und schüttelte den Kopf. »Sie werden nirgendwohin gehen, Boy. Dieser Betrieb ist verstaatlicht. Von heute an sind Sie Staatsdiener.«

29

Aus Marais' Tagebuch:
Vor zwei Wochen habe ich Yatu unter allen erdenklichen Vorsichtsmaßnahmen beerdigt. Es ist mir früher schon oft gelungen, Leute spurlos verschwinden zu lassen: das nützlichste Talent eines Revolutionärs, besser als Bombenlegen und Schießübungen. Kidnapping, Mord ohne Leiche, Wegzaubern – das sind die wirksamsten Tricks. Ich bin sicher, daß der P. I. D. E. nie den Kerl wiedergefunden hat, der auf mich angesetzt war. Selbst auf der Flucht war ich noch imstande, ihn in Luft aufzulösen. Sie suchen fieberhaft nach mir. Die Südafrikaner rätseln immer noch, wer die Bombe gelegt haben könnte, die ihren ganzen Postverkehr lahmgelegt hat.

Beinahe hätte ich Bruder George mitgenommen. Riskant, aber ich hätte dabei mit Sicherheit erkennen können, auf wessen Seite George ist. Aber er hätte natürlich das Graben übernommen und sich dann wieder geärgert, daß ich ihm bei der Arbeit zusah. Daher beschloß ich, es lieber allein hinter mich zu bringen. Die meisten meiner Leute ahnten wohl schon vor einem Monat, daß Yatu tot war, und zwar ihrer Meinung nach auf unfaire Weise von mir getötet, aber sie wußten nicht, daß er noch in der Leichenkammer lag. So schöpfte meines Wissens keiner Verdacht, als ich neulich in aller Frühe die Leiche in den Kleinbus packte und ziemlich weit in den Busch hineinfuhr. Es war noch immer nicht hell, als ich mit der Grube ferig war. Hinterher machte ich die Stelle mit Gras und Gestüpp unkenntlich und kehrte auf Umwegen in die Stadt zurück. Heute habe ich aus purer Neugierde nachgesehen, was aus dem Grab geworden ist. Hatte keine Schwierigkeiten, es zu finden. Ein flacher Steinhügel war darauf errichtet und ein Speer senkrecht in die Mitte gerammt (vermutlich zum Zeichen, daß hier ein Krieger liegt). In der Nähe stand ein kleines Tongefäß mit frischen Blumen.

Ich glaube, der Schock hat mich bewogen, statt meiner strategischen Lehrsätze wieder mal Tagebuch zu schreiben. Dazu kommt die Tatsache, daß wir seit fünf Wochen keinen Schritt vorangekommen sind. Die treibende Kraft, falls je vorhanden, scheint verpufft zu sein. Ich bin allein.

Ihr Gedächtnis ist erschreckend lückenhaft und ungenau. In *ihrer* Version wird der Marsch von Rumpi nach Lilongwe zur Sklavenkarawane, von Mussas Geist zur Eile angetrieben, und ich, der gnadenlose Sklaventreiber, fahre bequem vorneweg. Jede einfache Übung wird zur Schinderei, jede Geste zur Drohung. Heute kamen drei Betrunkene zu mir und behaupteten, ich sei ihnen allen ein Klotz am Bein. Ich stand auf, um zu antworten. Sie dachten, ich wollte sie schlagen, und stürzten hinaus.

Ich kann mit niemandem mehr reden. Sie trauen mir nicht. George schweigt mürrisch, wenn ich ihn frage, warum die andern so hinterhältig geworden sind. Auch er war nie besonders kameradschaftlich; das war keiner. Aber ich dachte, der Befreiungsplan würde viel schneller abgewickelt sein und ich wäre um diese Zeit längst wieder in Dar. Ich habe George gesagt, ich hätte nie auf Treue zu *mir* gerechnet, nur auf Treue zu ihrer ureigenen Sache.

Auch unter sich streiten sie ununterbrochen, gehen mit den Fäusten aufeinander los, und auch auf ganz unbeteiligte Städter. Nie ist es ein fairer, sportlicher Wettkampf. Sie kneifen die Augen zu und schlagen und treten wild um sich. Die meisten Läden haben sie geplündert. Gestern wollte einer von einem Inder Geld erpressen. Der Inder gab ihm alles, was er hatte, aber das genügte offenbar noch nicht. Er wurde vor den Augen seiner Kinder erschossen. Vorgestern war ein Afrikaner das Opfer. Als ich den Fall untersuchen wollte, sagten sie mir ins Gesicht: »Das geht dich nichts an. Afrikaner sind unsere Privatsache. Laß uns in Ruhe.« Sie hatte ihn zu Tode geprügelt. Solche Leichen werden am schlimmsten zugerichtet – die Mörder hören nicht auf, weil sie nie wissen, ob ihr Opfer wirklich tot ist. Ich habe sie nicht mehr in der Gewalt. Oder wenn, dann nur im negativen Sinn. Ich habe angekündigt, daß ich jeden erschieße, der versucht, auf eigene Faust nach Blantyre zu kommen. Das scheint zu einem gewissen Grad gewirkt zu haben, obgleich sie gar nicht das Zeug hätten, sich selbst zu organisieren. Wenn ich Chimanga ohne Aufhebens beseitigen könnte, wären die andern vielleicht wieder auf meine Linie zu bringen. Aber das gelingt mir nie, und noch weniger kann ich die ursprüngliche Solidarität wiederherstellen. Sie lassen mich nicht mehr in seine Nähe. Wenn sie nicht so gut bewaffnet wären (mein Verdienst!), würde ich abhauen. Aber so sind sie auch mir gefährlich geworden. Heute abend haben zwei neben den Benzinkanistern geraucht.

Manchmal strapazieren sie meine Geduld auf besonders abgefeimte, dummdreiste Art. Spreche ich Englisch, so sprechen sie Chinyanja – und umgekehrt. Sie behalten immer das letzte Wort. Einmal sagen sie, ich soll mich nicht in ihre Angelegenheiten mischen, und wenn ich mich einen Tag lang wirklich um nichts kümmere, beklagen sie sich auch. Sie behaupten, ich betriebe Verzögerungstaktik. (»Du *willst* die Weißen in Blantyre gar nicht töten!«) Sie tun, als wüßten sie nichts von der Bombe in Johannesburg. Ich sollte mich vielleicht hinstellen und laut damit prahlen, wie viele Weiße ich schon umgelegt habe; aber dann wäre ich noch dümmer als sie. Ich habe es nie als Sport betrachtet, ich verfolgte stets nur politische Zwecke. Aber diese Bastarde machen einen Rassisten aus mir.

»Mit Rasse hat unser Kampf überhaupt nichts zu tun«, möchte ich ihnen dauernd einhämmern. Vergebens. Vielleicht haben sie keinen Respekt vor mir, weil ich ihnen anfangs zu blind vertraut habe, und sie wußten, wie wenig sie das verdienten. Ihre Vorwürfe sind schlimm, aber noch schlimmer ist ihr stures Schweigen. Manchmal wünschte ich, ich wachte als anonymer Schwarzer aus diesem Alptraum auf – dann hätte ich endlich Zugang zu ihnen. Möglich, daß Chimanga recht hatte, als er mir sagte: »Weiße und Afrikaner können nie Freunde werden. Sieh nur deine Haut an.« Mein einziger Trost ist, daß Chimanga meistens gelogen hat.

Eben fällt mir etwas auf: Früher sprach, dachte und schrieb ich immer per *wir,* jetzt nur noch per *ich* und *sie*. Aber ich kann das Wort »wir« nicht mehr hinschreiben. »Wir« ist eine Lüge. Manchmal ertappe ich mich bei dem Gedanken, daß sie nur schweigen, weil sie nicht logisch denken können. Und deshalb ist ihnen im Grunde alles ganz einerlei. Ich fange an, sie zu hassen, und frage mich, ob mich etwa schon damals Haß und Rachsucht dazu getrieben haben, die beiden Verbrecher foltern zu lassen und auf Yatu und Eddy zu schießen. In diesem Fall wäre ihr Mißtrauen berechtigt. Selbstanalyse tut selten gut. Bei mir weckt sie Schuldgefühle, und diese veranlassen mich, die Zügel schleifen zu lassen. Ich schäme mich und dulde ihre Frechheiten, ja, ich ermuntere sie noch dazu. Ich weiß, daß ich mir selbst die meisten Vorwürfe machen muß.

Ihre Anklagen sind nicht mal einheitlich. Die einen stört es, daß ich nicht schwarz bin, die andern, daß sie nicht weiß sind. Ein paar haben das Gefühl, ich wäre ein Zombie, anscheinend noch nicht überwunden. Andere verzeihen mir nie, daß ich Halbamerikaner bin. Die meisten sind jetzt plötzlich dagegen, daß ich sie so weit geführt habe. Lauter Vorwürfe, auf die es keine Antwort gibt. Nur das Herummäkeln an meiner Führerschaft ist klar durchschaubar.

Sie behaupten, ich hätte sie *gezwungen*, mir zu folgen und Dinge zu tun, die sie gar nicht wollten. Diese Selbsttäuschung liegt all ihren Klagen zugrunde. Angeblich hätten sie sich schon in Rumpi von mir losgesagt, wenn ich ihnen nicht »Medizin« gegeben, das heißt sie mit einem Zauber gebannt hätte. »Nur darum mußten wir unsere Brüder töten!« Ich bin an allem schuld, ich habe es befohlen, ich bin der tückische Hexenmeister, der böse Feind, gegen dessen übernatürliche Kräfte sie machtlos waren. Ein Paradox in sich, da ich immer noch ihr Führer bin. Sie hassen mich und billigen mir dennoch Macht zu. Sie können eben nichts tun, ohne sich zu beschweren. Solange sie mir noch widerspruchslos gehorchten, kochten sie innerlich, *weil* sie gehorchten. Für sie bin ich jetzt ein gnadenloserer Ausbeuter als Osbong. Ich dachte, ich sei für sie nicht besser und nicht schlechter als jeder andere Weiße, etwa der Amerikaner aus Blantyre, den wir damals irrtümlich geschnappt hatten und der mir gleich eine Versicherung andrehen wollte.

Die Gründe *ihrer* rassistischen Vorurteile sind äußerst simpel: Sie brauchten mich, sie ärgerten sich, weil sie mich brauchten, folglich haßten sie mich – und trotzdem brauchen sie mich jetzt nicht weniger als zu Anfang.

Sie haben ihre eigene Dämonologie, und damit halten sie sogar eine gewisse Ordnung in der Stadt. Sie wissen, daß sie die Stellung halten müssen. (Fehlschläge nähren ihren Aberglauben. Sie straucheln – und dann sehen sie natürlich den Medizinmann, der sie verhext hat.) Vor ein paar Tagen versuchte eine beschädigte Dakota hier zu landen. Wahrscheinlich der Journalist, der sich bei mir angemeldet hatte. Sie ließen die Maschine ziemlich tief runterkommen (ich sah es vom Hoteldach) und ballerten dann von allen Seiten drauflos. Die Dakota kippte, richtete die Nase steil wieder hoch und trudelte irgendwohin ab. Sie haben schon ein Lied auf ihre Heldentat gemacht. Die Tradition kommt überall durch.

Heute wurde ich früh geweckt. Ich griff wie immer als erstes zum Revolver, als ich sie klopfen und schreien hörte. Befahl ihnen, die Hände hochzunehmen und mir nicht zu nahe zu kommen. Ein halbes Dutzend schrie in heller Aufregung: »Schnell kommen – ein Spion!« Als ich hinausging, war ich auf ein Attentat gefaßt. Aber sie brachten mich ins Gefängnis, zu einer der Kellerzellen. Darin lag ein toter Weißer in seinem Blut. Offenbar hatten sie ihn erst eingesperrt und ihn dann durchs Gitter als Zielscheibe benutzt. »Ein Spion!« sagten sie immer wieder, aber ich bin sicher, daß es keiner war. Auch kein Missionar, nach seinen Tätowierungen zu schließen. Sie hatten ihm alle Papiere und Wertsachen geklaut. Er war zwischen fünfunddreißig und vierzig, mittelgroß, mit einigen alten Narben, wahrscheinlich vom Krieg her. Mit ziemlicher Sicherheit ein Söldner auf Arbeitssuche. Keine Ahnung, wie und warum der hierherkam. Ich hasse den Ehrenkodex der Söldner: Schieße nie auf einen Weißen, auch dann nicht, wenn er auf feindlicher Seite steht! Aber dieser Bursche tat mir trotzdem leid. Ich scheine allmählich mürbe zu werden, denn ich dachte: Schade, mit dem hätte ich wenigstens mal reden können. Die andern brüsteten sich natürlich mit ihrem Mord. Weigerten sich, ihn zu begraben. Haben ihn aufs freie Feld geschleppt und den Geiern zum Fraß vorgeworfen. Sie hören so viele Stimmen, die ich nicht höre.

Es gibt mehrere Alternativen. Ich kann gleich gehen, oder ich halte durch, bis ihre eigenen Führer (wen auch immer sie dazu bestimmen) den Karren erst recht in den Dreck ziehen. Ich habe schon ein dutzendmal mit Weggehen gedroht; das ist das einzige, was sie kurzfristig zur Räson bringt. Sie müssen sich mit sehr zwiespältigen Gefühlen herumschlagen: Einerseits wissen sie, daß ich der einzige bin, der sie ihren ehrgeizigen Zielen näher bringt; andererseits bin ich in ihren Augen ein Feind. Je mehr sie von mir abhängen, desto mehr hassen sie mich – besonders, wenn ich sage, daß ich sie verlassen will.

Möglich ist auch, daß sie sich untereinander ebensowenig trauen wie mir. Ihre Anklagen gegen mich sind nichts als Vorwände. Sie würden jeden anderen Führer binnen kurzem ebenso ablehnen. Wir sind nun schon zwei Monate hier.

Noch eine Alternative: Ich kann mich umbringen.

Die Bevölkerung in der Stadt schrumpft zusehends. Die Straßen sind leerer als früher, die noch vorhandenen Autos in schlechtem Zustand, die Gullys verstopft. Nicht alle Schaufenster sind zu Bruch gegangen, wie ich erst dachte, aber die Läden sind leer, entweder geplündert oder vorsichtshalber geschlossen. Ich glaube nicht, daß jemand die Gelegenheit wahrnimmt, mißliebige Leute umzubringen. Die meisten haben sich wohl bei Nacht und Nebel in den Busch verkrochen. Ich weiß noch, wie voll die Stadt damals am Markttag war. Es herrschte sogar so etwas wie Euphorie: Die Leute sahen die Fahnen flattern und hatten endlich mal genügend Gesprächsstoff.

Die jetzige Leere bedeutet nicht mehr und nicht weniger als Fahnenflucht. Wer sich noch auf der Straße zeigt, ist meistens in Uniform – halbwüchsige Jungen und alte Männer in Khakisachen, die sie Gott weiß wo aufgestöbert haben. Sie haben keine Waffen, aber auf einige Entfernung wirken sie ziemlich kriegerisch.

Meine arbeitslose Guerilla-Truppe dagegen pflegt eine Art Cowboy-Image. Sie verstärken damit den Eindruck, den Lilongwe gleich auf mich machte: ein Cowboy-Nest, eine Filmkulisse. Sie stolzieren in abenteuerlichen (gestohlenen!) Kostümen herum: knallbunte Hemden zu Bluejeans, Sombreros, Schärpen, Schaftstiefel, Perlenstickereien, Halskettchen und Armbänder. Und natürlich Sonnenbrillen. So schlendern sie im Cowboy-Gang, Hände in den Hosentaschen, die Straße entlang. Manche schießen müßig auf streunende Hunde und Katzen. Die meisten tragen ihre Pistolen in tiefhängenden Halftern und die Patronengurte kreuzweise auf der Brust. Die Gewehre hängen lässig über die Schulter – filmreif. Arme Irre!

Es ist fast schon komisch und einigermaßen sicher, weil die Stadtleute ihnen das Feld für diese Maskerade geräumt haben. Sie schwelgen in ihren Phantasien. Eine ihrer ersten Fragen an mich war, ob ich schon mal einen echten Cowboy gesehen habe. Ich dachte, es sollte ein Witz sein, aber sie meinten es ganz ernst. Inzwischen haben sich viele mit hiesigen Mädchen zusammengetan. Die meisten wohnten zuerst mit ihnen in diesem Hotel, sind aber inzwischen ausgezogen. Ich glaube, jetzt bin ich der einzige hier. Nur von Zeit zu Zeit schlägt eine Tür. Ich merke die Leere, wenn ich über die knarrenden Flure und Treppen gehe. Die Läufer sind zum Teil abgerissen und aufgerollt. Vor einigen Türen stehen noch die Schuhe, die die Gäste am Abend vor dem Angriff zum Putzen hinausgestellt und bei der Flucht vergessen haben. Das Hotel ist der einzige Holzbau der Stadt. Ich sitze fast den ganzen Tag oben an meinem Schreibtisch. Wenn sie ein bißchen planvoll vorgingen, könnten sie Feuer legen. Ich käme vermutlich nicht mehr beizeiten raus. Aber auf diese Art werden sie es nicht tun, und ich fühle mich relativ sicher, solange ich ihre Stiefel auf der Treppe hören kann.

Sie war heute zum zweiten Mal da. Beim Abschied sagte sie, nun könne sie nicht mehr kommen. Sie hat Angst, daß sie es merken und sie dafür totschlagen. Ich habe ihr etwas Geld gegeben.

Bis vor kurzem hielt ich Osbong für einen Idioten, weil er nicht sofort mit seiner Armee hier angerückt ist. Wir wären strategisch im Nachteil gewesen. Die Stadt liegt in einer Mulde und ist von einem dichten Buschgürtel umgeben, der Ausweichen unmöglich macht. Wir haben keine schweren Geschütze, und schon am dritten Tag war die Disziplin im Eimer. Während der ersten Woche erwartete ich stündlich, von Bomben geweckt zu werden oder Panzer die Hauptstraße entlangrollen zu hören. Sie hätten uns im Handumdrehen überwältigt. Ich habe vor Spannung nächtelang nicht geschlafen.

Dabei hätte ich mir gleich denken können, daß Osbong sich jeden überflüssigen Gegenangriff ersparte. Osbong wußte Bescheid. Er kennt dieses Volk besser als ich. Er ließ uns einfach im eigenen Saft schmoren, und nun lacht er sich ins Fäustchen. Ab und zu schickt er ein paar seiner alten französischen Düsenjäger, Mirages, glaube ich. Wir haben nichts dagegenzusetzen. Ich sehe förmlich, wie mitleidig die Piloten – wahrscheinlich Israelis – auf dieses jämmerliche Kaff herunterblicken.

Es war ein Fehler, von hier aus eine Volkserhebung starten zu wollen. Niemand schert sich darum. Mein verhängnisvoller Irrtum war, fünfzig Mann zu bewaffnen und sie damit gefährlich zu machen – gegen mich. Die geknechtete Stadt gab es nur in meiner Einbildung. Lilongwe ist ein kleiner Marktflecken im Busch mit einer Handvoll Häuser, und Osbong verfügt nach Belieben über ein paar Stimmen. *Mein* Ordnungsbegriff gilt hier nichts. Ich habe nicht rechtzeitig eingesehen, daß hier uralte Stammesgesetze gelten, mit Häuptlingen, Brautkauf und Ahnenkult. Niemand hat sich je daran gestoßen. Sie wissen gar nichts von Ausbeutung, Politik kümmert sie nicht, Osbong wird kaum erwähnt: Er war *mein* Popanz. Lilongwe ist eine Stammessiedlung wie eh und je, und wir haben nichts erreicht, als sie vorübergehend aufzustochern wie einen Ameisenhaufen. Wenn wir abziehen, wird sie in den alten Zustand zurücksinken, nur mit der Erinnerung an ein paar sinnlos angerichtete Schäden und einige Tote, die noch leben könnten. Lilongwe war ein Ort für Kinder und Kühe. Osbong wußte das am besten.

Ich dachte, es wäre eine Vergewaltigung, aber es war Liebe. Und nun kommt das schlimmste Stadium: Wo man nicht lieben kann, stellt sich Haß ein. Wir erinnern uns nur an das Schlechte, um uns einzureden, daß es am klügsten ist, überhaupt nie zu lieben. Gleichgültigkeit ist nicht stark genug, um die Trennung zu rechtfertigen.

Gestern war ich den größten Teil des Nachmittags auf der Suche nach ihr. Schlechtwettereinbruch. Trübe, kalte Tage, scharfer Wind, manchmal mit Hagel vermischt, der einem schräg ins Gesicht fegt. Sie nennen das hier *chiperoni.* Ich geriet gerade in solche *chiperoni* plus Gewitter hinein und hielt es für besser, mich für eine Weile in einem Schuppen unterzustellen. Ich wußte, daß sie irgendwo in der Gegend wohnte. Der Wind peitschte gegen den Schuppen; Regen und Hagel sprühten durch die Lücken der Rohrwände. Nach mir kam ein kleiner Junge die Straße entlanggerannt, mit vorgebeugtem Kopf, immer *platsch* durch die Pfützen, und flüchtete ebenfalls in den Schuppen. Er hatte ein knielanges, gelbes, triefend nasses Hemd an. Ein Donner krachte, und der Kleine steckte die Finger in die Ohren und zitterte vor Kälte und Angst. Dann erst sah er mich und wich erschreckt in die Ecke zurück. Sein Gesicht war vom Regen überströmt wie von Tränen. Ich versuchte ihn mit einem Chinyanja-Gruß zu beruhigen, aber er schrak noch mehr zusammen und starrte mich unverwandt an. Dann steckte er wieder die Finger in die Ohren, einzeln, einen nach dem andern, und schoß plötzlich zur Tür hinaus, zurück in Regen und Gewitter. Ich sah ihm nach. Sein nasses gelbes Hemd flatterte und blähte sich um die mageren Beine, so rannte er.

30

Major Beaglehole und Calvin standen Seite an Seite vor dem rieselnden Pissoir, das in Baileys Etablissement außen mit *Gents* gekennzeichnet war.

»Früh aufgestanden heute«, bemerkte der Major.

»Hm ja«, erwiderte Calvin.

Für eine Weile widmete sich jeder mit konzentrierter Aufmerksamkeit seinem Geschäft. Es begann zu plätschern. Calvins Blick hing hoch oben an der grünlich bemoosten Wand.

»Müssen Sie wieder zur Arbeit?« fragte Major Beaglehole.

»Ja.«

»Diese Halunken«, sagte der Major. »Und ich fing gerade an, mich mit ihnen abzufinden.«

»Was bleibt einem schon übrig«, sagte Calvin. Nach diesem unverbindlichen Austausch von Höflichkeiten herrschte wieder Schweigen. Aber plötzlich seufzte Beaglehole tief auf und sagte:

»Lieber Himmel, sehen Sie sich das an!«

»Was?« fragte Calvin gegen die Wand.

Er konnte im Moment keine Ablenkung brauchen. Seine Blase war noch nicht ganz leer. Als es soweit war, sagte er nur:

»Jetzt müssen Sie mich aber entschuldigen. Ich hab's eilig.«

»Aber gucken Sie sich erst *das* da an!« Major Beaglehole seufzte abermals. Calvin sah aus den Augenwinkeln, wie er vor sich auf eine bestimmte Stelle starrte. Es interessierte Calvin nicht besonders, aber er mußte dem alten Herrn wohl den Gefallen tun.

»Da«, sagte der Major und zeigte mit der freien Hand irgendwohin.

»Ich sehe nichts«, sagte Calvin.

Major Beaglehole tippte auf den oberen Rand des an der Wand befestigten Porzellanurinals. Und dort, direkt unter dem leckenden Wasserrohr, war unter bräunlichen Ablagerungen ein blaues, wappenähnliches Zeichen zu erkennen.

»Was sagen Sie nun? Ein *Twyford Adamant*!« sagte Major Beaglehole. »Made in the United Kingdom... Gott, da krieg' ich richtig Heimweh! Sie nicht?«

»In den Staaten habe ich die Marke nie gesehen. Aber auch wenn«, Calvin trat zurück und zog seinen Reißverschluß hoch, »würde mich so was kaum heimwehkrank machen. Entschuldigen Sie, ich möchte nicht zu spät kommen.«

»Dann nur los«, sagte Major Beaglehole, ohne den Blick von dem Twyford-Markenzeichen zu wenden. »Nächstens werden sie noch Bailey verstaatlichen, die Halunken.«

Calvin begab sich schwankenden Schritts in die gleißende Sonne hinaus. Seine Brusttasche war voller Kugelschreiber. Seine neue Imitat-Aktentasche schwenkend, steuerte er auf das Agnello-Gebäude und sein Büro zu. Er war schon über zwei Wochen wieder im Dienst und fühlte sich einigermaßen frustriert. Osbongs Übernahme seiner Firmenniederlassung hatte ihn überrascht wie ein Blitz aus heiterem Himmel, aber als er gerade im Begriff war, Fersengeld zu geben, fühlte er sich von einer schwarzen Hand am Knöchel gepackt und festgehalten. Es hätte ihm nicht soviel ausgemacht, wenn er es wie früher nach eigenem Gutdünken hätte einrichten dürfen: spät aufstehen, auf dem Klo Zeitung lesen, noch ein laues Bier trinken und vielleicht um zehn oder elf ins Büro gehen. Aber mit dieser gemütlichen Schlamperei war es aus. Er war jetzt Zivilbeamter und hatte die Dienststunden einzuhalten: von neun bis sechzehn Uhr dreißig, mit einer kurzen Kaffeepause am Vormittag, einer Teepause am Nachmittag und einer

Stunde Mittagspause. Er vermißte seinen ruhigen Tageslauf und vor allem die Siesta mit Mira, wenn es regnete.

Das Schild *Homemakers' Mutual* war entfernt und vom Arbeitsministerium durch ein neues ersetzt worden, auf welchem zu lesen stand: AFSURE, *Afrikanische Nationale Versicherungsgesellschaft*. Die »Kommission zur Verstaatlichung lebenswichtiger Betriebe« hatte sich diesen schauderhaften Namen ausgedacht, nebst der kühnen Behauptung: »Die einzige Versicherungsgesellschaft Zentralafrikas, die *von* Afrikanern *für* Afrikaner geführt wird.« Zum Teil stimmte das sogar, denn die Kommission hatte Calvin einen afrikanischen Bürovolontär zugeteilt.

Auf den Eingangsstufen des Agnello-Gebäudes hatte ein Erdnußverkäufer seine Schachteln und Tüten aufgestellt; er selbst schlief, den Kopf ans Geländer gelehnt. Calvin stieg vorsichtig über die Ware und ging in sein Büro hinauf.

Das ehedem leere Büro jenseits des Korridors war jetzt ebenfalls besetzt. Ein Mann in weißen Shorts und Kniestrümpfen stand an der Tür und grüßte Calvin mit einem kurzen, unwirschen Schnauben. »War die Post schon da?« fragte er.

»Ich weiß nicht«, sagte Calvin, während er seine eigene Tür öffnete. Drinnen lagen ein paar Briefe auf dem Boden, wie sie durch den Schlitz gefallen waren.

Der Mann von gegenüber sah sie und sagte verdrossen: »Der blöde Kerl bringt *mir* nie was.«

»Vielleicht morgen«, tröstete Calvin. »Die Post ist langsam.«

»Hoffnungslos«, sagte der Mann. »Ich glaube, der Post-Boy klaut Briefe, oder er schmeißt sie weg. Ich würde ihn ja anzeigen, aber was nützt das? Die stecken da doch alle unter einer Decke. Die Miete vom British Council unten haben sie auch erhöht. Und Sie haben sie regelrecht festgenagelt, wie ich höre?«

»Ich lerne nur meinen Nachfolger an«, sagte Calvin. »Wenn er soweit ist, kann ich gehen.«

»Zurück in die Staaten?«

»Weiß ich noch nicht«, sagte Calvin. »Irgendwohin, wo's ruhig ist.«

»Ich hab' die Schnauze voll. Noch diese Woche packe ich

ein und geh' zurück in die Republik. Hier wird ja alles kommunistisch, und wenn der Alte abtritt –«

Schritte wurden hörbar: Mwase, Calvins Lehrling, war erschienen. Der Mann in den weißen Shorts blickte auf Mwase und ging mit einem kurzen Fluch in sein Büro. Die Glasscheibe in seiner Tür klirrte noch vom Zuschmettern, als Mwase höflich guten Morgen sagte.

»Hi«, sagte Calvin. »Wie geht's, wie steht's?«

»Entschuldigung, ich habe mich verspätet«, sagte Mwase düster. »Habe erst den Penner vom Eingang vertrieben.«

»Den Erdnußmann?«

»Er hockte mitten im Weg«, sagte Mwase. »Alter Tagedieb.«

»Das war aber wirklich nicht nötig«, sagte Calvin. »Das ist sein Plätzchen seit Jahren.«

»Macht einen schlechten Eindruck, wenn einer da Erdnüsse verkauft.«

»Wieso? Mich hat er noch nie gestört.«

»Da kann ja jeder kommen und Süßkartoffeln oder Maiskolben verkaufen. Oder Zigaretten und was noch alles. Sie kennen die Afrikaner nicht. Wenn man ihnen den kleinen Finger reicht, nehmen sie die ganze Hand.«

»Eine Frage«, sagte Calvin. »Wie würde es Ihnen gefallen, tagaus, tagein Erdnüsse verkaufen zu müssen?«

Mwase zuckte die Achseln und legte seine Aktentasche auf einen Seitentisch. Es war eine japanische, mit einem Namensschild unter Plexiglas. »Ich habe mein Examen mit der Note Null gemacht«, sagte er.

»Aha, Note Null!« sagte Calvin. »Da haben Sie's allerdings nicht nötig, auf Treppenstufen zu sitzen und Erdnüsse zu verkaufen. Nehmen Sie's mir übel, wenn ich noch eine Frage anhänge? Nein? Okay. Wer hat Ihnen eigentlich den Job hier verschafft?«

Mwase ließ das Schloß seiner Aktentasche aufschnappen. »Ich habe mich beworben«, sagte er.

»Beworben – meine Fresse! Wer hat da nachgeholfen? Ihr Onkel? Der große Bruder? Ein Cousin zweiten Grades?«

»Ich habe mich beworben«, wiederholte Mwase. »Ich hatte das beste Zeugnis.«

»Wissen Sie was?« sagte Calvin. »Ich werde das nachprüfen. Jawohl, das werde ich. Ich habe nichts gegen Sie persönlich, Mwase, aber ich weiß so ziemlich alles über afrikanische Familienbande. Darum könnten Sie's wenigstens ehrlich zugeben.«

»Ich lüge nie.«

»Wir werden sehen«, sagte Calvin. »Ich erkundige mich. Wenn ich erfahre, daß Sie den Job irgendwelchen Beziehungen verdanken, setze ich den Erdnußmann an Ihren Schreibtisch, und zwar sofort.« Mwase öffnete seine Aktentasche. Sie war leer bis auf eine schmale Broschüre, ein Lehrbuch oder etwas Ähnliches. Er legte das Heft auf seine Schreibunterlage, setzte sich und begann, die Ellbogen aufgestützt und die Hände an den Schläfen, eifrig zu lesen.

Calvin rief die Kommission zur Verstaatlichung lebenswichtiger Betriebe an und verlangte den Chef der Personalabteilung zu sprechen. Nach einigen Schaltgeräuschen meldete sich eine britische Männerstimme: »Harris.«

»Hier Calvin Mullet von... *Afsure*«, sagte Calvin. Der Name ging ihm dermaßen gegen den Strich, daß er jedesmal stockte. »Ich hätte da eine Frage, und ich dachte, vielleicht wissen Sie Bescheid. Es handelt sich um meinen... Anlernling.«

»Ja? Was ist mit ihm?«

»Ich wüßte nur mal gern«, sagte Calvin, »nach welchen Gesichtspunkten Sie die jungen Leute auswählen.«

»Macht er Ihnen Ärger? Wenn ja, schicken Sie ihn gleich mal zu –«

»Nein, nein«, unterbrach Calvin, »er ist ganz okay. Aber wieso wurde gerade er genommen? Ihre Kriterien interessieren mich.«

»Mit Recht. Also: Wir haben eine unbestechlich strenge Prüfungskommission mit schriftlichem und mündlichem Examen. Ihr Mwase – stimmt der Name? – hatte weit bessere Noten als die meisten anderen Prüflinge. Strebsamer Bursche.«

»Danke«, sagte Calvin. »Das wollte ich nur wissen.« Er legte den Hörer auf und fragte sanft. »Mwase, wie wär's mit einem Bier?«

»Trinken während der Dienststunden ist untersagt«, erwiderte Mwase, der nur kurz von seinem Lehrbuch aufblickte.

»Schon ganz der Boß«, bemerkte Calvin. Er nahm den obersten Luftpostbrief von dem kleinen Stapel Post, schlitzte den Umschlag auf und befaßte sich mit dem Inhalt.

»Mr. Calvin?« sagte Mwase leise.

»Ja?«

»Ich habe Durst.«

»*Das* nenn' ich Teamgeist!« lobte Calvin, warf den Brief hin und stand auf. »Wozu haben wir die Bar im Erdgeschoß?«

Sie blieben bis über die Mittagspause im »Highlife« sitzen. Um ein Uhr fünfzehn raffte Mwase sich vom Tisch auf und sagte: »Ich halt's nicht mehr aus. Ich muß mich jetzt mit dem netten Mädchen da erholen«, und er verschwand mit der Kellnerin im Hinterzimmer. Calvin trank weiter und wartete bis drei. Erst als ihm klar wurde, daß mit Mwase heute nicht mehr zu rechnen war, ging er hinauf, um den Brief zu Ende zu lesen, den er morgens um neun Uhr dreißig geöffnet hatte.

Er schwitzte, war dreiviertel betrunken und mußte das Luftpostpapier mit beiden Händen auf dem Schreibtisch glattstreichen, um die tanzenden Buchstaben zu entziffern. Der Brief war von Homemakers'. Man bedauerte die willkürliche Verstaatlichung der Blantyre-Filiale, fügte sich aber ins Unvermeidliche. Calvin wurde ein Freiflug zurück nach Boston angeboten. In den vergangenen Wochen waren mehrere Briefe und Kabel zwischen Homemakers' und der Verstaatlichungskommission von Malawi ausgetauscht worden; die Direktion verwies auf die Kopien, die Calvin sämtlich erhalten hatte. Er schlug den betreffenden Aktenordner auf.

Zunächst hatte die Kommission kurz und bündig den Regierungsbeschluß kundgetan, alle ausländischen Geschäfte und Agenturen zu übernehmen. Der finanzielle Ausgleich werde großzügig bemessen. Die Kommission hoffte, daß Mr. Mullet so lange bleiben würde, bis sein Nachfolger voll eingearbeitet sei.

Homemakers' Antwort war eine schockierte Erinnerung an das früher gegebene Versprechen, daß man die Blantyre-Filiale *nicht* verstaatlichen werde. Sie hätten beträchtliches Kapital in den Aufbau dieser Agentur investiert. Aber, so fuhr der Text fort, man wünsche und erwarte die Abfindung in Dollar, nicht in Osbong. Auf Calvins Kopie dieses Briefes hatte Wilbur Parsons ein privates PS angefügt, in dem er sein

Bedauern, aber auch die Hoffnung ausdrückte, alles werde sich noch zum Guten wenden. »Wir haben aus gutunterrichteter Quelle einen Wink erhalten, daß die gegenwärtige Regierung von Malawi binnen kurzem gestürzt werden könnte und das neue Regime die normalen Geschäftsbeziehungen wiederherstellt. Sind Sie unter diesen Umständen bereit, noch zu bleiben und abzuwarten?«

Calvin hatte Parsons geantwortet, er wisse nicht, woher die Homemakers' Mutual ihre Informationen hätte, aber das sogenannte neue Regime bestände vorerst aus einem Haufen Rowdys, die einige Provinzorte terrorisierten. Er habe versucht, mit ihnen ins Geschäft zu kommen; dies sei ein aussichtsloses Unterfangen. Er sei keine einzige Police losgeworden.

Gleichzeitig hatte die Kommission wiederum an Homemakers' geschrieben, um mitzuteilen, Mr. Mullet sei bereit, vorläufig zu bleiben. Im übrigen hätten Nachprüfungen ergeben, daß die Agentur schwer verschuldet sei; daher werde keine Abfindung gezahlt, weder in Osbong noch in Dollar.

Calvin heftete den letzten Homemakers' Brief in den Ordner mit der Aufschrift *Verstaatlichung – Korrespondenz*. Dann schrieb er an Parsons: »Ich wurde nicht viel gefragt. Aber nun bleibe ich mehr oder weniger freiwillig hier, um den neuen Mann – er heißt Mwase – einzuarbeiten. Ich weiß nicht, ob Sie schon wissen, daß ich wieder geheiratet habe. Meine Frau erwartet ein Kind. Es täte mir leid, wenn ich Ihnen irgendwelche Schwierigkeiten mache. Ausführlicher Brief folgt.« Aber schon während er den letzten Satz hinschrieb, wußte er, daß er nie wieder schreiben würde.

Am nächsten Tag durfte der Erdnußhändler – mit Mwases Zustimmung – seinen angestammten Platz auf der Eingangstreppe wieder einnehmen.

Abgesehen von seiner Geheimnistuerei mit der kleinen Broschüre und gelegentlichen melancholischen Anwandlungen war Mwase ein fleißiger, meist fröhlicher Bursche und – nachdem er Calvins Verdächtigung, er habe sich den Ausbildungsplatz erschlichen, verziehen hatte – ein guter Freund, zumal Calvin sich in den nächsten Tagen noch mehrmals entschuldigte. Ihre gemeinsamen Freuden bestanden in häufigen Bierpausen und Comic-Lesen. Die *Boom*-Comics, die wöchentlich herauskamen, erzählten in langen Bildergeschichten die Abenteuer von *The Lance,* einem Mischlingsdetektiv in Johannesburg, der sich, in Leopardenfell gekleidet, von Urwaldbaum zu Urwaldbaum schwang, Gutes tat und wilden Tieren sein Sprechblasen-Kauderwelsch zuschrie. Eine Zeitlang war Calvin *The Lance,* weil er einen breitkrempigen Hut besaß, und Mwase war Samson. In diesen Rollen traten sie auch bei den Mädchen in der Bar auf. Einmal sagte Mwase zu Calvin: »Ich mag Sie. Sie sind gar nicht wie die anderen Europäer.«

Auf der letzten Seite brachte *Boom* eine Rubrik »Brieffreundschaften« mit Kurzbeschreibungen, Photos und Adressen. Mwase schrieb an viele Mädchen, die inseriert hatten, und zeigte die Briefe Calvin zum Korrigieren. Seine Zuschriften begannen meist so: »...und habe ich mich von Ihrer Annonce angesprochen gefühlt. Ich bin ein starker, gesunder Boy, 22, Hautfarbe Braun, vom Chewa-Stamm. Ich sammle Briefmarken, Münzen und Elvis-Platten.« Dann schlug er einen Besuch vor, versprach jugendliches Feuer und deutete die Möglichkeit einer späteren Heirat an. »In der Hoffnung auf eine umgehende, günstige Antwort...« Mwase war ein unermüdlicher Briefschreiber und hatte schon einen Zwei-Rand-Preis für einen Leserbrief gegen das Ausspucken in der Öffentlichkeit gewonnen, der dann sogar vom *Boom* abgedruckt wurde. Ein großer Teil der Vormittagspost (deren Ausbleiben den Büromenschen von gegenüber so erboste) ging an Mwase. Er benutzte die neuen *Afsure*-Briefbögen und brachte sich selbst das Tippen auf der büroeigenen Kofferschreibmaschine bei; er runzelte die Stirn, blickte zaudernd und wählerisch auf die Tasten wie ein Beerenpflücker, leckte sich die Lippen, wenn er einen Erfolg sah, und zog schmerzlich die Luft durch die Zähne, sooft er danebenhaute.

Über Mwases Schreibtisch hingen jetzt mehrere Zeugnisse unter Glas und Rahmen: sein Examenszeugnis, ein blaßgrünes Diplom der Emmaus-Bibelfernkurse in Salisbury und das Zertifikat eines absolvierten Erste-Hilfe-Kurses bei der St. John's Ambulance. Mwase fügte die alte Photographie eines sehr schwarzen Mannes mit Drahtbrille und einem bis zum Schlipsknoten zugeknöpften Anzugs hinzu. Der schwarze Herr saß auf einem Polsterstuhl im Freien und hielt eine Bibel auf dem Schoß.

»Sieht aus wie ein Geistlicher«, meinte Calvin, als er das Bild zum ersten Mal sah.

»Mein Vater«, sagte Mwase. »Ein guter Prediger, aber leider auch ein Hampelmann der Briten.«

»Sie sollten nicht so über Ihren Vater reden«, sagte Calvin.

»Kruzifixe helfen uns auch nichts«, erwiderte Mwase. »Sie kennen ihn nicht.«

Als Mwase Geburtstag hatte, schenkte ihm Calvin eine *Afsure*-Police mit Vorauszahlung für ein Jahr. Es war das alte, prächtig aufgemachte Homemakers'-Formular, nur mit geschwärztem Firmennamen und dem neuen Überdruck AFSURE. Auch dieses Dokument rahmte Mwase ein und hängte es auf.

Diese Police blieb für längere Zeit die einzige, die *Afsure* verkaufte. Das Publikumsinteresse, das Calvin vor Monaten einmal registriert hatte, war vollkommen abgeflaut. Mwase wußte eine Erklärung: Niemand traute der Regierung, niemand liebte Doktor Osbong; folglich wollte niemand etwas mit einer Versicherungsgesellschaft zu tun haben, die verstaatlicht worden war. Es war ein Boykott. Kürzlich hatte es auch schon zwei Streiks gegeben, erzählte Mwase, einen Bummelstreik bei der Post und einen im Ressort öffentliche Dienste.

»Was, die Post war im Bummelstreik?«

»Aber ja«, sagte Mwase. »Wußten Sie das nicht?«

»Ich hab' nichts davon gemerkt«, sagte Calvin. »Nein.«

Und jetzt seien noch ganz andere Streiks geplant, sagte Mwase. Jeder wisse,daß die Regierung demnächst gestürzt werden würde. Und zwar von den Soldaten, die schon Lilongwe besetzt hatten.

»Wenn das jeder weiß«, sagte Calvin, »wieso bloß *ich* nicht?«

»Sie essen keinen Reis«, war die rätselhafte Antwort.

»Selten«, sagte Calvin. »Ich esse überhaupt nicht viel.«

»Wenn Sie nämlich Reisesser wären, würden Sie wissen, daß es seit einem Vierteljahr keinen mehr gibt – höchstens Bruchreis. Fast aller Malawi-Reis kommt aus der nördlichen Region und muß über Lilongwe transportiert werden. Da kommt seit drei Monaten nichts mehr durch.«

»Und? Was heißt das?«

»Das bedeutet, daß die Besatzung stark genug ist, um die Versorgung zu blockieren. So geht es immer. Wenn die Portugiesen ihre Dörfer überfallen, flüchten hungernde Familien über die Grenze und tragen die Hungersnot zu uns rüber. Immer dasselbe. Wenn sogar Cassava Mangelware wird, weiß man, daß sich irgendwo was zusammenbraut.«

»Ach so, und weil Reis Mangelware ist, denken Sie gleich an Revolution? Vielleicht hatten sie da oben nur eine schlechte Ernte. Kommt doch vor.«

»Wenn es nur Reis wäre! Aber zuerst war's der Mais. Der wächst bei Fort Hill und wurde schon im November knapp. Grund: Unruhen in Fort Hill. Dann gab's keine Bataten. Die kommen aus Rumpi. Unruhe im Rumpi-Distrikt.«

»Ich hatte da selber ein paar kleine Schwierigkeiten«, erinnerte sich Calvin.

»Im Dezember?« fragte Mwase.

»Richtig. So um Weihnachten.«

»Sehen Sie, und nun ist der Reis dran. Die letzten Zufuhren waren im April. Unruhen in Lilongwe. Es kommt immer näher. Das nächste Ziel der Soldaten kann nur Blantyre sein. Ihr Führer ist Europäer. Im *Boom* steht, er ist stark wie Samson, er redet mit den Tieren und kann sich sogar selbst in ein Tier verwandeln, wenn er will. Er schläft unter Bäumen und kann monatelang fasten. Er kann –«

»Stopp!« sagte Calvin. »Glauben Sie doch nicht gleich alles! Ich kenne den Burschen, den Sie meinen. Er trägt eine Castro-Mütze und hat eine Knarre. Der typische Angstmacher mit rauhen Sitten und 'ner dicken Zigarre. Er hat mich damals bei Rumpi vorübergehend festgehalten. Aber ich hatte keine Angst vor ihm.«

»Andere Leute *haben* Angst«, sagte Mwase. »Er soll kugelfest sein. Die Kugeln prallen einfach von ihm ab.«

»Mwase, woher haben Sie bloß diesen Quatsch?«

»Es ist wahr. Es gibt Augenzeugen.«

»Davon wird's auch nicht wahrer.«

»Mr. Calvin, wollen Sie sagen, daß ich lüge?«

»Natürlich nicht, Mwase. Aber, sehen Sie, es ist wirklich nur ein kleiner, regelloser Haufen. Weniger Soldaten als Unruhestifter.«

»Sie sind nicht mehr alle in Lilongwe«, flüsterte Mwase in geheimnisträchtigem Ton. »Einige sind schon hier.«

An diesem Tag ging Mwase nicht mit Calvin trinken. Er sagte, er hätte etwas aufzuarbeiten und wolle im Büro bleiben. Aber Calvin wußte, daß es eine Ausrede war. Mwase war wieder in Melancholie versunken, studierte tief vornübergebeugt seine Broschüre und hielt sich die Ohren zu.

Es war Juni, die kalte Jahreszeit in Blantyre. Blütenblätter faulten im Gras, eine steife Brise fegte vom Soche Hill herunter, und die Rolläden des Etablissements klapperten. Der Hügel selbst war meistens von Nebeldunst verhüllt. An manchen Tagen schienen die dicken, bläulichweißen Wolken direkt auf der Stadt zu liegen. Im *Gents* sagte Major Beaglehole an einem frostigen Tag zu Calvin: »Morgen ist der Geburtstag der Königin. Wir veranstalten 'ne kleine Feier im Klub. Lust mitzumachen?«

»Gern«, sagte Calvin. »Was dagegen, wenn ich jemand mitbringe?«

»Nicht das geringste. Wir sind ja *so* tolerant geworden.« Der Major gluckste in sich hinein und stieß Calvin schalkhaft mit dem Ellbogen.

Aber am nächsten Abend fragte er mit erhobener Stimme: »Was will denn *der* hier?« als Calvin mit Mira, Mwase und dessen Freundin eintrat. Mwase stand wie versteinert in der plötzlichen Stille, die sich im Klub ausbreitete. Aller Augen lagen auf ihm und seiner Begleiterin. Man hatte gerade ein munteres Chorlied gesungen, als die vier auf der Veranda erschienen. Der Gesang brach so abrupt ab wie ein entdeckter Ehebruch.

»Gestern hatten Sie noch nichts dagegen«, flüsterte Calvin

in der Hoffnung, der Major möge ebenfalls seine Stimme dämpfen und die Musik würde beginnen.

»Verdammt«, erwiderte der Major laut, »ich dachte doch, Sie meinten nur Ihre Frau!«

»Ich habe die jungen Leute mitgebracht«, sagte Calvin. »Ich nehme an, Ihre Einladung gilt noch?«

Die im Klubhaus Versammelten, darunter Mavity, Bailey und Mr. Harry, nahmen den Chor wieder auf, in verlegenem Trotz und ohne rechte Freude. Major Beaglehole gesellte sich dazu.

»Er verabscheut mich«, sagte Mwase leise.

»Ach, i wo«, sagte Calvin. »Suchen wir uns ein Plätzchen, wo wir ein Bier kriegen. Was möchte Ihre Freundin trinken?«

Das Mädchen konnte kein Englisch. Sie ähnelte den andern, die Calvin in Mwases Gesellschaft gesehen hatte, ganz und gar nicht. Sie stammte offensichtlich vom Lande und hatte das eigentümlich erdfarbene Gesicht der Feldarbeiterinnen; sie hielt Kopf und Augen gesenkt und schien sich in ihrem Sessel sehr unbehaglich zu fühlen; das verriet auch die Art, wie sie die Hände verflocht und mit den Gelenken knackte. Ihren Gin stürzte sie mit einem Zug hinunter, und den zweiten ebenso. Sie war – und vielleicht hatte Mwase das beabsichtigt – ein lebender Vorwurf gegen Major Beaglehole und den ganzen hochnäsigen MOTH-Klub.

Mira nahm das Mädchen nicht in Schutz; Beaglehole und Mavity musterten sie streng (Mavity hatte seine eigene Frau zu Hause gelassen), Bailey übersah sie... Aber Mr. Harry, der mit Bailey neben dem Tigerfell gestanden hatte, lächelte ihr von weitem zu, kam zu der Gruppe herüber und raunte Calvin zu: »Wissen Sie, was? Ich wette, die verbirgt einen phantastischen Balkon unter ihren Klamotten!« Er stieß Calvin und Mwase an und zwinkerte anzüglich.

Sie trug eine verwaschene Bluse mit altmodischen, gerüschten Puffärmeln und schludrig angenähtem weißen Zierband. Den ausgeblichenen Sarong hatte sie eng um die Hüften gewickelt. Beim Gehen kippelte sie auf hochhackigen gelben Plastiksandaletten. Aber sie hatte feingeformte Ohren, ihr Haar war in viele dünne Zöpfchen geflochten, und ihre Haut war zwar dick, sah aber sehr weich aus. Sie wagte nur ein einziges Mal den Mund aufzutun, und da fragte sie Mira auf Chinyanja: »Wann ist es soweit?«

»September, Oktober«, sagte Mira und stieß kurz die Luft durch die Nase.

Eine Platte wurde aufgelegt, und alle nahmen Haltung an. Calvin erkannte die Melodie und sang »My Country 'tis of Thee«; die anderen sangen »God save the Queen«. Als das vorüber war, stieg Aubrey vom Klubvorstand auf einen Stuhl und bat um Ruhe, hob sein Glas zu einem Porträt der Königin (mit Diamanten-Diadem, Orden und Medaillen und einer blauen diagonalen Schärpe über der Robe) und schrie ein einziges Mal: »Auf die Königin!«

»Die Königin!« erschallte die einmütige Antwort, und alle tranken.

Mira saß bequem zurückgelehnt in ihrem Sessel, die Knie gespreizt, die runden Arme schützend vor dem Leib gekreuzt. Die Schwangeschaft, die manche Frauen so entstellt, umgab Mira mit einem sanften, friedvollen Leuchten. Ihre Figur war weiblicher geworden, und sie ging mit langsamen, weichen, behutsamen Schritten, eine Hand auf der Hüfte, in der andern ein Tüchlein. Der »angefutterte Bauch« nahm allmählich die Form eines reifenden Kürbisses an; auch Gesicht, Arme und Fesseln waren dicker geworden. Ihre Lieblingsspeise waren jetzt Haferflocken mit geschmolzener Margarine, reichlich mit Zucker bestreut. Die mütterliche Fülle ihrer neuen Gestalt gab ihr etwas Zuverlässiges und ihren schrägen Augen etwas heiter Zufriedenes. Calvin war stolz auf sie. Und plötzlich sagte er: »Wenn es ein Junge wird, nennen wir ihn Mwase.«

Mwase nickte.

»Nein«, sagte Mira.

»Sie hat recht«, sagte Mwase schnell. »Die weise Frau muß dem Baby den Namen geben. So macht man es bei uns.«

»Nicht weise Frau«, sagte Mira und hob eine bebende Hand. »Will Doktor! Hospital!«

Major Beaglehole trat zu ihnen. Er sah Calvin an, als hätte der sich unpassend benommen, und sagte: »Na, wo Sie schon mal hier sind, setzen Sie sich. Sie werden eine sehr alte Tradition kennenlernen. Behalten Sie die Tür da im Auge.«

Alle Gäste wurden jetzt an einen langen Bankett-Tisch gebeten. Calvin fragte Mwase, der neben ihm saß: »Übrigens – welche Farbe haben eigentlich afrikanische Kinder, ich meine kurz nach der Geburt?«

»Viele sind fast weiß oder grau«, antwortete Mwase. »Erst nach dem Baden werden sie... schwarz.«

»Interessant«, sagte Calvin.

Mwase sah finster zur Tür, wo soeben ein Mann mit Samthut und Cape, Kniehosen und quadratischen Schnürschuhen mit Silberschnallen erschien. Mwases Freundin machte: »Iiiih!«, als der Kostümierte in eine Trompete stieß und dann beiseite trat.

Rund um die Tafel wurde Wein eingeschenkt. Zwei Afrikaner, einer davon war Old Willy, trugen ein riesiges Servierbrett herein, auf dem ein fast schwarz gerösteter, fettglänzender Braten lag.

»Bevor wir trinken«, sagte Calvin leise zu Mwase, »möchte ich Ihnen etwas sagen. Vergessen wir die Soldaten, die unter Bäumen schlafen und von denen die Kugeln abprallen – okay? Sie sind mit Ihrer Freundin hier, und ich mit meiner Frau. Das ist das einzig Wichtige, oder?« Er lächelte und hoffte auf ein Lächeln von Mwase.

Aber Mwase lächelte nicht und trank nicht darauf. Aubrey stand auf und pochte mit dem Griff seines Messers auf den Tisch. Dann legte er die Hände wie einen Schalltrichter um den Mund und schrie: »Ha, ho! Ist das der Festbraten?«

»Ist das nicht das einzig Wichtige?« wiederholte Calvin flehend.

»Wir haben andere Sorgen«, erwiderte Mwase und starrte auf das Brett mit dem Kadaver.

»Ja! Es *ist* der Braten!« schrie der Mann mit der Trompete von der Tür her zurück.

Die Afrikaner stolperten unter ihrer Last; das Fleisch wakkelte bedenklich.

»Wir sind die Leidtragenden«, sagte Mwase. »*Sie* können jederzeit nach Amerika zurückkehren, wenn Sie wollen. Aber wohin mit uns? Sogar Osbong sagt das. Gott straft uns mit diesem nutzlosen Land. Gott haßt uns, alle hassen uns. Diese Leute hier! Ihr habt Chancen. Wir nicht. Wir sind ohne Hoffnung. Haben Sie Thomas Hobbes gelesen? Er hatte recht: Das Leben in Afrika ist übel, britisch und kurz.«

»Und ist es ein guter Braten?« brüllte Aubrey.

»Das ist es!« erwiderte der Trompeter. »Ein Beef-Baron!« Er nahm das Tranchiermesser vom Brett, säbelte ein Stück von dem Braten ab und schob es in den Mund. »Und ein *tüchtiger* Baron, Mylord!«

»Sie haben ja keine Ahnung«, sagte Mwase und nahm endlich einen Schluck Wein. Dann sagte er mit ominöser Betonung und so gewählter Aussprache, wie er früher in Schuldiskussionen gesprochen haben mochte: »Aber ich möchte betonen, Mr. Calvin, daß ich Bescheid weiß und meine Informationen habe. Nicht nur eine, sondern viele. Ich mag Sie, Mr. Calvin, aber Sie sind nun einmal weiß und können nicht wissen, was in meinem schwarzen Kopf vorgeht. Ich habe Sorgen.«

»So esse denn jedermann!« kreischte Aubrey. »Laßt keine Faser übrig! *God save the Queen!*«

Der Rinderbraten wurde aufgeschnitten und auf die Teller verteilt.

»Glauben Sie«, sagte Calvin, »ich hätte keine Sorgen?«

»Nicht solche wie meine«, sagte Mwase. »Ich bin ein Gefangener. Dieses Land ist ein Gefängnis, und Osbong ist der Kerkermeister. Diese Leute hier würden mich am liebsten abstechen und aufschneiden wie ihren Festbraten.«

»Sie feiern doch bloß den Geburtstag der Königin!« sagte Calvin beschwichtigend.

»Schwarze ausgeschlossen«, sagte Mwase. »Ich will Ihnen sagen, was ich gelernt habe. Gelb ist eine Farbe. Rot auch. Im Weiß sind sogar *alle* Farben. Aber Schwarz... Schwarz ist überhaupt keine Farbe.« Er hielt inne und suchte nach einem Ausdruck. Schließlich sagte er: »Sie halten meine schwarze Freundin für eine Wilde.«

»Ich bestimmt nicht«, sagte Calvin.

»Aber sie ist eine«, sagte Mwase. »Das ist es ja eben.«

Gleich nach Tisch, unter dem Vorwand, ihnen das Kricketfeld zeigen zu wollen, machte Calvin sich mit seinen Gästen aus dem Staub.

Calvin kratzte mit einem nadelspitzen Bleistift auf seiner Löschblattunterlage und tat, als schriebe er. Durch seine sehr dunkle Sonnenbrille beobachtete er mit wachsender Neugier und nachlassender Geduld, wie Mwase seine ewige Broschüre las. Es war sicher kein Fernkurs; Mwase schrieb sich nie etwas auf. Er las nur, und was er las, schien ihn zu verdüstern. Um zehn wechselte er die Fußhaltung und sah zu seinen eingerahmten Zeugnissen auf. Calvin kratzte weiter mit dem Bleistift. Die Bierpause fiel heute stillschweigend aus.

Erst um zwölf Uhr dreißig steckte Calvin seinen Bleistift in den Kunststoffhalter und fragte: »Wollen wir nicht essen?«

Mwase klappte seine Broschüre zu und schloß sie in die Aktentasche ein. Neuerdings wusch er sich, wie Calvin bemerkt hatte, vor dem Lunch immer die Hände. Calvin wartete, bis er die Toilettentür auf dem Flur klicken hörte, und öffnete blitzschnell das Schloß der Aktentasche. Mit der Papierschere ging es ganz leicht. Die Tasche war offen. Die Broschüre war zum ersten Mal in seiner Hand.

Der Titel, in ketchuproter Farbe gedruckt, lautete: BRÜDER, EINT EUCH! Calvin blätterte hastig weiter. Es war ein schlechter, winziger Druck, obendrein ungleich fett und voller falsch gesetzter Ränder und Silbentrennungen. Eine der Heftklammern hatte sich gelockert, und die mittleren Seiten drohten herauszufallen. Der Name des Autors stand nirgends, und Calvins Neugier verflog vor der beschämenden Tatsache, daß er eine fremde Aktentasche aufgebrochen hatte und wohl kaum eine Ausrede dafür finden würde. Nein! Er würde offen für seine Indiskretion einstehen.

Sein Blick fiel auf die erste Zeile: *Würden Sie mich versichern? Ich bin tausendmal geschlagen, beraubt, beinahe getötet worden. Ich lebe in der schlechtesten aller Welten.* Calvin sah hastig nach dem Schluß. Da stand es, unverändert: *Nie kann ich mein Haupt erheben …*, bis hin zu den pathetischen drei Pünktchen. Dafür waren die Zitate aus dem Poem des verstorbenen Vizepräsidenten der Hartforder Unfall- und Schadens-Versicherung weggelassen und desgleichen der Name A. Jigololo.

Mwase kehrte, sich noch die Finger am Taschentuch trocknend, aus dem Waschraum zurück, blieb aber auf halbem Wege abrupt stehen. Es war nicht die aufgebrochene Aktentasche, die mit verbogenen Schlössern auf dem Boden lag (obwohl ihn dies traf; er hatte dafür gespart und hielt sie in Ehren), es war auch nicht die gewohnte Unordnung auf Calvins

Schreibtisch: Was Mwase zu Eis erstarren ließ, war Calvins Gesichtsausdruck.

Da stand er, mit großen, vorwurfsvollen Bwana-Augen, und hielt ihm seine zerrissene Broschüre entgegen – eine Hälfte in jeder Hand.

32

Im Lager bei Rumpi hatten die Soldaten Marais von einem Irren in den Hügeln erzählt, einem alten Portugiesen, der sich seit einer unglücklichen Liebesgeschichte nackt und in ausgelatschten Sandalen dort herumtrieb. Er fuchtelte drohend mit seiner uralten Flinte, wenn er Fremde sah. Das Reden hatte er verlernt, er starrte von Schmutz, und das Haar stand ihm vom Kopf ab. Er wäre schon lange verhungert, wenn ein paar mitleidige Dorfweiber aus der Nachbarschaft ihm nicht regelmäßig Essen vor die Hüttentür gestellt hätten, ungefähr so, wie sie kleine Münzen zwischen die knorrigen Wurzeln des Hexenbaums steckten: ein bewährtes Mittel gegen den bösen Blick.

Jetzt mußte Marais an den armen Menschen denken, sooft er seine Pistole umschnallte und spazierenging. Er hörte hinter sich das Getuschel seiner Männer; oft wurde sogar gelacht. Niemand sprach mit ihm; doch fühlte er sich von neugierigen Blicken verfolgt. Vielleicht bildeten sie sich ein, seine Macht sei gebrochen. Sie fürchteten ihn nicht mehr und ließen ihn allein. Er hatte seit Monaten weder von Harry noch von Bruder Jaja gehört: Möglicherweise hatten seine Leute Briefe abgefangen und ihm vorenthalten. Vielleicht hatten Harry und Bruder Jaja sich auch geändert wie die andern; vielleicht waren sie tot. Marais wußte es nicht. Er dachte nur noch selten an sie. Im stillen hatte er das Kommando schon niedergelegt: Er dachte nicht mehr an Revolution.

In der besetzten Stadt kam er sich etwas lächerlich vor, als erfülle er mit seinen täglichen Inspektionsgängen nur noch eine sinnlose Routine, ganz wie der geisteskranke Portugiese oder irgendein Dorftrottel, dem man nichts übelnimmt, weil er harmlos ist. Die Stadt hatte ihm gehört, und seine Bombe hatte alles erzittern lassen. Aber der Größenwahn äußert sich ja oft auf diese Art: Wißt ihr, mit wem ihr redet? Habt ihr den Bombenkrater und die ausgebrannten Gebäude gesehen? Das ist mein Werk. Ich bin Marais! So hatte er sich vor verblüfften Fremden in Lilongwe gebrüstet, auf englisch, obwohl er nicht immer sicher sein konnte, daß sie ihn verstanden. Ein Zuhörer hatte ihm einfach den Rücken gekehrt und war weggegangen, bevor Marais dazu kam, seinen Namen zu nennen.

Danach verwendete er nicht mehr soviel Zeit darauf, in der Stadt herumzustreifen. Sobald er sich beobachtet glaubte, bog er von der Hauptstraße (die jetzt nach Bruder Jaja hieß) auf einsamere Pfade ab. An feuchten, nebligen Tagen stieß er oft auf Landkrabben, glänzende, schwarze, rotgefleckte Wesen, die schräg auf hohen Beinen flüchteten und ihre kleinen Scheren reckten – hier, tausend Meilen vom Ozean entfernt, ein sonderbarer Anblick.

Gegen Abend ließen sich Scharen kleiner Wildhühner auf den sonnengewärmten Wegen nieder. Marais sah Motorradfahrer Jagd auf sie machen und sie einfach plattwalzen. Wenn sich einer von ihnen näherte, versteckte Marais sich im Gebüsch; er wollte nicht gesehen werden. Wie es hieß, suchte auch der nackte Mann im Gebirge Einsamkeit und war durch seine verrückte Art gewappnet. Marais verstand ihn. Er fühlte sich ebenso nackt und gejagt. Jede Bewegung im Gras erschreckte ihn; die Möglichkeit, daß man ihm nachspürte, bedeutete Zweifel an seinem Verstand oder blanken Hohn. Er fragte sich, wie sie jetzt über ihn dachten, welche Version sie sich von seinem Fehlschlag erzählten. Sie machten ihn unsicher. Aber in *seiner* Einsamkeit lag doch noch lange nichts Krankhaftes wie bei dem nackten Mann, der einmal geliebt worden war.

Manchmal hatte er das Bedürfnis, sein Tagebuch fortzuführen. Dann saß er vor dem offenen Heft, aber die einzigen klaren Gedanken, die er fassen konnte, kreisten um Verrat, Undank und Meuterei. Er haßte; er dürstete nach Rache und so ausgefallenen Strafen, daß sie ohne Hilfe und technische Geräte nicht zu bewerkstelligen waren. Manchmal krakelte er nichts als Strichmännchen und Arabesken in sein Heft, schraffierte, schattierte und erweiterte sie, formulierte einen plötzlichen Gedanken, den er dann wieder ausstrich oder hin und her wendete, als warte er auf ein endgültiges Diktat von oben. Ab und zu entluden sich wahre Wutausbrüche, die sich in seiner immer flüchtiger und unleserlicher werdenden Handschrift widerspiegelten. Dann schrieb er stundenlang bei flackerndem Kerzenlicht bis tief in die Nacht hinein. Die Seiten knickten und knisterten unter seinen hastigen, erregten Schriftzügen. Nur die pure Erschöpfung konnte ihn zum Aufhören bewegen, aber er schlief schlecht; hinter den Augäpfeln brannte das entzündete Hirn, und noch im Traum schleuderte er wüste Sätze aufs Papier.

Morgens klagten ihn diese Seiten an. Vor noch gar nicht langer Zeit hätte er Männer, die so etwas schrieben, umgebracht. Niemand hatte ihn zu diesen Sätzen gezwungen, die so eloquent immer wieder auf das Wort *Vendetta* hinausliefen. Marais riß solche Seiten heraus und verbrannte sie. Dabei fand er noch eine Handvoll Notizblätter mit Einzelheiten und Bemerkungen zu früheren Aktivitäten. Die verbrannte er gleich mit.

Er schrieb nicht mehr. Morgens strich er den Tag sofort nach dem Aufstehen im Kalender aus. Früher hatte er das immer erst spätabends nach erfüllter Pflicht getan; aber nun wußte er im voraus, daß der Tag leer bleiben würde. Er schlug eine neue Seite in seinem Heft auf, aber er schrieb nichts. Irgend etwas schwärte in ihm, das stank, als hätte er eine tote Ratte im Zimmer. Jedesmal legte er das Heft mit einem Seufzer wieder weg und ging spazieren. Das war alles, was ihm noch übrigblieb. Es täuschte eine Art Tätigkeit vor und half die Zeit totschlagen.

Aber sogar davor begann er sich zu fürchten.

Bei einem dieser Spaziergänge (es war Ende Juli, in der klammsten Jahreszeit) sah er eine Rotte kleiner Jungen im Gras kauern und Mauselöcher im Boden ausräuchern. Die gefangenen Mäuse brutzelten schon am Spieß über einem kleinen Reisigfeuer; sie zischten und platzten wie Grillwürstchen. Für Marais war das ein Bild wie aus der Steinzeit: nackte schwarze Kinder, die glimmende Holzstücke in Erdlöcher rammten und die flüchtenden Tiere totschlugen oder zertrampelten. Er sah, wie einer der Jungen eine Maus am Schwanz gepackt hatte, sie gegen einen Baumstamm schmetterte, ihr das Fell abzog und sie aufspießte. So waren sie alle unermüdlich mit Jagen, Braten und Essen beschäftigt; die primitive Jagdmethode funktionierte ausgezeichnet. Aber nicht die scheinbare Tierquälerei entsetzte Marais, sondern der Anblick der Kinder selbst. Sie waren nicht grausamer als ihre Väter auch, die in braunen, sackartigen Lumpen mit Fackeln Wildschweine jagten. Sobald sie einem dieser scheuen Tiere auf die Spur gekommen waren, umringten sie es und zündeten alles Gras und Gestrüpp im Umkreis an. Dann brauchten sie nur noch zu warten, bis das Schwein ihnen mit funkenstiebenden Borsten durch die Flammen vor die Füße taumelte, und es zu erschlagen. Marais hatte auch das schon gesehen. Die Leute waren hungrig.

Diese kleinen Jungen waren so ausgehungert, daß sie Marais nicht gleich bemerkten, sondern sich stumm auf ihre Tätigkeit konzentrierten. Marais sah wie gebannt zu: Die Szene belebte seinen alten Rebellengeist aufs neue. In dieser Minute verstand er wieder all seine früheren Bombenanschläge. Es war dieser menschenunwürdige Hunger, den er von der Erde hatte tilgen wollen, obgleich er sich das Elend nicht einmal so schlimm vorgestellt hatte. Diese Kinder, die der Hunger zum Wildern trieb, rechtfertigten jede Revolution. Marais entwarf im Geiste schon eine neue Kampfschrift, faßte das Gesehene in flammende Sätze, fühlte nach drei Monaten lähmenden Müßiggangs seine Verzweiflung in das rasende Verlangen umschlagen, neue Bomben gegen die Schuldigen zu werfen.

Weit kam er damit nicht. Alle Anklagen brachen schon im Entstehen zusammen und machten der eisigen Erkenntnis Platz: Die Szene, deren Augenzeuge er war, trug sich in einem Gebiet zu, das er selbst als »befreit« bezeichnet hatte. Die mäusejagenden Kinder und ihre zerlumpten, fackeltragenden Väter hausten in Sichtweite des zerbombten Polizei-Hauptquartiers und seiner eigenen Hotelunterkunft. Sie waren schon seit dem 27. April frei! Er beobachtete, wie sie an den Mäusen nagten, und ertappte sich dabei, daß er mit sich selber sprach – die Szene in erregtem Flüsterton schilderte.

Die Kinder sahen sich erschreckt um, ließen aber ihre Feuer und Bratspieße nicht im Stich, sondern bedeckten nur instinktiv ihre Blöße mit der Hand. Ihre mageren Körper waren mit Staub und Asche besudelt. Sie krochen nicht vor Marais, sie bettelten nicht um Erbarmen. Er hatte sie bei ihrem armseligen Mahl überrascht, und sie waren bereit, ihre Beute zu verteidigen.

Als Marais einen Schritt vortrat, hob einer der Jungen einen Stein auf und zeigte ihn drohend. Der Wind drehte sich und trieb eine dichte, beizende Rauchfahne von ihren Gesichtern zu ihm hinüber. Marais hatte sekundenlang den Eindruck, daß die Köpfe der Kinder, durch den Rauch von ihren Körpern abgetrennt, in einer Wolke über ihnen schwebten, während sie in Wirklichkeit hopsten und die Arme schwenkten. Marais glaubte zweimal den Anprall von Steinen an Hüfte und Stiefel zu spüren; aber da spielte ihm vielleicht seine aufgewühlte Phantasie einen Streich, denn er sah nichts. Er rieb sich die tränenden Augen und wandte sich zu dem Pfad zurück, den er gekommen war. Gleich darauf hörte er Fußgetrappel, und fünf der Kinder rasten an ihm vorbei, die restlichen Mäuse fest an sich gedrückt. Ein sechster Junge folgte. Er war irgendwie behindert und stieß den erschreckten Marais aus Versehen an. Der Junge zog einen glimmenden Ast hinter sich her, den er noch schnell aus dem Feuer gerettet hatte.

Nach diesem Erlebnis blieb Marais eine Weile im Hotel (er wußte nicht, wie lange, weil er vor Ungeduld manchmal einen Tag zuviel auf seinem Kalender strich) und beschäftigte sich mit Stiefelputzen, Gewehrauseinandernehmen und -reinigen, Wetter- und Temperaturbeobachtungen und Männchenmalen. Er war wie ein abgeblitzter Liebhaber, dem die Leute mit hämischer Neugier oder Gleichgültigkeit täglich neue grausame Verletzungen zufügen und der sich lieber verkriecht, als es mit ihnen aufzunehmen. Marais ging nicht einmal mehr aufs Dach hinaus, und als eines Tages die Fensterscheibe seines Zimmers von einem Gewehrschuß zersplitterte, fegte er lediglich die Scherben zusammen und rückte seinen Schreibtisch vom Fenster weg in die Mitte. Meistens kochte er sich etwas auf seinem Primus-Kocher; manchmal benutzte er auch den schwarzen, gußeisernen Herd in der verlassenen Hotelküche und durchstöberte die Speisekammer. Er fand eine Menge großer Dosen ohne Etiketten, aber mit eingestanzten Kürzeln für Bohnen, Ananas, Sirup, Speiseöl, Suppe und ein paar Fertiggerichte. Seine Leute hatten offenbar nichts damit anfangen können; sie öffneten nur Dosen, deren Inhalt bunt abgebildet war, und hielten alles übrige für Dieselöl.

Marais brachte nach oben, was er brauchen konnte, ohne den Männern, die sich rauchend in ihren Cowboykostümen in der Hotelhalle breitmachten, etwas zu sagen. Ihre früheren Zimmer hatte er nur ein einziges Mal inspiziert. Sie waren alle verdreckt und verwahrlost, mit bepinkelten und angesengten Wänden, hier und da Kot in den Ecken, voll zerbrochener Flaschen und Gerümpel. In anderen standen verschimmelte Essensreste, die sogar von den Ratten, die Marais nachts im Gebälk herumlaufen hörte, verschmäht worden waren. Er besichtigte die Zimmer nie wieder; das eine Mal hatte ihm genügt. Von den Männern kam sowieso nur noch selten einer hinauf; wenn sie eine Behausung hoffnungslos verunreinigt hatten, zogen sie eben ein Stück weiter. Das waren althergebrachte Dorfsitten, die der Hygiene dienten, aber Platz brauchten. Wenn Marais nicht durch seinen Feldstecher die Stadt und ihre Umgebung absuchte, saß er in seinem kahlen Zimmer (es war ordentlich, weil es so leer war) am Schreibtisch, das Gesicht zur Tür, den geladenen Revolver in der Tasche und eins seiner Hefte vor sich.

Er schoß den Revolver nicht ab. Er schrieb keine Zeile. Er dachte beständig an beides, aber noch scheute er vor dem allzu Endgültigen zurück.

Beim Kramen in der Speisekammer bemerkte er eines Tages einen Hund, der draußen vor der Küchentür in einem Abfallhaufen scharrte und fettiges Papier ableckte. Es war ein räudiges dürres Tier, das furchtsam zurückwich, als Marais an die Tür kam, zugleich aber schüchtern mit seinem Stummelschwanz wedelte. Marais fühlte Mitleid und Zuneigung für den Ausgestoßenen. Er wollte ihn haben und ein bißchen aufpäppeln, und er würde ihm Gesellschaft leisten. Marais öffnete eine Rindfleischdose und klatschte mit dem Löffel eine Portion auf den Boden vor ihn hin. Das Geräusch scheuchte den Hund ein paar Schritte weit weg; dann blieb er unschlüssig stehen, winselte leise und blickte abwechselnd auf das Futter und auf Marais.

»Na, komm schon, alter Junge«, schmeichelte Marais und

zeigte ihm die offene Dose. Der Hund kam zögernd heran. Marais ging ihm entgegen, beugte sich behutsam herunter und sagte: »Nimm.«

In diesem Moment knallte es hinter Marais: ein Gewehrschuß. Er zuckte zusammen, ihm wurde schwarz vor Augen, er drohte zusammenzubrechen. Aber das jämmerliche Aufheulen des Hundes brachte ihn zu sich. Der Hund rutschte auf den Vorderpfoten ein Stück nach vorn, wie getreten, und fiel dann auf die Seite. Er zappelte und winselte, die Augen traten ihm aus den Kopf, und aus seiner Flanke sickerte Blut. Noch einmal quälte er sich mühsam auf die Vorderbeine und schleppte sein gelähmtes Hinterteil ins hohe Gras.

»Wo du hingehen?« Bruder George, in Cowboyhut und buntem Hemd, lehnte an der grau verschalten Hotelwand neben dem Kücheneingang und zielte lässig aus der Hüfte auf Marais.

»Du hast den Hund erschossen«, sagte Marais und ging auf Bruder George zu. Der Schuß hatte ihn betäubt; er erkannte seine eigene Stimme nicht. Bruder George stoppte ihn, indem er ihm die Gewehrmündung in den Magen stieß. »Wenn ich meinen Revolver bei mir hätte«, sagte Marais, »würde ich dich umlegen«, und er schlug Bruder George hart ins Gesicht. Den Gewehrlauf, der ihn nötigte, mit ausgestrecktem Arm zu schlagen, ignorierte er vollkommen. Er schlug noch ein paarmal, rechts und links, und sagte jedesmal »Idiot!« oder »Dummkopf!«, und Bruder George wand sich und blies die Backen auf und drückte Marais mit dem Gewehr und fummelte am Hahn – aber er schoß nicht. Seine Nase begann zu bluten. Plötzlich rief er über Marais' Schulter hinweg: »Er wollen ausreißen!«

Marais sah sich um. Hinter ihm standen vier seiner Leute, die Gewehre auf ihn angelegt. In ihren plumpen, unfertigen Gesichtern war ein Zug, den Marais früher noch nie gesehen hatte. An der Spitze der Gruppe stand Chimanga.

»Wer hat dich aus dem Gefängnis gelassen?« fragte Marais und wischte sich die Finger, an denen etwas Blut war, am Hemd ab.

»Ich bin schon lange raus«, sagte Chimanga. »Jetzt bist *du* drin, Bwana.«

»Was soll das heißen?«

»Du stehst seit einer Woche unter Arrest.«

»Verrückt geworden? Ich gehe spazieren, sooft es mir paßt.«

»Aber nicht seit einer Woche. Nicht mehr aus Hotel gewesen, eh?« sagte Chimanga. »Wir wissen alles. Wir passen auf. Sonderbefehle.«

»Von wem? Jaja würde solchen Blödsinn nie befehlen. Wer war es dann? Harry?«

»Top-secret«, sagte Chimanga und lachte, wobei er den Mund sperrangelweit aufriß und seine breite, rosa Zunge rollte.

»Ich habe einen Revolver«, sagte Marais.

»Nur einen? Wir haben viele, viele. Wenn du wollen ausreißen, wir dich töten.« Er lachte wieder.

»Warum tut ihr's nicht gleich?«

»Wir brauchen dich noch«, sagte Bruder George. Und Bruder Henry fügte auf Chinyanja hinzu: *»Iwe wam' jigololo wanga«*, was Marais als »Du bist mein Gefangener« verstand.

»Wir nicht mehr deine Affen!« sagte Chimanga.

»Du bist nicht Lumumba!« fuhr Marais ihn an.

»Bringt ihn rauf!« befahl Chimanga. »Bye-bye, General Peng-Peng!«

Drei der Männer eskortierten Marais zu seinem Dachzimmer. Sie nagelten die Tür von außen zu, aber so schlecht, daß der Holzrahmen unter den wilden Hammerschlägen splitterte. Marais hörte nur zwei Männer die Treppe wieder hinuntergehen.

Die Türfüllung war dünn; er konnte sie ohne weiteres eintreten oder durch die Wand ins Nebenzimmer durchbrechen und sich an einem Seil hinunterlassen. Das Hotel hatte ein halbes Dutzend Ausgänge und zwei Feuerleitern auf verschiedenen Seiten. Er wußte, daß er hinauskonnte; er hatte es die ganze Zeit gewußt und es daher nie eines Gedankens wert befunden.

Für Marais war Flucht immer ein kindlich einfacher Ausweg gewesen, den er sich freiwillig versagte. Er war so lange in Lilongwe geblieben, um den Leuten Zeit zu geben und sie und sich noch einmal zu prüfen. Er hätte das noch wochenlang ausgehalten, wenn sie sich ihm nicht auf so unvermutete

Weise widersetzt hätten. Aber sie hatten seine Geduld ausgenutzt, um ihn zu ihrem Gefangenen zu erklären! *Iwe wam' jigololo wanga.* Das änderte alles. Jetzt dachte er nur noch an Flucht.

33

Am Ende verzichtete Calvin darauf, wegen Mwase zur Polizei zu gehen. Man zeigte keinen Mitarbeiter an, weil er einem das Pornoheft oder die Spielzeugpistole gestohlen hatte – warum dann soviel Aufregung um den Diebstahl geistigen Eigentums? Malawi hatte diesbezüglich schon einen aufschlußreichen Präzedenzfall. Als Calvin erst einen Monat im Lande war, hatte es am Hohen Gerichtshof von Blantyre einen Prozeß wegen Vertragsbruchs gegeben. Der Kläger, ein gewisser Odrick Chipandale, war von Beruf Medizinmann. Er war für ein Honorar von vier Pfund (zehn Osbongs) angewiesen worden, sich in ein Krokodil zu verwandeln und ein verhextes Mädchen zu töten, welches die Dürre und nachfolgende Mißernte in einem benachbarten Dorf verschuldet haben sollte. Die Hälfte des Geldes wurde im voraus bezahlt. Bald danach wurde das Mädchen tot am Flußufer gefunden; die Leiche wies die Spuren von zwei langen Zahnreihen auf. Dann regnete es tagelang sintflutartig. Zufrieden mit diesem Erfolg, sahen die Dörfler keine Notwendigkeit mehr, den Rest des Honorars zu begleichen. Der Zauberdoktor Chipandale brachte die Sache vor Gericht, das ihm recht gab. Die fälligen zwei Pfund (fünf Osbongs) wurden ihm zugesprochen. Anschließend wurde Chipandale als Mörder angeklagt, verurteilt und gehängt.

Calvin hatte sich diese Lektion gut gemerkt. Er würde sein Pamphlet zwar zurückerhalten, dann aber wegen Hochverrats erschossen oder, wie schon dreitausend andere politisch Verdächtige, in dem berüchtigten Konzentrationslager flußabwärts interniert werden. Osbong war nicht zimperlich. Aber konnte Calvin sich denn sicher fühlen, wenn er Mwase *nicht* anzeigte? Wie, wenn Mwase den Spieß umdrehte und *ihn* verpfiff? Das Manuskript in Calvins verräterischer Handschrift war unauffindbar. Wenn Mwase es beiseite geschafft hatte, verfügte er über genügend Beweise, um Calvin an den Galgen zu bringen, wie jenen angeblichen Hochverräter, den Osbong in Zomba öffentlich hatte hinrichten lassen.

Mwase war ihm keine Hilfe. Er wahrte wieder Abstand und forderte mit unterdrückter Wut seine Broschüre von Calvin zurück. Er reparierte das zerrissene Ding mit Klebstreifen, setzte sich an seinen Tisch und vertiefte sich ostentativ aufs neue in die Lektüre.

Calvin ergriff die Flucht nach vorn. Er zwinkerte Mwase zu und sagte so leichthin wie möglich, in neckischem Singsang: »Ich weiß, wo Sie das Ding herhaben!«

»Und wenn schon«, sagte Mwase. Seine Augen waren rot, und er blickte bekümmert drein.

Calvin sah darin kriminellen Hochmut: ganz der Medizinmann-Killer. Aber er suchte nach einem Versöhnungsvorschlag. »Wie wär's erst mal mit einem Bier? Wir könnten in Ruhe darüber reden. Was meinen Sie dazu?«

»Da ist nichts zu reden. Ich brauche eine neue Aktentasche.«

»Nehmen Sie meine«, sagte Calvin eifrig.

»Die ist nur aus Pappe. Meine war aus echtem Kunstleder, abwaschbar, japanisches Modell.«

»Ich kaufe Ihnen eine ebenso schöne, bestimmt. Aber zurück zu der Broschüre, Mwase... Das ist doch alles Schwindel.«

»Natürlich, das denken *Sie.*«

»Ich denke nicht, ich *weiß* es! Ich weiß, woher es stammt und woher Sie es haben. Nicht das Gedruckte da«, Calvin wies auf die geflickte Broschüre, »sondern das Original, das Manuskript. Mit der Hand geschrieben, abwechselnd mit Tinte, Kugelschreiber und Bleistift. Na?«

»Ein Geschenk.« Mwase rührte sich nicht.

Calvin explodierte. »Sie haben es gestohlen! Ich weiß es so gut wie Sie! Machen Sie mir doch nichts vor. Das ist das Schlimme an euch Afrikanern: Ihr betrachtet alles als öffentliches Eigentum.«

»Ich weiß, daß Sie uns hassen.«

»Ich ja wohl am wenigsten. Wen meinen Sie übrigens mit ›uns‹?«

»Nun, jedenfalls hassen wir Sie«, sagte Mwase. Er funkelte Calvin an und zitierte: *»Würden Sie mich versichern?«*

»Was heißt hier ›würden‹ – ich hab's *getan!«* rief Calvin. »Da hängt die Police an der Wand, eingerahmt und unübersehbar. Es war wirklich ein Geschenk!«

»Man hat mich geschlagen und beraubt«, fuhr Mwase unbeirrt fort. »Der weiße Mann behandelt mich wie den letzten Dreck, weil ich schwarz bin. Ich bin arm.«

»Sie haben Zeugnisse«, sagte Calvin. »Und einen guten Job. Demnächst sind Sie der Manager dieser Scheiß-Agentur!«

»Ich schufte wie ein Sklave –«

»Quatsch! Wir überarbeiten uns hier wahrhaftig nicht. Kein Mensch will was von *Afsure* wissen. Und Sie tun überhaupt nichts.«

»Ich gehe zu Versammlungen«, murmelte Mwase geheimnisvoll. »Sie haben ja keine Ahnung.«

»Ich weiß, daß Sie Brieffreundschaften suchen –«

»Nicht bei Nacht. Bei Nacht sind wir unsichtbar, denn wir haben die Farbe der Nacht.«

»Na, und ich weiß, wo Sie das gelesen haben.«

»Eines Tages werden wir uns erheben.«

»Bitte«, sagte Calvin inständig, »hören Sie endlich mit dem Zitieren auf!« Sätze, die er einst in alkoholisierter Rage hingekritzelt hatte, wurden ihm in den Rachen gestoßen, so daß es ihn würgte. »Schließen wir einen Vertrag, ja?« flehte er.

»Mit Weißen gibt es keine Verträge.«

»Nur diesen einen ...«, bat Calvin mit kleiner Stimme.

»Keinen. Sie hassen uns.« Mwase wandte sich ab, sah an Calvin vorbei zum Fenster hinaus und deklamierte: »Am Bananenblatt des Lebens hängen wir wie hungrige Raupen ...«

»Kohlblatt! So steht's im Manuskript.«

»Was wissen Sie von unseren alten Sprichwörtern?«

»Von wegen Sprichwort! Purer Nonsens. Glatt erfunden.«

»Unsere Vorväter haben uns diese Weisheit gelehrt ...«

Es war hoffnungslos. Mwase kannte seinen Text auswendig. Calvin versuchte es andersherum, in begütigendem Ton: »Mwase, vergessen wir die ganze Geschichte. Ich werde es keinem erzählen. Machen Sie sich keine Sorgen.«

»Ich mache mir Sorgen«, erwiderte Mwase. »Ich leide.«

Calvin gab immer mehr nach. »Wenn Sie Manuskripte stehlen, ist das Ihre Sache. Gerade wie es meine Sache ist«, er warb förmlich um Verständnis, »was ich tue und denke. Okay? Lassen... wir's... dabei, ja?«

Mwase schwieg. Er saß an seinem kleinen Schreibtisch, über sich die eingerahmten Zeugnisse, vor sich die ruinierte Aktentasche und die geflickte Broschüre, und hielt sich wie immer beim Lesen die Ohren zu. Er war von dürftiger Gestalt, tiefschwarz, und in letzter Zeit sah er – wahrscheinlich infolge seiner nächtlichen Aktivitäten – recht mitgenommen und elend aus. Sein Name hätte A. Jigololo sein können.

»Was werden Sie tun?« fragte Calvin schließlich.

»Mich auflehnen«, sagte Mwase und las weiter in seiner Broschüre, ohne die Augen zu heben.

Nicht nur Mwases Stimmung hatte sich gewandelt, sondern die der ganzen Stadt. Afrikaner rempelten Calvin an und beschimpften ihn unerwartet bösartig. Diese Bosheit war ihm neu; sie verriet grobe Unwissenheit und versteckte Angst, die ihm das Herz zusammenzog. Sie liefen ihm mit höhnischen Gebärden und Zurufen auf der Straße nach, hupten ihn rücksichtslos an, schlugen ihm den Panama vom Kopf und nannten ihn »die Giraffe«. Es passierte jederzeit und überall, auf Straßen und Plätzen und besonders in den Seitengäßchen. Die Verkäufer und Kassierer im Kandodo-Supermarkt waren unhöflich und drückten ihre Daumen absichtlich in die Leckereien, die er für Mira kaufte; sie war zur Zeit ganz versessen auf *naartjes*, eine bestimmte Sorte Schokolade-Nuß-Riegel. Im Postamt – oder wo immer sich eine Schlange bildete – drängten sich die Schwarzen vor, schubsten ihn mit spitzen Ellbogen beiseite, traten ihm auf die Füße. Den anderen Weißen erging es nicht besser. Die griechischen Brüder mit ihrer Kaffeestube, die Teepflanzer und ihre Kinder, der schwule maltesische Friseur aus der Henderson Street, die dicken rhodesischen Damen aus dem Buchladen, lauter Leute, die Calvin bisher nie bemerkt hatte: sie alle konnten ein Lied davon singen. Plötzlich waren sie unerwünschte Ausländer, die nicht hergehörten, die sich den falschen Platz für ihre Geschäfte ausgesucht hatten. Ihre Gesichter waren zerrüttet, sie nahmen einen ganz neuen, unnatürlichen Ausdruck an, und die Demütigung bewirkte, daß sie sich entweder kriecherisch unterwarfen oder sich nun gerade unvernünftig aufplusterten. Calvin versuchte sie zu verachten, aber sie taten ihm eigentlich nur leid. Da gingen sie hin, die alten Aussiedler, und verstanden die Welt nicht mehr: als sei die Stadt über Nacht wildfremd für sie geworden und von Schurken bevölkert. Manche wurden ihrerseits grob gegen die Afrikaner, die sich dann nachts wiederum mit Überfällen und Handgreiflichkeiten revanchierten. Nun wurde es den Weißen heimgezahlt, daß sie eine so komische Farbe hatten und so arrogant mit den Afrikanern umgegangen waren, die wild leugneten, daß sie Wilde waren.

Als Calvin eines Abends spät aus dem Kino heimkehrte (er hatte *On Moonlight Bay* gesehen, obwohl er es aus dem Hudson-Roxy noch in Erinnerung hatte, aber da war es nicht mit Untertiteln in Afrikaans gelaufen), wurde er von einem Dutzend schwarzer Jugendlicher gestellt. Einer zischte ihm heiß ins Ohr: »*You a white sheet!*« Er konnte nicht dagegen protestieren, weil sie in der Übermacht waren und vor Wut schäumten. Sie griffen ihm sogar in die Jacke, aber er sagte nichts, um sie nicht zum Mord zu treiben. Ein andermal schrien sie Mira und ihm nach: »*Keel new boat!*«

Du ein weißes Laken... Kiel neues Boot...? Calvin verstand die Beschimpfungen nicht recht, fand sie aber eigentlich gar nicht so schlimm, bis Mira ihm übersetzte (so gut ihr eigenes Vokabular es zuließ), gemeint sei, »weiße Scheiße« und eine Todesandrohung für sie beide *(Kill you both).* Und die Afrikaner meinten es noch viel schlimmer, als sie in ihrem gebrochenen Englisch ausdrücken konnten. Calvin geriet allmählich in Sorge. Es war, als hätten alle sein dummes kleines Buch gelesen. Wirklich sah er nach einiger Zeit Exemplare davon in der Stadt auftauchen; der ketchupfarbene Titel war unverkennbar.

Am meisten beunruhigte ihn der Gedanke an sein ungeborenes Kind. Es wurde ein gefährlicher Ort für Kinder – was würden sie erst mit einem kleinen Mischling anfangen, einem goldbraunen, vielleicht mit grünen Augen? Nachts lag er schlaflos neben seiner hochschwangeren Frau; ungewohnte nächtliche Straßengeräusche hielten ihn in Atem. Er fürchtete eine plötzliche Verhaftung oder – mehr noch – die Wut der Leute. Diese besonders, weil ihm damit recht geschehen wäre. Er selbst hatte ja den Pöbel aufgehetzt und angefeuert! Er hätte Mwase erdrosseln mögen. Sooft er, total übermüdet, dennoch einschlief, warf ihm jemand die Broschüre ins Gesicht, und einmal wurde er im Traum gezwungen, sie zu essen. Er träumte von der Gefängnisinsel, die Major Beaglehole ihm beschrieben hatte. Dann war er selbst der Direktor, Aubreys Bruder, und eine Horde aufrührerischer Häftlinge mit Spaten und Macheten rückte als bedrohliche Masse gegen ihn vor. »Halt, Jungs!« brüllte Calvin. »Ich *versichere* euch ja, jeden von euch!« Er erwachte von seinem eigenen Schrei.

Aber in einer Nacht wollte das unheimliche Gemurmel nicht verstummen, als Calvin aufwachte. Er setzte sich im Bett auf und lauschte. Nun hörte er ein sonderbares Geknurre und Gegrunze, das sich zu bellenden Vorwürfen steigerte und zu einem Zischen abebbte, das an der dünnen Wand des Schlafzimmers zu kratzen schien. Calvin fragte sich einen Moment, ob er nicht ganz richtig im Kopf sei. Aber nein: Mira murmelte etwas vor sich hin, drehte sich auf die Seite und umschloß ihren dicken Bauch schützend mit beiden Armen; sie hörte es auch.

Calvin schob sich vorsichtig unter dem Moskitonetz hervor aus dem Bett. Es war wie in so mancher anderen Nacht, wenn die tausend Stimmen Malawis laut wurden: die kleinen eiligen Luftwirbel, ein kurzer Platzregen, das Rascheln und Säuseln von Gras und Blättern, die polternden Rohre und rülpsenden Abflüsse, die knisternden Kochfeuer... und nun lebten sogar die Wände und hallten in einer Sprache, die sich wie Englisch anhörte.

Er zog sich an und schlich in den Flur. In der nächtlich leeren Bar waren die Geräusche am lautesten. Calvin kroch auf allen vieren durch den Personaleingang hinter einen Stapel Bierkisten und blieb dort in der Hocke sitzen. Die Kisten versperrten ihm zwar die Sicht in die Bar, aber er hörte zwei Männer im Dunkeln miteinander streiten.

»Warten, warten!« raunzte eine Baßstimme. »Das ist alles, was ich zu hören kriege!«

Calvins Gesicht war irgendwie in ein Spinnengewebe geraten, und die Frage, wo die Spinne sei, lenkte ihn sekundenlang ab. Er entfernte einzelne Fäden von Augen und Mund und atmete aus Versehen etwas von dem verstaubten Zeug ein. Er mußte alle Willenskraft aufbieten, um nicht zu niesen.

»Es ist nicht meine Schuld. Ich weiß auch nicht, wo er so lange bleibt.«

»Damit hältst du mich nun schon wochenlang hin. Osbong sollte längst tot sein, und er lebt immer noch!«

»Nicht so laut! Sollen denn alle aufwachen?«

Calvin versuchte die Stimmen zu identifizieren. In dem bemüht korrekten Satzbau und den deutlichen Endungen des Basses war etwas Typisches: So sprachen Leute, die erst spät Englisch gelernt hatten. Die verwaschene, achtlose Aussprache des andern hingegen verriet einen, der soviel Mühe nicht nötig hatte. Aber Calvin war der Auseinandersetzung so nahe, daß der Ton verzerrt wurde. Er konnte die Stimmen mit keinem bekannten Gesicht in Verbindung bringen.

»Kämpfen ist nicht die Aufgabe des Präsidenten«, sagte der Baß langsam und gewichtig. »Aber wenn keine andere Wahl bleibt, kämpf' ich natürlich Schulter an Schulter mit meinen Getreuen.«

»Vorläufig bist du noch nicht Präsident. Vergiß das nicht.«

»Und du – droh mir nicht. Du bist noch nicht bezahlt. Vergiß *das* nicht.«

»Richtig, das kommt noch dazu. Zahl gefälligst, ehe du weitere Aktionen verlangst. Von nichts kommt nichts.« Calvin hörte Gläser klirren und Flüssigkeit aus einer Flasche gluckern. Nach längerem Pusten und Schlucken fuhr dieselbe Stimme fort: »Immer muß ich die ganze Dreckarbeit machen.«

»Soll etwa *ich* die Dreckarbeit machen?«

»Das habe ich nicht gesagt.«

»Wer hat den Minister erstochen? Das war eine gewagte Sache. Er hatte einen Revolver.«

»Und ich hab' mich bedankt, oder nicht?«

»Ich will keinen Dank. Ich will Osbongs Tod. Ich will dieses Land.«

»Du machst mich verrückt mit deinem ›Ich will‹!«

»Ich will Resultate sehen.«

»Einige hast du ja schon.«

»Wir kämpfen nun schon fast ein Jahr. Kannst du mir sagen, mit welchem Erfolg?«

»Herrje, das halbe Land gehört dir schon!«

»Ich will nicht das halbe!« Calvin hörte ein Klatschen, dem ein verbissenes Gemurmel folgte.

»Ohrfeigen, das ist alles, was ich kriege.«

»Du verdienst Schlimmeres.«

Schlimmeres? Calvin versuchte sich lautlos zurückzuziehen. Ein leises Geräusch hinter ihm ließ ihn erstarren. Die dicke Bar-Ratte hockte, an Sägespänen knabbernd, in einem Kreis von Mondlicht genau zwischen ihm und dem Ausgang zum Flur. Er zog die Beine an und machte sich so klein wie möglich. Nun mußte er hier ausharren. Das blöde Vieh trapste beim Rennen; wenn er es erschreckte, würde es ihn verraten.

»Ich verdiene einen Orden für all die beschissenen Handlangerdienste, die ich dir schon geleistet habe«, sagte die verwaschene Stimme. »Wer spielt für dich Briefträger? Wer rennt sich die Hacken ab, um dein dämliches Pamphlet unter die Leute zu bringen? Wer hat das lausige Machwerk überhaupt gedruckt? *Ich* mußte das Ganze von Hand setzen. Hat mich fast mein Augenlicht gekostet.«

»So, du findest es ein lausiges Machwerk? Siehst du nicht ein, daß mein Pamphlet das einzige ist, was wir dem Volk nach einjährigem Kampf vorzulegen haben? Die Leute lesen es, und nun hören sie auch auf uns.«

»Bekloppter Titel. Du hättest dir wirklich einen besseren ausdenken können.«

»Da irrst du dich. Kein Weißer könnte so schreiben.«

Da hatte er den Dieb! Und es war nicht Mwase.

»Ich habe selber so'n ähnliches kleines Buch geschrieben. In Angola. Auf portugiesisch. Titel: Jetzt! Gebt uns unser Land zurück, zerschlagt unsere Ketten, hört unsere Klagen und so weiter und so fort.«

»In Angola wird immer noch gekämpft.«

»Eben. Das hat Marais auch gesagt.«

»Weil die Europäer nichts von Revolution verstehen. Ihr kennt euch selber nicht.«

»Revolution! Erzähl *mir* nichts von Revolutionen, du Möchtegern. Ich habe da einschlägige Erfahrungen. Ihr bildet euch Gott weiß was auf eure paar Bömbchen und Streiks und Heckenschützen ein. Ihr braucht keinen ganzen gottverdammten Krieg gegen einen einzigen Mann zu entfesseln. Das ist keine Revolution, du Blödmann, und dasselbe habe ich zu Marais gesagt. Ihr seid beide Neulinge in diesem Geschäft. Ihr könnt mir nichts erzählen, was ich nicht schon lange weiß.«

»Es wird hier geschehen, ob du uns hilfst oder nicht.«

»Wenn es soweit ist, ja. Du brauchst nicht so zu drängeln. Wenn das Volk nicht hilft, klappt es sowieso nicht.«

»Das klingt, als ob du gar nicht mehr für uns arbeiten willst.«

»Ich habe Augen im Kopf, und was seh' ich? Ein paar Leute werden umgelegt. Keiner regt sich darüber auf. Eine Kleinstadt wird besetzt. Keiner regt sich auf. Du organisierst einen Streik, und den bemerken sie gar nicht. Ein paar Schwarze werden frech, aber von Volkserhebung ist keine Rede. Ich habe die größte Lust, nach Addis oder Dar zurückzugehen und es mir wohl sein zu lassen und den ganzen Mist zu vergessen. Warum soll ich mich weiter für euch zerfetzen?«

»Das ist deine Meinung?« Ein heftiges Füßescharren folgte. Die Ratte machte Männchen und huschte davon; aber Calvin wagte sich nun erst recht nicht mehr zu rühren.

»Pfoten weg, ja? Wenn du den Mund so voll nimmst – warum legst du Osbong nicht selber um?«

»Das werde ich tun!«

»Na endlich. Warum immer ich? Ich hab' Frau und Kinder.«

»Zum Teufel mit deiner Bagage!«

»Fabelhaft – du redest auf einmal so britisch!«

Calvin hörte noch mehr Gescharre und Gepolter, drückte sich eng zwischen die Wand und die Bierkisten und hoffte zum Himmel, daß sie nicht gegen sein Versteck rennen würden. Oder schießen! Wie, wenn sie eine Schießerei anfingen? Er verbarg den Kopf zwischen Armen und Knien und versuchte den Lärm zu überhören, den die beiden fluchenden Männer in der dunklen Bar machten.

»Sieh dich vor, ich habe ein Messer!«

»Sieh *du* dich vor! Ich auch!«

Füße scharrten auf dem Boden, Stühle wurden angestoßen und umgeworfen. Calvin hörte die Männer dazwischen nur keuchen; sie schienen einander im Dunkeln zu umkreisen. Dann grunzte der Baß:

»Erst kommst du dran – dann der Kerl in Lilongwe. Dann Osbong. Ich brauche euch nicht!«

»O doch, du feiger Bastard! Du läßt ja immer deine Kämpfe von andern austragen!«

»Wir sind ohne euch früher am besten zurechtgekommen.«

»Nackt rumgelaufen seid ihr und habt in die Gegend geschissen!« Ein Glas zerklirrte auf dem Boden. Einer der beiden fluchte.

»Noch einen Schritt, du Buschnigger, und ich mache Hackfleisch aus dir –«

Rasche, schleichende Schritte, eine kurze Pause, ein schwerer Plumps. Calvin stellte sich das plötzliche Zustoßen vor und kniff die Augen zu. Nun wälzten sich zwei Körper auf dem Boden; Holzmöbel schwankten und fielen, Flaschen zerschellten. Einer der Kämpfenden schien auf Händen und Füßen beiseite kriechen zu wollen, wurde aber von dem andern, der wild um sich schlug, aufgehalten. Das Keuchen ging in ersticktes Ächzen und Stöhnen über, das zu einem Jammergeheul anwuchs. Dann brach es jäh ab – einer mußte tot sein. Der andere atmete noch: schnarchend, fast röchelnd.

Calvin riß die Augen wieder auf. Durch die Flaschen in den Bierkisten sah er am gegenüberliegenden Eingang der Bar ein schwaches, schwankendes Licht auftauchen.

»Raus mit euch, oder ich rufe die Polizei!« Das war Baileys Stimme. »Und der Kerl da wird mitgenommen. Ist er tot? Geht mich nichts an. Ich will nichts damit zu tun haben. Verdammte Raufbolde«, krächzte sie asthmatisch, und das schwache Licht verschwand.

34

Nach dieser Nacht bekam Mira verfrühte Wehen. Calvin sah darin eine Reaktion auf die Angst, die sie ausgestanden hatte; in den Obstplantagen von Massachusetts blühten manchmal einzelne Bäume zu ganz unpassender Jahreszeit, wenn sie bei der Feldarbeit angeschrammt worden waren.

Sie erwachte unter krampfartigen Schmerzen. Nach ein paar Minuten verschwanden sie, und Mira stand auf, mußte sich aber gleich wieder setzen, weil eine neue Welle sie durchflutete. Calvin brachte sie ins Bett zurück. Von da an sagte sie ihm in ihrem gebrochenen Englisch jedesmal, wann die Schmerzen aufhörten, aber sobald sie wiederkamen, verfiel sie vor Not in ihren Dorfdialekt, von dem Calvin kein Wort verstand.

Bis zu dieser Stunde hatten sie alles geteilt, ohne der Sprache zu bedürfen. Von *diesem* Erleben fühlte Calvin sich ausgeschlossen. Die Wehen wurden zu etwas, das Mira allein durchmachen mußte. Calvin rollte den Teewagen in Baileys Küche und bepackte ihn mit Essen, mit Bananen, gekochten Eiern, Haferflocken und einem Krug Orangensaft, aber der bloße Anblick schlug Mira auf den Magen und bescherte ihr neue Wehen. Calvin raste auf der Matchless zum Queen Elizabeth Hospital und meldete sich beim Notarzt, einem Israeli. Der Doktor steckte ein paar Spezialinstrumente in seine schwarze Tasche und fuhr vergnügt auf dem ächzenden Rücksitz des Motorrads mit Calvin zurück; seinen weißen Kittel hatte er gleich anbehalten. Als sie unter einer langen Reihe vom Gummibäumen über raschelnde Blätter fuhren, lobte er den schönen, frischen Tag.

Vor Baileys Speisehaus angekommen, zog der Doktor die Nase kraus. »Ach, hier ist es? *Diese* Adresse bereitet uns gerade einige Kopfschmerzen.«

»Wir wohnen hinten«, sagte Calvin.

Sie gingen durch die Bar. Die umgeworfenen Möbel lagen noch herum; es sah aus wie nach einem Bombenangriff. Auf dem Tresen stand ein Tablett mit trüben, ungewaschenen Gläsern. Der Arzt sah sie an und bemerkte: »Ideale Brutstätte für Geschlechtskrankheiten!«

Mira hockte unter dem gerafften Moskitonetz auf der Bettkante und hielt sich den Bauch. Ihr Gesicht war vor Qual ganz klein geworden.

Der Doktor bahnte sich einen Weg durch die Unordnung des vollgepfropften Zimmers. Mit seinen weißen Haaren, rosigen Wangen und gemütlicher Körperfülle wirkte er auf Calvin wie ein wohlwollender Bürgermeister bei einer Slumbesichtigung.

»Na, da haben wir ja die junge Mutter«, sagte er lächelnd.

Seine neutrale Freundlichkeit war ein Trost für Calvin. Er dachte an Mwase, mit dem er sich unbedingt wieder ganz versöhnen wollte.

Inzwischen befühlte der Doktor Miras Stirn mit dem Handrücken, zählte ihren Puls, klopfte ihr auf den Rücken und maß den Blutdruck.

»Nun sagen Sie mir: Wo genau sind die Schmerzen?«

»Sie kann nicht genug –«

Der Doktor verstand schon. Er beugte sich zu Mira und nahm den ganzen unförmigen Bauch in beide Hände wie eine reife Frucht. Indem er sanft mit dem Daumen kleine Dellen hineindrückte, fragte er nur: »Hier?... Und hier...«

Mira schüttelte den Kopf.

»Es kommt schubweise«, erklärte Calvin. »Vielleicht ist jetzt gerade 'ne Pause.«

Hierauf bat der Arzt Calvin, das Zimmer zu verlassen, damit er die Schwangere in Ruhe weiteruntersuchen könne. Calvin trottete den Flur entlang in die Diele. Das Haus war sonderbar still. Um diese Zeit, kurz nach neun, pflegten sich normalerweise die ersten vom Schlaf zerzausten Gäste zu zeigen, Bailey in der Küche mit dem Personal zu schimpfen, Beaglehole zur *Gents*-Tür zu schlurfen, Jarvis endlich die Gläser vom Vortag zu spülen. Heute regte sich nichts. Ohne die Leute und das übliche Hin und Her wirkte das Etablissement noch schäbiger als gewöhnlich.

Als Calvin ins Zimmer zurückdurfte, lag Mira im Halbschlummer, sorgsam eingehüllt, auf dem Bett.

»Meine Diagnose: Blinder Alarm«, flüsterte der Doktor. »Wenn's wirklich losgeht, rufen Sie mich an, ja?«

»Wir haben kein Telefon«, sagte Calvin. »Ich komme dann lieber selbst und hole Sie wieder ab.«

»Inzwischen stoppen Sie immer schön die Zeit«, sagte der

Doktor und schob die Kittelmanschette zurück. »Wieviel Minuten eine Wehe dauert, wieviel die Pausen dazwischen. So ungefähr.«

Calvin starrte auf das Handgelenk des Arztes. »Entschuldigen Sie die dumme Frage – aber warum tragen Sie *zwei* Uhren?«

»Gut, daß Sie mich daran erinnern!« sagte der Doktor anerkennend, indem er die größere, silberne Armbanduhr über die Hand zog. »Die muß ich noch heute morgen bei der Polizei abliefern.«

»Kann ich die Uhr mal sehen?«

Der Doktor gab sie ihm. Sie tickte noch.

»Ich glaube, Astronauten tragen solche Dinger«, sagte Calvin.

»Na, diese steckte an einer Leiche, die uns heute in aller Frühe gebracht wurde. Armer Kerl. Voller Stichwunden. Kein Ausweis, keine Papiere, nur dieses tolle Ding.«

»War es ein Afrikaner?«

»Nein«, sagte der Doktor.

Die Tür des Büros war unverschlossen, aber Mwase war nicht da. Calvin suchte ihn überall, sogar im Waschraum und in der Besenkammer, so sehr drängte es ihn nach Aussprache und Verständigung. Auch unten war niemand außer dem Erdnußverkäufer, der sich gerade einen Drink genehmigte. Als Calvin zum zweiten Mal in sein Büro wollte, merkte er erst, daß der Türknopf locker und das Schloß aufgebrochen war.

»Kommen Sie rein, und machen Sie die Tür hinter sich zu«, befahl eine Stimme hinter dem Aktenschrank.

Calvin stieß die Tür zu.

Der Mann zeigte sich. Calvin erkannte ihn augenblicklich: Es war Marais. Er trug dieselbe Khaki-Kluft wie damals im Dezember, nur war sie jetzt stark strapaziert und verblichen; sein Haar war länger, mehr zurückgestrichen als gekämmt, und zeigte über den Ohren den Abdruck von der Mütze. Die Sonnenbrille war auch noch dieselbe, desgleichen waren die Stiefel. Letzteres konnte Calvin nur vermuten, denn sie waren verschrammt und verdreckt. Marais' Gesicht war schmaler geworden und sehr von der Sonne verbrannt, sein Schnurrbart ungepflegt, und auf Kinn und Wangen sproßte ein sonnengebleichter, mindestens eine Woche alter Stoppelbart.

»Was wollen *Sie?«* Es sollte scharf klingen, blieb Calvin aber fast in der Kehle stecken.

Der Mensch war kleiner, als Calvin ihn in Erinnerung hatte, aber das lag an seiner eigenen Größe. Er überragte die meisten Leute und fühlte sich jetzt linkisch und falsch proportioniert. Was sollte er mit seinen Händen anfangen, ohne Marais zu alarmieren? Ihm fiel absolut nichts ein; seine Gedanken schweiften ab.

»Ich möchte mit Ihnen sprechen«, sagte Marais. Es klang weder herausfordernd noch bedrohlich, sondern fast entschuldigend.

»Wo ist Ihre Pistole?« fragte Calvin.

Marais klopfte auf eine Wölbung unter seinem Hemd.

»Sind Sie jetzt der Präsident?« fragte Calvin mit vorsichtigem Sarkasmus.

Marais schüttelte langsam den Kopf. »Können wir uns nicht setzen? Ich habe Rückenschmerzen. Bin den ganzen Weg von Lilongwe zu Fuß gekommen.«

»Was ist denn mit Ihrem schicken Citroën passiert?«

»Ich brauche jetzt eine Lebensversicherung«, sagte Marais, ohne auf Calvins Frage einzugehen. Er setzte sich auf Calvins Drehstuhl und zog ein Bündel mit Gummiband zusammengeschnürter Banknoten aus dem mitgebrachten Brotbeutel. Er legte das Geld auf den Schreibtisch. »Ich will gleich alles bar zahlen.«

Calvin hatte sich ihm gegenübergesetzt. »Warum kommen Sie gerade zu mir?« fragte er, ohne das Geld auch nur anzusehen. »Es gibt noch genügend andere Versicherungsbüros in der Stadt.«

»Ich habe meine Gründe«, sagte Marais. »Ich will die Versicherung von Ihnen.«

»Tja, leider verplempern Sie hier nur Ihre Zeit. Von mir aus können Sie zu Fuß nach Lilongwe zurückgehen. Ich werde Sie nicht versichern.«

Marais rückte mit dem Drehstuhl näher. »Da liegt das Geld.«

»Ich bin nicht blind«, erwiderte Calvin. »Stecken Sie's wieder ein.«

»Was verlangen Sie denn noch?« fragte Marais leise.

»Ich von Ihnen? Nichts«, antwortete Calvin. »Sie haben meinen Schwager umgebracht.«

Marais sah zu Boden und betrachtete dann seine Handflächen. Er nickte. »Es tut mir leid.«

»Leid! Leid!« äffte Calvin ungläubig nach. Er klopfte mit dem Knöchel auf den Schreibtisch. »Das sagt man, wenn man jemandem auf den Fuß tritt – und nicht, wenn man ihn ermordet! Kennen Sie den feinen Unterschied? Er war ein harmloser kleiner Dörfler, der sich nicht um Politik scherte, und ihr habt ihn in seiner eigenen Hütte abgeschlachtet. Und nun tut's dir leid! Jesus Christus, du raubst mir den letzten Nerv!«

»Die Schuldigen sind bestraft worden«, sagte Marais. »Was soll ich dazu noch sagen?«

»Nichts«, erwiderte Calvin, »nur verschone mich mit deinem ›Es tut mir leid‹, wenn ich es verdammt anders weiß. Hau ab und laß mich in Ruhe.« Ein Schluchzen würgte ihn; er fürchtete, in Tränen auszubrechen. Dieses Schauspiel wollte er Marais nicht bieten.

»Ich bitte nur um einen Gefallen –«, fing Marais von neuem an.

»Moment mal«, sagte Calvin. Seine Kehle war wieder frei, und sein Kopf klärte sich. »Sie haben mich einen Ausbeuter genannt, wissen Sie noch? Ich habe mir das sehr zu Herzen genommen und viel darüber nachgedacht. Aber wissen Sie, was mir mittlerweile klargeworden ist? *Sie* sind hier der wahre Ausbeuter! Sie und all die verdammten Arschlöcher, die Sie sich rangezogen haben! Sie haben meinen Schwager geköpft und meine Frau fast zu Tode geängstigt! Ihr niederträchtigen, gemeinen Hunde –«, Calvin war aufgesprungen und brüllte auf Marais herunter. »Und der lächerliche Propagandaschwindel, den ich mir anhören mußte: Kugelfest sollten Sie sein! Groß und stark! Der Retter, der Befreier – ha, daß ich nicht lache!«

Während Calvin noch nach Worten suchte, hatte Marais seine Sonnenbrille abgenommen und zeigte ihm, der drohend über ihm stand, sein unmaskiertes Gesicht.

Sein verblichener Kampfanzug, die lehmverkrusteten Stiefel, das schmale Gesicht und die klanglose Stimme hatten seine Erschöpfung verraten; die Augen bestätigten diesen Eindruck: Es waren die Augen eines Schwerverletzten, leblos, in gelbliche Höhlen gesunken, die fahl von der Bräune seiner Haut abstachen. Diese hohlen Augen sahen zu Calvin auf, schienen seine Anwesenheit aber kaum zu erfassen. Es war, als hätten sie etwas so Grauenhaftes erblickt, daß jetzt und künftig nichts mehr in das Bewußtsein dieses Menschen gelangen könnte. Unheilbar Kranke oder zum Tod Verurteilte hatten solche Augen.

Alles, was sich in Calvin seit Monaten angestaut hatte, wollte sich in einer wilden Tirade entladen: der Zorn und die Scham um sein gestohlenes und mißbrauchtes Manuskript, mit dem jetzt die Afrikaner aufgehetzt wurden; die Erinnerung an den enthaupteten Ogilvie in seiner Hütte; die ständigen Kampfgerüchte; Mwases phantastische Vorwürfe und die allzu frischen Eindrücke von der Messerstecherei in der nächtlichen Bar. Er hätte Marais am liebsten gepackt und geschüttelt, wüst beschimpft, wirklich verletzt...

Doch in diesen Augen war mehr Schmerz, als er ihm überhaupt zufügen konnte. Sie drückten vollkommene Verzweiflung aus. Was Calvin auch an schneidenden Anklagen ersinnen mochte, es würde klaglos akzeptiert werden. Der Mörder war selbst zum Opfer geworden. Calvin erkannte dies – und verzieh.

»Bitte gehen Sie«, sagte er gedämpft. »Und reden Sie nicht weiter von Versicherung –«

Der gebrochene Blick war schrecklich.

»Sehen Sie, ich verkaufe zwar Policen, aber ich bin nicht einmal selbst versichert. Klingt verrückt, ich weiß. Jeder denkt, wenn *der* sich nicht versichern läßt, wer dann? Früher hatte ich noch Mut, aber seit wir verstaatlicht worden sind, lasse ich alles laufen, wie es will, und sage, es ist ja doch alles egal. Ich meine, was hat es für einen Sinn?«

»Wer hat Sie verstaatlicht?«

»Na wer wohl?«

»Mit Zwangsmaßnahmen?«

»Hat Osbong doch gar nicht nötig«, sagte Calvin. Er war im Begriff, hinzuzufügen: »– im Gegensatz zu Ihnen«, ließ es aber sein. »Er nationalisiert eben alle Betriebe, basta. Man kriegt den Burschen ja nie zu sehen – vielleicht ist er längst außer Landes, wer weiß. Ich kann nicht behaupten, daß ich ihn mag. Er hat meine Privatpläne durchkreuzt. Ich sollte mich beschweren, aber bei wem? Ich bin nicht ehrgeizig, und dies ist nicht mein Land. Jesus, man kann's nicht mal ein Land nennen.«

»Nein?« Die Stimme war so leer wie die Augen. »Wie nennen Sie es denn?«

»Eine kleine Gemeinde, eine Provinz bestenfalls«, sagte Calvin und dachte einen Moment nach. »Wenn man dran glaubt, okay. Wenn nicht, dann nicht.«

»Das einzige, was schlimmer ist als der Glaube«, sagte Marais müde, »ist, ihn zu verlieren.«

»Ich habe lange dran geglaubt«, sagte Calvin. Er war überrascht, sich selbst so sprechen zu hören, aber er meinte es tatsächlich. »Aber nun... Ich weiß nicht. Ich sehe und höre die Dinge anders als früher. Ich passe wohl doch nicht so recht hierher.«

»Ich auch nicht«, sagte Marais. »Aber ich beneide Sie.«

»Nun mal halblang«, sagte Calvin. »Immerhin haben Sie eine Verantwortung!«

»Nicht mehr«, sagte Marais. »Ich habe aufgegeben.«

»Was? Aufgegeben?« Calvin lächelte flüchtig. »Und was wird aus... den andern?«

»Sie machen weiter.«

»Noch schlimmer! Zum Teufel, warum haben Sie das nicht verhindert?«

»Weil ich nicht konnte«, sagte Marais. »Ich habe es gar nicht versucht.«

»Noch schlimmer«, wiederholte Calvin. Er konnte Marais keinen Vorwurf machen, denn er dachte an sein Buch, seine kleine Streitschrift, die jetzt gegen ihn zeugte. Er hatte sie zwar unvollendet liegenlassen und vergessen, aber was half das? Die Leute lasen sie. Es war eine Stimme, die er immer hören würde. »Was werden Ihre Leute nun machen?« fragte er kleinlaut.

»Alles, was sie von mir gelernt haben«, antwortete Marais bitter.

Calvin stand auf, ging an die Tür, rüttelte daran und schob, nachdem er sie etwas angehoben hatte, den Riegel vor. Dann zog er das Rollo über die Milchglasscheibe mit dem Firmennamen.

»Ich wollte es Ihnen eigentlich nicht erzählen«, sagte er und setzte sich wieder. »Letzte Nacht habe ich allerhand mit angehört. Meine Frau und ich wohnen –«

»In dem sogenannten Speisehaus an der oberen Straße«, sagte Marais. »Ich weiß.«

»Dann wissen Sie auch, daß es in Wirklichkeit ein Bordell ist. Egal. Letzte Nacht, oder schon gegen Morgen, hatte ich einen schlechten Traum. Ich wachte auf und hörte noch immer die Traumgeräusche. Sie kamen aus der Bar. Ich bekam Angst. Es ist so – wenn ich nachts etwas Verdächtiges höre, will ich wenigstens wissen, wer da so schreit. Ich denke immer: Vielleicht schreit er nach *mir.* Ich ging also lieber nachsehen, und –« Calvin beschrieb sein nächtliches Erlebnis mit allen Einzelheiten.

Marais bat Calvin nicht, irgend etwas zu wiederholen, und als Calvin hinzufügte: »Ich glaube, einer war Afrikaner«, nickte er nur gedankenvoll.

»Und einer ist tot?« fragte er. Die Frage klang vor Ermattung wie eine Bitte. »Sind Sie ganz sicher?«

»Ganz sicher«, bestätigte Calvin. »Ich habe die Leiche zwar nicht gesehen, aber die Geräusche waren unmißverständlich.«

Marais' Gesicht belebte sich etwas. »Einer hat gesagt, er wollte nach Lilongwe, und der andere, er wollte nicht mehr mitmachen? Und einer wurde erstochen.« Er sah weg. »Ich blicke nicht mehr durch. Es ist hoffnunglos.«

»Ahnen Sie, wer sie sind?«

Marais nickte.

»Sagen Sie's mir.«

»Ihnen kann es ja gleich sein«, sagte Marais. »Mir ist nur wichtig, wer der Tote ist. Wenn ich das wüßte, könnte ich etwas unternehmen.«

»Kennen Sie einen Mann namens Harry?« fragte Calvin.

»Sagten Sie nicht, Sie hätten keinen von beiden gesehen?«

»Ich nicht«, sagte Calvin, »aber ein Doktor vom Queen Elizabeth. Er hatte die Leiche in der Notaufnahme. Ich mußte ins Hospital, weil meine Frau ein Kind kriegt...« Er erzählte von Miras vorzeitigen Wehen und beschrieb die Astronautenuhr, die der Doktor am Handgelenk getragen hatte. Marais hörte regungslos zu, als handle es sich um eine große Katastrophe, nicht um eine Messerstecherei in einer Bar. Für ihn mußte es so grauenhaft sein wie das, was seinen Blick stumpf gemacht hatte. Er faltete verkrampft die Hände, als ob er betete.

»Der andere war Bruder Jaja«, sagte er mühsam. »Harry und er waren alte Freunde. Ich hätte nie gedacht, daß sie aneinandergeraten könnten. Außerdem war Harry an Messerkämpfe gewöhnt.«

»Aber der andere hat doch auch den Minister erdolcht?« sagte Calvin.

»Ach, das wissen Sie auch.« Marais schöpfte tief Atem und sagte: »Ich habe nicht damit gerechnet, daß Harry und Jaja sich streiten würden.«

»Ich glaube, da ist eine gewisse Streitschrift im Spiel«, sagte Calvin kaum hörbar.

Marais setzte plötzlich seine Sonnenbrille auf. »Ich brauche einen Wagen.«

»Wohin?«

»Nach Lilongwe«, sagte Marais.

»Um sie aufzuhalten?«

Marais sagte nach einer kurzen Pause: »Ich weiß nicht.«

»Ich habe ein Motorrad«, sagte Calvin. »Nehmen Sie das.«

»Wieviel wollen Sie dafür?«

»Nichts. Bringen Sie es mir möglichst heil zurück.«

»Okay«, sagte Marais. Er griff rasch nach dem Banknotenpäckchen. »Das sind tausend Dollar. Wie hoch ist die Versicherung, die ich dafür bekommen würde?«

»Für einen Tausender?« Calvin kicherte. »Alles Geld von Malawi. Wenn Sie sterben, gehen wir pleite. Ich meine: ich nicht, aber Osbong.« Er lächelte. »Wir müßten die verdammte Agentur schließen!«

»Schreiben Sie mir eine Police aus«, sagte Marais.

»Ist das Ihr Ernst?«

»Deswegen bin ich hergekommen.«

»Leider müssen Sie bei einer solchen Riesensumme erst zum Vertrauensarzt. Sie sehen nicht gerade wie der Gesündeste aus. In solchen Fällen ist die Untersuchung unerläßlich. Vorschrift.«

»Sie sind der Agent«, sagte Marais. »Sie kriegen das schon hin.«

»Na schön«, sagte Calvin. Er zog eine Schublade auf und entnahm ihr ein mehrseitiges Antragsformular. »Okay, unterschreiben Sie hier. Nur Namen und Adresse, Geburtsdatum und die paar Angaben zur Person. Den Rest mache ich.«

Marais tat wie geheißen. »Montreal!« sagte Calvin, der ihm über die Schulter sah. »Na so was!«

»Sind Sie auch aus Montreal?«

»Nein«, sagte Calvin. »Aber wir haben eine phantastische Homemakers'-Filiale in Montreal. Eine von fünfundsechzig.« Ich bin doch immer noch mit der guten alten Firma verbunden, dachte er. »An sich stamme ich aus Hudson, Massachusetts. Da gibt's auch 'ne ganze Menge Frankokanadier – halt, ich brauche noch den Namen Ihres Nutznießers. Oder Erben, wenn Ihnen das lieber ist.«

»Sagten Sie nicht vorhin, daß Ihre Frau ein Kind erwartet?«

»Ja, aber –«

»Wenn es da ist, setzen Sie den Namen in meine Police ein.«

»Mein Kind soll *Sie* beerben?« Calvin lächelte nachsichtig, aber Marais' Stirnrunzeln bewog ihn, nur einzuwenden: »Dabei ist es noch nicht mal geboren!«

»Schreiben Sie vorläufig Ihren eigenen Namen hin. Danach können Sie den des Kindes einsetzen.«

»Was meinen Sie mit ›danach‹? Nach was?«

»Nach seiner Geburt.«

»Und ich *glaube* nicht mal an Versicherung!« sagte Calvin benommen.

»Sie nicht, aber Ihr Kind tut es vielleicht«, sagte Marais.

35

Der Nachthimmel über Lilongwe glühte rot. Eine tiefhängende, vom Feuer beleuchtete Wolke zeigte sich zwischen dem schwarzen Astgewirr, als Marais auf Calvins Motorrad näher kam. Den Lenker steifarmig dirigierend wie einen Pflug, bog er von der Landstraße in hohes Gras ab und machte auf engen Seitenpfaden einen großen Bogen um die Stadt. Mit hartem Rucken überwand er knorriges Wurzelwerk und andere Hindernisse am Nordende der Straße, wo noch Reste der verlassenen Barrikaden standen. Schließlich lehnte er die Maschine an einen Baum und ging die letzte halbe Meile zu Fuß.

Verworrenes Gemurmel und Getrappel kam ihm entgegen. Er verbarg sich im Gebüsch und sah im roten Widerschein dahinhastende Menschen – die ersten, die ihm vor Einbruch der Nacht begegneten. Flüchtlinge! Die Männer schoben und zogen mit Habseligkeiten beladene Radkarren, die Frauen trugen Lasten auf dem Kopf und Kinder auf dem Rücken. Soldaten ließen sich nicht blicken. Marais setzte sich wieder in Bewegung, und der Flüchtlingszug schleppte sich im Straßengraben in entgegengesetzter Richtung an ihm vorbei. Die Leute wirkten gespenstisch körperlos, sie schienen aus bloßen Schatten zu bestehen; die runden Köpfchen der Kinder hoben sich von den grellrosa angestrahlten Bündeln und Tragetüchern ab.

Je näher Marais der Stadt kam, desto bunter wurde das Farbenspiel. Die glutrote Wolke bekam goldene Spitzenränder, Funken sprühten und erloschen nach kurzem Taumeltanz, und einzelne Rauchfahnen zogen vom Boden empor, blähten sich auf wie Fallschirme und sanken wieder in sich zusammen. Rosa und orangefarbene Wolken-Schafherden schrumpften zu Lämmern und rosigen Flaumbällchen, bevor sie gänzlich verschwanden.

Es war das erste Großfeuer der neuen Trockenzeit, das Marais sah. Ein volles Jahr war vergangen, seit er den Busch- und Steppenbrand, der die ganze Provinz scheinbar in einen Glutofen verwandelte, aus nächster Nähe miterlebt hatte. Auch damals war er ein einsamer Zuschauer gewesen, der den Blick ungeduldig über rauchende Weiden und züngelnde Flammen nach Süden richtete. Marais erinnerte sich an das Brausen, die Windstöße, die sengende Hitze auf der Haut, an knisterndes Gras und brechende Zweige. Baumriesen waren lautlos, wie in tiefes Wasser, umgesunken, und am nächsten Tag hatte er nur noch ihre verkohlten Gerippe vorgefunden. Und aus all der rauchenden Schwärze waren endlich seine schwarzen Soldaten auf ihn zugekommen – an ihrer Spitze der ihm noch unbekannte Agent Harry.

Jetzt brannte Lilongwe. Marais verbarg sich hinter einem

Kiosk am Stadtrand. In der Nähe des Polizei-Hauptquartiers, ungefähr da, wo die Bombe explodiert war, loderte ein Scheiterhaufen: eine Pyramide aus flammenden Kisten, ähnlich der, die an Yatus Todestag vor dem Hospital zusammengehämmert worden war. Marais hatte seine Leute damals beobachtet, ohne zu erraten, was sie eigentlich trieben. Das war Ende April gewesen – sehr unwahrscheinlich, daß sie das Feuer schon so lange vorausgeplant hatten. Oder bewies das wieder seine Überheblichkeit? Er hatte ihnen nie irgendwelche Eigeninitiative zugetraut. Vielleicht hatten sie nur besser schweigen können als er.

Das Freudenfeuer beleuchtete die ganze Ladenreihe auf der gegenüberliegenden Seite, vor der sich die Leute mit Flaschen, Krügen, Äxten und Hacken angestellt hatten. Unter Anleitung eines dicken Riesen, der eine lange Fackel trug, schlängelte sich die Reihe an die Veranda eines Ladens heran, auf der nur eine altertümliche Nähmaschine stand. Die Männer, die Schlagwerkzeuge mit sich führten, schlugen die hölzernen Rolläden und die Tür ein, worauf die andern teils die Trümmer begossen, teils volle Flaschen ins Ladeninnere warfen. Diese enthielten, wie sich herausstellte, kein Wasser, sondern Benzin. Der Dicke hielt seine Fackel an das herumliegende Holz, und alle wichen vor der emporschießenden Stichflamme zurück. Als alles hell in Flammen stand, applaudierten die Männer mit lautem Gejohle und Stöckeschlagen, und auf dem Weg zum nächsten Laden sangen sie sogar.

Sie brannten die Läden einzeln nieder; in den kurzen Pausen liefen jedesmal ein paar zu dem Scheiterhaufen zurück, um sich mit neuen Fackeln zu versorgen. Marais hörte Schellengeklingel und sah, daß sie sich ganze Ketten um Hand- und Fußgelenke geknüpft hatten; sie bliesen auf Blechtrompeten und klapperten mit flachen Tamburinen im Dreiertakt zu ihrem monotonen Singsang. Einmal glaubte Marais seinen Namen zu hören, aber das konnte eine Täuschung sein, denn der allgemeine Lärm und das Feuerbrausen übertönten einzelne Rufe.

Das höllische Schauspiel hätte Marais überraschen müssen, aber es überraschte ihn nicht. Diese methodischen Brandstiftungen waren eine alljährlich wiederkehrende Reflexhandlung. Er hatte nun den Ablauf aller Jahreszeiten in diesem

Lande miterlebt. Die Afrikaner glaubten, daß nichts wüchse, wenn nicht alles Welke und Dürre vernichtet und ihre Äcker schwarz gebrannt würden. Darum legten sie vor der neuen Aussaat Feuer. Manchmal gingen ihre Hütten und Häuser dabei ebenfalls in Flammen auf, und der Rauch, der danach monatelang die Sonne verdunkelte, wurde erst von dem einsetzenden Regen heruntergewaschen. Und nun brannten seine Soldaten die Stadt nieder, mit der gleichen rituellen Energie, die sie sonst ihren Stoppelfeldern zugewandt hätten. Ein Jahr war um; nur das Feuer konnte Erneuerung bringen. Marais fragte sich, wer in dieser Nacht den Befehl gegeben haben mochte. Natürlich konnte es ein zufälliges Zusammentreffen sein, ausgelöst von der Hysterie um seine Flucht und Harrys Tod – oder es war Gedankenübertragung.

Was ihn überraschte, war ihre große Zahl. Die Flüchtlinge, die er mit Hab und Gut auf der Landstraße getroffen hatte, hatten ihn einen verödeten Ort erwarten lassen. Nun waren da mehr Leute, als er je vermutet hätte, weit mehr als »seine« fünfzig – es waren Hunderte. Ihre Kleidung war bunt zusammengewürfelt, Khaki-Uniformen und Schiffchen neben der Cowboyaufmachung, wie er sie aus den letzten Monaten kannte, daneben Dörfler in ausgebeulten Hosen und zerschlissenen Hemden. Sonderbar hob sich eine Schar von Leuten in Geschäftskleidung von der Menge ab: dunkle oder gestreifte Anzüge, weiße Hemden mit Knopfmanschetten und Krawatten. In ihrem Gebaren unterschieden sich diese Feinen allerdings nicht von den andern; sie kreischten aus vollem Hals, schleuderten Molotowcocktails, rannten von Laden zu Laden und jubelten Beifall, wenn es an neuer Stelle aufflammte. Marais erkannte ein paar seiner eigenen Leute: Bruder George, Henry und Chimanga waren immer in vorderster Linie und ganz bei der Sache, gaben aber keine Befehle.

Der Anführer war ein Mann, den Marais nie zuvor gesehen hatte. Vermutlich war es Bruder Jaja, der Berühmte, dessen persönlicher Bekanntschaft Marais immer geflissentlich aus dem Wege gegangen war. Die Beschreibung, die er von Harry und Gbenye hatte, traf jedenfalls zu: Er war ein wuchtiger Gigant, der größte Afrikaner, der Marais je vor Augen gekommen war, eine imposante Figur mit breiten Schultern und einem ungeheuren Bauch. Sein bellendes Lachen dröhnte, und er stapfte allen mit schlingerndem Gang voran, wie viele Dicke erstaunlich behende, und schwenkte eine Fackel in seiner gewaltigen Faust, als wäre es ein Zündhölzchen – ihm war es egal, ob er einen der Pygmäen, die ihn umwimmelten, ein wenig ansengte. Er trug einen knappsitzenden schwarzen Anzug aus seidenglänzendem Stoff, ebenso glänzende hohe Stiefel und, mit offensichtlicher Selbstgefälligkeit, eine rote Dienerschärpe. Er hatte sie diagonal über die Brust gebunden wie ein Ordensband.

Warum haben Sie das nicht verhindert? Marais hörte Calvins vorwurfsvolle Frage noch einmal und seine resignierte Antwort: *Weil ich nicht konnte. Ich habe es gar nicht versucht.* Was er jetzt beobachtete, rechtfertigte ihn in gewisser Weise. Solche Männer waren nicht zu halten, geschweige denn zu lenken. Wahrscheinlich war es für seinesgleichen ganz unmöglich; er hätte es von vornherein wissen müssen.

Die Menge kam immer näher. Marais hielt die schußbereite Pistole in der einen und einen frischen Ladestreifen in der anderen Hand – er hätte ohne weiteres ein gutes Dutzend aus dem Mob herausschießen und den Rest zum Innehalten zwingen können. Aber nein – es hatte keinen Zweck. Schrekken und Tod würden diese Menschen wohl für einen Moment verstummen lassen, aber niemals einschüchtern; im Gegenteil, ihre Wut und ihr Rachedurst würden erst recht angestachelt werden. Auch sein eigener Tod hätte den Volkszorn nicht gemildert.

Marais war allmählich um die Ecke gerückt und lächelte verträumt in den flackernden Feuerschein der brennenden Ladenreihe, als sie ihn plötzlich entdeckten. Sein Name – ein Schrei – unterbrach den Triumphgesang. Er wandte sich ihnen ganz zu.

Chimanga rannte in die Mitte der Straße, feuerte seinen Revolver zweimal auf Marais ab – und zögerte. Er hatte vorbeigeschossen, schien es aber anders zu deuten und kehrte in die Reihe zurück. Andere wagten sich vor, zielten und schossen, ohne zu treffen. Einer rutschte aus und schrie etwas zu Marais hinüber, der wie betäubt mit hängenden Armen dastand. Nun schrien und tuteten sie alle durcheinander, aber keiner machte Miene, Marais von nahem anzugreifen.

Bruder Jaja brüllte die Leute an, stapfte in der Mitte der

Straße, schwenkte seine Fackel drohend gegen Marais und winkte den Seinen mit weit ausholender Handbewegung, ihm zu folgen. Sie taten es nicht.

Mit soviel Feigheit hatte Marais nicht gerechnet. Da sie nun einmal so weit waren, mußten sie die Sache doch zu Ende führen! Er trat einen Schritt auf Bruder Jaja zu. Der warf, immer noch brüllend, die Fackel hin, zückte eilig einen Revolver und schoß wiederholt auf Marais. Marais zielte nun seinerseits.

Bruder Jaja schrie auf und schoß vor sich in den Boden, dicht neben den eigenen Fuß. Seine massige Gestalt erbebte, er schützte seinen Wanst mit beiden Armen und fiel krachend auf die Knie, während der Laden hinter ihm ebenfalls zusammenbrach und ihn und seine Männer mit flammenden Holzsplittern überschüttete. Jaja stützte sich mit einer Hand ab, preßte die andere auf sein Herz, verdrehte die blutunterlaufenen Augen und schrie sein Entsetzen in die von Feuer und Rauch erfüllte Straße.

»Auf ihn!« ertönte eine schrille Stimme, die von zwei anderen, dann von vielen aufgenommen wurde. Die Truppe löste sich auf und versammelte sich um Bruder Jaja.

Marais drehte sich auf dem Absatz um und lief hinter die noch unversehrte Ladenreihe auf seiner Seite. Er kannte den Weg. Er sah gerade noch den matten Schimmer eines Containerdeckels, ehe er darüber stolperte und Pistole und Ladestreifen verlor. Hinter ihm schwankten Fackeln; er hörte schnelle Schritte und Rufen, sah aber niemanden.

»Erschießen! Erschießen!« hallte es von allen Wänden wider. Marais war schon an der Rückseite des Hotels angelangt und kletterte die Feuerleiter hinauf. Sekunden später waren sie im Hof unter ihm und rüttelten an der Leiter. Eine Kugel traf den eisernen Holm und ließ die Sprossen in seiner Hand zittern, ohne ihn aufzuhalten. Ein letztes Mal blickte er hinunter, bevor er über die Rinne auf das Flachdach stieg. Ihre Gesichter starrten schweißglänzend aus dem flackernden Halbdunkel zu ihm empor.

Während er das Dach zum Treppenhaus hin überquerte, hatte er einen umfassenden Ausblick über die Stadt und die brennende Ladenreihe. Von unten hatte es ausgesehen, als stünde die ganze Welt in Flammen, was ihn in einen leichten

Rausch versetzt hatte, wie es sonst nur ein riesiges Feuerwerk vermochte. Doch von oben war alles wieder in die richtigen Dimensionen gerückt. Vom Dach aus hatte der Mob keine erkennbaren Gesichter mehr; der Scheiterhaufen war schon in sich zusammengesunken, und die brennende Ladenreihe gegenüber war zwar lang, aber kümmerlich, als hätte man Spielklötzchen in der schwarzen Weite des unermeßlichen leeren Raums angezündet.

Es war nicht viel mehr als ein Strohfeuer, das kraftlos niederbrannte und sich nicht weiter ausbreitete. Dahinter gab es nur Nacht und Busch und das ganze große Afrika, und darüber funkelten riesige Sterne, die er vom Boden aus nicht gesehen hatte.

Marais' Zimmer war vom Feuer noch hell erleuchtet. Sie hatten es in seiner Abwesenheit verwüstet, das Bett umgeworfen und die Matratze aufgeschlitzt. Der Schreibtisch stand noch da, aber alle Schubladen waren herausgerissen und der Spiegel über dem Waschbecken eingeschlagen. Marais ging in eine Ecke, hob ein Dielenbrett auf und nahm seine Notizhefte heraus. Er betrachtete sie kurz, bevor er sie langsam und gründlich zerriß. Dann verteilte er die losen Blätter auf dem Boden wie ein Kartenspiel.

Morgens fand man ein verkohltes Gerippe in den rauchenden Trümmern des Hotels. Balken und Gips waren bis in die Eingangshalle durchgebrochen. Und dort saß das Skelett in einem verbrannten Sessel. Keiner hätte sagen können, ob er sich – noch bei lebendigem Leibe – freiwillig hineingesetzt hatte oder ob er hineingefallen war, als die Zwischendecke nachgab.

Übrigens war nicht einmal sicher, daß es Marais war, wie die Leute, die die Brandstelle aufräumten, behaupteten. Es war unmöglich, aus den Resten zu schließen, ob der Tote schwarz oder weiß, Mann oder Frau gewesen war.

36

Die Geburt, dachte Calvin, hätte unmittelbar auf Marais' Tod folgen müssen – soweit die neuesten Nachrichten, die Major Beaglehole aufgeregt aus der Stadt mitbrachte, stimmten. Das Kind hätte Calvins Kummer gelindert und den alten Spruch »Nach Regen kommt Sonne« bewahrheitet, wie der reine Trost, den jede Versicherung spendet. Es hätte die natürliche Ordnung in all dieser fremdländischen Konfusion wiederhergestellt: ein glückliches Ende nebst einer kleinen Moral, nach all dem dramatischen Hin und Her. Die Riesenversicherung, die Marais gerade noch abgeschlossen hatte, war kein Trost für Calvin, der erstens der Summe mißtraute und zweitens wußte, daß die neue *Afsure*-Agentur daran pleite gehen würde; auf jeden Fall war es nicht *sein* Geld. Calvin lechzte nach Ablenkung und Erleichterung, wie sie in alten Volksmärchen und Balladen besungen wird: Die erlöste Prinzessin gebiert dem Helden ein wundersames Kind, und alles wird wieder gut.

Aber das Kind ließ auf sich warten. Das einzige, was sich änderte, war unangenehm. Baileys Mädchen zogen aus, das Speisehaus leerte sich, Mavity ging mit seiner Familie nach Beira – und das Baby trat Mira nicht mehr. Viele Bars und Geschäfte wurden geschlossen. Ohne regelmäßige Drinks war es kaum auszuhalten. Calvin verlor jedes Zeitgefühl und hatte keine Ahnung, ob Tage oder Wochen vergingen. Er merkte nur, daß es wieder heiß war und die Sonne durch rauchigen Dunst brannte; demnach mußte es ungefähr Oktober sein, ein Monat, den er haßte.

Abends kamen lärmende Osbong-Soldaten, verstopften die Schlitze der Spielautomaten mit plattgehämmerten Kronenkorken und verlangten Bier aus dem arg zusammengeschrumpften Vorrat. Jarvis war weg; Bailey bediente allein. Mira und Calvin saßen bei Major Beaglehole, der sich über alte und neue Geschichten verbreitete. Bei den schlimmsten bekam Mira Bauchschmerzen, aber es waren immer nur Scheinwehen, blinder Alarm. Sie maßen jetzt die Zeitabstände. Manchmal seufzte Bailey: »War 'n toller Hecht, dieser Mavity!«, und Beaglehole beruhigte Mira, indem er seinen Hörapparat aufdrehte, Augen und Ohren gen Himmel wandte und sagte: »Ich höre Flugzeuge... Da sind sie! Sie kommen endlich, bei Gott. Ich höre sie...« Er meinte die Briten, aber es war gewöhnlich die DC 3 von Salisbury, das Postflugzeug. Beaglehole war empfindlich, wenn sein Gerät auf voller Lautstärke war. Einmal, als ein Soldat wütend auf einen der ruinierten Automaten eintrat, fiel der alte Herr vor Schreck vom Stuhl.

Calvins Augen hingen so unablässig an Miras hohem Leib, daß er nichts anderes sah; sein Gesichtskreis hatte sich auf diesen Punkt verengt. Die Warterei machte ihn nervös. Er erzählte nichts mehr und zeigte keine Verwunderung, als er erfuhr, daß Jarvis mit Bruder Jaja identisch gewesen war, »Lumumbas Nachfolger«, wie Bailey ihn jetzt nannte.

»Ich hab's doch geahnt, wenn er sich manchmal spätnachts noch zum Ausgehen anzog«, krächzte sie aus verschleimten Bronchien. »Wenn er an die Macht gekommen wäre, hätte ich den Laden hier für immer zugemacht und einen wirklich schicken in Bulawayo oder Jo'burg eröffnet.«

Im Hinblick darauf, daß er wahrscheinlich auch nicht mehr lange bleiben würde, klagte Major Beaglehole über die ihm bevorstehenden Unannehmlichkeiten kälterer Zonen und sein vom Leben in den Tropen verdünntes Blut. Mit manischer Genauigkeit beschrieb er die Auswirkungen des englischen Wetters auf seinen alternden Körper. »Mir zieht's immer gleich in die Zehen und Finger. Sie sterben regelrecht ab. Und, ob Sie's glauben oder nicht«, er schnitt eine greuliche Grimasse und machte eine eindeutige Geste, »es zwickt mich noch ganz woanders. Grauenhaft.« Bei seinen täglichen Gängen durch die Stadt hatte er überall biwakierende Soldaten gesehen: beim Radiosender, in der Nähe des Gerichtsgebäudes, vor dem Queen Elizabeth Hospital, rund um den Uhrturm und natürlich auf dem Gelände des Präsidentenpalastes. Diese Belagerung rief Erinnerungen in Major Beaglehole wach, und er erzählte sie alle, mit dem neuen Zusatz, Durban sei wohl der einzig wahre Zufluchtsort für ihn.

Calvin blieb nun den ganzen Tag bei Mira in Baileys Etablissement. Osbong hatte den Ausnahmezustand verhängt; auch das *Afsure*-Büro war geschlossen und Mwase verschwunden, entweder auf Nimmerwiedersehen oder um, wie angekündigt, den Aufstand zu proben – Calvin hoffte, daß keins von beiden zuträfe. Wenn er an sein beschämendes Machwerk *Die Unversicherten* dachte, so war sein einziger Trost, daß, wenn *er* nicht der Verfasser gewesen wäre, irgendein anderer etwas Ähnliches verbrochen hätte, aber jedenfalls (und dies ärgerte ihn noch heute) ein Landfremder – wie er oder Marais.

Mira war sehr still und sah mit ihren schräggeschnittenen Augen meist so schwermütig vor sich hin, daß Calvin zu der Überzeugung kam, das Kind sei tot. Sie hatte schreckliche Angst vor den Soldaten, überhaupt vor jedem bewaffneten Mann – kein Wunder nach ihren Erlebnissen. Sie klammerte sich an Calvin, sobald Soldaten ins Haus kamen, und ließ ihn erst los, wenn sie gingen.

Aber eines späten Abends, als alle hinausgetrampelt waren, hielt sich Mira weiter an Calvins Arm fest. Es war nur ein lockerer Griff, kein schmerzhaftes Zupacken, und sie sah mit seltsam fragender, gleichsam horchender Miene über die leere Bar und die Glücksautomaten, wobei ihre Augen sich langsam weiteten und wieder zu Calvin glitten. Dann stand sie abrupt auf, hielt ihr Kleid zwischen die zusammengepreßten Knie und sagte leise: »Oje.«

Eine klare Flüssigkeit lief ihr unter dem Rock die Beine hinab. Unter ihrem Stuhl hatte sich schon eine kleine Düne aus nassem Sägemehl gebildet. Die Fruchtblase mußte geplatzt sein, aber sie hatte keine Wehen. Sie fing an, in ihrer Sprache zu sprechen – ein vertrautes Alarmzeichen, aber für Calvin im einzelnen immer noch so gut wie unverständlich. Sie versuchte, eilig aus der Tür zu kommen.

»Bring sie in euer Zimmer!« schrie Bailey. »Schnell!«

Mira wurde also zu Bett gebracht. Sie hatten kein Motorrad mehr, um den Doktor zu holen, und die Straßen waren voller Soldaten, die auf Verdächtige lauerten. Calvin geriet in Panik. Aber Bailey schob ihn resolut beiseite, brachte Krug und Waschschüssel und warf ihren schmierigen Schal ab. Sie schrubbte Hände und Arme mit Seife und beruhigte Mira mit so unerwartetem Zartgefühl, daß Calvin sie gewähren ließ und ihr nicht in die Quere kam.

»Geht es denn hier?« fragte er hilflos.

»Wär' nicht das erste Mal«, erwiderte Bailey und erzählte ungefragt von den Entbindungen, bei denen sie ihren Mädchen beigestanden hatte, hier an Ort und Stelle. »Hab' 'ne Menge Kinder zur Welt gebracht –«

»Hos-pital«, flüsterte Mira. »Dok-tor.«

»Nun liegst du erst mal hier«, entschied Bailey. Sie gab Calvin einen feuchten Waschlappen und sagte ihm, er solle Mira den Schweiß von der Stirn wischen.

Major Beaglehole räumte inzwischen das Zimmer auf und knurrte über die Unordnung. Als er einen Sessel frei hatte, sank er erschöpft hinein und entschlummerte augenblicklich.

Bailey erwies sich als umsichtig und sauber, kurz als ideale Hebamme. Sie redete Mira auf Chinyanja gut zu und unterwies sie, wie sie atmen und pressen sollte. Die Geburt dauerte sechs Stunden. Das Kind wurde nach schweren Kämpfen in der dunkelsten Stunde vor Tagesanbruch geboren, schrie aber schon, als nur eben der Kopf ausgetreten war.

»Ein strammer Junge!« lobte Bailey, nachdem sie die Nabelschnur abgebunden hatte, und hob das Kind in die Höhe – ein farbloses, schleimiges kleines Paket. Bailey legte es auf das Bett zurück, und es ruderte schreiend mit den Ärmchen und nahm zusehends Farbe an.

»Ein Junge«, stammelte Calvin benommen. Das Kind war erstaunlich: Es hatte einen Kopf voll von krausem schwarzem Wollhaar und ein runzliges graues Gesichtchen. Seine suchenden Finger fanden den Mund, und es schmatzte laut.

Mira stütze sich auf die Ellbogen und sah zu, wie Bailey das Kind wusch. Es pißte einen dünnen Strahl in die Luft. Bailey sagte plötzlich halblaut: »Das ist aber... komisch«, wusch weiter und wiederholte ihre verdutzte Bemerkung. Nachdem das Baby sorgfältig gesäubert war, goß sie noch einmal einen Krug warmes Wasser zum Spülen nach, und es fing wieder an zu schreien. Bailey betupfte sein verzerrtes Gesicht mit dem Handtuch, kniff ein Auge zu, um es genauer zu prüfen, schüttelte ratlos den Kopf und wollte es Mira reichen, aber Calvin kam ihr zuvor.

Er drückte seinen Sohn an sich und wiegte ihn zärtlich in den Armen. Bailey, die plötzlich den geistesabwesenden Blick eines Menschen hatte, der sich an etwas erinnert (so sah sie oft vor einem Hustenanfall aus), ging aus dem Zimmer und schloß leise die Tür hinter sich.

Mira streckte die Hände nach dem Kind aus. Ihre Augen

bettelten, aber Calvin konnte sich nicht trennen. Das zerknautschte Babygesicht hatte Miras Farbe. Er küßte die feuchte schwarze Wolle auf dem Köpfchen und dachte, wie übertrieben er sich das Elend der Schwarzen vorgestellt und in seinem Buch geschildert hatte. Zeitweise hatte er sich schon selbst als Schwarzer gefühlt wie »Lumumbas« Nachfolger und sich mit Mira in eine stille Urwaldeinsiedelei flüchten wollen... Das waren ganz abwegige Gedanken gewesen.

Calvin wußte schon seit einiger Zeit, daß er Blantyre bald verlassen würde, aber nun mit einer ganzen Familie, und bestimmt nicht in den Busch. Er sah sich wieder in Hudson oder sonstwo in der Heimat spazierengehen, auf sauberen, sonnigen Bürgersteigen, wo der Wind in den flirrenden Pappeln spielte und die Nachbarn ihm aus schmucken Cottagefenstern nachgafften, weil er eine schwarze Frau bei sich hatte, die er liebte. Hoffentlich würden sie es auch erleben, wie er den Kinderwagen schob, in dem ein teerfarbenes Baby strampelte und juchzte – sein Sohn.

Das Kind erwachte und schrie wütend, und mit jedem Schrei wurde es dunkler.

»Ich wußte es ja«, murmelte Beaglehole im Schlaf, »sie kommen... ich höre die Flugzeuge...«

Draußen in der verödeten Bar kämpfte Bailey mit ihrem Asthma. Sie rang nach Luft, keuchte und ächzte und erfüllte das leere Haus mit ihrem bellenden Husten. Sie hustete pausenlos, unter krampfigem Schluchzen. Sie hustete sich fast die Seele aus dem Leibe.

Nachwort für die deutsche Ausgabe

Dieser Roman ist das Resultat meines Abschieds von Afrika. Ich hatte fünf Jahre in Malawi und Uganda zugebracht, als ich mich entschloß, es für immer zu verlassen. Dafür gab es einen entscheidenden Grund. Ich geriet nämlich eines Tages in Kampala, der Hauptstadt Ugandas, wo ich an der Makerere-Universität englische Literatur lehrte, in eine politische Demonstration. Dergleichen war mir nicht neu; aber ich hatte noch nie selbst im Brennpunkt der gewaltsamen Auseinandersetzungen gestanden. Diesmal ging es um eine Protestkundgebung gegen das von Weißen kontrollierte Rhodesien, und ich kam auf meiner Fahrt ins Stadtinnere zufällig mitten hinein. Die Afrikaner hatten mich – und meine schwangere Frau auf dem Beifahrersitz – kaum erblickt, als sie unseren Wagen aufs Korn nahmen. Wir saßen noch drin, während sämtliche Scheiben zu Bruch gingen und die Metallteile mit eisernen Stangen zertrümmert oder verbeult wurden. Ein indischer Kaufmann brachte uns in Sicherheit und versteckte uns in seinem Laden, bis der Wagen vollends demoliert war und die Demonstranten abzogen. Als wir später nach Hause schlichen, waren die Straßen mit Scherben und Schrott übersät.

Viele der afrikanischen Angreifer waren, wie ich am darauffolgenden Montag erfuhr, meine eigenen Studenten gewesen. Keiner entschuldigte sich. Sie sagten nur, daß die Afrikaner in Rhodesien verfolgt würden und deshalb alle Weißen... Hier unterbrach ich ihre schwächliche Rechtfertigung. War auch ich für sie nur ein x-beliebiger Weißer, eine Hautfarbe, mehr nicht? Sie machten dumme Gesichter und antworteten nicht. Dabei hatten sie an diesem Morgen alle ihre Hausaufsätze mit, vielleicht über ein Shakespeare-Sonett oder eine Kurzgeschichte von Hemingway. Sie wollten ja in meiner Literaturklasse weiterkommen! Das begriff *ich* nun wieder nicht. Ich wollte mit ihnen über Massenkundgebungen und Gewalt diskutieren. Sie sagten jedoch, das sei für sie erledigt –

und ob sie nun, bitte, ihre Texte vorlegen dürften? Machte ich mir nicht klar, daß sie demnächst ein Examen bestehen müßten?

Ich sah nicht ein, warum sie es so eilig mit diesem Examen hatten und warum ihnen überhaupt etwas daran lag. Nach fünf Jahren Afrika betrachtete ich mich selbst ungern als Weißen, so stark hatte ich mich assimiliert. Aber nun beschloß ich auf der Stelle, meine Gastdozentur zu kündigen und, sobald unser Baby geboren war, mit Frau und Kind Afrika zu verlassen. Ich hatte das Vertrauen verloren; ich brauchte andere Studenten und einen neuen Wirkungskreis. Ich weiß noch, daß ich dachte: Hier habe ich nichts mehr zu suchen.

Ende desselben Jahres, 1968, bekam ich eine Stelle an der Universität von Singapore. Die dortigen Behörden hatten Wind davon bekommen, daß ich schon drei Romane veröffentlicht hatte, und stellten sich auf den philiströsen Standpunkt, Schriftsteller seien notorische Unruhestifter, und darum verlangten sie von mir eine eidesstattliche Erklärung, nichts über Singapore zu schreiben oder gar zu publizieren, solange ich unter Vertrag stehe. Außerdem wurde ich auf die niedrigste Gehaltsstufe gesetzt. Natürlich fragte ich mich sofort, was sie wohl zu verbergen suchten.

Ich kam bald dahinter: wenig oder gar nichts. Singapore war damals eine kleine, feuchte Inselstadt, die sich »Republik« nannte. Sie wurde von puritanischen Chinesen beherrscht, die am Vietnamkrieg schamlos verdienten. Meine Studenten sagten, sie würden am liebsten nach Australien auswandern. Ich lehrte englische Literatur des 17. Jahrhunderts, insbesonders deren düstere Rachetragödien. Und wieder fragte ich mich, ob ich wirklich dazu geschaffen sei, ein Englischlehrer in den Tropen zu sein. Ich war es natürlich nicht, und Schreiben bedeutete für mich einen Akt der Befreiung.

Da ich noch nicht über Singapore schreiben »durfte«, schrieb ich über Afrika – diesen Roman. Das Wetter war feuchtheiß; ich konnte nur nachts oder übers Wochenende schreiben, damit meine Vorgesetzten nichts merkten, und mittendrin bekam ich obendrein das gefürchtete Dengué-Fieber. Auf diese Weise zog sich die Arbeit über zwei Jahre hin – nie zuvor oder danach habe ich so lange Zeit für einen Roman gebraucht. Aber ich hielt daran fest; etwas anderes fiel mir nicht ein oder war vorläufig verboten. Und schließlich wurde die *Dschungelliebe* doch fertig… Sie erschien in Großbritannien und den Vereinigten Staaten ungefähr zur selben Zeit, als ich Singapore verließ, den Lehrerberuf an den Nagel hängte und meinen Singapore-Roman, *Saint Jack,* zu schreiben begann.

Das war 1971. Als ich jetzt *Jungle Lovers* wieder las, war ich erstaunt über ihre zupackende Frische und ihre eigentümliche Mischung von Farce und Trauerspiel. Vermutlich stellten der Versicherungsmann Calvin und der Rebell Marais damals die zwei Seelen in meiner eigenen Brust dar. Immerhin hatte ich mein Lehramt in Malawi als Erziehungs- und Schutzfunktion verstanden und sehr ernst genommen. 1965 wurde ich des Landes verwiesen, weil man mir geheime Verbindungen mit Revolutionären zur Last legte (ich hatte einige Nachrichten von rebellischen Ministern an ganz unbeteiligte Angehörige übermittelt). Das Buch hat dementsprechend viele Stimmungen. Ich hatte den Ehrgeiz, meine Erlebnisse zu einem spannenden Roman zu verarbeiten; heute sehe ich, wie sehr sich die Grundstimmung aus persönlichem Engagement und Skepsis zusammensetzt. Als ich 1963 nach Afrika ging, glaubte ich an politische Freiheit und die Möglichkeit, alles zum Besseren zu wenden. An politische Freiheit glaube ich noch immer, aber gewandelt hat sich in jenen fünf Jahren nicht viel, und noch heute, mehr als zwanzig Jahre danach, kommt mir meine Satire auf bestimmte Institutionen sehr aktuell vor.

Im übrigen ist es ein Roman menschlicher Unzulänglichkeit und gescheiterter Hoffnungen. Nun ja, genau so war mir zumute, als ich Afrika verließ. Ich war noch jung. Inzwischen habe ich erkannt, daß wirkliche Wandlungen sich nur langsam vollziehen und nur von innen kommen können. Außenseiter, auch wenn sie die besten Absichten verfolgen, wirken in den Ländern der Dritten Welt fast immer nur als Störenfriede.

Heutzutage werden Leute meines Jahrgangs oft gefragt: Wo waren Sie in den Sechzigern? Die Amerikaner schlugen verschiedenen Wege ein: Entweder verschanzten sie sich in Universitäten, oder sie »stiegen aus« und wurden Teil der Gegen- oder Subkultur, oder sie wurden als Soldaten nach Vietnam geschickt. Einige, wie ich, verbrachten die sechziger Jahre in der Dritten Welt – es war eine ehrenhafte Art auszusteigen und zugleich die subtilste Art, Vietnam auszuweichen. Ich war in den Zwanzigern, und ich glaube, dieser Roman spiegelt viel von jener Zeit wider. Mehrere afrikanische Länder hatten gerade ihre Unabhängigkeit erlangt; die weißen Kolonialherren gingen nach Hause; freiwillige Lehrkräfte – *und* Versicherungsvertreter und Revolutionäre! – kamen als Neulinge und fragten sich, was als nächstes passieren würde. Kaum einer merkte, daß das Dunkel, das sie vorfanden, der lange Schatten der afrikanischen Vergangenheit war.

Ein paar Einzelheiten las ich in diesem Roman mit besonderem Interesse wieder. Eine der Nebenfiguren, Wilbur Parsons, taucht später noch einmal in einer meiner Kurzgeschichten auf, und den Professor, der über Parsons' Lyrik schrieb, habe ich in einer weiteren Erzählung verwendet. Mehrmals ist auch von dem Vizepräsidenten der Hartforder Unfall- und Schadens-Gesellschaft die Rede, dessen Urbild tatsächlich das größte Dichtertalent war, das Amerika im Versicherungsgeschäft je hervorgebracht hat: Wallace Stevens. – Während ich *Dschungelliebe* schrieb, war die Obrigkeit von Singapore gerade fieberhaft bemüht, alle Straßen, Parks, Plätze und Gebäude umzutaufen. Mir wurde dabei zum ersten Mal klar, daß Umbenennungen die große Leidenschaft aller neuen Regierungen sind, obwohl sich in der Geschichte oft nur die Namen ändern und alles andere beim alten bleibt. Darum strotzt auch mein Roman von Namen. In Malawi gab es damals noch so fremdartig-britische wie Henderson und Fotheringham Street.

Als ich 1963 nach Afrika kam, hieß Malawi noch das Protektorat Njassaland und stand unter britischer Verwaltung. In ländlichen Gegenden fielen Frauen und Kinder oft vor lauter Hochachtung auf die Knie, wenn ein Weißer im Landrover vorbeifuhr; die afrikanischen Männer ließen es allerdings bei einer Verbeugung bewenden. Das Land wurde im Juli 1964 unabhängig, und vier Monate später gab es einen Putschversuch mit Entlassungen, Schießereien und Minister-Rücktritten. Der Präsident auf Lebenszeit, Dr. Banda, hatte Jahrzehnte in England zugebracht und dort als Arzt gearbeitet. Er konnte keine der afrikanischen Landessprachen gut genug, um anders als auf englisch Reden zu halten, und brauchte einen Dolmetscher, wenn er zu seinem Volk sprach.

Was das Klima betrifft, so sind einige Monate im hochgelegenen Malawi sehr kalt – ich hatte von Afrika vorwiegend Hitze erwartet. Die meisten Afrikaner, die ich kennenlernte, waren treue und fromme Anhänger der Schottischen Kirche, was sie nicht hinderte, an Geister und Hexen zu glauben. An Malawis langer Grenze zu Moçambique gab es auch arme portugiesische Bauern, die vor dem Salazar-Regime geflüchtet waren, um Barbiere und Ladeninhaber im afrikanischen Busch zu werden. Außerdem traf ich natürlich den sturen, schnurrbärtigen britischen Kolonialtyp an, der sich verschwor, Afrika niemals aufzugeben; ferner Nonnen, Missionare, Aussätzige, Guerilleros und Leute, die aus purer Abenteuerlust von zu Hause davongelaufen waren. Malawi hatte ein vierseitiges Wochenblättchen und einen miserablen Radiosender. Das Land war eine Gerüchteküche, in der es ständig brodelte. Viele Afrikaner sprachen Englisch mit schottischem Akzent, weil ihre Lehrer Schotten gewesen waren, die alle in die Fußstapfen des großen schottischen Forschers David Livingstone traten. Im tiefsten Süden des Landes gingen die Leute oft splitternackt; im Norden trugen sie englische Flanellanzüge. Ich habe mich bemüht, in meinem Roman von allem etwas unterzubringen.

Paul Theroux, London

Paul Theroux

Dr. Slaughter
Roman
Band 8372

Dschungelliebe
Roman
Band 8361

London Embassy
Kabinettstücke
Band 5406

Moskito-Küste
Roman
Band 8344

O-Zone
Roman
Band 8346

Saint Jack
Roman
Band 8345

Band 8344

Orlando oder
Die Liebe zur
Fotografie
Roman
Band 8371

Fischer Taschenbuch Verlag

fi 526/4

Nadine Gordimer

Anlaß zu lieben
Roman
456 Seiten. Leinen und Fischer Taschenbuch Band 5948

Der Besitzer
Roman
335 Seiten. Leinen

Burgers Tochter
Roman
446 Seiten. Geb. und Fischer Taschenbuch Band 5721

Clowns im Glück
Erzählungen
Fischer Taschenbuch Band 5722

Der Ehrengast
Roman. 872 Seiten Leinen und Fischer Taschenbuch Band 9558

Ein Spiel der Natur
Roman
535 Seiten. Leinen

Eine Stadt der Toten, eine Stadt der Lebenden
Erzählungen
456 Seiten. Leinen und Fischer Taschenbuch Band 5083

Entzauberung
Roman
504 Seiten. Geb. und Fischer Taschenbuch Band 2231

Fremdling unter Fremden
Roman
Fischer Taschenbuch Band 5723

Etwas da draußen
Erzählungen
Fischer Bibliothek
143 Seiten. Geb.

Gutes Klima, nette Nachbarn
Sieben Erzählungen
Fischer Bibliothek
144 Seiten. Geb.

July's Leute
Roman
207 Seiten. Geb. und Fischer Taschenbuch Band 5902

Leben im Interregnum
Essays zu Politik und Literatur
288 Seiten. Leinen

S. Fischer

fi 161/10

Doris Lessing

Das goldene Notizbuch
Roman
Fischer Sonderausgabe
634 Seiten. Broschur und Fischer Taschenbuch Band 5396

Afrikanische Tragödie
Roman. 240 Seiten. Geb. und Fischer Taschenbuch Band 5747

Anweisung für einen Abstieg zur Hölle
Roman. 287 Seiten. Leinen und Fischer Taschenbuch Band 5397

Die Memoiren einer Überlebenden
Roman. 227 Seiten. Leinen und Fischer Taschenbuch Band 5202

Mit leiser, persönlicher Stimme
Essays. 223 Seiten. Broschur

Die Terroristin
Roman. 460 Seiten. Leinen und Fischer Taschenbuch Band 9259

Der Wind verweht unsere Worte
Bericht aus Afghanistan
166 Seiten. Broschur und Fischer Taschenbuch Band 9265

Shikasta
Canopus im Argos Archive. Betr.: Kolonisierter Planet 5
Roman. 519 Seiten. Leinen und Fischer Taschenbuch Band 9146

Die Ehen zwischen den Zonen Drei, Vier und Fünf
Canopus im Argos: Archive II
Roman. 302 Seiten. Leinen und Fischer Taschenbuch Band 9147

Die sirianischen Versuche
Canopus im Argos: Archive III
Roman. 367 Seiten. Leinen und Fischer Taschenbuch Band 9148

Die Entstehung des Repräsentanten für Planet 8
Canopus im Argos: Archive IV
Roman. 181 Seiten. Leinen und Fischer Taschenbuch Band 9149

Die sentimentalen Agenten im Reich der Volyen
Canopus im Argos: Archive V
Roman. 230 Seiten. Leinen und Fischer Taschenbuch Band 9150

S. Fischer · Fischer Taschenbuch Verlag

fi 148/10

Wole Soyinka

Aké

Jahre der Kindheit

Band 9217

›Aké, Jahre der Kindheit‹, des Nigerianers Wole Soyinka ist die erste literarisch anspruchsvolle Autobiographie eines Schwarzafrikaners in deutscher Übersetzung.
Soyinka erinnert sich darin an die ersten elf Jahre seines Lebens (1934–1945) in seinem Heimatdorf Aké, ungeheuer reiche und erfüllte Jahre für den kleinen Jungen, der das Glück hatte, in sehr interessanten, inspirierenden, für die kulturelle Umbruchssituation Schwarzafrikas signifikanten Familienverhältnissen aufzuwachsen. Woles Vater, ›Essay‹ genannt, war Rektor der lokalen Volksschule, ein nobler und weltoffener Mann, sein Haus »das intellektuelle Wasserloch von Aké und Umgebung«. Die Mutter – Soyinka nennt sie ›Wild Christian‹, ›die wilde Christin‹ – eine wunderbar patente, phantasievolle Frau, Christin zwar wie der Vater, doch stärker noch als er in der mythischen und religiösen Tradition ihres Yoruba-Stammes verwurzelt. Dann gibt es da noch einen ganz erstaunlichen Onkel Sanja, der ein ›òro‹, ein Waldgeist, ist, und den Großvater in »seiner schlichten geheimnisvollen Stärke«.
Wie sich all diese Einflüsse und die beiden kulturellen Bereiche des alten Afrikas und der modernen Welt vermischen, durchdringen und relativieren, auch welche komischen Mißverständnisse es zwischen ihnen gibt, das hat Soyinka in wunderbar anschaulichen Szenen geschildert.

Fischer Taschenbuch Verlag

fi 850/1

Miriam Tlali
Geteilte Welt
Ein Roman aus Südafrika

Der Roman beschreibt den Arbeitsalltag der schwarzen Muriel bei Metropolitan, dem Möbel- und Elektroladen des weißen Mister Bloch in Johannesburg, der seine schwarze Kundschaft in ausbeuterische Ratenverträge zwingt. Können die Kunden die Raten nicht mehr bezahlen, treibt der schwarze Lastwagenfahrer Agrippa die Ware wieder ein. Er macht, wie viele andere Schwarze auch, die Dreckarbeit für die Weißen, um selber zu überleben.
Ein eminent politisches Buch, das – obwohl schon vor rund zehn Jahren (zensiert und gekürzt) in Johannesburg erschienen – bestürzend aktuell ist. Zudem eines der wenigen Bücher aus Südafrika, die von einer schwarzen Frau geschrieben wurden und aus dieser authentischen Perspektive vom Leben der unterdrückten Mehrheit im Apartheidstaat erzählen.

Band 4710

Fischer Taschenbuch Verlag

fi 1098 / 1

Mariama Bâ

Der scharlachrote Gesang

Roman

Band 3746

In einem Gymnasium in Dakar lernen sich der junge Ousman, der aus einer armen senegalesischen Familie stammt, und Mireille, die wohlbehütete Tochter eines französischen Diplomaten, kennen. Trotz ihrer unterschiedlichen Herkunft verlieben sich die beiden. Massiver Widerstand ihrer Familien kann ihre Gefühle nicht zerstören. Nach Abschluß ihres Studiums beschließen sie, zu heiraten und in Ousmans Heimat zu leben. Nicht nur Mireilles Eltern bringen kein Verständnis für die Wahl ihrer Tochter auf, auch Ousmans Angehörige sind entsetzt darüber, daß er sich für eine weiße Frau entschieden hat, und Mireille bekommt die Ablehnung der Familie bald zu spüren. Trotz aller Bemühungen fällt es ihr schwer, sich an die afrikanische Lebensart zu gewöhnen. Beeinflußt durch seine Erziehung und seine enge Familienbindung ist Ousman ebenfalls nicht in der Lage, sich seiner europäisch erzogenen Frau anzupassen. Der Versuch, eine Brücke zwischen den beiden so unterschiedlichen Kulturen zu schlagen, führt zu einer Katastrophe.

Fischer Taschenbuch Verlag

fi 288 / 2

V. S. Naipaul

»Einer der besten Autoren, die es heute gibt.«
Newsweek

Ein Haus für Mr. Biswas
Roman. Band 5324

»Die intime kleine Welt – vom Knaben erlebt, vom jungen Mann, der wie Joseph Conrad das Englische erst erwerben mußte, aus der Distanz gesehen – bot Naipaul den Stoff und die Chance eines Meisterromans, und er hat sie genutzt.«
Süddeutsche Zeitung

Meine Tante Goldzahn
Erzählungen. Band 5763

Der indischstämmige, in Großbritannien lebende Schriftsteller gehört heute zu den am meisten beachteten und diskutierten Schriftstellern aus den Entwicklungsländern – mehr noch: zu den am meisten beachteten Autoren der anglophonen Welt. Die in dem Band versammelten Erzählungen sind zugleich ein Abgesang auf seine geographische Herkunft.

Fischer Taschenbuch Verlag

fi 138/3

Paul Theroux

Das chinesische Abenteuer

Reise durch das Reich der Mitte

Roman, 512 Seiten, Leinen gebunden, Schutzumschlag

»Der Eiserne Hahn kreischte, krähte und schien zu flattern, während Dampfschwaden aus ihm herausquollen, und er über die Schienen ratterte. Er war ein großes, klapperndes, mit Klingeln und Pfeifen bestücktes Ding, das sich laut nach Westen quälte, in die Wüste eines Gebiets, das früher Turkestan hieß. Die Lokomotive war unzählige Male repariert, der Kessel undicht, und während der Zug Hunderte von Kilometern durch die Steppe schnaufte, gab es nichts zu essen und nichts zu trinken.«
Ein Jahr ist Paul Theroux mit der Eisenbahn durch das Reich der Mitte gefahren. Seine Erlebnisse hat er aufgeschrieben in einem modernen literarischen Reisebuch – dem aufregendsten Chinabuch seit Marco Polo. Wenn wir nicht längst nach China wollten, nach der Lektüre müssen wir hinfahren, und sei es nur in unserer Phantasie.

Claassen

Postfach 300321, 4000 Düsseldorf 30